Cristin Harber

Garrison – Schuss ins Herz

Titan-Serie

Aus dem Amerikanischen von Antje Papenburg

Die Originalausgabe erschien 2013 unter dem Titel »Garrison's Creed« bei Cristin Harber.

5810 Kingstown Center Drive #120-299
Alexandria, VA 22315 USA
cristin@cristinharber.com
www.CristinHarber.com

Print Ausgabe

Umschlaggestaltung: LM Creations
Umschlagmotiv: Gelner Lóránd / Renzo; Lóránd Gelner;
Lektorat: JuliaLambrecht

www.CristinHarber.com

KAPITEL EINS

Als er sein Ziel im Fadenkreuz hatte, kalkulierte Cash Garrison alle Variablen mit ein. Windgeschwindigkeit und Richtung. Weg und Distanz. Er würde die Welt von einem weiteren blutrünstigen Kriegsherrn befreien, bevor der todgeweihte Mann seine schwülstige Rede zu Ende bringen und das Glas Champagner heben konnte.

Stunden waren vergangen, seit sich Cash in Stellung gebracht hatte, das Scharfschützengewehr wie ein Baby an seine Brust geschmiegt. Er hatte sich gut einen Kilometer von der Luxusvilla entfernt positioniert und war so gut getarnt, dass er mit seiner Umgebung verschmolz. Hier wartete er auf den richtigen Moment. Antilla Smooth, für einen millionenschweren Waffenhändler angemessen edel gekleidet, war sich nicht bewusst, dass seine Stirn eine wandelnde Zielscheibe bot, und bewegte sich auf die Verandatüren zu.

Cashs Finger ruhte auf dem Abzug. Er wusste genau, wie viel Druck er ausüben musste, um den Schuss abzufeuern. Er kontrollierte seinen Atem und seinen Puls, um den exakten Moment abzupassen, in dem sein Körper völlig still war. In diesem kurzen Augenblick zwischen zwei Atemzügen würde er das Arschloch abknallen. Dann gäbe es einen Scheißkerl weniger auf Gottes grüner Erde. Die Welt wäre ein besserer Ort und Cash hätte seine Arbeit für den Tag erledigt. Er und sein Team könnten eine Bar in der Nähe aufsuchen, ein paar nette Frauen kennenlernen und ihren Erfolg ordentlich feiern.

Eine sanfte Brise kam auf, die eine kleine Korrektur nötig machte. Er blinzelte, zählte seine Atemzüge herunter und – hielt inne. Wie betäubt. Geschockt. Sein Herz pochte so laut wie der stampfende Kolben einer Dampflock.

Eine Frau in einem goldenen Kleid und so viel glitzerndem Schmuck, dass die Kronjuwelen einer Königin nicht mithalten konnten, legte ihren Arm um Antilla. Ein Soldat würde seine letzte Kugel für einen Kuss von ihr geben. Cash konnte sie durch sein Zielfernrohr sehen, so stünde sie direkt vor ihm.

Sie sah aus wie … aber das konnte nicht sein.

Cash hörte die Anweisung seines Beobachters über Funk: »Jetzt.«

Cash sprach in sein Mikrophon. »Warte.«

Sein Beobachter flüsterte wieder: »Augen auf das Ziel. Alle Voraussetzungen erfüllt. Jetzt. Feuer frei.«

Nichts. Cash schwieg.

Wieder hörte er in seinem Ohr: »Los, Mensch!«

Er hatte die Frau immer noch im Visier. Ihr wunderschönes Haar war zu einer Hochsteckfrisur aufgetürmt. Ein paar lose Strähnen umrahmten ihr Gesicht. Ihr Lächeln wandelte sich zu einem Lachen. Er musste zu viele Dämpfe vom Waffenöl eingeatmet haben und war augenscheinlich dabei, seinen Verstand zu verlieren.

»Cash, Mensch. Bist du noch da?« Sein Beobachter riss ihn aus den Gedanken und brachte ihn wieder in die Realität zurück.

»Hier. Ja, Mann. Ich bin hier.«

»Wind aus drei Uhr. Auf 8 km/h gefallen. Warte. Keine freie Sicht aufs Ziel.« Die Frau hatte sich eng an den Mann geschmiegt. Das hier war ein Albtraum – sein Albtraum. Seine Vergangenheit holte ihn ein und warf ihn völlig aus der Bahn. Sein Beobachter sprach wieder. »Zielobjekt ist frei. Zwei Mildots nach rechts korrigieren, um den Wind auszugleichen. Bereit … und … Schießen.«

Herzschlag. Atmen. Herzschlag.

Feuer.

Und atmen.

Jetzt mussten sie weg. Und zwar schnell. Er wusste, sein Team sollte schon längst auf dem Weg durch das dicht bewachsene Waldstück in Maine sein. Aber er hielt inne und versicherte sich länger als nötig, ob er sein Ziel getroffen hatte. Der Mann in seinem teuren Frack lag auf dem Boden. Getroffen. Tot. Panik machte sich breit. Die Leute rannten weg, wahrscheinlich schreiend. Bodyguards eilten herbei. Hunde wurden losgelassen. Das Bellen wurde lauter. Aber die Frau. Die Frau im goldenen

Seidenkleid stand ganz still und starrte auf das zerbrochene Glas der Verandatüren. Ihr Gesichtsausdruck verriet überhaupt nichts. Er konnte keinerlei Emotionen ausmachen. Nichts.

Cash schüttelte den Kopf, um die geisterhafte Erscheinung abzuschütteln, die aussah wie *sie*, und konzentrierte sich auf seinen Auftrag. Ein Schuss und tot. So mochte er es. Er repetierte das Gewehr, um die leere Patronenhülse auszuwerfen, sammelte sie auf, damit er keine Spur hinterließ, und sprang in die Hocke. Es gab nun keinen Hinweis mehr, dass er Stunden an diesem Ort verbracht hatte. Keine Sekunde später nahm er die Beine in die Hand, um den Hügel hinter sich zu lassen.

Er hörte seinen Beobachter im Ohr, der ihren Treffpunkt bestätigte. »Treffpunkt Standort A, zweiundzwanzig Uhr zehn.« Er konnte es schaffen. Er sollte es besser schaffen. Er sprintete den Hügel hinunter und rutschte ein Stück, als die Erde unter seinen Füßen nachgab. Zweige schlugen ihm ins Gesicht. Lautes Bellen kam immer näher. Die Villa war taghell erleuchtet.

Oh Mann, er würde sicher etwas zu hören bekommen. Er gab seinem Beobachter durch: »Standort C, dreiundzwanzig Uhr.«

»Cash …«

Es bedeutete einiges, dass Roman das Protokoll brach und über Funk seinen Namen sagte, aber Cash wusste, sein Beobachter und bester Freund war stinksauer. Mit einem verärgerten Roman zu streiten machte ungefähr so viel Spaß wie sich mit den Hunden anzulegen, in deren Richtung Cash jetzt rannte.

Jetzt musste er nur noch die Stunde herumbringen. Cash zog den Kopfhörer aus dem Ohr, als Roman zu fluchen anfing. Der Satz konnte unmöglich gut enden. Cash lachte. Funkstille war gerade bestimmt nicht das Schlauste, aber es war immer noch besser als eine Erklärung für das Unmögliche liefern zu müssen, das hier gerade vor sich ging.

✕

NICOLA GLITT UM Antilla Smooth herum. Seine leblosen Augen starrten die Decke an; seine perfekte Frisur verdeckte die Eintrittsstelle der Kugel. Aber in Anbetracht dessen, dass sich eine rote Pfütze auf dem weißen Teppich um seinen Kopf herum ausbreitete, konnte man nur einen

Durchschuss vermuten. Ihr Abend war ruiniert. Ihr *Einsatz* war ruiniert. Völlig im Arsch. Chaos machte sich breit und sie war die Ruhe im Zentrum des Sturms. Alle anderen wirbelten um sie herum. Es war laut. Menschen schrien. Die Männer vom Sicherheitsdienst sprangen sofort in Aktion, aber was brachte das schon? Sie hatten versagt.

Sie selber hatte nicht versagt, aber die Arbeit der letzten Monate war jetzt völlig umsonst und es war an der Zeit, ihre Vorgesetzten anzurufen. Sie würden interessiert an dem sein, was gerade vorgefallen war. Nicola stellte ihr Champagnerglas ab und zog das Handy aus ihrer Handtasche. Sie entfernte sich, die Schleppe ihres Kleides hinter sich herziehend.

Es klingelte einmal und eine überraschte Stimme antwortete: »Es ist ein bisschen früh für unser Gespräch.«

»Wir sollten mal zusammen ein Eis essen gehen.« Nicola gab Beth, ihrer Verbindungsfrau, zu verstehen, dass die Mission abgebrochen war.

Beth ließ sich davon nicht aus der Bahn werfen. »Ich muss ein paar Dinge erledigen. Geh doch erst mal zur Reinigung, dann treffen wir uns danach.«

Reinigung. Ja, dann war es an der Zeit, sich dünn zu machen. Sie abzuziehen war in dem Fall das Richtige. Schade, dass sie sich monatelang umsonst bei dem machtgeilen Waffenhändler eingeschleimt hatte. Sie war so nahe dran gewesen. Noch ein, zwei Tage und sie hätte genug Beweise gegen die internationalen Drahtzieher in Antillas Waffenhändlerring beisammen gehabt.

»Alles klar, mache ich. Ich gehe gleich als erstes morgen früh.« Sie schritt den Flur entlang und einer der Bodyguards beobachtete sie. Anscheinend verhielt sie sich zu ruhig im Vergleich zu anderen Frauen, die panisch herumschrien. »Ciao«, verabschiedete sie sich, um auch weiterhin die Rolle der Italienerin zu spielen, und führte eine Hand an den Hals.

Sie schaute an sich hinunter. Kein Blut an ihrer Designerrobe. Wenigstens etwas Gutes an dieser Party. Und jetzt würde sie auch nicht mehr Interesse an Antilla heucheln müssen, dem kranken Schwein, und irgendwelche Ausreden erfinden, wenn er mit ihr ins Bett gehen wollte.

Das lag an ihrer persönlichen Einstellung. Einige ihrer Kolleginnen in der Agency taten, was getan werden musste, ohne darüber nachzudenken. Sie hatte darüber nachgedacht. Nicht nur einmal. Und war zu dem Schluss gekommen, dass sie Antilla Smooth ungefähr so gerne vögeln wollte wie sich einer Wurzelbehandlung durch Kermit dem Frosch mit seinen herumfliegenden Marionettenarmen unterziehen.

»Gabriella?«, rief jemand ihren Decknamen. »Gabriella, geht es Ihnen gut?«

Nicola erkannte den Butler, der immer freundlich zu ihr gewesen war, seit sie in Antillas Villa in Maine angekommen war. Er sprach ihren Namen mit italienischem Akzent aus, so wie sie ihn sagte, wenn sie sich vorstellte.

»Ja, danke. *Bene, grazie.*« Er sah unauffällig aus. Wer wusste schon, warum der Mann für Smooth Enterprises arbeitete, aber der äußere Eindruck konnte täuschen. Niemandem zu trauen war oberstes Gebot. »Ich sollte vor die Tür gehen. Frische Luft schnappen.«

In Wirklichkeit sollte sie aus Maine verschwinden und nicht nur aus dem Haus, aber das musste sie ja nicht sagen. Sie ging nach draußen. Es war taghell, weil sich die gesamte Alarmanlage angeschaltet hatte. Ihr Blick fiel auf ihre Hand. Im fluoreszierenden Licht sah ihre olivbraune Haut grün aus, was zu dem goldenen Kleid, in das sie sich verliebt hatte, sehr unvorteilhaft aussah. Nicola wog die Möglichkeiten ab, wie sie hier am besten wegkam. Sie brauchte ein Beförderungsmittel und wusste noch nicht, wie an eins kommen sollte.

Ein Windstoß fegte durch den Wald und sie bekam Gänsehaut. Da draußen war noch jemand. Derjenige, der ihre Zielperson umgelegt hatte.

Plop. Blitz. Plop. Die Außenbeleuchtung ging aus und sie war plötzlich in der mondlosen Nacht mit ihren Gedanken allein. Wieder lief es ihr kalt den Rücken hinunter. Diesmal war nicht der Wind schuld. Sie drehte sich um die eigene Achse. Sie konnte gut und gerne darauf verzichten, ihr Kleid zu ruinieren, wenn sie sich mit demjenigen anlegte, der hierfür verantwortlich war. Ihre Muskeln spannten sich an. Schnell gewöhnten sich ihre Augen an die Dunkelheit. Ein Mann. Breitschultrig. Bewaffnet. Gute sechs Meter von der Veranda entfernt.

Er sprach. Seine warme, tiefe Stimme traf sie bis ins Mark – und rief einen Schmerz wach, den sie schon vor Jahren tief in sich vergraben hatte. »Nicola.«

Sie musste sein Gesicht nicht sehen, um zu wissen, wer er war. Seine

Stimme ließ ihre Knie weich werden und jegliches Gefühl von Stärke verließ sie. Nicola stellte ihre Füße etwas weiter auseinander, in Kampfposition. Bereit, sich zu verteidigen. Aber wen wollte sie damit täuschen? Wenn er sie auch nur einmal anrührte, dann würde sie wahrscheinlich einfach dahinschmelzen. All die Qualen, die sie durchgestanden hatte, wären umsonst gewesen.

»Nicola«, wiederholte er. Immer noch bestimmt, aber diesmal schien er sich sicher, dass sie es war. »Was zum Teufel?«

Das hier war das Schlimmste, das ihr passieren konnte. Sie wandte sich wieder den Verandatüren zu, um zurück ins Haus zu gehen und mit Beth eine Notfallstrategie zu entwickeln, damit sie so schnell wie möglich hier raus kam. Jetzt war keine Zeit mehr, wie geplant erst morgen abzuhauen. Sie streckte die Hand nach dem Türknauf aus und zwang sich dazu, nicht panisch loszulaufen.

»Du bist es doch, oder?«, fragte er.

Heilige Maria, wieso war Cash bloß hier? Wieso hatte die einzige Erinnerung, die sie nie hatte verdrängen können, sie hier, während eines Auftrags, eingeholt? Und wieso stand er bewaffnet und viel gefährlicher aussehend als bei ihrer letzten Begegnung da und redete mit ihr?

»Dreh mir nicht deine hübsche Kehrseite zu, sondern schau mich an, Nicola.«

Sie wirbelte auf ihren Stilettoabsätzen herum, wohl wissend, dass sie so nie an die kleine Pistole kommen würde, die sie am Oberschenkel trug. Selbst wenn es ihr gelänge, könnte sie Cash niemals wehtun.

»Nein, Sir. Sie irren sich.« Sie sprach mit ihrem schönsten italienischen Akzent, obwohl es das Problem nicht lösen würde.

»Erzähl doch keinen Sch…«

Der Butler machte die Tür auf. »Gabriella, kommen Sie doch bitte herein. Alle sind im Foyer versammelt. Es ist gefährlich, hier draußen zu stehen.«

Cash versteckte sich im Schatten. Sie wusste, dass der Butler ihn nicht sah. Dennoch ging ihr Puls in die Höhe und ihre Kehle schnürte sich zu. Sie wollte den einen Mann vor dem anderen schützen. Nicola schaute über ihre Schulter. Cash war verschwunden.

KAPITEL ZWEI

CASH LIEß SICH das gerade Erlebte immer wieder durch den Kopf gehen. Er konnte sich einfach keinen Reim darauf machen. Aber er musste sich beeilen, es zum vereinbarten Treffpunkt zu schaffen. In zwei Minuten sollte er seinen Arsch dorthin bewegt haben, wenn er seinem Beobachter nicht noch einen Grund liefern wollte, auf ihn sauer zu sein. Cash und Roman waren gut befreundet. Ein erstklassiges Sniper-Spotter-Team und beste Kumpels. Von der Grundausbildung bis zur Anstellung bei Titan hatten sie Seite an Seite gearbeitet, aufeinander aufgepasst, zusammen Mädels aufgerissen und gemeinsam an vorderster Front gekämpft.

Fünfzehn Sekunden vor dem abgemachten Zeitpunkt umrundete Cash einen moosbewachsenen Felsen und rannte Roman fast um.

»Na, wie geht's, Arschloch?« Roman blickte ihn finster an. »Funktioniert dein Mikrophon nicht? Ist dein Kopfhörer kaputt?«

Reifengeräusche unterbrachen ihn, bevor Cash antworten konnte. Der gepanzerte Range Rover kam um die enge Kurve geschossen und sie sprangen hinein, bevor er angehalten hatte. Zwei Türen schlugen zu. Der Fahrer trat aufs Gaspedal, während Cash und Roman sich auf dem Rücksitz aufrichteten. Cash ignorierte Roman und wartete auf die Beschimpfungen, die unweigerlich kommen würden.

Als wenn er nur auf sein Stichwort gewartet hätte, wandte Roman ihm sein mit Tarnfarben bemaltes Gesicht zu und starrte ihn böse an. Cash machte sich daran, seinen Ghillie-Anzug auszuziehen, und pellte sich aus der mit künstlichen Blättern besetzten Tarnkleidung.

»Schalt mal einen Gang runter, Cash.«

»Lass mich in Ruhe.«

»Werd ich ganz bestimmt nicht.« Romans Stimme klang bedrohlich.

All die Fragen, die ganze Verwirrung verwandelten sich in Wut. Misstrauen. »Wusstest du davon?«

»Wovon? Wovon soll ich was gewusst haben?«

Cash machte eine rasche Bewegung und schon war seine Hand an Romans Hals. »So wahr mir Gott helfe! Wusstest du von ihr?«

Cash hatte Roman gegen das Fenster gepresst und der wehrte sich, indem er ihm sein Knie in den Bauch rammte. Wie zwei Kampfhähne gingen sie laut fluchend aufeinander los.

Der Mann am Steuer, Rocco, drehte sich um. »Was zum Teufel macht ihr da? Setzt euch hin.«

Cash merkte, wie der Range Rover zum Stehen kam, war sich dumpf bewusst, dass er und sein bester Freund sich schlugen, aber irgendwie drang das alles nicht so wirklich zu ihm durch. Er wurde von Gefühlen und Instinkt beherrscht. Die Tür öffnete sich, Roman sprang raus und zog Cash mit sich.

Romans Faust traf ihn am Kinn. Cashs Wange rieb über nassen Asphalt. Er versuchte sich aufzurichten und gleichzeitig auszuholen. Er würde Roman umbringen, und wenn es das letzte war, das er tat. All dieser Scheiß, den er verzapfte, über Loyalität und Ehre. Was für ein Schwachsinn.

Er verlor das Gleichgewicht und stolperte. Rocco packte seine geballte Faust und zog ihn von Roman weg, der sofort aufsprang und eine Abwehrhaltung einnahm, die Knie leicht gebeugt und die Fäuste erhoben. Rocco hatte die Scheinwerfer ausgestellt. Mondlicht gab es auch nicht. Nur die drei Männer. Zwei von ihnen schweißgebadet, sodass sie in der kalten Nachtluft förmlich dampften. Der dritte, besonnene Mann musste sich fragen, was zum Teufel hier vor sich ging. Scheiße, das fragte sich Roman vielleicht auch.

✕

AM GANZEN KÖRPER zitternd ging Nicola ins Foyer. Ihre Hände vibrierten förmlich und das Herz schlug ihr bis zum Hals, als wäre sie eins von Antillas Mädchen, die sich Kokain reinzogen. Sie machte damit den richtigen Eindruck, jetzt, wo sie zusammen mit anderen aufgelösten Frauen im Foyer stand, die tatsächlich bestürzt über den Tod dieses

Arschlochs waren.

Der süße, witzige Cash Garrison. Sie hatte keine Zweifel, dass er es gewesen war, obwohl er bestimmt gute fünfzig Kilo pure Muskelmasse mehr am Körper hatte. Konnten Männer Mitte Zwanzig noch einen Wachstumsschub durchmachen? Sie hätte schwören können, er wäre früher kleiner gewesen. Definitiv nicht so breitschultrig. Und seine Stimme war tiefer als der Abgrund, in den sie vor zehn Jahren vermeintlich gestürzt war.

Nicola schaute die Frauen der Reihe nach an. Sie konnte sie alle identifizieren. Dann sah sie sich die Männer an. Auch ihre Gesichter und Namen waren in ihr Gedächtnis gebrannt, aber sie wusste noch nicht genau, was sie für Smooth taten oder wie das Geld auf und von Schweizer Bankkonten floss.

Die CIA würde mit Recht von ihr enttäuscht sein. Beth sollte ihr einen Schreibtischposten auf der Farm, dem Ausbildungsgelände der CIA, geben. Dort würde sie dann arbeiten, bis sie eine alte Frau war und in nostalgischen Erinnerungen an die Zeiten als Feldagentin schwelgen. *Scheiße.* Sie musste wirklich mit Beth reden.

In einer Ecke bellte Antillas Sicherheitschef Befehle. Diesem Verrückten war alles zuzutrauen. Sie musste unbedingt hier weg. Flucht über die Veranda, Teil zwei. Der Butler berührte sie an der Schulter.

»Gabriella, hätten Sie gerne ein Glas Wasser?«

Er schon wieder? Er scharwenzelte immer um sie herum, beobachtete sie dauernd. »Nein, *grazie.*«

»Kann ich Ihnen dann eine Limonade bringen? Der Geschmack erinnert mich immer an Strandspaziergänge bei Sonnenuntergang.«

Sie ignorierte ihn nicht länger, sondern starrte ihn an. »*Scuzi*?«

Er redete langsamer. Betonte seine Worte. »Ich sagte Strandspaziergänge. Bei Sonnenuntergang.«

Nicola ließ sich seine Worte durch den Kopf gehen. Analysierte seinen Blick. Das konnte nicht sein. Oder etwa doch? »*Non capisco.* Ich verstehe nicht.«

»Doch, das tun Sie.«

Ja, das tat sie. Die CIA hatte noch jemanden hier. Den Butler. Sie hätte es wissen sollen.

»Ja, ich verstehe.« Sie nickte und überlegte, was sie als nächstes tun sollte. Wusste Beth davon? Diese Spielchen. Sie hasste diese Spielchen, und wenn dieser Typ hier war, um sicherzugehen, dass sie ihre Arbeit richtig erledigte, dann würde sie ausrasten, obwohl sie sonst dafür bekannt war, immer die Ruhe zu bewahren. Sie hasste es, wenn sie überprüft wurde. Hasste die Zweifel daran, dass sie den Auftrag erfolgreich abschließen konnte. Andererseits: Sie hatte ihn ja tatsächlich nicht erfolgreich abgeschlossen.

»Ich bringe Ihnen gerne eine Limonade, oder würden Sie lieber mitkommen?«

Mist, warum auch nicht? »Ja. Gerne.«

Sie gingen den imposanten Korridor entlang. Ölgemälde von der Landschaft Neuenglands und einheimischen Tieren hingen in vergoldeten Rahmen an der Wand und wurden von Messinglampen angeleuchtet.

»Sie werden abgezogen«, sagte er in so unbekümmerten Tonfall, als redeten sie über das Wetter.

»Sie auch?«

»Nein.«

»Wieso dann ich?«

»Das entscheide nicht ich.«

»Wer ist sonst noch hier?« Mit anderen Worten: Wieso war Cash hier?

»Nur wir beide.«

»Ich wusste nichts von Ihnen. Vielleicht ist ja noch jemand anderes hier, von dem Sie nichts wissen.«

»Vielleicht.«

Nicht die Antwort, die sie haben wollte, aber sie würde ihm sowieso nicht glauben, selbst wenn er ihr ein definitives Ja oder Nein geben würde.

Er nahm ein gefülltes Glas und eine Serviette von einem Beistelltisch und reichte sie ihr. »Alle Instruktionen finden Sie auf der Serviette. Sie werden das Anwesen noch heute Abend verlassen. Nehmen Sie das mit ins Bad und halten Sie sich dann an die Anweisungen.«

»Ist das wegen des Vorfalls auf der Veranda?«

»Wie bitte?«

»Ich sollte morgen zur Reinigung gehen.«

»Planänderung.«

»Wieso?«

»Keine Ahnung, ich weiß nur, es hängt damit zusammen, dass Antilla eliminiert wurde.«

»Was wissen wir darüber?«

»Wir waren es nicht.«

»Was ...«

»Sie müssen jetzt gehen. Na los. Folgen Sie den Anweisungen. Ein Team steht schon bereit, Sie in fünf Minuten hier rauszuholen.«

Der Butler drehte sich um und ließ sie mit ihrem Getränk in der Hand stehen. Nicola nahm einen Schluck Limonade und betrat dann das WC wie instruiert. Der Vorraum mit den Waschbecken und Spiegeln war leer. Sie ging in eine der Toiletten und faltete die Serviette auseinander. Es stand nichts drauf. Was zum Teufel?

Sie hielt es ins Licht. Nichts. Keine Tinte. Kein Code. Keine Zeichen.

Man hatte sie enttarnt. Sie hatte sich selber verraten. Dieses verdammte Sicherheitskennwort war für den Arsch, wenn jemand davon wusste, der ihre Sicherheit in Gefahr brachte. Ihr Puls raste. Sie horchte angestrengt, ob der Angriff schon kam. Sie saß hier in der Falle. Ihr einziger Ausweg war ein schmales Fenster, das zwei Stockwerke über einer Terrasse aufging. Das Fenster war zwar lang, aber schmal. Vielleicht passte sie nicht durch. Aber sie hatte keine Zeit, sich darüber Gedanken zu machen, und war nur froh, dass sie nichts zu Abend gegessen hatte. Nicola streifte ihre High Heels ab, zog den Rock hoch und nahm ihre Beretta in die Hand.

Obwohl sie eins der eleganten, dicken Kissen im Badezimmer als provisorischen Schalldämpfer benutzte, schallte es laut, als sie auf das Fenster schoss. Sie zog sich auf die Fensterbank hoch und riskierte einen Blick über die Schulter. Das Abzugsteam, von dem der Butler geredet hatte, kam gerade durch die Badezimmertür gestürmt. Keine Zeit für Überlegungen. Aber die Landung würde wirklich wehtun. Sie holte tief Luft und trat mit nackten Füßen gegen das zerbrochene Fensterglas. Glasscherben verletzten sie an der Brust und am Rücken, als sie seitwärts durch das Fenster stieg. Eine endlose Sekunde lang hielt sie inne, als sie merkte, dass der Fensterrahmen zu schmal war. Sie konnte ihr Gesicht nicht drehen, um ihre Angreifer zu sehen, spürte aber die Hände, die nach ihrem Kleid griffen. Bevor es jemandem gelang, sie am Schienbein zu packen, sprang sie.

Es fühlte sich an wie in Zeitlupe. Schwerelos schwebte sie in einem Meer goldener Seide, die sich um sie herum aufbauschte, gen Himmel, bis sie auf dem gepflegten Rasen vor der Terrasse aufkam. Alles tat ihr weh. Ihre Ausstiegsstrategie war nicht besonders strategisch gewesen, und sie hatte keine Chance gehabt, sich seitlich über die Schulter abzurollen, wie es ideal gewesen wäre. Aber wenigstens ein Gutes hatte das Ganze. Sie war draußen und die gefährlichen Männer drinnen, im Haus.

Peng. Peng. Plop.

Die Männer waren drinnen, aber ihre Waffen, die sie aus dem Fenster auf sie richteten, waren auch hier draußen für sie gefährlich. Sie stand so schnell auf, wie sie konnte. Dreck flog um sie herum in die Luft. Die Schüsse verfehlten sie knapp. Nicola humpelte so flink wie möglich außer Reichweite. Zweifelsohne waren die Männer schon dabei, ihre Taktik zu ändern, und waren auf dem Weg zu ihr.

Während sie halbhumpelnd, halblaufend flüchtete, versuchte sie ihre Verletzungen zu analysieren. Gebrochen war nichts. Aber einen Termin bei ihrem Chiropraktiker würde sie machen müssen. Das wunderschöne Kleid war jetzt mit Blut befleckt, dank ihrer Flucht durch die Fensterscheibe. Ganz sicher hatte sie sich ihren Ellenbogen und ihr Handgelenk verstaucht.

Sie konnte ein Waldstück in der Dunkelheit ausmachen und rannte darauf zu in der Hoffnung, sich zwischen den Bäumen verstecken zu können. Erst in dem Moment fiel ihr auf, dass sie die kleine Waffe immer noch in der Hand hielt, ihre Handtasche mit ihrem nicht zurückverfolgbarem Handy aber verloren hatte. Wie zum Teufel sollte sie jetzt Beth anrufen?

Erst einmal galt es, sich so weit wie möglich von der Villa entfernen. Vielleicht konnte sie ja ein anderes Anwesen erreichen, einbrechen und dort ein Telefon benutzen. Mit nackter Sohle trat sie voll auf die spitze Seite eines heruntergefallenen Astes.

»Verdammte Scheiße!« Es tat so weh, als ob ein Eispickel in ihrem Fuß steckte. Die Schmerzen schossen ihr Bein hoch bis in die Hüfte. Sie verlor das Gleichgewicht, rollte kopfüber den Hügel hinunter und landete auf ihrem verstauchten Arm. Ihr Fuß brannte vor Schmerz.

Am Fuße des Hügels blieb sie liegen. Das Kleid war jetzt völlig hinüber. Sie blutete am ganzen Körper.

»Steh auf, Mädchen«, befahl sie sich. Außer ihren Lippen bewegte sich nichts. Nein, sie hatte zu hart gearbeitet, hatte zu viel zu beweisen. Sie würde es nicht zulassen, dass eine Kleinigkeit wie diese alles zunichte machte. Sie war verdammt noch mal zu clever dafür, wie eine Anfängerin auf der Farm auf die Fresse zu fliegen.

»Nichts, das nicht wieder verheilen könnte. Steh auf. Sofort.«

Gänsehaut breitete sich auf ihrem Körper aus. Sie war nicht allein. Sofort sprang sie auf die schmerzenden Füße, hielt die Waffe im Anschlag und drehte sich instinktiv um die eigene Achse. Noch einmal drehte sie sich, horchte dann und ging einen Schritt weiter. Sie trat auf den Schotter eines Feldwegs. Zehn Meter weiter stand ein SUV in der Dunkelheit. Drei Männer, die alle wie Rugbyspieler gebaut waren, standen erstarrt da wie übergroße Gartenzwerge.

Und es waren nicht die, die hinter ihr her waren.

Sie entsicherte ihre Beretta. Das Geräusch hallte in der mondlosen Nacht wider.

Einer der Männer hielt die Hände hoch. Die beiden anderen richteten sich auf, so als ob sie vorher vornübergebeugt gewesen wären, im Begriff, sich gegenseitig auf diesem Feldweg in Maine auf den Boden zu werfen.

Sie tat einen Schritt vorwärts. Es war so verdammt dunkel. Sie konnte lediglich die Konturen der Männer ausmachen. Nachdem sie Cash Garrison begegnet war und dann diese Männer auf sie geschossen hatten … wer wusste schon, wer noch bei dieser Sache mitmischte.

»Umdrehen. Vom Auto entfernen. Sofort!« Sie brauchte ihren fahrbaren Untersatz. Vielleicht hatte sie Glück und fand darin auch ein aufgeladenes Handy.

Der Mann, der die Hände erhoben hatte, ging zwei Schritte zurück. Ohne Absprache gingen die anderen beiden Männer zwei Schritte vor. Sie hatte für so etwas keine Zeit. Die Männer aus der Villa waren vielleicht auf genau diesem Feldweg unterwegs oder folgten ihrer Spur durch den Wald. Sie humpelte vorwärts und unterdrückte einen Schmerzensschrei, als sie mit dem verletzten Fuß auf den Schotter trat.

»Ich habe gesagt, sofort.« Mühsam schleppte sie sich zur Fahrertür.

»Nicola?«

Nicht Cash.

Nein, das war ganz eindeutig nicht Cash. Das machte alles noch viel schlimmer. Noch verwirrender. Das hier war einfach zu viel für sie. Mit einem Satz war Nicola bei dem stehenden Wagen.

✕

DAVID LEHNTE SICH gegen die Wand im Flur, als er den Knall des Schusses im Badezimmer hörte. Er lockerte die Krawatte, die zu dieser schrecklichen Livree gehörte. Hoffentlich hatte man Nicola mit einem Schuss erledigt. Es gab ja keinen Grund, hier eine Schweinerei anzurichten.

Die Ereignisse des Abends waren nicht vorauszusehen gewesen. Das Attentat hatte einige Probleme bereitet, aber vor allem hatte es seinen Plan vereitelt, die CIA zu verlassen. Smooth hatte David gutes Geld dafür bezahlt, damit er ihn über die Ermittlungen über seine illegalen Aktivitäten und seine Verbindungen zu Terroristen auf dem Laufenden hielt.

Anscheinend hatte David bestimmte Informationen gar nicht erhalten. Jetzt, wo Smooth und Nicola tot waren, musste er sich schnell einen neuen Plan überlegen. Er würde sich mit seinem Verbindungsmann in Kontakt setzen, dessen Anweisungen entgegennehmen und weiter seinen beschissenen Job als CIA-Agent machen, bis er den nächsten Käufer für Geheiminformationen gefunden hatte. In der Zwischenzeit würde er Waffen und Munition entwenden und verkaufen, um sein Bankkonto zu füllen und so seinen bevorstehenden Ruhestand noch ein wenig angenehmer zu machen.

Sollte es Nicola unerwarteterweise gelingen zu flüchten, würde er sie einfach später ausschalten. Sie hatte die Schlüsselinformation, die den Untergang von Smooth Enterprises bedeutete, zwar nicht herausgefunden, aber wieso das Risiko eingehen? Dieses eine Geheimnis, das er vor der CIA verborgen hatte, sicherte seine Zukunft.

KAPITEL DREI

DIE FRAU SPRINTETE zur offenen Fahrertür. Dabei ignorierte sie absichtlich die Männer und versteckte ihr Gesicht. Zu spät. Cash und Roman hechteten durch die offene Hintertür auf den Rücksitz und landeten einer auf dem anderen, während die Frau die Fahrertür zuschlug.

Cash, der auf Roman lag, richtete sich auf und schlug mit der flachen Hand gegen die Decke, um den Lichtschalter zu finden.

Klick. Düsteres Licht brachte die Wahrheit zum Vorschein.

Die Waffe war auf den Rücksitz gerichtet, aber die Frau schaute sie nicht an, wich ihren Blicken aus. Er hätte ohne Probleme ihre Waffe entwenden können. Roman ebenso. Aber keiner von beiden tat es.

»Nicola?«, sagte Roman wieder mit rauer Stimme.

Ihr Arm zitterte, sodass die Waffe in ihrer Hand wackelte. Sie sicherte die Pistole, hielt den Finger aber immer noch auf dem Abzug. »Bitte verschwindet. Geht einfach«, flüsterte sie.

Das war ihre Stimme. Er hatte also wirklich ihr Gesicht gesehen. Cash schaute Roman an. Nein, er hatte hiervon nichts gewusst. Der Mann war genauso sprachlos und verletzt wie er. Alles, was sie sehen konnten, waren eine blutige Schulter, ein verletzter Arm und Blätter im verstrubbelten Haar.

Rocco kam auf die offene Tür zu; er konnte vermutlich nicht sehen, was im Wagen vor sich ging. »Was ist los?«

Sie ignorierten ihn.

»Nicola.« Romans Stimme war brüchig. »Ich glaub, ich werd verrückt.«

Cash sah Roman an, für den gerade eine Welt zusammenbrach, genauso, wie es ihm ergangen war.

Sie senkte den zitternden Arm, legte die Waffe auf das Armaturenbrett und ließ den Kopf mit dem verworrenen Haar auf die Brust sinken. Dann sah Nicola sie beide an. Es war das Gesicht, das Cash einst vergöttert hatte. Ihre Unterlippe bebte und Tränen quollen aus den Augenwinkeln hervor.

Sie schloss die Augen und noch mehr Tränen strömten ihr Gesicht herunter. »Es tut mir so leid.«

Roman sprang aus der Tür heraus und warf dabei Rocco um. Er hätte die Tür auch an den Angeln herausgerissen, wenn es nötig gewesen wäre. Die Fahrertür schwang auf und er legte die Arme um Nicola, zog seine kleine Schwester an seine Brust. Cash hatte keine Ahnung, was er vor sich hinmurmelte. Er hatte nicht das Recht zu lauschen.

Dem rührenden Moment wurde ein jähes Ende gesetzt, als sie ihn wegstieß. »Seid ihr hier, um mich auszuschalten?«

Keiner brachte ein Wort hervor. Cash konnte nicht nachvollziehen, auf welche Weise sie mit Antilla Smooth unter einer Decke steckte, und ertrug den Gedanken nicht, Roman von ihrer intimen Beziehung mit dem Kriegstreiber erzählen zu müssen. Der Gedanke daran brach ihm das Herz, genauso wie an dem Tag, als er sie verloren hatte.

Aber sie hatten sie ja nicht verloren. Sie war am Leben und saß direkt vor ihnen.

Nicola sprach wieder: »Für wen arbeitet ihr?«

Wovon redete sie bloß?

Roman schien seine Gedanken lesen zu können. »Nic, wovon redest du?«

»Wieso seid ihr hier?«

»Du bist am Leben. Wollen wir nicht erst einmal darüber reden?«

»Geh weg, Roman. Das ist besser so. Wenn du nicht hier bist, um …«

»Was redest du da? Du bist am Leben. Du kommst mit nach Hause. Mom und Dad … sie, wir haben dich beerdigt. Wir …«

»Ihr müsst hier weg. Und zwar sofort. Wenn ich nicht das Auto haben kann …« Sie versuchte, an ihm vorbeizukommen, aber er drückte sie an seine Brust. »Lass mich los. Verdammt noch mal, Roman. Du verstehst nicht. Wir können hier nicht bleiben.«

»Du steckst in Schwierigkeiten. Wir können dir helfen. Wir bringen das wieder in Ordnung.«

Sie war so schnell, dass weder Roman noch Cash rechtzeitig reagieren konnten. Plötzlich hatte sie die Waffe in der Hand, die Mündung gegen die Brust ihres Bruders gepresst. »Ich liebe dich«, schluchzte sie. »Zwing mich nicht dazu.«

Roman trat mit erhobenen Händen einen Schritt zurück. »Wer bist du? Was ist mit dir passiert?« Man konnte seiner Stimme eindeutig anhören, dass er den ersten Schock überwunden hatte und mittlerweile bei Wut angekommen war. Wenigstens war Roman jetzt mit Cash auf einer Wellenlänge, was diese unglaubliche Situation anging.

»Geh weg«, zischte sie und wischte sich mit dem Handrücken die Tränen weg.

»Ich kann nicht. Du bist meine …«

Nicola streckte den Arm mit der Waffe aus und ächzte vor Schmerz. »Ich brauche euer Auto. Sag mir, wie ich dich kontaktieren kann. Dann werde ich alles erklären. Ich versprech's. Aber jetzt muss ich gehen. Sofort. Ich …«

»Unter keinen Umständen.«

»Verdammt noch mal, Roman. Wenn ihr hier seid, um mich umzubringen, dann tu es einfach. Ansonsten verschwinde vom Auto. Du auch, Cash. Steig aus.«

Sie umbringen?

Die Tränen waren verschwunden. Innerhalb eine Sekunde waren alle Emotionen wie weggewischt. Ihre Augen waren eiskalt; sie war eine Frau mit einer Mission.

Zehn Jahre waren vergangen. Zehn beschissene lange Jahre. Wer wusste schon, was sie in der Zeit getan hatte. Eindeutig schlechte Dinge, mit schlechten Leuten.

Cash meldete sich zu Wort. »Du bist verletzt.«

Sie funkelte ihn böse an. »Ich bin bald tot, wenn ihr nicht abhaut.«

Cash ließ nicht locker, in der Hoffnung, zu ihr durchzudringen, auch wenn es Roman nicht gelungen war. »Wir können dir helfen. In was für Schwierigkeiten du auch steckst …«

»Ich stecke nicht in Schwierigkeiten. Raus!«

»Nein«, antworteten Cash und Roman im Chor.

Klick-Klick. Das Geräusch der entsicherten Glock ließ sie beide zu Stein erstarren. Ihr dritter Mann, Rocco, hatte Nicola im Visier.

»Nimm die scheiß Waffe aus dem Gesicht meiner Schwester«, sagte

Roman mit eiskalter Stimme.

Rocco verzog das Gesicht. Er senkte die Waffe. »Wir müssen hier weg, verdammt. Macht eine Therapie, wenn ihr Familienprobleme habt. Kauft euch ein paar Selbsthilfebücher. Ist mir doch egal. Aber jetzt müssen wir weg.«

Nicola ließ wieder die Waffe sinken und legte die Stirn gegen das Lenkrad.

Roman tätschelte ihr verknotetes Haar. »Nic, das wird schon wieder. Was dir auch immer passiert ist, wir bringen das wieder in Ordnung. Wir beschützen dich.« Er legte einen Arm um den Hals seiner Schwester und drückte sie an sich. Mit einer fließenden Bewegung hatte er sie in seine Arme gehoben.

Als spielten sie Reise nach Jerusalem, setzte sich Cash auf den Beifahrersitz und Roman stieg hinten ein, wo er Nicola neben sich auf die Rückbank legte. Sie stöhnte vor Schmerz. Cash gelang es, einen Blick auf den Fahrersitz zu werfen, bevor sich Rocco darauf setzte. Da war eine Menge Blut auf dem Sitz.

»Wir müssen hier weg«, flüsterte sie heiser.

»Verstanden, Süße.« Roccos Blick traf Romans. »Scheiße. Tut mir leid wegen der Süßen. Verstanden, ähm …«

»Nicola.« Roman starrte Rocco böse an.

»Genau. Verstanden, Nicola.« Rocco stellte den Motor an und sie rasten davon.

Roman wandte sich seiner Schwester zu. »Nic, bitte erzähl, was passiert ist. Wer auch immer dich hatte, du bist jetzt sicher. Was auch immer der Grund war …«

»Hör auf. Es ist nicht so, wie du denkst. Ich bin aus freien Stücken gegangen.«

Und mehr war nicht aus ihr herauszukriegen. Sie starrte einfach geradeaus. Sie gab keine Antwort, egal, welche brüderlichen Überredungskünste er anwendete oder wie wütend er nach Antworten verlangte.

In Cashs Kopf drehte sich alles. Sie war am Leben. Am Leben und bewaffnet, obwohl sie sie vor zehn Jahren beerdigt hatten.

Es kam ihm vor, als sei sein Abschlussjahr am College, als sie ihm die

Nachricht überbracht hatten, erst gestern gewesen. Aber es war eine Lüge gewesen. Sie war eine Lügnerin. Die Frau, die sein Herz gestohlen hatte, war eine Lügnerin.

SIE FUHREN IN die Einfahrt des Safehouses in einem Vorort. Rocco hatte kein Wort gesagt, seit sie losgefahren waren. Roman hatte sein Verhör auch längst aufgegeben. Er sah aufgelöst und wütend und trotzdem … hoffnungsvoll aus. Wenn es sieben Phasen für Trauer gab, wie viele gab es wohl für Schock?

Cash schwieg. Er hatte nichts anderes getan, als seine Tarnkleider auszuziehen, sich die Tarnfarben vom Gesicht abzuwischen und seinen Cowboyhut aufzusetzen. Aber das sollte nicht heißen, dass er sie nicht die gesamte Fahrt über im Rückspiegel beobachtet hatte.

Rocco sprang aus dem Wagen und machte den Kofferraum auf. Er schnappte sich seine Tasche und ging schnurstracks zur Haustür. »Gute Nacht und viel Glück noch.« Er ging hinein.

Die anderen drei blieben im Auto. Saßen einfach schweigend da. Cash schloss die Augen und erinnerte sich an den letzten Tag, ihr letztes Gespräch, an diese schrecklichen Schmerzen, die ihn beinahe aufgefressen hatten, als er sie verloren hatte.

»Cash?«, flüsterte sie im Dunkeln.

Ihre Stimme verursachte ihm Gänsehaut.

»Jetzt reicht's mir aber, Nicola. Zuerst redest du mit mir.« Roman war völlig im Recht, so verärgert zu sein. Und wenn er über den Rest Bescheid gewusst hätte, dann wäre er auf sie beide sauer gewesen.

Sie machte die Tür auf und die Männer taten es ihr nach. Drei Türen schlugen nacheinander wieder zu.

Im Vorort war es so ruhig, dass es fast schon unheimlich war. Sie tat einen Schritt nach vorn und stolperte. Sofort war Cash an ihrer Seite und fing sie auf. Nicolas Körper passte genau in seine Arme, so wie schon immer. Seine Muskeln erinnerten sich daran, wie sie sich anfühlte, wenn sie sich an ihn schmiegte. Er erschauderte und wieder breitete sich Gänsehaut aus, erst im Nacken, dann auf seinen Armen, die er um ihren Oberkörper gelegt hatte.

Ihre Blicke trafen sich. Sie war älter. Weiser. Und irgendwie schöner als je zuvor. Er hätte diese Frau hassen sollen. Er hasste sie auch, aber bis sie ihren Blick von ihm löste, war er wie verzaubert von ihr.

Erleichterung und Leere machten sich in seinem Herzen breit. Er rieb sein Brustbein mit der freien Hand, als könnte er das Gefühl damit loswerden.

Statt sich auf die alte Nicola zu konzentrieren, sollte er sich mit der neuen beschäftigen. »Wie schlimm ist dein Knöchel verletzt, Nic?«

Sie antwortete nicht, versuchte sich stattdessen aufzurichten und das sexy Kleid glattzustreichen, das ihre Kurven betonte. Mann, er erinnerte sich nicht daran, dass sie so stur gewesen war. Andererseits kannte er diese Nicola ja nicht wirklich, die sich gerade aus seinen Armen löste.

Sie humpelte zur Haustür, die Schleppe ihres Kleides auf eine unpassend erscheinende, elegante Art und Weise hinter sich herziehend, und drehte sich dann zu den beiden Männern um, die sprachlos in der Einfahrt standen. »Ich brauche eine sichere Telefonverbindung. Kann mir einer von euch dabei helfen?«

Eine sichere Telefonverbindung? Und das, nachdem sie sie gefragt hatte, ob sie gekommen waren, um sie umzubringen? Wenn sie nicht vorher schon völlig verblüfft gewesen waren, dann spätestens jetzt. Cash schaute Roman an, der genauso verwirrt aussah. Das »Was zum Teufel« stand ihm förmlich ins Gesicht geschrieben.

»Ja, wir helfen dir.« Er sah Roman an und seine Lippen formten lautlos die Worte: »Was ist hier los?«

Die Tür ging zu. Cash und Roman standen reglos in der Einfahrt.

»Das ist meine kleine Schwester und ich habe keine Ahnung.« Er brach ab. »Wir haben sie beerdigt. Es gab eine Leiche, die wir beerdigt haben. Meine Mutter hat monatelang nur geweint.« Jetzt versagte ihm die Stimme völlig.

Sie lehnten sich gegen den Range Rover. Zwei Männer, von Gefühlen völlig überwältigt. Roman vergrub den Kopf in den Händen und Cash starrte den Nachthimmel an.

Kein großer Bruder sollte das durchmachen müssen, was Roman durchgemacht hatte. Er hatte die Hand seiner Mutter gehalten, hatte sie und seinen aufgelösten Vater während der Beerdigung getröstet. Einen offenen Sarg hatte es nicht gegeben, denn ihre Leiche war völlig verbrannt. Nein. Sie hatten ja nur gedacht, ihre Leiche wäre verbrannt gewesen. Gerade eben hatte sie mit ihrem großen, schlanken Körper noch in der dunklen Einfahrt gestanden.

Cash wollte sich diesen schlimmen Tag gar nicht in Erinnerung rufen. Als er ihr gesagt hatte, dass er sie liebte, und sie beschlossen hatten, Roman beizubringen, dass sein bester Freund seine Schwester nagelte. So war es natürlich nicht, noch nicht mal annähernd. Aber so würde es ein bester Freund sehen. Roman würde ausrasten und Cash ihm erklären müssen, dass sie schon den Hochzeitsmarsch summte und von einem weißen Kleid träumte.

Er stieß sich vom Range Rover ab und hätte am liebsten den Spiegel abgerissen oder den Kotflügel eingetreten. Alles, nur um die bittere Gallenflüssigkeit nicht mehr zu spüren, die in ihm aufstieg. Scheiße, seitdem war so viel Zeit vergangen. Junge Liebe. Was für ein Schwachsinn.

Cash musterte Roman. »Alles bei dir in Ordnung, Kumpel?«

Roman räusperte sich. »Nein. Nichts ist in Ordnung. Meine tote Schwester lebt und … arbeitet für Antilla Smooth?« Er hielt inne und sah ihn an, als könnte sein Blick bis in Cashs Seele dringen. »Ist es das, was vorhin passiert ist? Du hast sie gesehen? Du dachtest, ich hätte davon gewusst?«

Dieser Gedanke schien jetzt so absurd, aber zu dem Zeitpunkt … zu dem Zeitpunkt hatte er sich nichts anderes vorstellen können. Und sie *arbeitete für Antilla Smooth*? Sie tat mehr, als für ihn zu arbeiten, aber Cash würde diese Information für sich behalten. Das würde seinen Freund sonst kaputtmachen. Nicola in den Armen des alten, knöchrigen Waffenhändlers. Das widersprach allem, für das er und Roman standen.

Die Nicola, die er kannte, würde einen Schweinehund wie Smooth nicht mal mit der Kneifzange anfassen. Anderseits kannte er sie ja nicht. Er kannte nur eine Lügnerin.

KAPITEL VIER

NICOLA SUCHTE SICH das Schlafzimmer aus, das am weitesten weg von den Zimmern der Jungs war. Wem machte sie etwas vor? Sie waren einfach die Jungs, klar, so wie heute nur ein ganz normaler Tag war. Roman und Cash. Die beiden wichtigsten Männer in ihrem Leben, auch wenn es schon eine Ewigkeit her war, dass sie ihre Berührungen gespürt oder Worte aus ihrem Mund gehört hatte.

Der Tag, an dem sie diese geliebten Menschen zurückgelassen hatte, war der schlimmste Tag in ihrem Leben gewesen – bis heute. Sie kniff die Augen zusammen, als sie sich wieder ihre geschockten Gesichter in Erinnerung rief. Der Schmerz und die Qual. Und die Wut. Wer konnte es ihnen verdenken? Sie sicherlich nicht. Sie gab sich aber selber die Schuld. Sie konnte nicht anders.

Ja, heute war offiziell der schlimmste Tag in ihrem Leben, obwohl der Tag, den sie bislang dafür gehalten hatte, kaum zu schlagen war.

Ihr Schlafzimmer hatte ein angrenzendes Bad – gut ausgerüstet mit einem Erste-Hilfe-Schränkchen, wie es sich für ein ordentliches Safehouse gehörte. Was zum Teufel machten Roman und Cash eigentlich in einem Safehouse – und mit Waffen? Ihre Gedanken überschlugen sich. Eine Million Möglichkeiten gingen ihr durch den Kopf. Ob sie all diese Vermutungen auch über sie aufstellten?

Beide Männer hatten sich zu wahren Muskelprotzen entwickelt, seit sie sie das letzte Mal gesehen hatte. Sie waren riesig. Klar, sie waren unterschiedlich gebaut, aber nachdem Cash sie in seinen Armen gehalten hatte, hatte sie keinen Zweifel mehr, dass ihr Faible fürs Gewichtheben noch mal ganz andere Ausmaße angenommen haben musste. Roman war eher untersetzt, vom Körperbau her sehr kompakt. Cash war größer und schlanker. Lange Beine, riesiger Brustkorb. Er hatte immer schon eine sündhaft breite Brust gehabt, aber jetzt sah sein Oberkörper richtiggehend verboten aus.

Sie versuchte den Gedanken an Cash abzuschütteln. Es gab keinen Grund, nostalgisch zu werden. Sie musste sich um ihre Verletzungen kümmern und diese Tagträumerei würde eine Infektion der Wunden sicher nicht verhindern. Sie säuberte sie und behandelte jede Abschürfung mit Wasserstoffperoxid. Dann noch ein bisschen was von der antibakteriellen Salbe drauf und alles würde hoffentlich problemlos verheilen.

Mit ihrem Ellenbogen sah es anders aus. Sie würde ihn verbinden und eine Schlinge tragen müssen. Den Arm ruhigzustellen war das Wichtigste für die Heilung, aber den drei Männern gegenüber, die, was sie anging, sowieso schon im vollen Beschützermodus waren, so eine Verletzlichkeit zur Schau zu stellen, stand außer Frage.

Wieder war ein wunderschönes Kleid ruiniert. Die schicke Kleidung war ein Bonus bei ihrem Job, aber die Kleider überlebten die Einsätze nie. Sie hatte schon gewusst, dass dieses im Mülleimer landen würde, als sie sich durch das enge Fenster gequetscht hatte. Aber irgendwie hatte sie immer noch gehofft falsch zu liegen. Nein. Es war sowieso nur ein blödes Kleid. Aber in diesem Moment kam es ihr wie das einzige vor, auf das sie sich konzentrieren konnte, ohne sich gleich heulend unter der Bettdecke zu verkriechen.

Ihr blieb der Atem stehen, als sie ein leises Klopfen an der Tür hörte. Sie hatte keine Ahnung, was sie sagen oder was sie für eine Erklärung liefern sollte, also sagte sie gar nichts. Die Klinke ging runter und die Tür öffnete sich. Cashs wundervoller blonder Haarschopf erschien im Türspalt. Seine Haare waren noch feucht vom Duschen und er hatte die gesamte Tarnfarbe abgewaschen. Er sah älter und härter aus. Gebräunter. Vielleicht ein paar mehr Fältchen um die Augen als früher. Sein Gesicht war nicht mehr so rund, sondern viel kantiger.

Er hielt ihr das Handy hin, als wäre es ein Passwort, mit dem er Einlass in das Zimmer erbat. Sie nickte. Er trat ein und zeigte ihr, was er in der anderen Hand hatte. Kleidung als ein weiteres Friedensangebot.

»Handy. T-Shirt. Hose. Ich dachte, du möchtest dich bestimmt umziehen.« Er hörte sich so unsicher an, wie sie sich fühlte. Die

Atmosphäre im Raum war aufgeladen. Überhaupt kam ihr das Zimmer auf einmal viel kleiner vor. Sein durchdringender Blick sah bis in ihr Innerstes, bis zu dieser verletzlichen, weichen Stelle, die sie so verzweifelt versucht hatte zu verstecken. Nicola nickte wieder. »Kann ich das Handy haben?«

»Du kannst das Handy und die Kleider haben.« Er legte die Gegenstände auf die Kommode, blieb aber stehen.

»Oh, gut. Danke.« Er schien die Hälfte des Zimmers einzunehmen, wie er so erwartungsvoll dastand, als ob sie jetzt am Zug wäre. »Wenn du mich jetzt bitte entschuldigen würdest.«

»Nee, nee. So läuft das nicht. Unser Telefon – ich bleibe hier, während du den Anruf machst.«

»Aber …«

»Du hast keine große Wahl, Nic. Dein Bruder schwankt oben zwischen Wut und Trauer, erlebt Gefühlsschwankungen wie ein Psychiatriepatient, während er versucht, sich einen Reim auf das alles zu machen. Und ich bin« In seinen dunkelblauen Augen spiegelte sich so viel Schmerz wider, wie sie es noch nie gesehen hatte. Er schloss sie und holte tief Luft. Als er sie wieder öffnete, räusperte er sich. »Ich bin hier, um deinen Anruf zu überwachen.«

In seiner Stimme schwangen Bitterkeit und Qual mit. Sie war ein böses Miststück. Tränen brannten in ihren Augen. Schon wieder. Statt ihnen freien Lauf zu lassen, rutschte sie über das Bett, etwas befangen, weil sie sich bewusst war, wie eng ihr zerrissenes Kleid am Körper anlag. »Na gut. Dann bleib eben.«

»Wie schon gesagt, du hast keine große Wahl.«

Sie nahm Handy und Kleider von der Kommode und setzte sich wieder auf das Bett. »Okay.«

Sie war das Böse personifiziert, nein, die noch bösere Stiefschwester des Bösen. Wie hatte sie das den beiden antun können? Ihrer Familie? Noch nie hatte sie ihre Mutter und ihren Vater so gerne anrufen wollen wie jetzt. Mom würde sie hassen. Das sollte sie auch. Aber Nicola brauchte ihre Mutter, brauchte ihre Umarmung. Wieder drohte sie in Tränen auszubrechen. Sie konzentrierte sich auf ihren Atem, auf Cash.

Er lehnte seinen muskulösen Körper zurück, stellte einen Stiefel gegen die Wand und beobachtete sie. Nicola drehte sich auf dem Bett um, hatte ihn aber immer noch über den Spiegel im Blick. Sie gab die Telefonnummer ein, wartete, und fügte dann noch ein paar Nummern hinzu.

Beth antwortete nach dem ersten Klingeln, so wie immer. »Hallo Süße. Hab keinen Anruf von dir mehr erwartet.«

»Gabriella wurde enttarnt. Sie stand auf der Abschussliste, konnte aber gerade so verhindern, dass der Auftrag erfolgreich ausgeführt wurde.«

»Bist du verletzt?«

»Ein bisschen.« Nicola zeigte sich nie verletzlich, wenn sie nicht wusste, wer ihr zuhörte. Ihre beste Freundin würde an ihrer Stimme erkennen, dass sie untertrieb, es aber nicht so schlimm war, dass ein Bad in Desinfektionsmittel sie nicht wieder kurieren konnte.

»Verstehe. Und bei wem bist du gerade?«

»Freunden.« *Glaube ich.* »Die Situation ist … kompliziert.«

»Wieso kannst du mir nicht mehr sagen?«

»Weil mein Freund …«, sie warf Cash im Spiegel einen bösen Blick zu, »… zu verdammt neugierig ist. Aktuell musst du keinen Plan machen, mich hier rauszuholen. Ich kontaktiere dich morgen wieder.«

»Muss ich mir Sorgen machen?«

Das war ihre beste Freundin, die da sprach, nicht ihre Verbindungsfrau. Die beiden Rollen standen öfter mal im Konflikt und Beth wusste, dass Nic zu so etwas niemals Ja sagen gesagt hätte, selbst wenn es so gewesen wäre.

»Wir sehen uns bald und dann erkläre ich dir alles unter vier Augen. Gute Nacht.«

Nicola beendete das Gespräch und schob das Handy hinter sich. Sie wollte Cash nicht in die Augen schauen. Er löste sich von der Wand und kam zum Bett hinüber, ein schwerer Schritt nach dem anderen. Das Geräusch hüllte sie völlig ein. Sie senkte den Blick. Ihre Handflächen wurden feucht.

Das Bumm, Bumm, Bumm ihres Herzens hätte das gesamte Safehouse zum Vibrieren bringen können.

Cash blieb stehen und sie kämpfte gegen den Drang aufzuschauen.

Ein Finger brachte ihren Entschluss ins Wanken. Er berührte ihr Kinn und hob es an, bis sich ihre Blicke trafen. *Herr, erbarme dich.* Saphirblaue Augen und ein trauriges Lächeln. Ihr Herz verkrampfte sich.

»Es ist schön, dich wiederzusehen.« Seine Stimme hörte sich verletzt und heiser an.

»Hasst du mich?«

»Vielleicht.« Er lächelte und alles schien mit einem Mal nicht mehr ganz so schlimm.

»Ich hatte meine Gründe.« Aber die schienen ihr jetzt, wo er vor ihr stand und Roman oben fast am Durchdrehen war, nicht mehr gut genug.

»Es sieht so aus, als ob sich vieles verändert hat.«

»Genau das habe ich auch gedacht.«

»Schönes Kleid.« Sein Blick wanderte über ihren Körper.

Sie hielt den Atem an, während er sie musterte, und verstand nicht ganz, wieso ihr so heiß wurde. Um das Schweigen zu brechen, stammelte sie: »Ich hatte gedacht, das einzig Positive an diesem Tag wäre, dass ich das Kleid behalten kann.«

Er schmunzelte und löste diesen intensiven Blick von ihr, der bei ihr Hitzewallungen auslöste. »Wie wollen wir das machen, Nic? Willst du einfach mit deiner Erklärung loslegen oder soll ich mit einem Verhör beginnen?«

»Ich kann nicht.«

»Du kannst.«

»Aber ich werde nicht.« Sie starrte die Tagesdecke an und strich sie glatt. »Du und Roman. Ihr seht anders aus. Ihr … ich nehme an, wir sind alle erwachsen geworden.«

»Es ist viel Zeit vergangen.«

»Ich habe gesagt, dass es mir leid tut.«

»Das hast du.«

»Ich weiß, es macht es …«

»Genug mit den Entschuldigungen.« Es überraschte sie, wie barsch seine Stimme klang. Er ließ nicht locker. »Willst du jetzt reden? Mit mir? Mit Roman? Scheiße, mit Rocco, vielleicht?«

»Ich habe doch schon gesagt …«

»Und das ist mir egal. So wie ich es sehe, hast du einen schlechten Tag, weil dein Freund und Lover endlich das bekommen hat, was er verdient.«

»Was?« Sie zuckte zusammen. Die Worte fühlten sich wie eine Ohrfeige an. Er konnte doch nicht wirklich denken, dass sie und Antilla etwas miteinander hatten? Andererseits gehörte es zu ihrer Tarnung, den blutrünstigen Mistkerl zu verführen.

»Versuch mich nicht für dumm zu verkaufen, Nic. Du und Antilla Smooth.«

»Cash, du …«

»Ich habe keine Ahnung, was du die letzten zehn Jahre so getrieben hast, also fängst du besser an zu reden, oder du kannst genauso gut aufhören, mich als Freund zu bezeichnen.«

»Er war nicht mein Liebhaber.«

»Das interessiert mich nicht.«

Sein Gesichtsausdruck strafte seine Worte Lügen und tief in ihrem Herzen wusste sie, dass er die Wahrheit erfahren musste.

Sie versuchte, dem brenzligen Thema Antilla Smooth auszuweichen. Ihre Tarnung mochte aufgeflogen sein, aber sie würde ganz bestimmt nicht Geheiminformationen preisgeben, nur weil alte Gefühle sie einholten. Sie wusste einfach zu wenig. »Wieso warst du denn da? Und Roman? Ihr beide seid bewaffnet wie …« Wie Scharfschützen. Ach du Scheiße. Er zog eine Augenbraue hoch und wartete, bis sie zu ihrer Schlussfolgerung gelangt war. Erst hatte Adrenalin sie vorangetrieben, dann hatte der Schock, Cash und Roman wiederzutreffen, sie völlig durcheinander gebracht. Aber jetzt fügte sie die Puzzleteile langsam zusammen. »Einer von euch hat Antilla umgebracht?«

Einer von den beiden hatte also ihre Operation in den Sand gesetzt? In die sie monatelang so viel investiert hatte? Endlich hätten die Guten eine Chance gehabt, und die beiden hatten der Sache einen Strich durch die Rechnung gemacht?

Sein Unterkiefer knirschte und er sagte durch zusammengepresste Zähne: »Was geht es dich etwas an?«

Das war Bestätigung genug. Cash und Roman hatten ihre Mission zerschlagen und damit jede Chance zunichte gemacht, weiter in Smooths Kreisen zu ermitteln, weiteren Waffenhändlern das Handwerk zu legen. *Nein!*

Sie stürzte sich auf ihn. Es war völlig vollkommen falsch; sie benahm sich wie eine Anfängerin statt wie eine ausgebildete Agentin. Ihr verletzter Fuß und Arm waren ihr gerade egal. Nicola landete direkt vor ihm. Was hatte sie denn vor, so ganz ohne eine Waffe in der Hand? Ihn zu schütteln, bis er starb? Sie hatten schon ihre einzige Waffe beschlagnahmt.

Mit ihrem unverletzten Arm schlug sie auf seine Brust ein, ließ so ihre ganze Frustration und ihre Gefühle heraus, die sie von innen auffraßen. Die Schlafzimmertür flog auf und Roman und Rocco standen im Türrahmen, bereit für … was auch immer. Sie schaute zu Cash auf. Seine Miene war ausdruckslos. Er zeigte keine Gefühle. Ihr wurde bewusst, dass sie geschrien hatte. Ihre Wangen waren nass. Mist, sie hatte geheult. Jahrelange Ausbildung durch Experten war in einer einzigen Nacht für die Katz.

Roman schaute Cash an. »Was zum Teufel?«

»Sie ist so aufgebracht, weil ich ihrem Freund das Hirn weggepustet habe.«

Romans Gesichtszüge entgleisten, bis nur noch Enttäuschung zu sehen war. »Freund?« Er wandte sich von ihr ab und murmelte Rocco irgendetwas zu, während er wieder in den Flur ging.

Cash flüsterte: »Ich kann nicht glauben, dass ich dich mal geliebt habe.«

O Gott, nein. Das lief alles völlig falsch. Sie wusste nicht genug darüber, wer sie waren oder warum sie hier waren. Ihnen eine Erklärung über ihre eigenen Motive zu liefern, konnte andere CIA-Operationen negativ beeinträchtigen.

Warum war sie ihnen heute Nacht bloß begegnet? Sie brannte darauf, ihm die Wahrheit zu erzählen, brannte darauf, sich an seine Liebe zu erinnern. Nicola schaute in den Spiegel und ließ sich dann auf das Bett fallen. Vielleicht war sie zu schwach für den Job. Selbstzweifel nagten an ihr wie damals, während ihrer ersten Woche auf der Farm, als die anderen Rekruten, nur wenige von ihnen Frauen, sie angesehen hatten, als wollten sie sie zum Frühstück verspeisen. Sie hatte keine Qualifikationen gehabt, nur Potenzial und das Gefühl, sich beweisen zu müssen.

Sie war dazu in der Lage, wie die Agentin zu handeln, zu der man sie ausgebildet hatte, und keine Reaktion zu zeigen. Emotionen sollten ihr Handeln nicht beeinträchtigen.

Ich kann nicht glauben, dass ich dich je geliebt habe. Reagiere nicht. Beweg dich nicht. Seine Stimme hallte in ihrem Kopf wider. Die stummen

Befehle, die sie sich gab, schienen nichts zu bewirken.

»Warte!« Nicola sprang vom Bett auf, so gut es ging, und humpelte auf einem Bein zur Tür.

Aber Cash war schon wieder weg, hatte das Handy mitgenommen und ihr die Kleider dagelassen. Sie entledigte sich des zerrissenen Kleides so schnell, wie es ging, zog sich das T-Shirt über den Kopf und …

Und, o Gott, roch das T-Shirt nach Cash Garrison. Seife und dieser männliche Duft wie Pfeffer. Auf einem Fuß balancierend, den einen guten Arm durch den Ärmel gesteckt, stand sie da, das T-Shirt erst halb über den Kopf gezogen. Sie atmete den Duft tief ein und fühlte sich sofort wieder ins College zurücktransportiert. Sie war im zweiten Jahr und er stand kurz vor dem Abschluss im vierten. Sie lagen im Bett, nackt. Sein zusammengeknülltes T-Shirt war ihr Kopfkissen.

Das T-Shirt roch nach ihrer Vergangenheit. Eine Erinnerung, die weit zurücklag. Ihr Herz wurde schwer.

Oh nein. Sie würde noch ihre Tarnung auffliegen lassen.

Sie zog das T-Shirt ganz über den Kopf, zog aber den Kragen hoch und hielt ihn vor die Nase. Nur einmal noch, um die Erinnerung noch einmal aufleben zu lassen.

Cash scherzte oft. Er hatte sie immer zum Lachen gebracht, aber in diesem Moment, in dieser Erinnerung, war er todernst. Er war sich unsicher gewesen, wie sie Roman beibringen sollten, dass sie zusammen waren. Damals hatten sie gesagt, für immer zusammen, und es war Zeit gewesen, ihrem Bruder davon zu erzählen. Nachdem sie ihn verlassen hatte, hatte sie wochenlang geweint. Und es tat immer noch weh.

Sie schüttelte den Kopf. Es war an der Zeit, es hinter sich zu bringen.

Nicola hüpfte auf einem Bein den Flur entlang, hinkte die Treppe hoch und fand die Männer am Küchentisch vor. Sie ließen eine Flasche Jack Daniel's herumgehen. Roman stand auf, starrte auf ihr Humpeln. Cash setzte das Schnapsglas an und trank es auf Ex aus.

Rocco winkte. »Der Kühlschrank ist ziemlich leer. Energieriegel liegen auf dem Tresen. Aber wenn du Lust hast, dich uns anzuschließen, Schnapsgläser stehen neben der Spüle. Wir stoßen auf echte Scheißtage an. Prost.« Er genehmigte sich einen.

»Nicola.« Roman beobachtete sie aufmerksam. »Geht es dir gut?« Er warf Cash einen bösen Blick zu. »Warum hast du denn so rumgeschrien? Das Arschloch da sagt …«

»Sie ist hier nicht willkommen.« Cash blickte finster drein und schenkte sich noch einen Kurzen ein.

Das hier lief wirklich nicht besonders gut, und sie war noch nicht mal zweieinhalb Sekunden in der Küche.

»Halt's Maul, Cash.« Roman funkelte ihn wütend an. »Bist du bereit, über das Ganze, ich weiß auch nicht … zu reden?«

»Nein.«

Roman setzte sich. Nicola schnappte sich ein Schnapsglas und setzte sich an den Tisch, gegenüber von Roman und zwischen Rocco und Cash. Die Lichter waren gedimmt und die Holzmaserung des Tisches wirkte auf einmal sehr interessant. Statt sie zu studieren, nahm sie die Flasche in die Hand, schenkte sich ein und kippte den Bourbon runter.

Ihre Kehle brannte. Perfekt.

Der Effekt ließ sie erschaudern. Gott, das hatte sie gebraucht. Also wiederholte sie es.

Als sie aufschaute, starrten Roman und Cash sie an, vielleicht ein bisschen verwundert darüber, sie so trinken zu sehen, da sie bei ihrer letzten Begegnung noch mehr nach dem Motto gelebt hatte: *Hi, Ich hätte gerne einen pinken Cocktail zu meinem pinken Schirmchen.* Na gut, sie mochte rosa Cocktails immer noch gerne. Das hatte sich nicht geändert.

Mist, konnte sie drei Kurze hintereinander vertragen, ohne etwas im Magen zu haben? Wahrscheinlich nicht. Also schob sie das Schnapsglas weg.

»Antilla Smooth war nicht mein Liebhaber.« Sie schaute ihrem Bruder in die Augen.

Er hustete und wand sich unter ihrem Blick. »War mir nicht bewusst, dass das zur Debatte stand.«

In Cashs Gesicht sah sie nichts anderes als Wut. Wenn er ihr nicht glauben wollte, war das sein Problem. Es spielte sowieso keine Rolle.

Rocco brachte das Gespräch voran. »Wieso bist du durch den Wald gelaufen? Barfuß.«

»Eine noch bessere Frage wäre, wieso du an seinem Arm gehangen hast?«

Also wollte Cash *doch* am Gespräch teilnehmen. Er schien zwischen Trotz und Eifersucht hin- und herzuschwanken. Sie konnte es ihm nicht verübeln.

Sie musterte Roman, statt Cash zu antworten, weil sie nicht wusste, was sie sagen sollte. Seine Brauen zogen sich zusammen. Dann fiel ihr Blick auf seinen Bizeps. *Oh nein.* Ein Tattoo, in Gedenken. RIP. Ihr Geburtsjahr. Ihr Todesjahr.

Sie atmete scharf ein. »Es tut mir so leid.«

Roman nickte. Nicola beobachtete ihren großen Bruder, der so verletzt war und nicht wusste, wieso.

»Es tut dir leid? Das hast du schon gesagt«, sagte Cash.

»Cash, hör auf.« Ihre Handflächen waren feucht. »Ich bin nicht ausgeflippt, weil ich sauer war, dass du ihn getötet hast. Es ist … kompliziert.«

»Ja, der heutige Tag ist die Definition von kompliziert.«

Rocco mischte sich ein. »Mann, beruhig dich mal. Sie wird uns nichts erzählen, wenn du ihr gleich immer an die Gurgel gehst. Bitte, Nicola, red weiter.«

»Für wen arbeitet ihr?«, fragte sie. Sie war neugierig, aber in Wirklichkeit wollte sie Zeit schinden, bis sie sich zurechtgelegt hatte, was sie sagen konnte.

»Nee, wir sind noch nicht dran.« Rocco formulierte es so, als wären sie eine Gruppe sich vordrängelnder Kindergartenkinder.

Sie schloss die Augen und blinzelte dann. »Ich weiß nicht, wo ich anfangen soll.«

»Versuch es doch mal mit dem Tag, an dem du gestorben bist.« Cash deutete mit den Fingern Anführungszeichen in der Luft an, als er *gestorben* sagte.

Rocco boxte ihn in die Schulter und Roman brummelte etwas.

»Cash und ich …« Sie warf Cash einen verstohlenen Blick zu. Etwas blitzte in seinen Augen auf und verriet ihr, dass er Roman niemals von ihnen erzählt hatte.

»Du und Cash habt was?«, fragte Roman.

»Egal. Einfachere Version. Erinnerst du dich an meinen Nebenjob, als wir aufs College gegangen sind? Ich habe auf Teilzeitbasis in einer

Buchhaltungsfirma gearbeitet, wo ich für internationale Kunden zuständig war. Ohne es zu wissen, bin ich über Geldwäscheaktivitäten gestolpert. Wie ich später herausfand, war einer unserer Kunden ein Mafioso, der viele Geschäfte im Ausland getätigt hat. Ich hatte also keine Ahnung, dass ich es die ganze Zeit mit Bezahlungen für Auftragskiller zu tun hatte. Als ich mir das Ganze endlich zusammengereimt hatte, konnte ich es gar nicht glauben. Dann bin ich naiverweise bei diesem Mafioso aufgetaucht und aus Versehen Zeugin von einem Auftragsmord geworden. Zum falschen Zeitpunkt am falschen Ort. Ich hatte herausgefunden, dass sie Mörder waren, aber dann musste ich auch noch mit ansehen, wie sie einen Mann umbrachten. Zu meinem Pech haben sie mich allerdings auch gesehen. Ich bin aus dem Gebäude gelaufen, als das FBI gerade im Begriff war, es zu stürmen. Ihr Timing war gut für mich, schlecht für die anderen.« Sie schüttelte den Kopf, als sie sich daran erinnerte, wie sie das erste Mal jemanden sterben gesehen hatte. »Noch am selben Tag war ich im Zeugenschutzprogramm.«

»So ein Scheiß. So funktioniert das doch gar nicht.« Cash schlug mit der flachen Hand auf den Tisch.

»Manchmal schon.«

»Aber du nennst dich immer noch Nicola?«, fragte Roman.

Sie nickte.

»Wieso?«

»Weil ich irgendwann das Zeugenschutzprogramm verlassen und einen Job angenommen habe, der … sicher war. Ich konnte mich nie an einen anderen Namen gewöhnen. Ich bin Nic. So heiße ich nun mal.«

Roman rieb sich die Schläfen. »Du hast nicht einmal angerufen. Nie einen scheiß Brief geschrieben. Nichts.«

»Ich dachte, es wäre besser so. Sicherer. Es war mir sowieso schon so schwer gefallen, mich an ein Leben ohne euch alle zu gewöhnen. Moms Gesicht, wenn sie einen Brief von mir in den Händen gehalten hätte? Dad würde sich verrückt machen, bis er mich gefunden hätte. Du und Cash …« Es tat immer noch weh, wenn sie sich an die Entscheidung erinnerte. »Ich musste so handeln.«

»Du hast deinem Leben den Rücken zugekehrt, um dabei zu helfen, dass so ein unwichtiger Scheißkerl hinter Gitter gebracht wird?« Romans

Stimme war eindeutig anzuhören, wie verletzt er war.

»Du hast uns den Rücken zugekehrt?«, fragte Cash nach und sie wusste, dass er damit sie beide meinte, nicht die drei Musketiere, die sie gewesen waren.

»Ich bin weg, um am Leben zu bleiben. Die Mafiosi kannten mich, wussten, was ich gesehen hatte. Das FBI hat bei seiner Razzia ein paar Männer in der Organisation erwischt, aber nicht alle. Ich musste verschwinden. Mein Tod musste wie ein Unfall wirken. Andernfalls hätten mich genau die Auftragskiller gefunden, denen ich auf die Schliche gekommen war. Hätten unsere Familie gefunden. Hätten mich vielleicht dazu gezwungen zuzuschauen, wie sie jedem wehtaten, den ich liebte. Die Mafia-Organisation musste im Glauben bleiben, ich wäre auf meiner Flucht vor ihnen umgekommen. Was würdest du in einer solchen Situation tun, Roman? Würdest du deine Familie in Gefahr bringen? Mich? Nein, das würdest du nicht. Du würdest alles tun, was nötig ist, um sie zu beschützen. Genau, wie ich es getan habe.«

Cash und Roman brachten ihre Münder nicht auf. Rocco fragte: »Warte? Du hast versucht, sie zu beschützen?«

»Ich habe sie beschützt.«

»Du hast uns ja gar keine Wahl gelassen. Ich bin dein Bruder, verdammt noch mal. Du hättest mit mir reden sollen.«

»Dafür hatte ich doch gar keine Zeit. Das FBI hat mir dreißig Sekunden gegeben, um eine Entscheidung zu fällen. Sie haben mir Fotos vom Tatort gezeigt und mich gefragt, ob ich ihnen mit den belastenden Finanzunterlagen helfen könnte. Alles, woran ich denken konnte, war, dass ich Zahlungen für Auftragsmorde abgewickelt hatte. Und das monatelang. Ich wollte euch beschützen.«

»Du wolltest diese Jungs hier beschützen. O Mann.« Rocco lehnte sich zurück, sodass sein Stuhl nach hinten kippte. »Was für eine Ironie.«

Nicolas Blick flog zu ihm. »Ironie? Wie meinst du das?«

»Lass mal. Diese Nulpen können dich später darüber aufklären. Wieso erzählst du uns nicht, was heute Abend passiert ist.«

»Das kann ich nicht.«

»Dieses Spielchen haben wir doch schon hinter uns, also kommen wir besser gleich zur Sache, damit wir das Besäufnis zu Ende bringen und uns aufs Ohr hauen können.« Dieser Rocco war anscheinend knallhart.

»Ich bin dran.« Sie schaute von einem zum anderen. »Für wen arbeitet ihr? Wer hat euch geschickt?«

Rocco ließ seinen Stuhl wieder nach vorne kippen. »Na gut. Das ist ja nur fair. Eine Firma namens Titan.«

»Ihr arbeitet für Titan? Ihr alle drei?« Das Militär und selbst die CIA beauftragten Titan mit Jobs, die sie nicht selber erledigen wollten. Wie waren Cash und Roman nur in diesem Unternehmen gelandet? Sie schüttelte den Kopf, um den inneren Fragenkatalog zu schießen, und ihr fiel auf, dass die Männer sie neugierig musterten, interessiert daran, zu erfahren, warum ihr der Name Titan überhaupt ein Begriff war. Verdammt. Sie war heute nicht in Form. Kleine Fehler wie dieser konnten sie ins Verderben führen. Sie musste besser aufpassen.

Cash antwortete: »Ja, wir alle drei. Roman und ich haben uns nach dem College für den Militärdienst gemeldet. Wir sind ein gutes Team. Wir sind *immer noch* ein gutes Team. Das war von Anfang an so. Grundschule. Highschool. Scharfschützentraining. Aber mit dieser Art von Loyalität kannst du nicht viel anfangen, nicht wahr, Nic?«

»Lass sie, Cash.« Roman strengte sich nicht besonders an, sie zu verteidigen, aber sie war trotzdem dankbar, dass er etwas sagte.

»Ist mir auch scheißegal.« Cash unterstrich seine Aussage, indem er noch einen Bourbon herunterkippte.

»Menschenskinders, was habt ihr beide denn bloß?« Romans Blick wanderte von Nicola zu Cash. »Ihr wart doch mal Freunde. Erinnert ihr euch vielleicht noch daran? Scheiße, verdammt.«

Nicola fuhr mit ihrem manikürten Fingernagel über den Rand des Schnapsglases. »Ihr müsst mich nicht in Schutz nehmen. Ich komm damit schon klar. Ich bin ja nur einer von euch Jungs.«

Roman rollte mit den Augen, aber Cash sah sie durchdringend an. »Jetzt bist du wieder dran. Wieso hast du Antilla Smooth in den Armen gelegen?«

Das hatte sie verdient. Sie gehörten zu Titan und sie waren mal ihre Familie gewesen, vor langer Zeit, bevor sie ihnen den Rücken zugekehrt hatte. Sie konnte ihnen vertrauen, zumindest bis zu einem gewissen Punkt. »Es war Teil meines Auftrags. Eine Undercover-Mission.«

Roman und Cash blieb der Atem weg. Sie waren wie erstarrt, sodass der kleinste Windhauch sie in dem Moment hätte umhauen können. Rocco hingegen horchte auf, eher an dieser Information interessiert als an ihrem Familiendrama. »Echt jetzt? Cool. Auf wessen Gehaltsliste stehst du?«

»Das verrate ich nicht.« Sie zuckte mit den Schultern.

»Wie lange bist du schon undercover?«

»Seit Monaten. Anfang Frühling habe ich …«

»Also hast du doch mit ihm geschlafen?«, wurde sie von Cash unterbrochen. Er würde sich Roman gegenüber verraten, wenn er nicht aufpasste. Dann würden sie dieses Gespräch auch noch führen müssen.

Vielleicht bekam Roman von Cashs Verhalten aber auch gar nichts mit, denn er sah völlig geschockt aus.

»Nein, habe ich nicht.« Sie grinste ihn süffisant an. »Ich habe ihn verführt. Sein Interesse an mir ist gewachsen, als ich ihn immer wieder in die Schranken gewiesen habe. Ich habe ihn mit diesem Katz-und-Maus-Spiel manipuliert. Also, nein, Cash, ich habe ihn nicht gevögelt.«

Rocco lachte. »Cash kennt sich mit Frauen, die ihn nicht vögeln, nicht aus. Du musst ihm vielleicht den Begriff Verführung näher erklären, denn die Frauen werfen sich ihm einfach zu Füßen. Er muss sich dabei überhaupt nicht anstrengen.«

Roman lachte auch. Jetzt war sie dran mit der Eifersucht. Cash warf Rocco, der anscheinend ihre Aussage, sie wäre nur einer der Jungs, für bare Münze genommen hatte, einen bösen Blick zu.

Cash war wirklich attraktiv, sogar noch attraktiver als in seiner Jugend. Sein blondes Haar hätte einen Haarschnitt vertragen, aber was sie wirklich an ihm vermisste, war die positive Ausstrahlung, die sein Markenzeichen gewesen war. Sein Lächeln fehlte ihr, und so legte sich ihr Blick stattdessen auf seinen breiten Oberkörper. Alle drei Männer waren muskulös, aber Cash musste man wirklich bewundern. Sogar sein Gesicht sah irgendwie stark aus, mit diesem kräftigen Kinn, das noch markanter wirkte, wenn er im Bemühen, seine Emotionen unter Kontrolle zu halten, den Unterkiefer anspannte.

Nicola fuhr fort: »Ich musste die Operation abblasen, als ihr eure Zielperson ausgeschaltet habt. Also habe ich dafür gesorgt, dass man mich da rausholt. Da war noch ein anderes Team vor Ort. Keine Ahnung was passiert ist oder wieso, aber sie hatten es auf mich abgesehen. Ich habe getan, was ich tun musste.«

Roman schaute auf. »Und das war?«

»Ich habe eine Fensterscheibe rausgeschossen, bin zwei Stockwerke tief aus dem Fenster gesprungen und auf euch Arschlöcher getroffen.« Sie versuchte es mit ein bisschen Humor, erreichte damit aber nichts. Wenigstens bemühte sie sich.

Cash sagte: »Du hast eine Fensterscheibe eingeschossen?«

»Und bist rausgesprungen?«, fügte Roman an.

»Hey, ich bin kein Arschloch. Nur damit du's weißt.« Rocco lachte. Komisch. In ihren Erinnerungen war es immer Cash, der lachte, aber jetzt sprühte er nicht mehr so vor Humor und Charme.

»Ich nehme an, ich bin nicht mehr die Person, an die ihr euch erinnert«, flüsterte Nicola mit einem verstohlenen Seitenblick auf Cash.

Roman stand auf und rieb sich sein Tattoo. Es war wunderschön und es war eine Lüge. Wie konnte sie nur jemals gedacht haben, dass es das Richtige gewesen war, ihnen wehzutun?

»Nicola.« Er gab ihr einen Kuss auf den Scheitel. »Das reicht mir für heute. Ich gehe jetzt ins Bett, im Wissen, dass du noch lebst. Für mich ist das das Beste überhaupt. Und morgen reden wir darüber, wie wir es Mom und Dad beibringen.«

Sie nickte.

Roman fuhr fort: »Cash, Rocco, gute Nacht, ihr Arschlöcher.«

Rocco stand auf, nickte und verzog sich ohne ein weiteres Wort, sodass nur noch sie und Cash übrig blieben. Sie und Cash und eine Flasche Jack Daniel's. Sie schob ihm die Flasche rüber. »Nimmst du noch einen?«

Schweigen.

Sie stupste die Flasche wieder an. »Wie wäre es hiermit: Brauchst du noch einen?«

Die Anspannung in seinem kantigen Gesicht wich, als sich ein Lächeln darauf ausbreitete. »Die Antwort darauf wäre: Ja, verdammt noch mal.«

Es war zwar kein Witz, aber es war schon eher seine Art. Sie wünschte sich, er würde so lächeln wie früher. Ein breites, großspuriges, aber so verdammt schönes Lächeln. Nur einmal. »Ich auch.«

Er schenkte ihnen beiden noch einmal ein und beobachtete sie, wie sie das Glas in einem Zug austrank.

»Einfach runter damit, wie ein Profi. Hast du viel Erfahrung mit Jack?«

»Mittlerweile bin ich in vielen Dingen ganz gut, aber ich stehe eher auf Jim.«

»Das war früher auch so. Gut in vielen Dingen und ein Fan von süßem Bourbon. Aber am liebsten in glitzernden Cocktails.«

»Aber jetzt bin ich … ein anderer Mensch.«

»Das sind wir wohl beide.«

»Du hast mich mit Antilla gesehen.« Es war keine Frage. Nicola wiederholte nur, was er ihr schon gesagt hatte.

»Ja, habe ich.« Er spielte mit seinem Schnapsglas, schob es von einer großen Hand in die andere.

»Wieso bist du zu der Villa gekommen? Das war doch bestimmt nicht Teil eures Plans.«

»Ich konnte nicht *nicht* kommen. Ich musste dich sehen. Mit meinen eigenen Augen. Ich dachte, was ich durch mein Zielfernrohr sehe, ist irgendein Albtraum. Ich konnte es nicht fassen. Ich kann es immer noch nicht fassen.«

Sie griff nach der Flasche. Aua, der Arm tat weh. Sie konnte ein Ächzen nicht unterdrücken. Cash schaute sie an, zwang sie dazu zuzugeben, was Sache war, ohne eine Frage zu stellen. »Ich bin auf meinem Arm gelandet. Er ist verstaucht. Ich muss ihn verbinden und in eine Schlinge legen.«

Die Anspannung im Raum war so groß, dass man die Luft nicht mal mit einer Machete hätte schneiden können. Die Sekunden verstrichen und das Schnapsglas flipperte zwischen seinen Händen hin und her. Cash musterte ihren Arm und sie wurde rot. »Brauchst du Hilfe?«

»Nein. Das krieg ich schon hin. Ich setze mich nur noch ein paar Minuten an die frische Luft.« Weil sie unbedingt eine Abkühlung brauchte. Sie hinkte zur Hintertür und schaute hinaus auf die Veranda. Dort stand ein Picknicktisch, sonst nichts.

»Schön, dich wiederzusehen«, sagte Cash.

»Das hast du schon gesagt.« Sie wusste nicht, was sie sonst sagen sollte, und sie wollte nicht, dass er wegging. Aber das war genau der Grund, warum er es tun sollte.

»Das habe ich wohl«, sagte er leise und stand auf. Sein breiter Brustkorb sah so noch imposanter aus und seine schönen blauen Augen funkelten, als er gute Nacht sagte.

Gute Nacht, Cash.

Diese Worte hatte sie tausend Mal gedacht, seit sie ihn verlassen hatte, und sie konnte es nicht übers Herz bringen, sie laut auszusprechen. Was war bloß ihr Problem? In einem Moment spürte sie Hitzewallungen, wenn er sie anschaute, im nächsten Moment wollte sie losheulen.

Aber es tat auch nichts zur Sache, was sie machte oder wie sie sich fühlte, er war weg, bevor sie sich versah. Leise und lautlos. Wie ein Scharfschütze.

KAPITEL FÜNF

FÜR EIN SAFEHOUSE war dieses gar nicht mal so schlecht. Es befand sich mitten in einem gewöhnlichen Wohnviertel, in dem die obere Mittelschicht zu Hause war, und Bäume schirmten es von den Blicken neugieriger Nachbarn ab. Außerdem war es gut bestückt mit Energieriegeln und Bourbon. Cash hatte keine Beschwerden. Er hatte keine Beschwerden, aber schlafen konnte er trotzdem nicht. Er warf sich im Bett hin und her und die Bettdecke störte ihn, egal ob er sich ihrer entledigte oder sie bis zur Brust hochzog.

Er schaltete den Fernseher ein und trotz der tausend Sender, die ihm zur Verfügung standen, konnte er nichts finden, das ihn interessierte. Keine seichte Unterhaltung.

»Ich kann nicht schlafen«, beschwerte er sich bei der bombigen Betty, auch Miss Betty genannt, sein Scharfschützengewehr im Kaliber .50. Die meisten seiner Gewehre hatten Namen, aber Betty war ihm ganz besonders ans Herz gewachsen. Sie war keine von der eifersüchtigen Sorte, trotzdem war sie die einzige Frau in seinem Leben, mit der er eine beständige Beziehung hatte. Na ja, seit Nicola, aber das war ja nichts Wahres gewesen. Zwei junge Collegestudenten, die sich ineinander verschossen hatten, mehr nicht.

Er lachte, allein in dem leeren Schlafzimmer.

Verdammt. Es gibt keinen Grund, dich selber zu belügen. Miss Betty gibt es, weil dir die »echte« Frau das Herz gebrochen hat.

Ein gebrochenes Herz. Das traf ihn ziemlich genau; ja, es war die beste Beschreibung für ihn.

Mit dem Mädchen aus Fleisch und Blut hatte ihn nämlich mehr als eine schwärmerische Jugendliebe verbunden. Nicola übertraf die perfekt geformte Wangenauflage, an die er sein Gesicht schmiegte, und den Abzug mit 1,8 kg Widerstand, den sein Finger streichelte. Nic war etwas ganz Besonderes. Er hatte durchgehalten, als sie nur Freunde gewesen waren, hatte sich richtig um sie bemüht und war hinter ihr her gewesen, als wäre sie im Besitz einer Schatzkarte gewesen. Er wusste sehr wohl, Roman würde ihn verprügeln, wenn er herausbekam, dass er mehr in ihr als eine gute Freundin sah, das unscheinbare Mädchen von nebenan, mit dem er aufgewachsen war.

Und ein unscheinbares Mädchen war sie wirklich nicht. Mannomann, dieses Mädchen war eine Schönheit. Damals wie heute.

Sie kamen aus einer Kleinstadt. Da gab es immer Gerede. Die Leute fanden, dass Nicola und Cash wie füreinander gemacht waren. Na ja, bis auf Roman. Er fand es gar nicht gut, wenn so über seine kleine Schwester geredet wurde. Über Nicola doch nicht. Niemals.

Roman hätte es gerne gesehen, wenn Nicola die Gelben Seiten studiert und die Nummern der örtlichen Klöster herausgesucht hätte. Er hätte sie persönlich dort hingebracht, wenn es die Männer am College davon abgehalten hätte, hinter seiner kleinen Schwester her zu sein. Eigentlich war Cash überrascht, dass er ihr nicht gleich einen Keuschheitsgürtel angelegt hatte.

Und Donnerwetter, waren die Jungs hinter Nicola her gewesen. Wie gerade er das Glück gehabt hatte, dass sie ihn mit diesen wunderschönen schokoladenbraunen Augen träumerisch ansah, konnte sich Cash nicht erklären. Aber sie hatte ihm tatsächlich schöne Augen gemacht. Auf ganz unschuldige Art und Weise. Und er? Er hatte nicht ein noch aus gewusst. Er sollte doch nicht, aber konnte einfach nicht anders.

Es war der schönste Tag seines Lebens gewesen, als er sein Handy in die Hand genommen und ihre SMS gesehen hatte. »Komm vorbei, es steigt eine Poolparty«. Er war zu dem Haus gefahren, das sie sich mit ein paar Freundinnen teilte, und nur sie war daheim gewesen. In einem winzig kleinen grünen Bikini hatte sie auf ihn gewartet, eine Flasche Wein in der Hand. Die sie schon halb leer getrunken hatte.

Er sah sie, machte sich Hoffnungen und dankte Gott für die Krempe seines Cowboyhutes, die die Begierde in seinen Augen verbarg.

Noch eine Flasche Wein später saß sie auf seinem Schoß, im flachen Teil des Pools, und er fühlte sich, als würde er unter Wasser schweben.

»Du willst mich nicht küssen.« Nicola wurde rot, als sie diese Worte sagte, einen Arm um seinen Hals gelegt. Ein »Wenn wir damit anfangen, gibt es keinen Weg zurück« lag in der Luft.

»Will ich nicht?«

»Willst du nicht?« Ihre Wangen färbten sich noch intensiver und sie schien nicht länger kokett, sondern verlegen.

»Ach, verdammt. Doch, das will ich.«

Und dann tat er es. Der Cowboyhut fiel hinunter und schwamm im Wasser. Seine Arme schlangen sich um ihre schlanken Schultern. Sogar jetzt noch geriet sein Blut in Wallung, wenn er daran dachte. So richtig in Wallung. Sie hatten sich stundenlang nur geküsst, einander gespürt, hatten im Wasser geschwebt, immer noch in Badekleidung, ihre Körper erkundet. Er hätte nichts an dem Erlebnis ändern wollen.

»Na gut, Betty. Ich muss laufen gehen.« Er schaute das Gewehr an, aber sie sagte nichts. Das war gut so, denn er dachte sowieso schon, er hätte den Verstand verloren. Wenn Betty ihm jetzt geantwortet hätte, dann hätte kein Weg drum herum geführt und er hätte seinen Chef bei Titan anrufen und sich krankmelden müssen.

Cash sprang aus dem Bett und zog sich seine Nikes, Jogginghose und ein Trägershirt an. Er schnallte sich ein Knöchelhalfter um und steckte die .38er hinein, die ihn beim Joggen nicht störte. Dann ging er durch das dunkle Haus, an der Küche vorbei. Er sah, dass Nicola draußen saß. Er war bestimmt schon eine Stunde her, seit er sich von ihr verabschiedet hatte.

Er machte die Hintertür auf. Sie sah so einsam und verloren aus, aber trotzdem viel stärker als in seiner Erinnerung. »Schiebst du Wache?«

»Ich konnte nicht schlafen.«

Sein Blick fiel auf ihren Arm, der immer noch nicht verbunden war, und auf die Schlinge und die Flasche Jack Daniel's auf dem Tisch. Kein Schnapsglas. »Hast du es versucht?«

»Nö.« Sie saß auf dem Picknicktisch, die Füße auf der Bank. »Hast du geschlafen?«

»Ich hab's versucht und bin gescheitert.« Er setzte sich neben sie, schraubte die Flasche auf und nahm einen tiefen Schluck. Der Alkohol brannte in seiner Kehle, also nahm er noch einen Schluck. Er stützte die Ellenbogen auf die Knie, ließ den Kopf hängen und reichte die Flasche an

Nicola weiter, ohne aufzusehen.

Ihre Finger berührten sich und die Berührung zuckte wie ein Blitzschlag von seiner Hand bis ins Herz. Sie griff nach der Flasche und nahm einen kleinen Schluck, typisch für Nicola. Und dann noch einen. »Ich habe Angst davor, meine Augen zu schließen. Zu viele intensive Erinnerungen. Weißt du, was ich meine?«

Ja, intensiv beschrieb diesen grünen Bikini ganz gut. »Mir geht es genauso. Ich wollte laufen gehen. Damit ich den Kopf frei bekomme.«

»Welche Gedanken gehen dir denn im Kopf herum?«

Schon die ganze Nacht über hatte sich der Mond hinter der dicken Wolkendecke versteckt, aber in diesem Moment entschloss er sich, ein bisschen hervorzuschauen, gerade genug, um Nicola in milchig weißes Licht zu tauchen. Sie war wunderschön.

Er seufzte. »Das ist doch egal, Nic. Oder?«

»Ja, schon.«

Sie nahm noch einen Schluck aus der Flasche und reichte sie ihm. Cash tat es ihr nach und genoss den Moment, in dem ihm das Feuer der hochprozentigen Flüssigkeit in seiner Kehle all seine Aufmerksamkeit abverlangte. Er wusste nicht, wie er ihre traurige Stimme deuten sollte. »Reich mir mal den Verband.« Er würde heute Nacht nicht mehr joggen gehen, wenn er nicht aufhörte, jeden Vorwand zu nutzen, um hier zu bleiben. Nichtsdestotrotz nahm er den Verband, den sie ihm gab.

Sie sah ihn nicht an, sondern starrte die Bäume an. »Ich bin nicht schwach.«

»Das habe ich auch nie behauptet.«

»Ich kann den Arm selber verbinden.«

Cash zuckte mit den Schultern, begann aber trotzdem, ihren Arm in der richtigen Position zu fixieren. Ihre Haut fühlte sich seidig an und er konnte ihre Muskeln spüren. Sie waren definitiv da, auch wenn es keine Muskelberge waren. Das war ein bisschen trügerisch und es gefiel ihm. Früher war sie anders gewesen. Eher dünn, nicht gerade unsportlich, aber untrainiert.

Er griff hinter sie, nahm die Schlinge vom Tisch, bog sachte ihren Arm hinein und zog vorsichtig den Riemen fest.

»Fertig.«

»Wieso bist du so nett zu mir?«

»Verdammt, Nicola, ich weiß es auch nicht. Ich muss annehmen, dass dich die Situation gerade genauso durcheinanderbringt wie Roman und mich. Stimmt's?«

Sie nickte. »Du hast es ihm nie erzählt?«

»Was? Das mit uns?«

»Ja.«

»Sicher nicht. Ich meine, was hätte ich sagen sollen: Hey, tut mir leid, dass deine Schwester tot ist, und ach ja, ich hab's übrigens mit ihr getrieben?«

»Es war doch mehr als das«, flüsterte sie.

Cash hielt die Arme über den Kopf und streckte sich, in der Hoffnung, so den Druck auf der Brust loszuwerden. Es funktionierte nicht. Stattdessen lehnte er sich zurück, bis sein Rücken auf der Tischplatte lag, und starrte die schmale Mondsichel an, die sich fast provozierend am dunklen Firmament zeigte. »Ja, waren wir.«

Eine leichte Brise kam auf. Eine Eule schrie. Die Sekunden verstrichen, bis sie sich auch auf den Tisch legte. Er drehte den Kopf. Nicola sah atemberaubend aus, wie sie den Nachthimmel anschaute, genauso wie damals im Pool. »Das Leben hat uns schon einige Steine in den Weg gelegt, was?«

»Hast du jemals gedacht, was wäre wenn?«

»Du?«

»Eine Weile lang. Aber dann habe ich mich in meiner Arbeit vergraben.«

»Magst du mir erzählen, für wen du arbeitest?«

»CIA.«

Die CIA? Ach du liebe Güte. Da war er erst mal sprachlos. »Das habe ich jetzt nicht erwartet.«

»Du hast wohl eher gedacht, FBI, sprachwissenschaftliche Abteilung?«

Er lachte. »Ja. Um die Wahrheit zu sagen, ja, schon.«

»Ich nehme an, die Regierung fand, ich hätte zu viel Potenzial, um mich in einem Kaff mitten im Nirgendwo im Zeugenschutzprogramm versauern zu lassen, als sie herausfanden, dass ich so ungefähr acht Sprachen fließend spreche.«

»Acht? Komm schon, du faule Socke. Ich dachte, zwanzig wären mittlerweile näher dran.«

Sie lachte. »Jetzt zählst du aber die Dialekte mit.«

Es fühlte sich so vertraut an, dass er beinahe am Verzweifeln war. »Das könnte man über mich und Roman auch sagen. Dass wir uns in unserer Arbeit vergraben haben. Er hat sich nie gefragt, wieso mich die Sache genauso fertig gemacht hat wie ihn.«

»Wir drei waren immer unzertrennlich gewesen, schon als Kinder.«

»Das stimmt.« Er nahm ihre Hand in seine und hielt sie hoch. Er fühlte die Hitze ihrer Berührung immer noch, nachdem sie ihre Hand wieder weggezogen hatte.

»Ich habe dir nie davon erzählt, aber ich war schon lange in dich verknallt, bevor wir aufs College gegangen sind. Seit der sechsten Klasse.«

Er hörte ein Lächeln in ihrer Stimme. »Das denkst du dir doch jetzt aus. Brauchst du noch einen Gefallen? Musst du noch mal das Handy benutzen? Vielleicht willst du die süße kleine Pistole zurückhaben, die du mir an den Kopf gehalten hast?«

»Vielleicht tu ich das. Vielleicht will ich das.«

Gott, wieder traf es ihn bis in sein Innerstes, und der Schmerz kam urplötzlich. »Ich habe dir nie davon erzählt, aber ich hatte schon einen Ring.«

Sie setzte sich mit einem Schwung gerade auf. »Wie bitte?«

Cash stützte sich auf die Ellenbogen auf, nicht ganz sicher, warum er dieses Stückchen Wahrheit gerade preisgegeben hatte. Er lachte, gar nicht so überrascht, dass er ehrlich gewesen war, und stand auf. »Gute Nacht, Nicola. Ich hoffe, deinem Arm geht es bald besser.«

✕

»O NEIN, MEIN Lieber, so nicht«, rief ihm Nicola vom Picknicktisch aus hinterher.

Er war im Haus und hatte die Tür hinter sich geschlossen, bevor sie sich aufgerichtet hatte. Hüpfend und hinkend, so schnell ihr guter und ihr verletzter Fuß es erlaubten, versuchte Nicola trotz des Arms in der Schlinge ihr Gleichgewicht zu halten. Er konnte nicht so eine Bombe platzen lassen und dann einfach abhauen. Oh nein.

Sie stieß die Tür auf und brüllte: »Komm sofort zurück.«

»Gute Nacht, Nic.« Er war schon halb durch die Küche und drehte sich nicht mehr um. »Ich wünsche dir noch ein schönes Leben.«

»Cash Garrison. Stopp!«

Er wirbelte herum und schenkte ihr einen Blick, der Hackfleisch aus ihren Gefühlen machte. »Wieso? Was macht es für einen Unterschied?«

»Du kannst nicht einfach sagen, du hattest einen Ring, und dann abhauen!«

»Wieso nicht? Du bist auch abgehauen? Du bist diejenige, dich mich verlassen hat, schon vergessen?«

»Ich habe alle verlassen.«

»Du hast mich verlassen.« Cash lachte. »Weißt du was? Es geht mir nicht um die anderen. Es ging mir nicht mal um mich. Es ging mir um dich. Ich habe um dich getrauert. An dem Tag bin auch ich gestorben. Und für was? Für eine scheiß Lüge.«

»Cash …«

»Ja, ja. Du hattest deine Gründe. Aber es hatte sein Gutes. Ich wäre nicht da, wo ich jetzt bin, wenn du nicht gegangen wärst.«

Sie hüpfte zwei Schritte vorwärts und die Last auf ihrem Herzen brachte sie fast aus dem Gleichgewicht. »Du bist so ein Mistkerl.«

Sie trafen in der Mitte der Küche aufeinander und gingen in Angriffsposition, als wollten sie gleich in einer Agenten-Version der MTV-Sendung *Celebrity Deathmatch* aufeinander losgehen. »Du bist eine verdammte Lügnerin.«

Das Licht ging an. Roman stand im Flur, Waffe in der einen Hand, die andere noch am Lichtschalter an der Wand. »Was zum Teufel macht ihr beide denn da? Nic, ist alles in Ordnung bei dir?«

»Ja, was machen wir hier, Nicola?« Cash starrte sie an.

Schweigen.

Sie hatte nichts zu sagen. Abgesehen von … ihre Augen verengten sich. »Ich hasse dich, Cash.«

»Du hasst mich? Gott verdammt. Wenn das mal nicht die tollste Aussage ist, die du heute Abend getroffen hast, dann weiß ich auch nicht. Bringt dir die CIA solche Sprüche bei?«

Roman räusperte sich. »CIA? Was hat denn die Agency hiermit zu tun?«

Sie ignorierten ihn. »Meinst du vielleicht, du könntest mal eine Sache für dich behalten? Mein lieber Herr ›Lass uns ein Schwätzchen unter dem Sternehimmel halten‹?«

»Wenigstens können sich die, die mir am Herzen liegen, auf mich verlassen.«

Sie standen so dicht voreinander, dass sich ihre Nasenspitzen beinahe berührten. Na ja, so nahe, wie das ging, angesichts des Größenunterschiedes. Sie atmete schwer durch zusammengebissene Zähne, wütender als je zuvor, und sie wusste nicht, wieso. Sie schob ihn mit dem unverletzten Ellenbogen zur Seite im Versuch, sich an ihm vorbei zu drängen. Er packte sie am Oberarm und zog sie an sich heran.

Zentimeter. Sie war Zentimeter von seinem Gesicht entfernt und aus irgendeinem Grund konnte sie an nichts anderes denken, als dass er nach Seife roch. Seife und Bourbon.

»Ich habe auch um dich getrauert, Cash.« Ihre Stimme klang brüchig. »Weißt du das nicht?«

Sie schauten sich tief in die Augen. Es zerriss ihr das Herz.

Und auf einmal waren es nicht mehr nur sie beide. Sie kehrte in die Realität zurück und hörte die Stimme im Hintergrund. Roman sagte etwas. Sie löste ihren Blick von Cashs und war sich vage bewusst, wie dicht Cash und sie beieinander standen und wie aufgeladen die Luft zwischen ihnen war. Cash schien es auch zu bemerken und lockerte seinen Griff um ihren Arm. Aber sie blieben so stehen, nah genug beieinander, dass sie seinen Duft immer noch riechen konnte.

Seinem Gesichtsausdruck nach zu urteilen, musste sich Roman wiederholt haben. »Was ist nur mit euch beiden los? Ihr geht euch schon seit Stunden fast gegenseitig an die Gurgel, verdammt.«

Mit ungefähr so viel Gefühl, wie nötig war, um *Grand Theft Auto* zu spielen, drehte sich Cash zu Roman um. »Tut mir leid, Mann. Ich hab's mit deiner Schwester getrieben. Du kannst mich später verprügeln. Ich geh ins Bett.«

Er schlenderte aus der Küche und zeigte ihnen den Mittelfinger. Ein »Ihr könnt mich mal« zum Abschied. Roman, der Bruder, den sie einmal in- und auswendig gekannt hatte, starrte sie an. Mit undurchdringlicher

Miene.

Er öffnete den Mund, aber nichts kam heraus.

»Ich hätte es dir sagen sollen.«

»Ich weiß nicht, was ich sagen soll.« Er schüttelte den Kopf. »Cash? Wie kam es, dass ich nichts von … euch beiden wusste?«

»Es tut mir leid«, wiederholte sie zum gefühlt hundertsten Mal. Es änderte auch nichts an diesem Netz von Lügen, in dem sie gefangen war.

»Du bist wohl heute auf Dauerwiederholung gestellt, was?« Roman rieb sich das Gesicht, presste die Fäuste in die Augenhöhlen. Er seufzte. »Sorry, okay. Ich will ja kein Arsch sein. Es ist nur … Cash. *Cash*. Ich bin ein bisschen geschockt. Was Frauen angeht, ist er ein echter Bastard. Ich meine, ich liebe den Kerl, aber verdammt noch eins. Ich hätte dich nicht gerne mit ihm zusammen gesehen.«

»Ich weiß nicht, ob die Beschreibung zu meiner Zeit auch auf ihn zutraf.«

»Cash war immer schon Cash.« Roman hielt inne. »Es ist nur ganz schön viel auf einmal. Du bist am Leben. Du warst mit Cash zusammen. Du gehst Mom und Dad aus dem Weg. Ein paar ganz schön dicke Dinger, Nic.«

»Ich würde es dir nicht übel nehmen, wenn du nichts mehr mit mir zu tun haben wolltest. Du solltest weiterhin so tun, als ob ich tot wäre. Vor zehn Stunden oder so war alles viel einfacher. Da hat das alles auch nicht so wehgetan.«

»Nicola Beatrice, du bist meine kleine Schwester. Ich kann sauer auf dich sein. Ich kann wütend sein, geschockt oder einfach nur verwirrt, aber niemals werde ich dir den Rücken zukehren. Du bist mein Fleisch und Blut. Du bist meine Familie, und aus welchem verrückten Grund auch immer, du bist wieder zu uns zurückgekommen. Wir müssen uns wahrscheinlich bei einem Therapeuten oder so auf die Couch setzen, denn ich glaube, das geht mir alles nicht richtig in den Kopf. Aber mal davon abgesehen komme ich schon klar.«

Sie nickte.

Er nahm sie in die Arme. »Versprichst du mir, dass du nicht mitten in der Nacht einfach wegläufst?«

Nicola ließ sich auf die Umarmung ein und nickte. »Versprochen.

Außerdem habe ich kein Auto und ich werde mir einiges von meinem Chef anhören müssen, weil mein Abzugsplan in die Hose gegangen ist.«

»Die CIA, was?« Ein stolzes Grinsen breitete sich auf seinem Gesicht aus.

»Ja.«

Er legte einen Arm um sie, als sie gemeinsam aus der Küche gingen. »Sieh mal einer an, meine kleine Schwester.«

»Bitte mach Cash nicht das Leben schwer. Es ist Jahre her und ich habe den ersten Schritt gemacht.«

Roman blieb stehen und schaute den Korridor hinunter. Er fühlte sich offensichtlich unwohl, weil sie das Thema gewechselt hatte. »Das Letzte, über das ich reden will, ist wie genau eure Beziehung aussah. Er und ich werden das Ganze von Mann zu Mann regeln.«

»Das ist doch dumm.«

»Jetzt hörst du dich wie meine kleine Schwester an, nicht wie eine Agentin, die irgendwelchen Unsinn über Abzugspläne von sich gibt.«

Sie stieß ihm spielerisch den Ellenbogen in die Rippen. »Lass ihn in Ruhe. Es ist zehn Jahre her.«

»Ich werde es ganz sicher nicht zulassen, dass ein Kerl es mit meiner Schwester treibt, und ihn mit einer Warnung davon kommen lassen. Er wird dafür schon büßen. Du verdienst etwas Besseres, jemand Besseren, wie man so schön sagt.«

»Es war ja nicht so, als ob er mein Ers…«

»Wage es nicht, den Satz zu Ende zu sprechen.« Er schüttelte den Kopf und sah so aus, als ob er sich die Ohren zuhalten wollte.

»Roman, ich war doch keine …«

»Sei still. Bitte.«

»Ich war Collegestudentin im zweiten Studienjahr, Menschenskinders.«

»Du warst meine unschuldige kleine Schwester.«

»Ich glaube, wir haben schon festgestellt, dass nichts, was ich tue oder getan habe, besonders unschuldig war.«

»Cash ist eine männliche Schlampe. Du musst dich von ihm fernhalten. Das hätte ich dir schon im College sagen sollen. Ich hab es einfach nicht gewusst. Oder gemerkt. Ich dachte, wir wären alle nur

Freunde.«

»Cash ist dein bester Freund. Er war auch meiner.«

»Kerle haben keine besten Freunde. Wir schenken uns keine Freundschaftsarmbänder oder so. Es gibt ungeschriebene Regeln, und wenn man die bricht, hat das Konsequenzen. Ihr beiden standet euch vielleicht nahe. Wart beste Freunde oder was auch immer. Aber er und ich, wir waren Kumpels.«

»Ich habe ihn geliebt.«

Na, das beendete das Gespräch. Romans Kinnlade fiel runter. Er warf die Hände in die Luft. »Dazu sage ich jetzt mal gar nichts.«

»Habe ich wirklich. Ihn geliebt, meine ich. Und ich glaube …«

Er drehte sich zu ihr um und sah sie beinahe mitleidig an. »Weil du ihn schon dein ganzes Leben lang kanntest. Das ist nicht Liebe. Das ist eher … Zuneigung, wie sie Geschwister füreinander empfinden.«

»Nein, Roman. Damit hast du unrecht. Ich habe mich in ihn verliebt, und zwar an dem Tag, an dem er mich in der Grundschule sein Mountainbike hat fahren lassen. Und dann gleich noch einmal, als er das Mädchen, das alle in der Schule gehänselt haben, mit zum Abschlussball genommen hat, als er zum Prom King gewählt wurde. Und noch einmal an dem Tag im College, als er sich mit Händen und Füßen dagegen gewehrt hat, dem Drang nachzugeben, mich zu küssen.«

»Was auch immer ihr beide für eine Beziehung hattet, viel kann es ihm ja nicht bedeutet haben, wenn er einfach so die Bemerkung in den Raum stellt, dass er es mit dir getrieben hat. Er verdient eine Tracht Prügel, auch wenn es nur dafür ist, dass er dir falsche Hoffnungen gemacht hat. Dieses Arschloch.«

»Du weißt nicht, wovon du redest.«

»Du aber auch nicht. Halt dich von ihm fern. Er ist mein Kumpel, aber er ist ein Schürzenjäger der übelsten Sorte. Verdammt, ich kenne dich vielleicht nicht mehr, aber ich weiß, dass du etwas Besseres verdient hast.«

✕

DIESES HAUS WAR schlecht gedämmt. Für ein Eigenheim im schicken Vorort hätte man doch einen besseren Innenausbau erwartet, denn es gelang Cash auch mit größtem Bemühen nicht, das Gespräch zwischen

Bruder und Schwester nicht mit anzuhören.

Er *war* ein Arschloch und Roman hatte recht. Für hemmungslosen Sex war er immer zu haben, aber er wollte verdammt sein, wenn die verwundete Schönheit, die vorhin durch die Küche gehinkt war, nicht der Grund dafür war.

Zumindest schienen sich Bruder und Schwester wieder zu vertragen. Er und Roman würden sich morgen früh schlagen. Wäre weder das erste noch das letzte Mal, dass sie sich an die Gurgel gingen. So gingen sie eben miteinander um, und um die Wahrheit zu sagen, hatte er das Gefühl, eine gute Tracht Prügel würde vielleicht das Gefühlschaos in seinem Kopf ein bisschen aufräumen.

Cash nahm das Knöchelholster ab, schob die Pistole unters Kopfkissen und schaute Betty an. »Sieht so aus, als wärst du die Einzige in meinem Leben. Wie schön, dass du nicht weghumpeln kannst.«

Andererseits hätte er die bombige Betty gar nicht, wenn die Sache mit Nicola anders gelaufen wäre. Er wäre wahrscheinlich verheiratet, hätte ein Häuschen mit Garten, irgendwo in einer Kleinstadt. Keine Ahnung, womit er sich den Lebensunterhalt verdienen würde. Ganz sicher würde er nicht durch die Weltgeschichte reisen und anderen Dreckskerlen das Hirn wegpusten. Und seine Frau nicht bis über beide süße Ohren in Schwierigkeiten mit der CIA stecken.

»Gute Nacht, Betty.«

Aber ihr eine Gute Nacht zu wünschen bewirkte nicht, dass er tatsächlich endlich auch einschlief.

Ich habe mich in ihn verliebt … und noch einmal … Und noch einmal …

Das war genug, um ihn in einem Meer von Erinnerungen ertrinken zu lassen. Vom ersten Tag an hatten sie genau dasselbe gefühlt. Wie er es so lange ausgehalten hatte, ohne sie zu küssen, wusste er nicht. Sie war eine süße kleine Göre gewesen, als sie noch klein waren, hatte immer mit ihm und Roman spielen wollen. Aber keine Teegesellschaft mit ihren Puppen. Sie wollte auch beim Cowboy-und-Indianer-Spiel dabei sein. Vielleicht hätte er die Sache mit der CIA kommen sehen sollen.

Er lachte über die Bemerkung zum Abschlussball. Zu jedem Schulball hatte er ein anderes Mädchen mitgenommen, als er wirklich an seiner Seite haben wollte. Bis auf das eine Jahr, als Nicolas Begleiter an Windpocken erkrankt war. Das war der Homecoming-Ball in seinem Abschlussjahr gewesen. Ja, genau, er war auch zum Homecoming King gekrönt worden, und mit Nicola vor der ganzen Schule zu tanzen war der schönste Moment seiner Highschoolzeit gewesen. Nicht die Meisterschaft, als er den Touchdown erzielt hatte, mit dem sie das Footballspiel gewonnen hatten. Nicht irgendeine andere Erinnerung.

Er hatte sich gar nichts draus gemacht, die Homecoming Queen zwei Sekunden, nachdem der Tanz angefangen hatte, einfach stehen zu lassen. Er hatte nur Augen für ein Mädchen gehabt, und da er für den Abend nun mal ihr Ersatz-Begleiter gewesen war, hatte er die Situation voll und ganz ausgenutzt.

Ja, er brauchte es, dass Roman ihm morgen eins auf die Nase gab. Vielleicht würde er diese ganzen scheiß Erinnerungen aus ihm herausprügeln.

KAPITEL SECHS

Nicola brauchte neue Kleidung und ein neues Paar Schuhe. Cashs T-Shirt und Jogginghose machten sie sehr nervös. Sie rochen nach ihm. Es war, als ob der Geist der vergangenen Liebe seine emotionalen Arme um sie legte und die liebe lange Nacht lang ganz fest drückte. Der herbeigesehnte Morgen kam endlich und sie durfte sich dem neuen Tag stellen. Zeit zu gehen.

Ein Blick in den Spiegel verriet ihr, dass ihr Make-Up nicht mehr zu retten war, also ging sie ins Bad und wusch alles ab. Das war auch nicht besser. Dann doch lieber unter die Dusche. Sie verwendete den gesamten Inhalt der kleinen Shampoo- und Duschgelfläschchen, die sie im Bad fand, und gab ihr Bestes, um sich frisch zu machen. Dann rubbelte sie ihre Haare mit dem Handtuch einigermaßen trocken, zog sich wieder an und hinkte in Richtung Küche.

Polternde Männerstimmen kamen ihr schon auf dem Flur entgegen. Das Gespräch endete abrupt, als sie in die Küche kam.

Sie lächelte. »Morgen, Jungs. Ich hoffe inständig, dass Roman immer noch weiß, wie man eine 1-A-Tasse Kaffee macht.«

So. Sie hatte auf das Problem aufmerksam gemacht. *Ihre bloße Anwesenheit.* Sie war immer noch die böse Schwester, die alle verlassen hatte, aber sie war auch noch Nicola. Und so konnten sie wieder dazu übergehen, sich über etwas aufzuregen, was sie im Sportteil der Zeitung gelesen hatten. Sie beobachtete die Dynamik: Cash redete mit Rocco. Roman redete mit Rocco. Rocco redete mit jedem.

Es war ganz sicher nicht einfach, aber sie gaben sich nach außen hin Mühe.

Roman musterte ihren Arm. »Wo ist deine Schlinge?«

Nicola versuchte ihren verbundenen Ellenbogen zu strecken, verzog aber unweigerlich das Gesicht, weil es noch wehtat. »Brauch ich nicht.«

»Bist du etwa Superwoman?«

Sie zuckte mit den Schultern. »Kann ich das Telefon noch mal ausleihen?«

Cash sah sie nicht an. »Ja. Und es wird genauso gehandhabt wie beim letzten Mal.«

»Okay.«

»Jemand wird es dir nach dem Frühstück holen, es sei denn, du brauchst es sofort.«

Es war ihr nicht entgangen, dass er *jemand* gesagt hatte. Er schien sich dafür nicht freiwillig melden zu wollen. »Nein, das ist in Ordnung.«

Das Frühstück bestand aus einem halben Dutzend Energieriegeln, einzeln abgepackten Keksen und Crackern, die auf dem Küchentresen ausgebreitet worden waren. So appetitlich und abwechslungsreich wie Tankstellenfraß. Sie schnappte sich einen Riegel und eine Tasse Kaffee. Als sie einen Schluck nahm, verbrannte sie sich fast die Zunge.

Nein. Der war nicht von Roman oder Cash zubereitet worden. Es war ein starkes Gebräu, wie man es beim Militär lernte zu kochen, und sie nahm an, dass Rocco sich dort auch zum Dienst angemeldet hatte und ausgeschieden war wie die anderen beiden. »Lecker.« Sie lächelte.

Rocco lächelte zurück.

Sonst lächelte niemand.

Nachdem sie etwa ein Pfund Zucker und Milchpulver reingerührt hatte, schmeckte der Kaffee erträglich. Koffein war eine Notwendigkeit, um in den Tag zu starten. Sie tat, was sie tun musste, und kippte das Zeug runter. »Also, ich bin dann mal unten. Lasst mich wissen, wann ich das Telefon benutzen kann.«

Rocco lächelte wieder. Wenigstens war er einer von der netten Sorte. Eine halbe Stunde später bekam sie ihren von Rocco überwachten Anruf, und noch eine Stunde später musste sie immer noch dreißig Minuten bis zum Eintreffen des CIA-Teams überbrücken, das sie abholen sollte, damit sie ihren Einsatzbericht geben konnte.

Weil sie nichts Besseres zu tun hatte, humpelte sie die Treppe hoch. Die Jungs saßen im Wohnzimmer und schauten fern.

»Ich bin bald weg. Wollte mich nur verabschieden. Vielleicht kann ich später anrufen? Wir können uns ja treffen, vielleicht zum Mittagessen. Uns unterhalten. So was.«

Roman stand auf und drehte sich zu ihr um. »Ja, Mann. Was auch immer du machen willst, ich bin dabei.«

»Was zum Teufel ist denn mit dir passiert, Roman?« Ihre Augen weiteten sich, als sie ihren Bruder sah.

Romans Lippe war geschwollen und aufgeplatzt. Ein Auge wurde gerade blau. Seine Knöchel waren blutig. Cash wandte sich vom Fernseher ab und sah genauso aus. Beide seiner Augen waren geschwollen.

Sie hatten sich wegen ihr geprügelt. Die beiden wichtigsten Menschen in ihrem Leben – ob sie sich dessen bewusst waren oder nicht – hatten sich grün und blau geschlagen. All das nur, weil ihre Operation schiefgelaufen war und sie über sie Bescheid wussten. Wie konnte es sein, dass sie den Kampf nicht gehört hatte?

»Ihr verdammten Idioten.«

»Was?« Alle drei Männer taten so, als wüssten sie nicht, worüber sie redete. Es juckte ihr förmlich in den Fingern, ihnen eine Ohrfeige zu verpassen.

»Ihr spinnt doch alle drei.« Sie hüpfte zur Küche, schrieb ihre Kontaktdaten auf und fuhr fort: »Falls es euch interessiert, hier steht, wie ihr mich erreichen könnte. Werdet verdammt noch mal erwachsen.«

»Nicola, sie haben getan, was sie tun mussten«, warf Rocco ein. »Sie sind okay.«

»Sie sind Arschlöcher.«

»Sie sind Männer. Und damit ist die Sache erledigt.«

»Ich geh jetzt ans Ende der Straße, wo ich abgeholt werde.«

Roman kam auf sie zu. »Du bist barfuß.«

»Vielleicht liegt Dummheit ja bei uns in der Familie.«

»Komm, ich fahr dich.« Ihr Bruder zuckte mit den Schultern.

»Nein. Ich werde nicht zulassen, dass dieses Safehouse enttarnt wird. Und schon gar nicht, dass du enttarnt wirst.«

»Du kannst mal mit dieser ›Ich werde dich beschützen‹-Scheiße aufhören. Ich kann schon auf mich selber aufpassen, Kleine.«

»Ich bin für heute mit euch beiden durch. Ihr könnt mich später anrufen.« Sie ging zur Tür und schaute über ihre Schulter. Roman blieb stehen, wo er war. Rocco hatte sich wieder dem Fernseher zugewandt, aber Cash war einfach still, schaute sie immer noch an, und es zerbrach ihr das Herz. »Tschüss, Roman. Rocco.« Sie hielt inne, versuchte, den Schmerz herunterzuschlucken. Es tat weh, sie wieder zurückzulassen. »Cash … Mach's gut.«

⨯

AUA. VIELLEICHT HÄTTE Nicola Roman doch erlauben sollen, sie zu fahren. Der Schotter auf dem Fußweg war für ihren verletzten Fuß etwas zu viel. Sie hüpfte über einen weiteren Stein, der im Weg lag. In diesem Land der gepflegten Vorgärten und identischen Range Rovers sollte sich mal jemand darum kümmern, die Fußwege sauberzumachen.

Sie ging um die Ecke und setzte sich auf eine Bank. Ein Handy hatte sie nicht, aber wenigstens hatte ihr Rocco ihre Waffe zurückgegeben. Wie ein abgehalfterter Gangster hatte sie die Pistole in den Hosenbund gesteckt. Alles, was sie anhatte, roch nach Cash. Während sie dasaß und versuchte die Ereignisse der letzten Nacht zu verdrängen, konnte sie an nichts anderes denken.

Als allererstes würde sie beim nächsten Target oder Walmart anhalten, um Schuhe und Kleidung zu kaufen. Auf keinen Fall würde sie irgendwo hingehen, solange sie noch so angezogen war wie am Morgen nach einem One-Night-Stand mit einem Fitnessfanatiker.

Ein schwarzes SUV kam angefahren, etwas zu früh, aber es passte auf die Beschreibung. Das Fenster wurde heruntergerollt. Eine freundlich aussehende Frau, die Nicola noch nie vorher gesehen hatte, lächelte sie an.

»Gabriella? Schön, Sie wiederzusehen, nach dem Spielenachmittag mit Beth.«

Codewörter, Ding, Ding. Spielenachmittag und Beth. Nicola lächelte zurück und antwortete, wie ihre Verbindungsfrau sie instruiert hatte: »Mein Auto hatte eine Panne. Können Sie mich zur nächsten Tankstelle mitnehmen?«

Wieder Ding, Ding. Die Frau entriegelte die Tür und sie stieg ein. Gott sei Dank wurde sie von einer Frau abgeholt. Vielleicht würde sie es nachvollziehen können, wenn Nicola darauf beharrte anzuhalten, um sich neu einzukleiden.

»Gabriella.« Die bekannte Stimme verursachte ihr Gänsehaut. Der Butler. Er saß auf dem Rücksitz. Nicola stürzte sich instinktiv in Richtung Tür, obwohl ihr schier der Atem wegblieb. Die Türen verriegelten sich, als die Frau losfuhr.

»Wieso sind Sie hier?«, wollte sie wissen. Wie hatte das hier passieren können?

Ein Lächeln breitete sich auf dem Gesicht des Butlers aus. »Was ist letzte Nacht geschehen?«

Nicolas ruckelte an der Tür. »Anhalten. Sofort!«

Die Fahrerin starrte sie an, als ob ihr lila Schleim aus den Ohren kommen würde. »Was?«

»Anhalten.«

»Gabriella? Geht es Ihnen gut?«, fragte der Butler. »Ich bin David. Wir sind das Team, das Sie abholt.«

Nicola zog die Waffe aus ihrem Hosenbund und richtete sie auf die Frau, die wie eine typische junge Vorstadt-Mutter aussah. »Halten Sie das Auto an.«

Die Frau nahm den Fuß vom Gas und fuhr näher an den Bürgersteig.

»Entriegeln Sie die Tür.«

»Gabriella, Sie haben hier wohl irgendwas in den falschen Hals bekommen«, sagte er.

»Mein Name ist nicht Gabriella.«

»Und ich bin nicht wirklich ein Butler. Ihre Verbindungsfrau hat uns geschickt.«

Stinkwütend richtete sie die Waffe nun auf ihn. »Sie haben mich gestern direkt in eine Falle laufen lassen, Sie Arschloch.«

»Das stimmt nicht.« Er setzte ein süffisantes Grinsen auf, obwohl sie einen Finger am Abzug hatte.

»Keine Anweisungen auf der Serviette.«

»Ja, die …«

»Machen Sie die Tür auf.« Die Vorstadt-Mami rührte sich nicht. Nicola schwenkte die Pistole wieder in Richtung Fahrersitz. »Nach dem, was letzte Nacht passiert ist, habe ich keine Probleme damit, meinen Arsch zu retten und hinterher eine Erklärung dafür zu finden, warum ich Ihnen das Hirn weggepustet habe. Machen. Sie. Die. Tür. Auf.«

Die Frau wurde so bleich wie ein Geist, entriegelte aber endlich die

Tür. Nicola sprang aus dem Auto und landete auf ihrem unverletzten Fuß.

Die Hintertür ging einen Spalt breit auf. »Fahr los, Vorstadt-Mami. David, versuch es gar nicht erst.«

Er stieg mit erhobenen Händen aus dem SUV aus. »Gabriella. Sie müssen mit uns kommen.«

»Wie schon gesagt, ich habe keine Probleme damit, hinterher einen erklärenden Bericht zu schreiben. Und den wird es ganz sicher geben, wenn Sie nicht sofort wieder in den Wagen steigen. Sonst lasse ich Sie hier auf dem Bürgersteig in diesem netten Viertel gerne verbluten.«

Aus dem Augenwinkel bemerkte sie die schnelle Bewegung der Vorstadt-Mami. Im schlimmsten Fall griff sie gerade nach ihrer Waffe.

Peng! Nicola gab einen Schuss ab, das Fensterglas zerschmetterte – eine Warnung, dass sie es ernst meinte –, und sie wirbelte herum .... nur um direkt in die Mündung der Smith and Wesson des Butlers zu starren. *Scheiße.*

Nicola hörte, wie die Vorstadt-Mami ihre Waffe entsicherte. Zwei gegen einen. Ihre Chancen standen nicht gut.

»Steigen Sie ein, Gabriella. Ich will Sie nicht umbringen«, knurrte David.

»Ja, genau. So, wie Sie mir Instruktionen für meinen Abzug geben wollten.«

»Was auch immer Sie gerade denken, was hier vor sich geht, Sie liegen falsch.«

»Ich denke, wenn Sie auf der Gehaltsliste der CIA stehen, dann sind Sie ein scheiß Doppelagent.«

»Wollen Sie sich vielleicht einen Schusswechsel mit mir auf dieser verdammten Allee liefern? Jeden Augenblick kann so eine Familienkutsche vorbeikommen und die Polizei rufen. Dann haben wir alle ein Problem.«

Ja, sie befanden sich in einer Vorstadt, aber einer Vorstadt in Neuengland. Große Villen, ganz viele Bäume und große Grundstücke. Sie trat einen kleinen Schritt vorwärts. Wenn sie eine Runde Patronen abfeuern und dann in Deckung gehen könnte, wäre der Butler erledigt und die Fahrerin hätte keine Chance, sie zu treffen.

Nicola lächelte spöttisch. »Das letzte, was ich tun möchte, ist ...«

Peng!

KAPITEL SIEBEN

ROMAN HATTE DIE Fernbedienung in der Hand, aber nach dem beschissenen Morgen konnte er sie seinetwegen behalten. Wenn der Typ sich gerne das Frühstücksfernsehen antun wollte, dann war er selber schuld. Das Gebrabbel des künstlich gutgelaunten Moderatorenteams trieb ihn in den Wahnsinn. Mittwoch war Wein-Thementag. In diesem Vorzeigestädtchen in Maine, wo alle identische Häuser, Autos und sonstige Statussymbole hatten, bis hin zu zwei Komma vier identischen Kindern, die alle im örtlichen Lacrosse-Team spielten, griff man vormittags wahrscheinlich gerne mal zur Flasche.

Er hätte bis zehn Uhr morgens schon seine erste Flasche geleert, wenn das sein Malen-nach-Zahlen-Leben gewesen wäre. Allerdings sahen auch die beiden Frühstücksfernsehmoderatoren nicht so aus, als ob sie die Langeweile hätten aushalten könnten, die identische Häuser und Elternratssitzungen mit sich brachten. Sie wirkten eher, als würden sie auch gern eine Flasche Wein runterkippen.

Er hätte Nic folgen sollen. Er hätte versuchen sollen, sich bei ihr zu entschuldigen. Oder zumindest aufspringen, um sie zu fragen, ob er sie wiedersehen konnte. Warum auch immer er ein flaues Gefühl im Magen hatte, dieses *hätte* ließ ihn nicht mehr los.

Einer der Leute im Fernsehen machte einen Scherz und er erwischte sich beim Lachen. Cash kniff die Augen zusammen, obwohl die Blutergüsse schon ihr Übriges taten, dass seine Lider kaum aufgingen. Er zog den Cowboyhut herunter und schirmte somit seine Sicht auf den Bildschirm ab. Roman und Rocco machten einen Kommentar über irgendwas Lächerliches, das die Plaudertaschen im Fernsehen über Push-Up-Jeans für rundere Pobacken gesagt hatten und …

Peng!

Alle drei Männer sprangen auf. Schüsse im Frühstücksfernsehland konnten nichts Gutes bedeuten.

Peng!

Verdammte Scheiße!

In Nullkommanichts waren sie aus der Tür und im Range Rover. Rocco fuhr mit quietschenden Reifen rückwärts aus der Einfahrt. Roman und Cash knallten die Türen zu, als er in den Vorwärtsgang schaltete.

Nicola war noch nicht lange weg. Keine Ahnung, was die Frau vorhatte, aber es war für sie in den letzten vierundzwanzig Stunden nicht gut gelaufen. Die Schüsse waren bestimmt nicht Teil des Plans.

Sie schossen um die Kurve. Rocco stieg kräftig auf die Bremse. Der Gestank nach verbranntem Gummi drang in den Wagen, bevor das Auto zum Stehen gekommen war.

Ein SUV mit abgedunkelten Scheiben, bei dem das Fenster in der Beifahrertür fehlte, stand am Straßenrand. Eine Frau, die wie Miss Vorstadt, USA, aussah, hielt eine Glock in der Hand. Sie zielte abwechselnd auf einen Mann und eine Frau, die sich prügelten. Nicola und ein Mann, und der Kerl schlug ganz schön zu. Nicola steckte einige Schläge ein und wich anderen aus. Cash sprang aus dem Range Rover, bereit, den Typen umzubringen. Er ignorierte die Glock. Seine Hände ballten sich zu Fäusten, das Blut schoss durch seinen Körper und er war im Begriff, die Prügelei zu beenden. Kein Mann würde es überleben …

Wow.

Das Blatt wendete sich schnell. Nic hatte jetzt die Oberhand. Sie hatte ihren Angreifer auf den Boden gedrückt und schlug hart mit der Linken zu. Sie verzog nicht einmal das Gesicht, als ihre Faust auf seinem Wangenknochen landete. Der Mann legte die Hände um Nicolas Hals. Jetzt war es aber genug.

Er warf Roman einen Blick zu und der Plan war geschmiedet, ohne weitere Worte zu verlieren. Roman rannte die Frau um, um sie zu entwaffnen. Sie ging zu Boden und ihre Glock rutschte über den Bürgersteig, außer Reichweite.

Eine Waffe weniger.

Wer wusste schon, wo Nics .22er in diesem ganzen Kuddelmuddel war. Wer wusste schon, was der Kerl, dessen Tage gezählt waren, an

Waffen bei sich trug. Aber so viel wusste Cash: Er würde ihn dafür umbringen, dass er Nics schönes Gesicht eingeschlagen hatten.

Der Mann reagierte flink und war wieder auf Nic drauf. Cash warf sich auf den Mann und zog ihn weg. Er hörte, wie schwer Nicola atmete. Sie keuchte. Aus dem Augenwinkel sah er, wie Rocco sie aus der Gefahrenzone zog. Sie wehrte sich, versuchte den Kampf zu beenden. Da hatte sie Pech gehabt, jetzt würde sich Cash um das Arschloch kümmern.

Er saß rittlings auf ihm und ließ Fäuste regnen. Rechts. Links. Wieder und wieder, im selben Rhythmus. Cash war wie im Rausch. Er wollte Blut. Das hier war kein gewöhnlicher Kampf mehr, nein, Cash war auf einer Zerstörungsmission. Schweiß strömte von seinem Körper, Muskeln und Fäuste schrien förmlich nach einer Auszeit.

Dann holte die Realität ihn ein. Arme legten sich um ihn. Er konnte nicht atmen, er konnte sich nicht bewegen, er konnte sich auf nichts anderes konzentrieren als die gebrochene Nase und den blutigen Mund vor ihm.

»Cash.«

Sein Name ließ ihn aus der Trance erwachen. Es schüttelte ihn. Nein, jemand schüttelte ihn. Er wollte sich nicht aufrichten, aber jemand zog ihn hoch. Rocco drückte ihn gegen das schwarze SUV. »Reiß dich zusammen. Wir müssen hier weg.«

Cash schaute sich um. Er war komplett durchgedreht. »Ist er tot?«

»Fast, Mann. Fast.«

Cash stürzte vorwärts, wurde aber wieder gegen den Wagen geworfen, dank Rocco. »Beruhig dich.«

»Ich bin ja ruhig, Mann. Alles okay.« Cash entzog sich Roccos Griff und rollte die Schultern.

»Komm runter. Steig ins Auto. Nic ist in unserem Rover. Sie fährt dich zurück zum Haus. Diese beiden Arschlöcher …« Er zeigte auf den Kerl, der KO auf dem Boden lag, und die Frau, die das Ganze nicht sonderlich aus der Ruhe gebracht zu haben schien. »… kommen mit uns in ihrem eigenen Wagen. Auf geht's. Jetzt.«

Roman schubste die Frau auf die Rückbank und schaute Nicola von oben bis unten an um sicherzugehen, dass es ihr einigermaßen gut ging. Sie nickten sich auf diese geschwisterliche Art und Weise zu, bei der sich sein

Magen verkrampfte. Man hätte es für Eifersucht halten können, aber es war eher Nostalgie. Eine Verbindung war getrennt worden, die er so sehr vermisste, dass seine Brust eng wurde und sein Urteilsvermögen eingeschränkt war.

Rocco hätte den Mann auch mit einem Pfannenheber von der Straße kratzen könne, benutzte dafür aber stattdessen seine Hände. Dann sprang er auf den Fahrersitz. Er machte eine 180-Grad-Wendung und ließ Cash alleine mitten auf der Vorstadtstraße stehen.

»Cash. Wir müssen los.« Nicola saß im Range Rover und winkte ihm zu. Sie wirkte dabei so gelassen, als ob es für sie überhaupt nichts Ungewöhnliches war, am Steuer eines Fluchtfahrzeugs zu sitzen.

Er löste sich aus seiner Starre und stieg in das SUV. Gott, hatte er gerade übelst die Kontrolle verloren. Er hatte nichts dagegen, sich eine Weile von dem Kerl fernzuhalten. Seine Wut war sowas von über dem Siedepunkt angelangt, dass er sich wunderte, warum der Kerl überhaupt noch atmete.

Nicola trat aufs Gas. Die Reifen drehten durch. Sie waren höchstens fünf Minuten hier gewesen. Nicola war auch noch nicht lange weggewesen, als sie die Schüsse gehört hatten. Das Ganze konnte keine zwanzig Minuten gedauert haben.

Scheiß Vorort.

»Geht's dir gut?«, fragte Nicola und fuhr an identischen schwarzen Briefkästen mit einer roten Flagge vorbei.

»Ja.«

»Sah auch total danach aus.«

»Lass mich in Ruhe«, knurrte er und hasste sich sofort dafür. »Sorry. Bei mir ist eine Sicherung durchgebrannt. Ich bin einfach … durchgedreht.« Die Gründe dafür musste er wohl nicht nennen, denn seine Taten sprachen für sich.

»Ja, das kann man wohl so sagen.«

Sie waren etwa drei Straßen vom Safehouse entfernt. »Ich brauche eine Minute. Fahr ruhig weiter. Ich würde den Kerl umbringen, wenn er mir jetzt unter die Augen käme.« Er sah die roten Handabdrücke an ihrem Hals. »Scheiß drauf. Kehr um. Ich werde ihn umbringen.«

»Cash.«

»Kehr um. Nein, ich werde aussteigen.«

»Cash.«

»Halt an und …«

»Cash, schau mich an!«

Die Abdrücke an ihrem Hals taten ihm weh. Verdammt, er konnte nicht atmen. Er musste unbedingt Luft holen.

Sie zog ihr T-Shirt am Kragen etwas höher, aber die roten Abdrücke sah man immer noch. »Mir geht es gut. Versprochen.«

Unsinn. Sie war verletzt. Der Kerl hatte Abdrücke an ihrem Hals hinterlassen. »Du bist nicht …«

Sie schlug mit der Handfläche auf das Armaturenbrett. »Doch, bin ich. Ich habe ein Problem, das nicht dadurch gelöst wird, dass du ihn umbringst.«

»Er hat dich angegriffen.«

»Das weißt du doch gar nicht.«

Er drehte sich in seinem Sitz und starrte sie an. »Was?«

»Ich habe ein Problem und ich weiß nicht, wem ich vertrauen kann, außer Roman, der mich nur als seine kleine Schwester sieht. Ich will dir gerne vertrauen, Cash.«

»Du kannst mir vertrauen.«

»Kann ich das?«

Gute Frage. Er hatte gerade beinahe einen Mann auf offener Straße umgebracht, für nichts anderes, als dass er seine Ex-Freundin dumm angemacht hatte. Er war ein wandelndes Pulverfass. »Es tut mir leid, dass ich gestern all diese Dinge zu Roman gesagt habe.«

»Davon rede ich doch nicht.«

»Ich weiß.«

»Ich stecke bis zum Hals in der Scheiße. Ich muss darüber reden.«

Er holte tief Luft und fasste sich an die Kehle. »Okay. Fahr einfach weiter und ich halte meinen Mund.« Zumindest konnte er es versuchen.

»Der Mann, den du gerade fast zu Tode geprügelt hast, war der Butler in Smooths Villa. Nachdem du Antilla umgelegt hast, sprach er mich an und sagte, er hätte Instruktionen für meinen Abzug, die Priorität vor den ursprünglichen Anweisungen meiner Verbindungsfrau hätten. Aber in Wirklichkeit lieferte er mich damit den Männern aus, denen ich mit meinem Sprung aus dem Fenster knapp entkommen konnte. Meine Verbindungsfrau hat dafür gesorgt, dass ich heute Morgen abgeholt werde. Voilà! Da kommt der Butler.«

»Also glaubst du …«

»Er ist ein Doppelagent.«

»Er ist bei der CIA und er … arbeitet für Smooth?«

»Vielleicht.« Sie zuckte mit den Schultern.

Möglich war es. »Wieso haben sie dir nicht einfach die Knarre an die Schläfe gedrückt und dich aus dem Verkehr gezogen?«

»Sie wollten wissen, was ich herausgefunden habe. Meine Aufgabe war es, Informationen zu sammeln. Das gesamte Netzwerk von Antilla Smooth aufzudecken, seine Geldgeber und die großen Kunden.«

»Hast du die Informationen schon an das CIA weitergegeben?«

»Nein.«

»Was weiß deine Verbindungsfrau?«

»So gut wie gar nichts.«

»Glaubst du wirklich, der Kerl ist dumm genug, sich mit euch guten CIA-Leuten anzulegen?«

»Wäre ja nicht das erste Mal. Er muss gedacht haben, ich wäre schwach.«

»Na, ihm hast du es dann aber gezeigt, nicht wahr? Ich habe deinen linken Haken gesehen. Mädchen, das war der Hammer. Ein Hammer. Echt jetzt.«

Nicola sah ihn mit einem schiefen Lächeln an. Das war der aufrichtigste Gesichtsausdruck, den sie zur Schau gestellt hatte, seit sie ihnen über den Weg gelaufen war. »Ich habe einiges auf Lager. Aber um die Wahrheit zu sagen, mein rechter Arm tut einfach zu sehr weh, um ihn zu benutzen.«

Wie anders ihrer beider Leben hätte verlaufen können. Sie hätte zu Hause sein können, oder zumindest an einem Arbeitsplatz, wo man so etwas nicht auf Lager haben musste. Obwohl die Frau ganz schön austeilen konnte. Nicola, für den Nahkampf ausgebildet. Das hätte er niemals kommen sehen. Zu schade, dass es ihn fast umgebracht hatte, es mit anzusehen. Diese CIA-Scheiße wollte ihm einfach nicht in den Kopf. Er musste das Thema wechseln, und zwar schnell.

»Hast du einen Freund oder so was auf der Farm?« Nicht gerade ein Themenwechsel, der seinen Drang zu töten irgendwie abschwächte.

Sie lachte. »Das ist ein definitives Nein. Du?«

Gott sei Dank.

Er bemühte sich um ein Grinsen, das seinem angeschlagenen Gesicht wehtat. »Ob ich einen Freund habe? Nein.«

»Ich habe dein Lächeln vermisst.«

Und ich vermisse dein Lachen. Mist. Schmetterlinge hatten in seinem Bauch eigentlich gerade nichts verloren, aber der wohlige Schauer im Nacken und die Gänsehaut ließen sich einfach nicht vertreiben.

»Nee. Es gibt keine Frau in meinem Leben.«

»Wieso nicht?

»Echt, Nic? Willst du dieses Gespräch wirklich mit mir führen, nachdem ich gerade mit deinen Kollegen gewrestelt habe?«

»Du hast schließlich mit dem Thema Liebesleben angefangen, und er war nicht mein Kollege. Er … ach, egal. Kann ich dein Telefon benutzen? Ich muss meine Verbindungsfrau anrufen.«

Cash zuckte mit den Schultern, reichte ihr das Telefon und dachte an die Jungs im Haus, die sich wahrscheinlich wunderten, wo er steckte, aber wussten, dass es besser für ihn war, sich erst einmal zu beruhigen.

Nicola hatte eine Nummer gewählt und tippte ein paar weitere Zahlen ein. Sie wartete, das Handy ans Ohr gepresst.

»Hey. Ja, das mit dem Abholen hat nicht geklappt. Wir müssen uns um dreckige Wäsche kümmern.«

Sie nickte. Sagte ein paarmal Hmm und nickte dann wieder, als ob ihre Verbindungsfrau sie sehen konnte.

»Nein. Ich komme allein. Ich bringe das Bonnie-und-Clyde-Abzugsteam mit …«

Noch mehr Hmms. Dann ein Nee.

Sie überfuhr ein Stoppzeichen. »Falls er noch lebt, wenn wir ankommen, kannst du mit ihm machen, was du willst. Ich habe die eine oder andere Theorie.«

Sie nickte wieder. *Hallo, Nicola. Nur ich kann sehen, wie sich dein Kopf bewegt.*

»Ja, bei der Nachbesprechung. Bis dann. Hey, warte mal …«

Sie sah Cash an, schwieg, schaute wieder auf die Straße und bog ab. »Was weißt du darüber, was Titan mit Antilla zu tun hat?«

Verdammte Scheiße.

Noch mehr Hmms.

Sie beendete das Gespräch und schaute ihn mit diesen warmen, schokobraunen Augen an. »Würdest du mir einen Gefallen tun?«

O Mann. Jetzt kam's. »Kommt drauf an.«

»Ich werde jetzt zu meinen eigenen Bedingungen nach Langley zurückkehren. Und die anderen beiden mitbringen. Weißt du, wer Titan für dieses Projekt angeheuert hat?«

»Ja.«

»Die CIA?«

»Ja.«

»Wieso hast du mir das nicht erzählt?«

»Weil es mir nicht zustand. Du weißt doch, dass die Abteilungsleiter dort nicht reden. Dieser Unsinn mit dem sich gegenseitig Übertreffen wird dort doch groß geschrieben.«

»Ich kenne ihre Spiele gut, versuche aber, sie nicht zu spielen.«

»Was wäre jetzt der Gefallen?«

»Bring Bonnie und Clyde mit mir nach Langley?«, fragte sie ihn und sah ihn dabei mit großen Augen an. Sie wusste, dass er ihr bei diesem Gesichtsausdruck nichts abschlagen konnte. Er brauchte in ihrer Gegenwart Unterstützung.

»So eine Entscheidung kann ich nicht allein treffen. Auch wenn ich gestern Abend alle Regeln missachtet habe, kann ich nicht einfach so nach Virginia durchbrennen.«

»Wo ist denn euer Hauptquartier?«

Er lachte. »Virginia.«

»Na also.«

Das Klingeln seines Handys unterbrach ihr Gespräch und sie reichte es ihm. Wie lange würde diese Fahrt dauern? Stundenlang mit ihr in einem Auto sitzen. Er würde das vielleicht nicht überstehen ohne irgendwelche Gefühlswallungen, die ihn zu unüberlegten Dingen veranlassten. Was soll's. Er schaute auf das Display. Jared. Sein Boss. Den konnte er jetzt gar nicht gebrauchen.

»Hallo-ooo«, antwortete Cash und zog die Begrüßung absichtlich in die Länge, nur um Jared zu ärgern.

»Was in Gottes Namen macht ihr drei denn da oben?«

Auch schön, von dir zu hören, du Arsch. »Den Auftrag erledigen.«

»Und wieso laufen hier die Leitungen heiß mit Anrufen von CIA-Leuten, die von mir eine Zusage haben wollen? Wegen etwas, von dem ich gar nichts weiß?«

»Gestern Abend … gab es unerwartete Komplikationen.«

»Gestern Abend seid ihr drei einer aufgeflogenen weiblichen Agentin über den Weg gelaufen und wolltet für sie gerne die Helden spielen? Das ist doch keine Komplikation. Das ist nicht mehr als ein verdammter Hahnenkampf um das Anrecht, die Frau zu vögeln.«

»Hey, pass mal auf, was du sagst, Boss.«

»Du …«

»Sie ist Romans verstorbene Schwester. Meine tote … Exfreundin. Aber sie ist ja gar nicht tot. Wie gesagt. Kompliziert.«

Na, das war wohl mal ein Rekord. Die Verbindung war glasklar und Mister Dicke Eier hatte nichts zu sagen. Was allerdings in so kurzer Zeit wieder vorbei war, wie es dauerte, einen Big Mac zu bestellen, aber es war immer noch ein Rekord. »Na gut. Kompliziert. Ich brauche genauere Informationen zu all den Komplikationen.« Er brach ab, vermutlich, weil er über etwas nachdachte. »Weiß die CIA über euch beide Bescheid?«

Er schaute Nicola an. »Weiß deine Verbindungsfrau von mir und Roman?«

Sie schüttelte den Kopf. »Nein«, antwortete Cash Jared.

»Und wo ist ihr Abzugsteam?«

»Halbtot, in unserem Safehouse mit Roman und Rocco.«

»Wieso?«

»Weil wir es möglicherweise mit einem Doppelagenten zu tun haben.«

»Verdammte Scheiße, Cash. Ich melde mich wieder.« Dann war die Leitung tot.

Für ein Gespräch mit Jared war das eigentlich gut gelaufen. Nicola drehte ihre Runden um das schicke Viertel mit den großen Grundstücken. Cash musste sichergehen, dass er auch noch den Wald sah vor lauter Bäumen – oder besser gesagt, vor dem großen Baum, der gerade auf dem

Fahrersitz saß und seine Aufmerksamkeit gefangen nahm.

Bevor er irgendwas zu ihr sagen konnte, klingelte sein Handy erneut. Jared. Schon wieder. Das war schnell.

»Ja?«, sagte Cash.

»Ein Privatflughafen, etwa eine Stunde von eurem Safehouse entfernt. Ein Jet von Titan wird dort in drei Stunden auf euch warten. Ihr Jungs werdet eure drei Freunde nach Langley begleiten.«

»Na, mit zweien von denen wird die Reise nach Hause aber kein Spaß.«

»Wenn ihr in Gewahrsam habt, was ich denke, dann ist mir völlig egal, ob ihr ihnen schwarze Kapuzen überzieht oder sie an Beinen und Füßen zusammenbindet. So lange ihr sie lebend zurückbringt. Die Farm wird sich schon um ihre Leute kümmern. Das kannst du mir glauben.«

Das tat er auch. Bei denen war Folter so Gang und Gäbe wie Abmahnungen in anderen Firmen.

»Verstanden.« Cash beendete das Gespräch und schaute Nicola an. »Sieht so aus, als ob wir dir den Gefallen tun werden. Auf Titan-Manier. Wir fliegen mit dem Jet nach Hause, Süße. Wir alle sechs.«

»Na super. Zwei Männer, von denen ich nicht die Augen abwenden kann, in einem Flugzeug.«

KAPITEL ACHT

WENN CASH NICHT gerade auf dem Beifahrersitz des Range Rovers gesessen hätte, hätte ihn diese Bemerkung so umgehauen, dass er auf seinen Allerwertesten gefallen wäre. Sein Gesicht sprach wahrscheinlich Bände. Entweder das, oder sie konnte sehen, wie ihm das Herz bis zum Halse schlug und ihm für einen kleinen Augenblick der Atem weggeblieben war.

»Tut mir leid, das war nur ein Scherz«, sagte sie.

Sie hatte sich entschuldigt, aber sie sah gar nicht aus, als ob sie ihre Bemerkung bereute, während sie die nächste Kurve nahm. Nein, es schien ihr gar nicht leid zu tun. *Sie kann ihre Augen nicht von mir abwenden?* Er murmelte irgendetwas Unverständliches vor sich hin, um zu überspielen, wie ihm ihre Bemerkung unter die Haut gegangen war.

»Hör mal, ich brauche neue Klamotten. Haben wir etwas Zeit bis zum Takeoff?«

Wieso fand er es niedlich, dass sie *Takeoff* sagte, als sei sie einer der Jungs, statt den gewöhnlichen, langweiligen und unter Zivilisten eher gebräuchlichen Ausdruck *Abflug* zu benutzen? Nein, er sollte es nicht niedlich finden, dass sie diesen Jargon benutzte. Es sollte ein Warnzeichen für ihn sein. Sie hatte zu viel gesehen, zu viel erlebt, ohne jemanden wie ihn oder Roman in der Nähe zu haben, die ihr sagten, dass sie auf sich aufpassen sollte.

Er nickte, unwillig sich mit ihr streiten. »Wir haben Zeit. Nicht viel. Aber es sollte reichen.«

»Gut. Stell mal das Navi an und zeig mir den Weg zum nächsten Walmart.«

»Alles klar.« Er ging die Liste der Einkaufszentren durch und fand die Midland Gallery. Alles mit Galerie im Namen hörte sich an, als ob es dort schicke Läden gab. »Lass uns dahin fahren.« Er wählte das Ziel aus und die weibliche Stimme des Navis, die die Richtungen angab, wies sie an sofort zu wenden.

»Das ist nicht Walmart. Ich brauche schnell billige Wegwerfklamotten.«

»Na komm. Wir haben ein bisschen Zeit. Fahren wir dort hin.«

»Wir sollten schnell einkaufen und dann zurück zum Safehouse fahren.«

»Du bist doch eine Frau – was wehrst du dich gegen Shopping?«

»Ich will nicht …«

»Dann sieh es doch mal so: Ich brauche noch etwas Zeit, um runterzukommen. Du willst doch nicht, dass ich wieder auf deinen Kumpel losgehe, oder?«

»Du bist völlig ruhig, Cash. Die Ruhe selbst. Du hast keine fünfzehn Sekunden gebraucht, um wieder in den Gang ›träger Cowboy‹ runterzuschalten.«

»Träge?« Träge war nun wirklich nicht der richtige Ausdruck für diesen Vormittag.

Sie lachte und warf ihr Haar über die Schulter. Es sah genauso weich aus, wie er es in Erinnerung hatte. Ihr Lachen wärmte ihn von innen, als ob sie in eine Decke eingewickelt vor dem Kamin saßen.

»Du weißt schon, was ich meine. Völlig cool, nichts ist so schlimm, dass man damit nicht klarkommen könnte«, sagte sie. »Aber jetzt mal im Ernst, wir müssen schnell zum Haus zurück.«

»Entspann dich, Nic. Der Kerl wird immer noch da sein, wenn wir zurückkommen, und selbst wenn wir zu spät sein sollten – na ja, ohne uns können sie eh nicht los.«

Fünfzehn Minuten später fuhren sie vor der Galerie vor. Es war genauso, wie er es sich vorgestellt hatte, obwohl er gar nicht genau wusste, wieso ihm das wichtig war. Dass er sich freiwillig für eine Einkaufstour meldete, sah ihm gar nicht ähnlich. Verdammt, vielleicht wusste er es doch. Sich um sie zu kümmern sah ihm sehr wohl ähnlich, auch wenn er seit Jahren außer Übung war. Es hatte einmal ganz oben auf der Liste seiner Lieblingsaktivitäten gestanden, und Mann, das war eine Liste gewesen …

Sie parkte und spazierte hinein, ohne zu bemerken, wie andere sie ansahen. Seine Jogginghose und Trainingsshirt sahen gut an ihr aus. Tatsächlich hatte er noch nie etwas gesehen, was er so sexy fand. Sogar hinkend und barfuß gelang es ihr noch, mit hocherhobenem Kopf die Edelboutique zu betreten.

Ihm entgingen die hochgezogenen Augenbrauen der Verkäuferinnen nicht, als er Nicola in den Laden folgte. Cash winkte ihnen zu, um ihnen klarzumachen, dass er ihre Blicke bemerkt hatte. Wahrscheinlich bot er einen interessanten Anblick. Blaues Auge. Aufgeplatzte Lippe. Waffe im Hüftholster. Mit der gleichen Sicherheit, wie sie die Moderatoren im Frühstückfernsehen bei ihrer Weinauswahl an den Tag gelegt hatten, wusste er, man würde sich heute am Wasserspender über sie beide unterhalten würde, nach dem Motto: »O mein Gott, hast du das gesehen?«

Nicola ging direkt auf die Schuhabteilung zu und er schlenderte hinterher, um den Tsunami-Effekt ihrer Anwesenheit im Laden zu beobachten. Nicola schnappte sich ein paar flauschige rosa Pantoffeln mit Hasenohren, ging zur Kasse und sagte: »Die brauche ich jetzt. Gleich komme ich wieder, um andere Schuhe auszusuchen.« Sie schaute über ihre Schulter, zeigte auf ihn und lächelte. »Und der schöne Mann dort zückt das Portemonnaie .«

Und das tat er auch. Er lächelte mit geschwollenen Lippen. Es tat weh, als der Schorf aufplatzte. Sie hätte durchaus schlimmere Bezeichnungen für ihn finden können als ›schöner Mann‹.

✕

EIN ORDENTLICHES PAAR Schuhe und passende Kleidung taten Nicolas seelischem Zustand gut – mehr als sie zugeben wollte. Dass Cash sie des Öfteren von der Seite ansah noch mehr. Nur war das Problem, dass es nicht zu dem Image passte, das sie als CIA-Agentin für sich kreiert hatte, sich wie ein kicherndes Schulmädchen zu benehmen. Nein. Alle die Nicola kannten, fanden, sie lebte nur für ihre Arbeit und es täte ihr gut, mal was anderes zu erleben. Zumindest nahm sie an, dass sie das dachten.

Das Einkaufszentrum zu verlassen und zum Flughafen zu fahren war einfach. Das Grübeln darüber, was Cash und Roman sagen und tun würden – das bescherte ihr Kopfschmerzen.

Nicht viele Frauen meldeten sich für Geheimoperationen und noch weniger wollten aktiv bei Einsätzen dabei sein. Männer gingen normalerweise davon aus, dass Nicola auf den Adrenalinrausch aus war und sie die Retter in der Not spielen konnten, so wie Cash. Obwohl sie, um ehrlich zu sein, bei dem Nahkampf Unterstützung nötig gehabt hatte. Solche Art Kneipenschlägereien, selbst wenn sie tagsüber auf offener Straße passierten, waren nicht gerade ihr Ding. Sie mochte vielleicht groß und stark sein, trotzdem machte sie sich nichts vor, wenn es um ihre körperlichen Grenzen ging. Es war etwas anderes zu wissen, was einem zum Verhängnis werden konnte, und stark genug zu sein, um zu sagen. »Scheiß drauf. Ich versuch's trotzdem.«

Cash fand es nicht gut, dass sie als Undercover-Agentin aktiv war. Das merkte sie auch so, obwohl er kein Wort darüber verloren hatte. Jedes Mal, wenn seine Augenbrauen wieder bis zum Haaransatz gingen, las sie das als: »Nicola, geh nach Hause, mach es dir auf dem Sofa gemütlich und zieh dir die Hausfrauen-Sendungen im Fernsehen rein.« Roman war noch schlimmer. Er sah es noch nicht einmal gerne, wenn sie spät abends den Müll rausbrachte. Na ja, vor zehn Jahren hatte er es zumindest nicht gerne gesehen.

Sie bogen in rasantem Tempo auf den Privatflughafen ab und hielten neben dem Flugzeug, dann bedachte Cash sie mit einem langen Blick. Sie konnte jetzt schon vorhersehen, dass es bald eine Intervention geben würde.

Nicola ging absichtlich vor Cash die Treppe hoch. Roman und Rocco waren schon an Board, zusammen mit Bonnie und Clyde. Sie wollte, dass sie sie zuerst sahen, um ihrem Abzugsteam zu zeigen, dass sie sich nicht hinter einem Mann versteckte. Um Roman zu zeigen, dass das hier ihr Job war. Das waren alles gute Gründe, aber sie hätte sich selbst belogen, wenn sie behauptet hätte nicht daran zu denken, wie Cash hinter ihr auf der Treppe ihren Hintern in den wie angegossen sitzenden Jeans bewundern konnte.

O Mann. Sie musste ihn wirklich aus ihren Gedanken verbannen. Es würde sie in Schwierigkeiten bringen, wenn sie sich weiterhin wie ein schwärmerisches Schulmädchen verhielt.

Zwei Schritte vor der Tür entfernt zog Cash an einer ihrer

Gürtelschlaufen. Sie blieb abrupt stehen, sodass sie seinen muskulösen Körper direkt hinter sich spürte. Ein Schauder lief ihr über den Rücken und ihr wurde ganz warm, als er sich an sie presste. Ihr ganzer Körper vibrierte, wollte sich auch an ihn schmiegen. Sie konnte ihren Körper gerade so kontrollieren, aber mehr, als zu erstarren, bekam sie nicht hin.

»Nic. Warte eine Sekunde«, flüsterte er ihr ins Ohr. Er war so nah und es fühlte sich so wunderbar vertraut an. Sein warmer Atem verursachte ihr Gänsehaut. Ihr Herz klopfte so laut, dass er es vielleicht sogar hören konnte.

Sie drehte sich auf einem Fuß balancierend um, damit sie ihn ansehen konnte, und war sich bewusst, dass ihr Magen einen Purzelbaum machte. »Was ist?«

Seine Hand lag immer noch auf ihrer Schulter und die Hitze seiner Berührung drang durch ihr T-Shirt. »Verdammt, du bist so wunderschön. Nur damit du weißt, was ich den ganzen Flug nach Hause über anschauen werde.« Dann tätschelte er ihren Hintern und schob sie sachte die letzten zwei Stufen hoch in die Kabine.

Gut, dass er das tat, denn ihre Beine wollten ihr nicht gehorchen. Ein einfaches »rechter Schritt, linker Schritt« hätte sie nicht hinbekommen. In ihrem Kopf drehte sich alles und sie bemühte sich, wenigstens auf Autopilot zu schalten und zu funktionieren. Seine Hände auf ihrem Hintern feuerten jede Nervenbahn an, sodass sie seine Berührung bis in die Finger und Zehen spüren konnte.

Irgendwie schaffte sie es in die Kabine und lief direkt in Roman hinein. Na, super, damit war die Autopilotsteuerung außer Kraft gesetzt. Er musterte sie von oben bis unten und starrte dann Cash an. »Geht es dir gut, Nicola? Du siehst irgendwie … krank aus.«

Krank? Wohl eher eine Überdosis an Pheromonen. So viel dann zu ihrem Plan, wie eine souveräne, harte Frau zu wirken, die hier das Sagen hatte. »Mir geht es gut, Roman. Krieg dich wieder ein.«

Romans Blick ging wieder zu Cash. »Alles im grünen Bereich?«

»Alles genau nach deinem Geschmack.« Cash drängte sich an ihnen vorbei, zog sich den Cowboyhut tiefer ins Gesicht und setzte sich neben Rocco.

Nicola sah, dass Bonnie und Clyde mit Handschellen an ihre Sitze gefesselt waren. Roman sah sie noch einmal mit diesem überfürsorglichen Blick an und gab dem Piloten dann das Zeichen zum Abheben. Sie waren in der Luft, bevor sie es sich auf ihrem Platz gemütlich gemacht hatte.

Bonnies wütende Miene sagte ihr, dass sie einen Aufstand veranstalten würde, wenn sie in Langley ankamen und sich das Durcheinander aufklärte. Clyde – alias David, alias der Butler – zeigte keine Regung. Sein lädiertes Gesicht war völlig ausdruckslos und alles, was sie in seinen Gesichtsausdruck hineininterpretieren würde, wäre reine Spekulation. Der Kerl ließ sich nichts anmerken. Verdammte CIA-Ausbildung.

Was soll's. Wenn die beiden in die Sache involviert waren, würde sie gut dastehen. War es nur der Butler, schuldete sie Miss Bonnie eben eine »Tut mir leid, dich beinahe erschossen zu haben«-Karte und einen Blumenstrauß. Oder vielleicht einen Geschenkgutschein für den Waffenladen, weil Nicola sich ziemlich sicher war, Rocco würde Bonnie ihre Pistole nicht zurückgeben.

Der Flug nach Virginia dauerte nicht lange. Sie stiegen aus, setzten sich in die wartenden CIA-Wagen und wurden nach Langley gebracht. Bei der Ankunft im CIA-Hauptquartier wurden sie voneinander getrennt. Sie vermutete, sie würden alle erst mal Bericht erstatten müssen. Nicola würde das kleine Problem erklären müssen, warum sie wie ein Berserker auf ihr Abzugsteam losgegangen war. Beth würde ihr glauben.

Eventuell.

Ja, natürlich würde sie das. Beth war ihre beste Freundin, die einzige Person in Langley und vielleicht sogar außerhalb der CIA, der sie vertrauen konnte.

Es war nicht so, dass Nicola wirklich Beweise hatte. Es war mehr ein Bauchgefühl, aber es gab auch Indizien, die sich nicht verleugnen ließen. Die Serviette mit den Anweisungen für ihren Abzug, auf der dann nichts stand. Dass man auf sie geschossen hatte, als sie aus dem Fenster sprang. Die Aussage des Butlers, dass er sie nicht umbringen *wollte*. Kleine Dinge wie diese.

Für ein Verhörzimmer sah dieses ganz normal aus. Nicola rutschte auf dem unbequemen Stuhl hin und her und fragte sich, wie viele Paar Augen sie beobachteten, während sie ihre Sprite trank.

Geduld.

Sie brauchte jetzt einfach langen Atem. Die Analysten und Verhaltensexperten achteten immer auf Zeichen für … alles. Sie musste einfach dafür sorgen, dass sie nichts als Professionalität ausstrahlte.

Die Tür ging auf und Beth kam rein. »Hallo, Süße.«

»Hallo.« Nicola lächelte, obwohl ihr nicht danach war. Aber sie wusste, dass die Beobachter hinter dem Spiegel es von ihr erwarteten.

»Lass uns den Bericht hinter uns bringen und was trinken gehen. Obwohl ich das Gefühl habe, ein paar Bier werden es heute Abend nicht bringen.«

»Für mich wäre es auch okay, wenn wir es uns in deinem Büro mit ein paar Flaschen Wein und Strohhalmen gemütlichen machen.«

»Stilvoll. Der Plan passt zu deinem edlen Outfit.« Beth warf einen bewundernden Blick auf ihre neuen Markenklamotten.

»Ja, ein Shoppingtrip war notwendig. Wie es halt so geht. Ein Designermarken-Souvenir, wenn man so will.«

»Na gut, dann fang mal ganz von vorne an. Antilla wurde erschossen. Und dann?«

Nicola gab all das wieder, was passiert war, bis zu dem Moment, als sie über den Range Rover von Titan gestolpert war. Beth nickte ermutigend, lächelte und signalisierte Unterstützung, wie es sich für eine Verbindungsfrau gehörte, wiederholte ein paar Dinge – ließ Nicola aber nicht an ihren Gedanken teilhaben. Nicola plauderte munter weiter, berichtete von dem ganzen Abenteuer, bis sie in Virginia gelandet und in Langley angekommen waren.

Beth lehnte sich für einen Moment zurück und schob ihr dann Papier und Stift über den Tisch. »Smooth Enterprises. Ich weiß, wir hatten noch nicht erwartet, zu diesem Zeitpunkt schon Informationen über das gesamte Netzwerk zu erhalten, aber nenn doch schon mal die Namen, die du kennst.«

»Ich kenne nicht jeden der wichtigen Akteure. Antilla schien überall auf einmal zu sein, also war es schwierig herauszufinden, mit wem er sich traf und worum es bei den Treffen ging. Aber ich schreibe auf, was ich weiß.« Das dauerte etwa eine Stunde und sie schrieb Seite um Seite. Sie bekam einen Krampf in der Hand. Sie wusste, dass man ihre Handschrift analysieren und nach Hinweisen suchen würde, ob sie etwas verbarg oder ungewollt etwas preisgab. Als sie damit fertig war, nahm Beth die beschriebenen Seiten und ging. Zumindest war sie so nett gewesen, hier mit ihr zu sitzen, während Nicola ihren Bericht schrieb.

Ihre Sprite war leer. Sie ließ die Dose über den Tisch kreiseln. Das Summen der Neonlampen begann ihr auf die Nerven zu gehen. Wie viel Zeit war vergangen, seit Beth aus dem Raum gegangen war? Eine Stunde? Drei? Sie hatte völlig das Zeitgefühl verloren und es hätte genauso gut sein können, dass der Tag schon vorbei war.

Sie fragte sich, was Cash und Roman wohl sagten und wo sie waren. Die Tür ging auf und riss sie aus dieser Gedankenspirale. Beth setzte sich, ein verkrampftes Lächeln in ihrem normalerweise ausdruckslosen Gesicht. Mist, Nicola musste keine Expertin sein, um ihre Mimik zu lesen und zu wissen, wie angespannt Beth war.

»Nicola, es gib keinen Grund anzunehmen, dass David …«

»Was? Erzähl keinen Scheiß, Beth, er …«

»Nicht meine Entscheidung. Deine auch nicht. Und um das Ganze noch komplizierter zu machen, hat man entschieden, dass du mit ihm zusammenarbeiten sollst, um ein paar Lücken in Antillas Akte zu füllen.«

»Nein.«

»Zwing mich nicht dazu, dir einen Befehl zu geben. Wir waren immer mehr als nur Agentin und Verbindungsfrau und ich will jetzt nicht damit anfangen, die Vorgesetzte heraushängen zu lassen. Halt dich an die Regeln, aber vertrau mir.«

»Beth …«

»Du hast keine große Wahl, aber dieser Auftrag allein ist nicht alles, was ich für dich habe. Hier habe ich noch ein weiteres Projekt, das deine Stimmung aufhellen sollte.« Beth schob einen Aktenordner über den Tisch. *Streng vertraulich.*

»Streng vertraulich? Wieso? Bislang war bei diesem Auftrag keine Information nur für einen Agenten bestimmt.«

»In der Akte befinden sich nur ein paar Notizen. Ich hoffe, du kannst das ändern.«

Nicola schlug die Akte auf. Ein Blatt Papier. Handschriftlich geschrieben stand darauf: *Auftrag JW. 19:30 Blind Date. JW Marriot. Washington, DC.* Das war ja besonders fantasievoll, den Auftrag nach dem

Ort zu benennen. Sie musste ein Grinsen unterdrücken. Sie würde Beth über ihren Mangel an Kreativität aufziehen müssen. Der Titel war allerdings nicht gerade der Knockout, der ihr Interesse am Auftrag weckte. Wen sollte sie dort treffen? Zumindest würde sie nicht den Butler mitbringen müssen. »Zurück zum Butler.«

»David.«

»Na gut, David. Der Kerl ist ein Ar...«

»Um ehrlich zu sein, interessiert es mich nicht, ob du dich mit ihm verträgst, mit ihm ausgehst oder dich mit ihm prügelst. Schaffe es einfach irgendwie, diese Feindseligkeit und Anspannung zwischen euch loszuwerden. Und nur, damit du es weißt, es ist nicht gerade so, als wäre er besonders erfreut darüber, mit dir Zeit zu verbringen. Der Mann hat so viele blaue Flecken, dass sein Stolz mehr als nur ein kleines bisschen verletzt ist«, meinte Beth mit einem Augenzwinkern.

»Es interessiert mich wirklich nicht, wie sich der But... ich meine, David, fühlt.«

»Hier sind deine Anweisungen für deinen Auftrag mit David.« Beth reichte ihr ein weiteres Blatt Papier, aber sie schaute es sich nicht an. »Ehrlich, Nic. Je schneller du dich damit abfindest, desto schneller bist du hier fertig und kannst nach Hause gehen. Ich versuche, dir eine Freundin zu sein.«

Ihre Freundin zu sein? Sie war doch eigentlich ihre beste Freundin.

Nicola ließ ihre Fingerknöchel knacken und massierte sich den Nacken. Sie nahm das Blatt Papier und drehte es um. Es war leer. Sie nahm sich einen Moment Zeit, um so zu tun, als würde sie es lesen. Irgendjemand schaute immer zu.

Beth schaute sie an. »Verstanden, Süße?«

Nicola steckte das Blatt Papier ein und sagte: »Kein Problem. Betrachte es als erledigt.« Das einzige, was hier klar war, war ihre Verwirrung. »Kann ich jetzt gehen?«

»Aber sicher.«

Nicola winkte den Kameras zum Abschied zu und verließ den Raum.

KAPITEL NEUN

JEDE WEITERE MINUTE, die er in diesem verdammten Café verbringen musste, ging David mehr auf die Nerven. Erstens war das Paket von seinem Kontakt – Codename: Mister Mars – spät dran, und zweitens würde er für den Rest des Tages nach Kaffeesatz riechen. Er trommelte mit seinen manikürten Fingernägeln auf die Tischplatte, um seiner Verärgerung Ausdruck zu verleihen.

Ein Teenager mit ungepflegten Haaren und neongelben Schuhen kam mit schweren Schritten durch die Tür gestampft. Sein suchender Blick ging von Tisch zu Tisch. Was die Jugend heutzutage für modisch hielt, war einfach entsetzlich. Als der Junge ihn entdeckt hatte, kam er zu seinem Tisch.

»Du kommst zu spät«, tadelte David ihn. Sein lädiertes Gesicht tat weh, als er eine mürrische Miene aufsetzte.

»Tut mir leid. Ich bin …«

Er schüttelte den Kopf. Der Junge hatte noch nicht mal seine Identität bestätigt und war schon drauf und dran, das Paket herauszuholen.

»Solltest du mich nicht etwas fragen?«. David räusperte sich missbilligend. *Was für ein Amateur.*

»Ähm. Ja. Ich soll Sie nach einem bestimmten Wort fragen.«

»Dann frag. Deute es nicht an. Frag.« Er hasste es, wenn er während eines Einsatzes den Ausbilder spielen musste. Das war noch ein weiterer Grund, warum er es nicht abwarten konnte, die CIA zu verlassen. Der Teenager verhielt sich so, als ob diese Zustellung so harmlos wäre wie eine Lieferung Blumen oder Ballons. Sah er so aus, als hätte er gerade ein Baby bekommen? Als wäre er gerade vom College abgegangen? Nein. David sah ganz sicher nicht so aus. Er sah aus wie ein Mann, der es täglich mit millionenschweren Waffenhändlern zu tun hatte.

»Äh, hmm. Ja. Sorry. Könnten Sie mir bitte das Sicherheitswort nennen?«

David schüttelte angewidert den Kopf. Er räusperte sich. »Das Wort ist Ehre.«

Der Junge runzelte die Stirn und fragte weiter wie instruiert. »Und Sie sind?«

»Mein Name ist Mister Nero.« David fand die Mars-Nero-Codenamen unnötig, aber Smooth Enterprises hatte immer schon ein Faible für das alte Rom gehabt. Und sie waren der Kunde. Ein paranoider Kunde, aber das konnte man ihnen nach dem Attentat wohl nicht verübeln.

Der Junge legte die kleine Schachtel auf den Tisch und verzog sich wieder, bevor David ihm sagen konnte, er solle abhauen. Er öffnete das Paket und nahm ein aufgeladenes Handy heraus. Er schaltete es an, fand das Menü und wählte den einzigen Kontakt.

Es klingelte einmal und Davids Auftraggeber, Mister Mars, antwortete.

»Sie sind spät dran.« Mister Mars' österreichischer Akzent war so aalglatt wie die Oberfläche der Blutlache, über die sie sich kennengelernt hatten.

»Und Sie sollten qualifiziertere Zusteller engagieren. Der Junge war für das Überbringen von Paketen jedenfalls nicht qualifiziert.«

Mister Mars ignorierte seinen Vorschlag. »Die CIA schöpft keinen Verdacht?«

»Nein. Sie sind sich so sicher, dass ich ein Team Player bin, dass sie Nicola dazu gezwungen haben, mit mir zusammenzuarbeiten. Wir sollen uns vertragen.« David lachte. »Ich werde ihr schon zeigen, was für ein braver Farm-Junge ich bin.«

»Um was für einen Auftrag handelt es sich und wie wird sich das auf unsere Arbeit auswirken?«

»Er wird von Vorteil für unsere Geschäftsbeziehung sein. Ich durfte mir einen Auftrag aussuchen. Auf die Art wollte sich Langley wohl bei mir entschuldigen. Sie und ich werden einen Auftrag in der Türkei erledigen und dort einen Informanten unterstützen. Somit bleibe ich auf dem Laufenden, was die Ermittlungen zu Smooth Enterprises angeht, kann meinen Ruf als ehrbarer Agent wiederherstellen und Sie bekommen nicht nur Nicola, sondern wertvolle Informationen über den Waffenmarkt in der

Türkei. Sozusagen als Bonbon.«

»Sehr gut. Aber, Mister Nero, vergessen Sie nicht. Sie gehört mir. Sie muss bezahlen und ich werde sie bezahlen lassen.«

✕

NICOLA PASSIERTE DIE Geschenkläden, die Souvenirs zum Weißen Haus und Postkarten mit dem Washington Monument anboten. Sie fegte an dem Hotelangestellten vorbei, der in der Einfahrt des JW Marriot vor seinem hölzernen Pult stand.

Ein Page machte ihr eine der Seitentüren auf, da sie die Drehtür vermied. Nic war nie ein Fan von Glashäusern gewesen. Sie kamen ihr wie eine ideale Falle vor, wenn man jemanden abknallen wollte. Klare Sicht. Ein einfacher Schuss. Man konnte nicht flüchten. Man konnte sich nicht verstecken.

Ihre Hackenschuhe klackerten über den goldgesprenkelten Marmorboden und sie sah sich die Menschen in der Lobby an. Geschäftsleute am Telefon. Touristen mit Gürteltaschen und Stadtkarten. Nichts Auffälliges, aber darum ging es ja.

Als sie in den Aufzug einstieg bemerkte Nicola, wie ein Mann hinter ihr sich beeilte, um es auch noch zu schaffen, bevor sich die Türen schlossen. Sie drehte sich, schenkte ihm ein Lächeln, das sagte, »Na los, ich halte Ihnen die Türen auf«, drückte aber in Wirklichkeit auf den Knopf, der die Türen schloss. Als sie zugingen zuckte sie die Schultern, als sei sie verwirrt, wie das hatte passieren können, und murmelte ein »Sorry.« Bei diesem Mann handelte es sich nicht um ihre Verabredung für das Blind Date. Er war viel zu offensichtlich.

Damit die Türen nicht sofort wieder aufgingen, drückte sie schnell den Knopf, auf dem DT stand. Dachterrasse. Sie hatte keine Ahnung, wo genau ihr Blind Date stattfinden sollte, dachte aber, sie konnte mal da anfangen zu suchen, wo die Aussicht am Schönsten war. Klassische Musik tönte aus den Lautsprechern und glücklicherweise hielt der Aufzug nicht einmal an, bis sie ganz oben angekommen war. Die Türen öffneten sich zu einem Ausblick auf den Sonnenuntergang und die umliegenden beeindruckenden Gebäude. Sie trat nach draußen in die warme Sommerluft. Was für eine Wahnsinnsaussicht.

Ein paar Leute standen am Geländer und schauten auf die Pennsylvania Avenue hinunter, genossen die Atmosphäre von Downtown, DC. Ein Mann lehnte sich gegen das Geländer. Er war so groß und breit wie Roman und Cash, aber er sah fieser aus. Seine Aura hatte sozusagen Biss und er hatte noch nicht einmal etwas geknurrt. *Das kann ja spaßig werden.*

Sie ging zu ihm, hielt ihm die Hand hin und wartete. Sie starrten einander an. Wer würde zuerst klein beigeben. Er oder sie? Er oder sie? Nun, so sicher, wie die Sonne hinter den Dächern dieser Stadt unterging, würde sie ihre ausgestreckte Hand nicht sinken lassen, so lange er dort noch stand. Sollte er doch das Arschloch sein, das wegging.

»Nicola.« Er sagte das so, als ob er eine Runde Applaus von ihr erwartete. Männer und ihre Egos. Dieser Mann schien besonders von sich selbst überzeugt, mit seiner »Ich könnte dich mit einer Büroklammer umbringen«-Attitüde. Er schüttelte ihre Hand und obwohl sie halb erwartete, dass er sie in seiner zerquetschte, tat er das nicht. Es war nur ein fester Händedruck. Ein bisschen enttäuschend.

»Und Sie sind?«, fragte sie.

»Jared Westin.« *Oh. JW.* Er musste in ihren Augen gesehen haben, wie sie sie eins und eins zusammenzählte. »Ja, ich erlaube mir gerne mal einen Scherz mit euch Hanseln von der CIA. Ihr spielt eure Spiele und ich mache mich darüber lustig.«

Na gut, ein Arschloch mit einem Sinn für Humor. Wenn er nur wüsste, wie wenig sie von den CIA-Spielchen hielt. »Na dann. Ich bin erschöpft. Habe ein paar anstrengende Tage hinter mir. Würden Sie mir vielleicht verraten, worum es hier geht, damit ich wieder abhauen kann?«

»Haben Sie etwa Wichtigeres zu tun, als …«

»Bei Ihrem heimlichen Spielchen ›Zeig's der CIA‹ mitzumachen? Ja. Ich wäre gerne zu Hause, wo eine schöne Flasche Wein auf mich wartet.«

»Würden Sie gerne ein Glas Wein bestellen?«

»Nein, will ich nicht. Sie verstehen mich nicht. Ich bin erschöpft und schlecht gelaunt und ich möchte gerne wissen …«

»Das ist ja so, als ob ich mit Roman reden würde. Jesus, Maria und Josef!« Der Mann fuhr sich mit der Hand über das kurzgeschnittene Haar und sah nicht besonders erfreut darüber aus, dass es sie nicht beeindruckte, wenn er den harten Mann heraushängen ließ. Aber es verfehlte seine Wirkung nicht, dass er ihren Bruder erwähnt hatte. Jetzt hatte er auf jeden Fall ihre Aufmerksamkeit.

»Roman?«

»Ja, Roman. Das Arschloch mit dem großen Mundwerk, wie ein Alpharüde auf Steroiden. Aber Sie scheinen mehr Stil zu haben.«

»Und Sie sind noch mal?« Ihr Blick schweifte über das Stadtbild von DC.

»Jared Westin.«

»Das haben wir ja schon geklärt, Einstein. Sie arbeiten zusammen?«

»Das kann man so sagen.«

»Ach, jetzt lassen Sie den Scheiß doch mal sein, Jared Westin, Meister-Verarscher der Spione.«

Sein Lachen hörte sich wie ein Grollen an, das in einer Höhle widerhallte. Sie bekam den Eindruck, dass er gerne Langhanteln stemmte und zu viel Zeit auf dem Schießstand verbrachte. »Ich mag Sie.«

»Wunderbar. Wenigstens geht es einem von uns so.« Sie schenkte ihm ein Lächeln, das nicht länger nur sarkastisch, sondern schon bissig war.

»Würden Sie gerne einen Auftrag für uns erledigen?«

Wenn er allerdings über einen Auftrag reden wollte, dann hörte sie ihm gerne zu. »Sie arbeiten für Titan?«

»Kann man so sagen, ja. Ich arbeite für Titan.«

»Wenn man das so sagen kann, dann erzählen Sie mir doch ein bisschen mehr, sonst bin ich weg.«

»Roman arbeitet für mich. Cash auch. Jeder, der bei Titan angestellt ist.«

Für ihn. Scheiße. Er war der Chef und sie hatte sich nicht gerade von ihrer besten Seite gezeigt. »Das hätten Sie auch sagen können.«

»Um unsere ganze spaßige Unterhaltung zu umgehen? Keine Chance, Prinzessin.«

Was? Prinzessin? »Ich bin keine Prinzessin. Wieso bin ich hier?«

»Ich bin hinter dem Butler her. Und dem Kerzenständer auch, wenn Sie glauben, dass sie das hinbekommen.« Zum ersten Mal war Nicola bereit, ihn sein Spielchen spielen zu lassen. Er legte den Kopf schräg. »Jetzt habe ich Ihre Aufmerksamkeit, nicht wahr?«

»Die CIA hat sich wegen dem Butler mit Ihnen in Verbindung gesetzt?«

»Die CIA traut ihm auch nicht. Sie sind jetzt seine Partnerin und Sie und ich werden ihn überführen.«

»Und wieso übernehmen die Jungs von der Farm diese Aufgabe nicht?«

Jared grinste süffisant. Wahrscheinlich hielt er von ihren Kollegen genauso viel wie sie. »Man hielt es für besser, die Sache außer Haus in Auftrag zu geben. Wir waren ja sowieso schon wegen Antilla Smooth engagiert.«

»Ja, das habe ich auch schon herausgefunden.«

Er zog einen Mundwinkel nach oben und sah so aus, als ob er gleich einen abfälligen Kommentar abgeben würde. »Sie sind genau wie Roman. Bestimmt können Sie einem auch so richtig auf die Eier gehen. Stimmt's, Prinzessin?«

Sie verdrehte die Augen. »Wir können gerne zusammenarbeiten, solange Sie mich nicht Prinzessin nennen.«

»Wieso verhandeln Sie noch, wenn wir doch beide wissen, dass Sie es kaum abwarten können, den Wichser dranzukriegen?«

Dumm war er wohl nicht. »Na gut.«

»Gut. Ich melde mich bei Ihnen.« Er drehte sich zum Aufzug um. »Noch einen schönen Abend.«

Sie hätte sich ja viele Leute als ihre Verabredung für dieses Blind Date vorstellen können, aber den Chef von Titan hatte sie am allerwenigsten erwartet. Nicolas Telefon klingelte in ihrer Handtasche. Eine unbekannte Nummer. »Hallo?«

»Hallo, Nic.« *Cash.* Tausend Fragen schwirrten ihr im Kopf herum. Die einzige, die sie gerade richtig beschäftigte, war wieso seine tiefe Stimme ihr Gänsehaut verursachte. »Was machst du so?«

Wo sollte sie nur anfangen? »Nicht viel. Du?«

»Genauso.« Das hier würde schnell zu einem langweiligen Gespräch werden, wenn einer von ihnen nicht bald die Wahrheit sagte. Cash räusperte sich. »Äh, um ehrlich zu sein, das stimmt nicht. Aber nichts, worüber ich am Telefon reden kann.«

Vielleicht waren sie doch auf der gleichen Wellenlänge. »Cash, ich, tja …«

»Ich würde dich gerne sehen.«

Der Atem blieb ihr stehen und ihr Herz entschied sich genau in dem Moment, wie wild zu klopfen. O Mann, die Verhaltensexperten hätten ihre wahre Freude an ihr gehabt, wenn sie diese Reaktion beobachtet hätten. Sie nickte anstatt zu sprechen, aber das half auch nichts. Wieso konnte sie nicht mal zwei Wörter herausbringen? *Okay. Kein Problem. Ich auch.*

»Nic? Bist du noch da?«

»Ja. Sorry. Ich bin … müde.«

»Morgen Abend treffen sich ein paar von uns zum Grillen. Hättest du Lust zu kommen? Sodass wir uns mal richtig unterhalten können, um der alten Zeiten willen?«

Sie nickte wieder und diesmal schaffte sie es, ein Wort hervorzupressen. »Okay.«

»Gut. Dann hol ich dich morgen Abend ab. Bis dann.« Er legte auf, bevor sie sagen konnte, dass sie selber fahren würde. Verdammt, es konnte nichts Gutes dabei herauskommen, mit Cash auf engem Raum eingesperrt zu sein.

✕

NICOLA LIEß DEN Inhalt ihres Plastikbechers kreisen und gab sich keine Mühe, ihr Kichern zu unterdrücken. Müde und kurz davor, sich voll und ganz ihrer melancholischen Stimmung hinzugeben, war ihr Beths Anruf gerade recht gewesen und sie hatte sich schnell zu einem Frauenabend überreden lassen. Nic konnte das wirklich gut gebrauchen, denn in ihre Wohnung zu gehen und sich aus lauter emotionaler Not mit ihrem Mitbewohner über Dinge zu unterhalten, über die sie nicht reden durfte, war das letzte, was sie tun wollte.

Nicola traf sich mit Beth in deren Stadtwohnung, die über einem Mini-Markt gelegen war. Einer dieser Läden, der alkoholische Mixgetränke verkaufte und spät am Abend noch geöffnet hatte. Das kam heute besonders gelegen.

»Jetzt erzähl mir doch bitte noch mal, wieso du dir diese Wohnung zugelegt hast.« Nicola hatte Schluckauf und kicherte. Sie legte die Hand auf den Mund, doch wieder entwischte ihr ein Kichern.

»Für heute Abend ist sie doch ganz praktisch, oder, Nic?«

Hicks. »Ich brauche Nachschub.«

»Ich auch.« Beth schnaubte und goss eine sehr großzügige Portion Ketel One Wodka in ihren Plastikbecher. »Pink oder rot?«, fragte sie und füllte ihren eigenen Becher auf.

Nicola betrachtete die Flaschen. Cranberrysaft oder Pink-Grapefruit-Limonade. Die Entscheidung fiel ihr schwer. »Hmm, diesmal rot bitte.«

Ups. Schwipp, schwapp. Sie veranstalteten eine ganz schöne Sauerei beim Einschenken.

»Okaayy.« Nicola lallte ein wenig. »Sag mir noch einmal, wie das hier passiert ist. Wieso waren zwei Teams in dasselbe Projekt involviert?«

»Also, der heiße Typ …«

»Was?«, brüskierte sich Nicola und lachte dann. »Heiß? Wer denn?«

Beth grinste. »Na ja, die waren alle ganz schön heiß.«

Nic schüttelte den Kopf, sodass ihre Haare hin und herflogen. »Äh, nein. Auf keinen Fall. Einer von denen ist mein Bruder.«

»Nic, du bist echt der Clou. Du meinst, dein Bruder könnte nicht heiß sein? Süße, er ist es. Aber egal.«

»Also, Jared ist ganz bestimmt kein heißer Typ.«

»Doch, bis er den Mund aufmacht.«

»Kann sein.« Das Lallen ließ sich jetzt nicht mehr verleugnen. Wieder ein *Hicks* und sie lachte. Hatte sie Jared heiß gefunden, wie er dort auf dem Dach gestanden hatte? Hmm, vielleicht … »Aber Cash ist sowas von heiß.«

Beth nickte mit geweiteten Augen. »Mhm, Cash ist heiß.« Sie nahm einen großen Schluck aus ihrem Becher. »Also, ihr beide, was?«

»Waren mal.« Nic musste sich Mühe geben, die Wörter deutlich auszusprechen. Ihre Lippen kribbelten.

»Ich habe kein Problem damit, auch deine abgelegten Lieb…«

»Beth, du …« Sie warf eine zusammengeknüllte Papiertüte nach ihr. »Finger weg. Den kannste nicht haben.«

»Dann nehme ich eben Roman.«

»Iih.« Sie kräuselte die Nase.

»Jared ist zu gemein.«

Nicola nickte. »Finde ich auch. Wer glaubt er eigentlich, wer er ist?«

»Du solltest mit Cash reden. Ihm erzählen, wie du dich fühlst, was du denkst.« Beth warf den Strohhalm zur Seite und trank ihren Becher auf Ex aus. »Schaden kann es nicht, oder?«

Sag einfach nichts dazu. Nicola wiederholte diese Worte noch einmal im Kopf. Aber es brachte nichts. Im Wein – oder zumindest im Wodka – lag die Wahrheit. »Er kennt mich gar nicht mehr.«

»Dann lernt euch wieder kennen.«

»Will ich nicht.«

»Das willst du nie. Warum eigentlich? Dieser Typ aus der IT-Abteilung hat vor ein paar Wochen mit dir geflirtet. Aber von dem wolltest du nichts. Ich weiß auch ganz genau, dass Analyst, Bill oder Bob oder so, mit dir ausgehen wollte. Und nicht zu vergessen, der Sprengstoffexperte vom FBI. Der *war* – *ist* wahrscheinlich immer noch – total hin und weg von dir. Wenn du mich fragst, hat er zu viele giftige Dämpfe eingeatmet.« Sie kicherte. »Ich werde dafür bezahlt, solche Dinge zu wissen.«

»Diese Männer sind alle langweilig. Aber Cash … das ist kompliziert.«

»Nö. Das ist doch ganz einfach. Wenn es ernst wird, dann habe ich ein Formular für dich, das du ausfüllen kannst. Dasselbe Formular, das du ausgefüllt hast, als du mit …«

Ihr Telefon klingelte. Es war ihr Mitbewohner – tolles Timing – und sie ließ den Anruf zur Mailbox gehen. »Es war überhaupt nicht ernst mit uns und ich habe gar kein Formular ausgefüllt.«

»Es ist einfach. Man erklärt damit nur offiziell, dass man mit diesem und jenem schläft und verspricht, dass einem beim Bettgeflüster keine Staatsgeheimnisse entwischen. Ach, und außerdem erteilt man damit seiner Verbindungsperson die Erlaubnis, sein Privatleben zu durchforsten, ohne ihr davon zu erzählen.«

»Ich habe soooo hart dafür gearbeitet, da zu sein, wo ich jetzt bin.« Ja, ein ganz langgezogenes *so*. Sehr professionell. Egal. »Ich möchte, dass sie mich respektieren.« *Respektieren* war schon ein komisches Wort. Sie wiederholte es ein paar Mal lautlos.

»Sie?«

»Die Männer, mit denen ich zusammenarbeite.« Sie versuchte sich noch einmal an dem Wort respektieren. Es kam ihr immer noch seltsam vor.

Beth band ihr Haar zu einem Pferdeschwanz. »Die respektieren dich doch.«

»Nein, tun sie nicht. Die denken alle, dass die Frauen in der Agency von einem Mann gerettet werden wollen, ob wir es wissen oder nicht. Dass sie unsere Superhelden und Retter in der Not sein sollen, und dass ich nur darauf warte zu sehen, wer mich rettet. Alles ist nur ein Spiel.« Sie schüttelte den Kopf und brachte die Worte nur undeutlich hervor. »Das hier ist wahrscheinlich auch ein Spiel. Du bist gar nicht meine beste Freundin, sondern eine Analystin, die irgendwelche psychologischen Tricks benutzt, um mir eine Falle zu stellen. Scheiße, das hier wird bestimmt später in meiner Akte stehen.«

»Nein. Versprochen.«

Sie lachte und wackelte mit dem erhobenen Zeigefinger. »Ich glaube dir nicht, Miss Beth, die Verbindungsfrau.«

»Ich schwör's. Was in dieser Wohnung gesagt wird, bleibt unter uns.« Nicola sah sie mit hochgezogenen Augenbrauen an. »Na gut, was in dieser Wohnung gesagt wird, wird nicht aufgezeichnet. Wie findest du das?«

»Hmm, das ist schon besser.«

»Okay, wie wäre es hiermit? Im Januar hatte ich was mit Michael am Laufen.«

»O mein Gott. Er ist unser Vorgesetzter. Er ist dein Vorgesetzter. Er ist ganz weit oben, jedermanns Vorgesetzter. Und, Gott, ich kann nicht glauben, dass ich das sage, aber er ist so ein heißer Typ.«

»Stimmt, richtig?«

Nicola nickte so heftig, als hinge ihr Kopf an einem Marionettenfaden hängen. »Ich kann gar nicht glauben, dass du mir nichts davon erzählt hast.«

»Und ich hab auch kein Formular ausgefüllt.«

Nicola nahm den letzten Schluck aus ihrem Plastikbecher. »Wir hätten größere Becher finden sollen. Diese kleinen Dinger sind so schnell leer.«

»Oder wir trinken zu viel.«

»Ach, ich weiß nicht. Ich finde, wir trinken genau die richtige Menge, wenn man denkt, wie mein Tag verlaufen ist. Diesmal bitte eine pinke Mischung.«

Beth goss ihr Wodka und Limonade ein. Wenigstens war Nicolas Schluckauf weg. Das war etwas Gutes.

Nicola nippte an ihrem Getränk. »Okay, ich muss dir was gestehen. Ich will meine Arbeit nicht aufgeben. Ich liebe meinen Job. Ja, das kannst du gerne in meine Akte schreiben. Aber Cash sieht das nicht. Er kennt diese Seite von mir nicht. Und wenn ich mich wieder in ihn verliebe und er diese Seite an mir hasst, dieses neue Ich, dann würde ich damit nicht klarkommen.«

»Das ist doch lächerlich, Nic.«

Vielleicht, aber trotzdem hatte sie Angst davor. Sie saugte kräftig an ihrem Strohhalm. Die pinke Mischung schmeckte ihr etwas besser. Sie war süßer. »Er hat die Person geliebt, die ich im College war. Ich mochte diese Person auch, aber jetzt bin ich nun mal jemand, der mit einer Waffe in der Weltgeschichte herumläuft.« Wieder meldete sich der heftige Schluckauf zurück und sie quiekte: »Verdammt!«

Beth lachte grunzend.

Nicola zeigte auf sie. »Das habe ich gehört.«

Sie lachten beide. Noch ein Grunzen. Noch ein Hicks. Noch mehr Gelächter.

Nicolas Handy klingelte. Beth wackelte mit den Augenbrauen. »Vielleicht ist es Cash.«

Sie kniff die Augen zusammen, um besser zu erkennen, was auf dem Display stand. »Nee. Jared.«

»Er ist auch heiß. Lass mich rangehen.« Beth streckte die Hand nach dem Telefon aus. »Alle sind heiß. Kennen wir eigentlich keinen anderen Ausdruck? Heiß.« Sie kräuselte die Nase und zog einen Mundwinkel hoch. »Das hört sich komisch an. Heiß. Haaaais. Heissssss.«

»Nein.« Nic schlug Beths Hand weg, hickste noch einmal und nahm dann mit ernster Miene das Gespräch entgegen. »Ja, hallo?«

Beth fiel vor lauter Lachen auf den Boden. Ihr Drink schwappte über. Nicola hickste und hielt sich die Hand über den Mund, um ein Kichern zu verstecken.

Jared knurrte: »Nicola?«

Beth grunzte. Nicola gab ihr Bestes, konnte aber nicht aufhören zu lachen. »Einen Moment bitte.« Sie legte ihr Handy in den Schoß, legte zwei Finger auf die Lippen, um Beth zu verstehen zu geben still zu sein, und startete einen zweiten Versuch. Wieder versuchte sie, ein ernstes

Gesicht zu machen. »Ja, hallo?«

Hatte sie das gerade mit britischem Akzent gesagt? Beth rannte zum Bad und rief irgendwas von sich in die Hose machen.

»Nicola, was zum Teufel ist da bei Ihnen los?«

»Gar nichts.« Ja, im Versuch, sich seriös zu geben, klang sie wie eine sehr näselnde britische Dame. »Kann ich Ihnen helfen, Jared?«

»Haben Sie was getrunken?«

»Haben Sie was getrunken, Jared?« O nein. Wieso hatte sie das gesagt?

»Grundgütiger.«

»Brauchen Sie etwas? Ich habe gerade etwas auf dem Herd.« *Was? Dem Herd?* »Und kann nicht lange reden.« Den letzten Satz sagte sie definitiv mit Akzent. Beth kam gerade rechtzeitig aus dem Bad, um ihn zu hören. Sie krümmte sich vor Lachen und wischte sich die Tränen aus dem Gesicht.

»Eigentlich wollten die Jungs von Titan morgen ein Grillfest veranstalten, zu dem Sie auch eingeladen sind. Aber ich mache daraus eine Konferenz. Wir haben Einiges zu besprechen. Ich erwarte, dass sie kommen. Bringen Sie eine Tasche mit. Ich habe ein Zimmer für Sie. Ich schicke Ihnen eine SMS mit den Einzelheiten.«

Sie wurde sofort wieder nüchtern. »Was?«

»Seien Sie eine brave kleine Prinzessin, trinken Sie Ihren Cocktail aus und gehen Sie schlafen. Wir fangen morgen mit der Arbeit an.«

Nicola legte auf. Beth wischte sich immer noch die Tränen aus den Augen. »Was wollte Mr Heiß-aber-gemein denn von dir?«

»Ich muss eine Nacht mit Cash verbringen.«

»Was? *Das* hat er gesagt?«

»Äh, also, na ja.« Nicolas Gedanken drifteten ab. Beth brach wieder lachend und grunzend zusammen. Nicola grinste und schenkte sich noch einen Drink ein. »Das hier ist eine ernste Situation. Hör auf zu lachen. Er hat gesagt, ich muss an einem Wochenendseminar von Titan teilnehmen. Zusammen mit Cash. Unter einem Dach.«

»Ihr beide solltet die Situation auf jeden Fall ausnutzen.«

»Auf keinen Fall! Ich muss professionell bleiben. Ich muss ihm beweisen, dass ich gut in meinem Job bin.« ›Beweisen‹ kam eher wie ›beweiden‹ heraus, vielleicht sogar wie ›beweinen‹, aber das schien Beth nicht aufzufallen.

»Er ist so heiß.«

»Beth, du hörst mir nicht zu.«

»Und du jammerst herum. Ein heißer Typ, der vielleicht noch Gefühle für dich hegt und vielleicht auch nicht. Derselbe Typ, der dich mal geliebt hat.«

»Er hat eine andere geliebt. Nicht mich.«

»Schnullibulli.« Beth winkte ab, als ob das nichts zur Sache tat.

Nicola lächelte. Vielleicht machte sie wirklich aus einer Mücke einen Elefanten. Vielleicht brauchte sie einfach mehr Frauenabende. »Wir sollten öfter mal ausgehen.«

»Wir sollten das hier öfter mal machen.«

»Abgemacht.« Sie nahm noch einen Schluck. »Ich habe keine Ahnung, was ich anziehen soll.«

»Bring Spitzenunterwäsche. Man weiß ja nie.«

Hicks. Die Gefahr war groß, dass sie bei dieser Tagung schwere Fehler begehen würde.

KAPITEL ZEHN

BEI NICOLA MACHTE sich die Panik breit, als sie an die bevorstehende Übernachtung dachte. Noch eine Nacht unter demselben Dach wie Cash zu verbringen, würde eine ernsthafte Herausforderung für sie darstellen und die desinteressierte, überprofessionelle Haltung, die sie einnehmen wollte, vielleicht als Lüge entlarven. Aber trotzdem war sie jetzt hier, neben einem völlig gelassenen Cash, in seinem für ihre Begriffe viel zu beengenden Pickup, auf dem Weg zum Grillfest, aus dem eine Tagung geworden war.

»Da wären wir«, murmelte Cash so leise, dass es kaum zu verstehen war.

Der Wagen rumpelte, als sie von der betonierten Einfahrt abbogen und querfeldein fuhren, das große, beleuchtete Haus hinter sich lassend. In der Ferne konnte sie ein großes Lagerfeuer erkennen. Mehrere Pickups und SUVs standen etwas abseits des Feuers geparkt. Nic nahm an, dass die schwarze Fläche vor ihr der See war, den Cash erwähnt hatte. Gelächter und gute Laune drangen durch die offenen Fenster des Wagens.

Ihre Tasche rutschte hinten auf der Ladefläche hin und her, als das Auto über den Rasen holperte. Das erinnerte sie daran, dass sie mit ihm und ihren neuen Kollegen in ein Haus eingeschlossen sein würde. *Bitte, lass sie mich nicht nur als ein weiteres Mädchen sehen, das er rumgekriegt hat.*

Cash hatte seinen Cowboyhut tief in die Stirn gezogen, sodass sie seine Augen nicht sehen konnte. Nicola sah ihn von der Seite an, wann immer er seinen Blick von der Straße nahm, aber die meiste Zeit saß sie einfach schweigend da. Sie traute sich nicht, etwas zu sagen, aus Angst, ihre Stimme würde verraten, dass jedes Mal bei seinem gar nicht so unschuldigen Lächeln oder seinen gar nicht so unabsichtlichen Berührungen die Funken flogen. Ihr war schon ganz schummrig wegen ihm. Sie schloss eine

Hand um den Haltegriff.

»*So* schlecht ist mein Fahrstil jetzt auch nicht, Nicola.«

Sie ließ ihn gerne in dem Glauben, dass sie sich festhalten musste, weil sie über unebenes Terrain fuhren. Je weniger er wusste, desto besser.

Sie versuchte noch einmal, tief Luft zu holen. Jedes Mal, wenn Cash sie ansah, nahm es ihr den Atem. Sein Blick drückte förmlich die Luft aus ihren Lungenflügeln und jeden klaren Gedanken aus ihrem Kopf. Wie sollte das nur vor den Jungs von Titan werden? O Gott, es konnte nicht gut enden.

Sie brauchte ein Bier.

Cash stellte das Radio ab und damit auch George Strait, der gerade mal wieder über eine verlorene Liebe sang. »Du bist heute so schweigsam. Du scheinst völlig in Gedanken versunken. Was träumst du denn in deinem hübschen Köpfchen vor dich hin?«

Äh, ja. Ich träume von dir. Vielleicht brauche ich zwei Bier. »Ich hab nur nachgedacht.«

»Aha.« Er nahm den Fuß vom Gas und sie rollten die letzten Meter auf das große Lagerfeuer zu. »Ja, ich auch. Hab auch nur nachgedacht.«

»Über?«

Er streckte sich. Sein T-Shirt war so eng, dass es wie aufgemalt aussah. »Ich habe mir gedacht, ein paar Bier und ein gutes Steak wären jetzt toll. Aber ich mache mir Sorgen, dass wir uns wieder streiten, wenn wir ein bisschen Alkohol intus haben. Der Zoff mit Roman hatte wahrscheinlich eher mit dem Jack Daniel's zu tun als mit unserem Bedürfnis, ihm die Wahrheit über uns zu erzählen.«

»Dann solltest du vielleicht jetzt deinem Unmut mir gegenüber Luft machen.« Sie strich zum fünften Mal in genauso vielen Minuten ihre gebügelten Shorts glatt.

»Ach, ich glaube, es geht gar nicht darum, dass ich dir gegenüber irgendwelchen Unmut empfinde.« Er starrte sie an und sie konnte ihren Blick für einen Moment nicht von seinen blauen Augen lösen.

»Oh.« *Oh?*

»Du bist einfach atemberaubend, weißt du das?«

Nicola merkte, wie ihre Wangen heiß wurden, und schaute aus dem Fenster. Cash hielt den Wagen an. Panik breitete sich in ihrem Magen aus und ihre Kehle schnürte sich zu. »Was soll das, Cash, was tust du?« *Scheiße.* Hatte sie sich panisch angehört?

»Ich weiß es auch nicht.« Er zog die Handbremse an und musterte sie von oben bis unten.

Sie war es gewohnt, dass er sich stark und bestimmt anhörte, aber jetzt bebte seine Stimme. »Cash …«

»Ich habe es vermisst, wie du meinen Namen sagst.« Er legte seine Arme über das Lenkrad und ließ seinen Kopf darauf sinken. »Nic, ich habe ein Problem damit, in deiner Gegenwart einen kühlen Kopf zu bewahren, also sei mal bitte ganz kurz ruhig und gib mir eine Minute«

Was? Es konnte doch nicht sein, dass er die gleichen Probleme hatte wie sie. Er hasste sie. Hatte ihr nicht vergeben. »Wa… Wieso?«

Er hing immer noch über dem Lenkrad, seine Hände waren aber heruntergerutscht und er sah aus, als ob er Amor erwürgen würde. »Ich zwinge meine Hände, hier zu bleiben. Ich muss wirklich Kraft aufbringen, um sie von dir fern zu halten. Eine Bewegung, ein etwas zu süßes Wort, und es ist um mich geschehen.«

»Ich verstehe nicht.« Sie dachte, sie war diejenige, die sich zur Zurückhaltung zwingen musste.

Er drehte den Kopf und schaute sie von der Seite an. »Was verstehst du nicht?«

»Du bist wütend auf mich.«

»Wütender als ich je in meinem ganzen Leben auf irgendjemanden war.« Sein Blick hielt sie in seinem Bann.

»Du hast mir zu verstehen gegeben, dass du mich hasst.« Gott, tat das weh, es laut auszusprechen.

»Ja, vielleicht tue ich das.«

»Was fühlst du denn sonst noch?«, fragte sie voller Angst und Hoffnung.

»Wenn das mal nicht die entscheidende Frage ist, dann weiß ich auch nicht.«

»Du meinst …«

»Ich meine, dass ich verwirrt bin.« Er setzte sich aufrecht hin, drückte die breiten Schultern durch. »Ich meine, dieses ganze Seifenoperndrama, vom Tode auferstanden und so, das ist einfach nicht meine Sache. Und es ist so lange her. Aber …«

»Aber?« Alles in ihrem Kopf drehte sich, die Luft blieb ihr weg, das Blut pochte laut in ihren Ohren.

Ihr Handy klingelte. Und der Moment war vorüber. Jegliches Geständnis, das ihm auf den Lippen lag, Worte, die sie unbedingt hören wollte, würde es jetzt nicht mehr geben. Wenn es etwas gebracht hätte, das verdammte Telefon aus dem Fenster zu schmeißen und ihn anzubetteln weiterzureden, dann hätte sie das getan. Stattdessen schaute sie aufs Display. »Jared.«

Cash schüttelte den Kopf. »Jared?«

Sie warf ihm einen Seitenblick zu und nahm das Gespräch an. Cash wurde ganz steif, eindeutig nicht glücklich darüber, dass Jared sie angerufen hatte. Jared grummelte irgendwas in ihr Ohr. Ob sie es zu dem Titan-Treffen schaffen würde. Sie nickte, als ob er es sehen könnte. Eine schlechte Angewohnheit. »Ja. Bin fast da. Bis gleich.«

Nicola legte auf und ließ das Handy in die Handtasche fallen.

»Wieso ruft dich Jared denn an?« Cash sah verärgert aus.

Scheiß Jared. Er hatte noch nicht mit Cash geredet. »Weißt du, wieso ich bei dieser Tagung dabei bin?«

»Keine Ahnung. Um uns was über Smooth Enterprises zu erzählen? Vielleicht gibt es noch etwas, was wir gestern bei der Nachbesprechung nicht erfahren haben?«

»Scheiß Jared«, wiederholte sie, aber diesmal laut. Gedanklich hängte sie noch ein paar weitere Schimpfwörter an. Sie wollte solchen derben Wörter vor Cash nicht sagen.

»Was?« Nein, jetzt sah Cash verärgert aus. Was auch immer der vorangegangene Gesichtsausdruck bedeutet hatte, er hatte höchstens zum Aufwärmen für diese Miene gedient. »Red schon.«

»Jemand sollte dich aufklären.«

»Nicola, du hast zwei Sekunden Zeit. Dann werde ich wütend.«

Hmm. Noch nicht wütend? Da hatte er sie aber getäuscht. »Ich und Jared.«

»Du und Jared?« Er starrte sie an. »Du und Jared, was, Nicola?«

»Wir arbeiten bei dieser Sache zusammen.« Sie zuckte mit den Schultern, so als wäre es nichts Besonderes. Das war es auch nicht. Wieso verhielt er sich so? Genau das war das Problem, vor dem sie Angst hatte, und der Grund, warum sie sich von Cash fernhalten sollte.

»Ganz sicher nicht.«

»Ich habe der CIA und Jared schon zugesagt. Wir sind hinter dem Butler her.«

»Nein«, knurrte er.

»Doch.«

»Scheiß Jared.« Das hatte sie ja schon gesagt. Hörte er ihr nicht zu? Er schlug mit der Hand aufs Lenkrad und nahm die Handbremse raus.

»Cash, beruhig dich. Wieso regst du dich so auf? Das hier ist mein Job! Ich habe einen Auftrag.«

»Nic, du kannst diesen Mist nicht machen. Du kannst nicht mit Waffen und Spionen herumlaufen und irgendwelche beschissenen Waffenhändlerringe infiltrieren. Das kannst du nicht. Ende der Diskussion.«

Und da war es. Er traute ihr nicht zu ihre Arbeit zu machen, und zwar aus keinem anderen Grund, als dass er der Meinung war, sie gehörte nicht in ein Einsatzteam. Sie wusste es. Sie merkte, wie ihr die Tränen kamen. Sie hatte einen Kloß im Hals und versuchte ihn runterzuschlucken, aber es gelang ihr nicht. »Wieso?«

Es war kaum mehr als ein Flüstern. Er hasste sie. Er vertraute ihr nicht. Jetzt würde er sie auch nicht als Arbeitskollegin respektieren. Seine Ablehnung tat so weh, dass sie es körperlich und seelisch spürte. Ihre größte Angst prallte mit ihrer größten Liebe zusammen. Der Schmerz benebelte ihre Gedanken.

Wenn er irgendwas geantwortet hatte, dann hatte sie ihn nicht gehört. Sie merkte nur, dass sie wieder auf das Lagerfeuer zufuhren. Cash parkte, sprang aus dem Wagen und ließ sie mit all ihren Selbstzweifeln im Wagen allein.

✕

So FÜHLTE ES sich also an, an einer Superhelden-Versammlung teilzunehmen? Nicola nuckelte an ihrem Bier herum und sah den anderen einfach nur zu. Sie waren alle von Kopf bis Fuß in Freizeitversionen von Kampfmontur gekleidet. Enge T-Shirts, Hosen mit zu vielen Taschen. Sie war sich sicher, dass in den Autos genug Waffen lagen, um damit in ein kleines Land einzumarschieren.

Roman hielt sich in ihrer Nähe auf, fragte, wie es ihr ging, und stellte sicher, dass sie sonst niemand ansprach. Romans typische Beschützermanier. Es fühlte sich beinahe gut an und vertraut, dass er ihr immer dicht auf der Pelle saß und andere Männer mit bösen Blicken vertrieb. Cash unterhielt die Gruppe mit seinen lockeren Sprüchen und ignorierte sie. Der Rest der Männer von Titan verhielt sich wie erwartet. Sie tranken viel Bier und verschlangen Unmengen von Steaks.

Jared kam zu ihr rüber, zwei Bier in der Hand. Der Hintern tat ihr weh, weil sie die ganze Zeit nur auf Cashs Stoßstange gesessen hatte, und sie fühlte sich ein wenig einsam. Ja, sie hatte sich mit Roman unterhalten. Aber anscheinend stand um sie herum eine unsichtbare Barriere. Niemand sprach sie an, der nicht vorher von Roman irgendwie die Erlaubnis dafür erhalten hatte. Obwohl Jared ganz sicher nicht so aussah, als ob er sich jemals von irgendwem die Erlaubnis holte oder sich im Geringsten darum scherte, ob er sie von Roman bekam.

Vielleicht war sie ja selber das Problem. Vielleicht erweckte sie den Eindruck, dass sie genauso gut ein Schild um den Hals haben könnte, auf dem stand: *Achtung, ich beiße*. Oder: *Ich bin von den Toten auferstanden.* Wer wusste das schon?

»Wie geht's, Prinzessin?«

»Wie geht's …« Sie musste auch einen Spitznamen für ihn finden, und Arschloch war einfach nicht gut genug vor diesen Männern. »Primaballerina?«

Er hätte darauf reagiert, dachte sie, aber er war zu sehr Alphamännchen, als dass er sich etwas hätte anmerken lassen. »Witzig. Ein Bier?« Er hielt ihr eine Flasche hin.

Sie hob ihres hoch. Das Etikett hatte sie schon lange abgepult. »Ich habe noch.«

»Dann mal weg damit.«

So langsam lernte sie Jared zu schätzen. Sie hielt die Flasche hoch und trank die letzten Tropfen des mittlerweile warmen Getränks. Sie hatte sie zu lang in der Hand gehabt. Igitt. Über eine gekühlte Flasche würde sie sich freuen. »Fertig.«

»Gut gemacht. Hier.«

Sie nickte ihm zu, dankbar für alles, das den sich kreisenden Gedanken in ihrem Kopf Einhalt gebieten würde. Wenn Jared ihr ein Betäubungsmittel für Pferde gebracht hätte, hätte sie den knurrigen Dreckskerl wahrscheinlich geküsst. Sie stießen aufs Du an. Sie nahm einen tiefen Schluck. »Das habe ich gebraucht.«

»Wie ich sehe, sind Bruder und Schwester wieder glücklich vereint und verhalten sich geschwisterlich. Alles klar zwischen dir und Roman?«

»Natürlich. Er ist nicht nachtragend, oder zumindest nicht so ein Arschloch, wie du denkst.«

»Gut. Was ist das Problem zwischen dir und Cash?«

»Wieso?«

»Es ist etwas dazwischengekommen. Ich kann nicht selber dein Partner bei dem Butler-Auftrag sein und ich muss einen Mann finden, der mit dir zusammenarbeitet.«

»Ich brauche keinen Mann.«

»So meine ich das nicht. Ich habe ja nur Männer. Ich brauche eine *Person*, die mit dir zusammenarbeitet.«

»Ich kann auch gut alleine arbeiten.«

»Ich halte nichts von Einzelkämpfern. Du bekommst einen Partner oder du bist den Job wieder los.«

»Na gut. Ist mir egal, wer.« Sie zuckte mit den Schultern, so als ob es ihr tatsächlich egal wäre, und schaute an ihm vorbei.

»Nee, nichts ist gut. Keiner will mit dir arbeiten.«

»Wie ich schon gesagt habe …«

»Du hast genauso einen Dickschädel wie Roman. Toll. Verdammt. Roman traut es sich nicht zu, mit seiner kleinen Schwester zusammenzuarbeiten. Ich habe schon mit ihm geredet. Er macht es nicht.«

»Er ist ein Idiot.«

»Ja. Und Rocco muss irgendwas rumerzählt haben, denn er und zwei der anderen Jungs, die ich als deine Partner einteilen wollte, weigern sich. Sie lassen sich nicht dazu bringen, an deiner Seite zu arbeiten, nicht mal Drohungen.«

»Ich bin eine gute Agentin …«

»Damit hat das nichts zu tun. Es hat was mit Cash zu tun. Rück schon damit heraus. Was muss ich wissen?«

»Wir waren zusammen bevor ich abgehauen bin.«

»Hast du ihn geliebt?«

Nic rollte mit den Augen und schaute zum Lagerfeuer hinüber. Im Feuerschein konnte sie nur Cashs Konturen sehen – er war immer noch eine imposante Gestalt. »Und was geht dich das an?«

»Alles geht mich was an, wenn es um eine meiner Operationen geht. Versuchen wir es hiermit: Liebst du ihn jetzt?«

»Nein. Natürlich nicht.«

»Kannst du dich in seiner Gegenwart beherrschen oder kriegst du gleich ein feuchtes Höschen?«

Sie warf ihm einen bösen Blick zu. »Himmel, Jared.«

»Das war keine Antwort.« Er lachte.

»Zwischen uns ist nichts. Wir werden nicht zusammen ins Bett gehen. Wir verwechseln die Vergangenheit nicht mit der Gegenwart. Aber ich werde nicht mit ihm arbeiten.«

»Doch, das wirst du.« Er war sich seiner Sache sicher.

»Nein.«

»Du hast keine Wahl.« Er lachte wieder und jedes Mal ging es ihr ein bisschen mehr auf die Nerven, wenn er dieses halb knurrende, halb hustende Geräusch machte, das bei ihm als Lachen durchging. »Teamwork ist nichts für dich, was?«

»Cash wird da auch nicht mitmachen.«

»Ich habe das Gefühl, er würde die Chance begrüßen …«

Na gut, ihre Taktik funktionierte nicht. Ein neuer Versuch. »Wir würden einander nur ablenken. Keine gute Idee.«

»Kneifst du etwa, Prinzessin? Ich hätte dich nicht für einen Feigling gehalten.«

»Gott …«

»Das ist schon besser. Gott. Hört sich gut an. Besser als Primaballerina.«

»Jared …«

»Okay. Jared oder Gott. Wie du willst.«

»Würdest du mal die Klappe halten?«

»Ich mag dich, Prinzessin.«

»Na gut. Cash. Ich mach's. Geh weg.«

»Ich wusste, dass du dich meiner Meinung anschließen würdest. Vergiss nicht, den Kartoffelsalat zu probieren. Mia Winters ist eine begnadete Köchin.«

KAPITEL ELF

EIFERSUCHT. ES WAR keine logische Reaktion, aber Cash musste ein wütendes Knurren unterdrücken, wollte Jared von Nicola wegzerren. Sie saß auf der Stoßstange seines Pickups. Ihre langen Beine baumelten und der Schein des Lagerfeuers tanzte über ihre Haut. Keine Frage, Cash war eifersüchtig. Seine Hände in den Hosentaschen ballten sich zu Fäusten, aber er wusste, dass er niemandem etwas vormachte. Er konnte seine Gefühle nicht verstecken.

Er warf Winters' Hund ein Stückchen Fleisch zu. Der Welpe lief schon die ganze Zeit um das Feuer und bettelte, als wäre er am Verhungern. Winters schwor, dass er den Köter fütterte. Cash lachte. Er wusste, Mia, Winters' Frau, würde den Hund niemand hungern lassen.

»Hey, du Arsch. Gib dem Hund nichts mehr zu fressen.« Das wiederholte Winters schon den ganzen Abend. Selber schuld. Er sollte seinen Hund füttern.

»Wenn du mich noch einmal einen Arsch nennst, dann gebe ich dem Hündchen Bohnen. Und Mia hat mir erzählt, er schläft neben dir.«

Roman gesellte sich zu Cash und warf dem Hund ebenfalls Reste zu. »Also ist Nicola heute mit dir zusammen hergekommen?«

»Ja.« Dies war kein Gespräch, das er mit Roman gerne vor den anderen Jungs führen wollte. Verdammt, er wollte das Gespräch überhaupt nicht führen. Das Mädchen zeigte ihm die eiskalte Schulter und er war sich gar nicht sicher, warum es ihm so viel ausmachte. Mal abgesehen davon, dass er sich … tja … tatsächlich etwas aus ihr machte.

»Ich habe mich an den Gedanken gewöhnt, dass ihr damals etwas am Laufen hattet. Es war mehr, als du behauptet hast? Du weißt schon, die Nacht im Safehouse.«

»Ja.« Er nahm sein Bier in die Hand und trank es aus. Vielleicht standen sie zu nahe am Feuer. Er fing ein bisschen an zu schwitzen.

»Hmm.« Roman schien ehrlich nicht zu wissen, was er als nächstes sagen sollte, was eher selten vorkam.

Cash zog ein neues Bier aus der Kühlbox, die hinter ihnen stand. »Willst du mir vielleicht noch mehr Fragen stellen? Oder sind wir mit dem Thema Nic und Cash durch?«

»Ist es tatsächlich vorbei mit euch?«

Mist, verdammter. Wenn diese Frage mal nicht ins Schwarze traf, dann wusste er auch nicht. »Ich bin mir nicht sicher, dass ich das will.«

»Hmm.«

Cash verzog den Mund zu einem schiefen Lächeln. »Ja, was sagst du dazu?«

»Na, dann solltest du vielleicht etwas dagegen unternehmen, dass sich der Boss an unser Mädchen ranschmeißt und sie anscheinend ihre Freude daran hat. Wenn ich das sehe, wird mir schlecht.«

Roman musste ihn nicht lange überzeugen. Er war schon unterwegs, bevor er sich bewusst wurde, dass er auf sie zuging. Wieso? Hatte er etwas zu beweisen? Etwas zu sagen? Wer wusste es schon. Vielleicht wollte er einfach nur in ihrer Nähe sein und sichergehen, dass niemand die falsche Annahme wagte, sie wäre zu haben. Nur, sie war es. Verdammt, er hatte keine Ansprüche auf sie. Auch wenn er gesehen hatte, dass ihre Augen aufleuchteten, wenn sie ihn ansah.

Was er fühlte, war mehr als ein Leuchten. Eher ein heißes Glühen. Zu schade, dass es ihm immer noch den Atem nahm.

Er kam bei ihr an, als Jared sich verabschiedete. »Was haben du und mein Boss zu bereden?«

»Es ging um die Arbeit.«

»Toll.« Seine Brauen zogen sich zusammen. Nicht gerade, was er hören wollte, aber besser, als wenn Jared seine Flirtkünste eingesetzt hätte. Weil Cash sonst nämlich seine Kampfkünste einsetzen müsste. Das würde sich nicht gut auf seine nächste Beurteilung auswirken. Na ja, wenn es bei ihnen solche Dinge gäbe. »Was hättest du gemacht, wenn dich deine Lebensumstände nicht zur CIA gebracht hätten?«

»Wie meinst du das?«

Er hockte sich neben sie auf die Stoßstange. »Sagen wir mal, du hättest deinen Abschluss in Sprachwissenschaften am College gemacht. Wärst du dann vielleicht Lehrerin geworden? Übersetzerin?«

Sie lachte. Es hörte sich so wunderschön an, dass sein Herz einen Sprung machte. »Was ist daran lustig?«

»Cash, ich wäre immer noch hier. Ich würde dasselbe machen.«

»Nein …«

»Doch, das würde ich. Ich liebe es. Ich bin gut darin. Es gibt nichts, was ich lieber tun würde.«

Sie hatte das Bier, das Jared ihr mitgebracht hatte, fast leergetrunken. Ihm hätte auch so etwas Cleveres einfallen sollen.

»Aber jetzt bist du … ich weiß nicht … zu Hause, wenn man das so sagen kann.«

»Ich hatte mich nie verirrt. Ich bin nicht die verlorene Tochter, die zurückkommt.«

»Aber du …«

Sie rollte die Augen. »Ich würde dasselbe tun, ob ich jetzt Roman und dir in die Arme gelaufen wäre oder nicht.«

»Wieso hast du uns nicht angerufen? Nachdem du gewusst hast, dass alles in Ordnung ist? Ich meine, du wohnst praktisch um die Ecke. Wieso hast du nicht …«

»Die ganzen Fragen bringen doch nichts. Ich durfte das nicht tun. Ich habe nicht mehr denselben Nachnamen. Ich habe eine andere Sozialversicherungsnummer. Eine andere Vergangenheit. Alles erfunden. Ich könnte mich an einer Million Orte in der Welt aufhalten. Nur weil ich hier in der Nähe einen Wohnsitz habe, heißt das nicht, dass ich hier zu Hause bin.«

»Wie heißt du mit Nachnamen?«

Sie zögerte und nahm dann einen langen Schluck aus der Flasche. »Garrison.« Ein KO-Schlag. Bei ihm gingen beinahe die Lichter aus. »Was?«

»Wenn ich ehrlich sein soll, ist es mir etwas peinlich. Ich konnte den Namen aussuchen. Es war der einzige Nachname, den ich je haben wollte. Ich dachte nicht, dass ich dich irgendwann noch mal sehen würde. Definitiv nicht, dass ich dir das erklären müsste.«

Seine Gedanken rasten. »Du bringst mich noch um den Verstand.«

»Pass auf, Cash. Mach dir um mich keine Sorgen. Ich werde diesen Job erledigen und dann bin ich wieder weg.«

Er stand auf und lehnte sich gegen die Seite des Pickups, die Arme vor der Brust verschränkt. Er gab sich größte Mühe, die Worte nicht laut auszusprechen, sondern für sich zu behalten. »Ich will nicht, dass du diesen Job machst, Nic.« So, er hatte es gesagt. Vielleicht sogar ein bisschen lauter als nötig. So viel also dazu, seine privaten Gedanken für sich zu behalten.

»Was für eine Überraschung. Aber du hattest niemals das Recht, mir so etwas vorzuschreiben, und du hast es auch jetzt nicht.«

»Es ist einfach nicht sicher für dich.« Das war sein Hauptargument, das größte Geschütz, das er aufzufahren hatte, wenn er sie davon überzeugen wollte, ihren Job aufzugeben. Sie musste sich von den Waffenspielchen fernhalten.

Ihre Körpersprache verriet, dass sie eindeutig anderer Meinung war. »Für dich ist es doch auch nicht sicher«, widersprach Nicola.

»Ich bin ausgebildet. Ich kann …«

Sie zuckte zusammen. »Glaubst du vielleicht, ich nicht?«

»Nein.« Seine Stimme wurde lauter vor Wut. Sie wollte seine Argumente einfach nicht verstehen. »Das glaube ich nicht.«

»Du kennst mich nicht.«

»Das liegt ja nicht an mir, oder?« Gott, sie regte ihn so auf, dass er sie am liebsten geschüttelt hätte. Oder gegen eine Wand gedrückt. Eins von beiden wäre jetzt gut.

»Wir legen uns schon wieder vor allen anderen miteinander an.« Nicola zeigte auf Rocco, der sich zu ihnen umgedreht hatte und zusah, als würde gerade eine Szene für eine Reality-Fernsehshow gedreht. »Du hättest es vorhin rauslassen sollen, als ich dir im Auto dazu die Möglichkeit gegeben habe.«

Er schaute zu den Jungs rüber und zog sie an ihrem unverletzten Ellenbogen. »Komm mit.«

»Sicher nicht.«

Es juckte ihm in den Fingern, irgendetwas zu tun. Seine Hände wollten nicht stillhalten. Er kaute auf der Innenseite seiner Wangen herum, um nichts zu sagen, was er bereuen würde. Es half nichts. Er warf eine Handvoll Pfefferminzpastillen in den Mund. Auch nicht besser.

»Nicola, ich habe für so etwas keine Zeit.«

»Stell dir vor, Cash. Jared hat uns zu Partnern gemacht. Du wirst dich selber davon überzeugen können, wie gut ich in meinem Job bin.«

Er erstarrte, als ob er am Boden festgewachsen wäre. »Wie bitte?«

»Du hast mich schon richtig verstanden.« Sie lachte. »Na, was hast du jetzt vor?«

»Das ändern.« Auf gar keinen Fall würden sie zusammen irgendwo da draußen einen Einsatz erledigen.

»O nein, verdammt.«

»Na, dann pass mal auf.«

»Cash, lass es sein.«

Cash sah zu Rocco hinüber, zu dem sich nun seine Kumpel Winters und Brock gesellt hatten. Sie lächelten alle und schienen sich sehr zu amüsieren. Grundgütiger! »Lass uns gehen. Wir müssen uns unterhalten. Unter vier Augen.«

»Da habe ich jetzt keine Lust zu.«

Er hob sie von der Stoßstange, warf sie über seine Schulter und marschierte davon. Im Hintergrund hörte er Gelächter und Gejohle. Es war ihm egal. Er hatte genug von dem ganzen Scheiß. Nicola würde sich ganz sicher nicht in seinem Beisein umbringen lassen.

Er hatte die Kühlerhaube seine Pickups noch nicht umrundet, da hatten sich ihre Hände schon um seinen Hals gelegt und drückte ihm die Halsschlagader ab. Sie hatte ganz schön Kraft, trotz ihrer Verletzungen.

Verdammt.

Die Position, in der er sie hielt, war nicht ideal dafür, sich zu wehren. Um sich aus ihrem Griff zu winden, müsste er sie gegen den Wagen oder auf den Boden schmeißen. Und sie hielt sich auch nicht ein kleines bisschen zurück. Sie wollte gerne beweisen, dass sie recht hatte. Er drehte den Kopf hin und her, aber es half nichts, sie packte richtig zu. Vielleicht war sie wirklich ausgebildet. Auch noch *gut* ausgebildet.

Nicola zischte in sein Ohr: »Wenn du glaubst, dass ich hierzu nicht fähig bin, dann täuscht du dich gewaltig. Wenn du mich blamierst, dann blamiere ich dich auch. Ich werde es dir hier vor all deinen Kumpels zeigen. Gib mir noch sechs Sekunden, dann gehen bei dir die Lichter aus.«

Die Wahrheit war, dass sie recht hatte. Wenn er sich nicht gleich massiv zur Wehr setzte, dann würde ihr Würgegriff ihn bewusstlos werden lassen.

Dann blieb ihm wohl nichts anderes übrig.

Er ließ sich nach vorne fallen, seine Hände schützend um ihren Hinterkopf gelegt. Sie schlugen heftig auf dem Boden auf und er versuchte, den Aufprall zu abzufedern, indem er seinen anderen Arm um ihren Rücken legte und sie an sich presste. Sie lagen auf dem Rasen. Seine Knie klemmten jetzt rechts und links ihre Oberschenkel ein. Ihr Atem ging schnell und ihre Haare waren um ihren Kopf herum auf dem Rasen ausgebreitet wie ein blonder Heiligenschein. Ihre Wangen waren gerötet und sie war die schönste Frau, die er je gesehen hatte.

Damals.

Heute.

Es machte keinen Unterschied.

Cash beugte sich vor. Sie waren Nase an Nase, starrten sich an. Alles, was er riechen konnte, waren Lavendel und Blumen. Alles, was er sehen konnte, war sie. Die Luft um sie herum war elektrisch aufgeladen, sprühte förmlich Funken, brachte sie noch näher zusammen. Ihr langer Körper glühte vor Hitze. Ihr schneller Atem küsste seine Lippen, so wie er sie verzweifelt küssen wollte.

Noch nie hatte eine Frau ihn so in den Bann gezogen. Eben noch hatte sich seine Welt gedreht, jetzt existierte nichts mehr um ihn herum. Nur er und sie, und die Zeit stand still. Noch niemals hatte er so sehr einen Kuss gewollt, wie den, den er ihr gleich geben würde. Ihre schokoladenbraunen Augen blinzelten nicht einmal. Sie beobachtete ihn, wartete. Erwartungsvoll.

Er brach durch das winzige Stückchen aufgeladene Luft, das sie noch trennte, und fuhr mit den Lippen über ihre volle Unterlippe. Er schloss sofort die Augen, um sich nur auf den Kuss zu konzentrieren. Samtweich. Zuckersüß.

Die Krempe seines Cowboyhuts verbarg ihre Gesichter vor den Blicken der anderen. Sein Mund öffnete sich und streichelte über ihre Oberlippe. Auch ihre Lippen öffneten sich und seine Zunge fand ihren Weg. Der Kuss war schöner als in seinen Tagträumen, die ihm den Verstand raubten.

Mit einem tiefen Seufzer gab sie sich ihm hin. Ein wohliger Schauder lief ihm den Rücken hinunter, brachte sein Blut in Wallung und erreichte seine Lenden. Alle Muskeln in seinem Körper spannte sich an, als ob sie nur darauf warteten, den Befehl zum Einsatz zu erhalten, aber er tat nichts anderes als sie zu küssen. Immer wieder: Unterlippe, Oberlippe, beide Lippen.

Nicola entspannte sich, kam ihm entgegen, streichelte seine Zunge mit ihrer. Ihre Hände wanderten zu seinem Hals, dann legten sie sich auf seine Wangen, zogen ihn näher. So süß, so hungrig.

Sie fühlte sich so vertraut an, dennoch gab es dieses neue, aufregende Element, das er erkunden und genießen wollte.

Er küsste sie zart, dann hielt er inne. »Ich hätte nie gedacht, dass ich so etwas noch einmal fühlen würde.«

Dabei lagen seine Lippen immer noch auf ihren und er konnte spüren, wie sie lächelte. Ein Lächeln, das sich vor Jahren in sein Gedächtnis gebrannt hatte. Das Mädchen von nebenan, zu einer Frau geworden, die seine Träume wahr machen würde. Er kannte jedes Detail, jeden Ausdruck. Auch wenn es Jahre her war, dieses Lächeln war die pure Wärme und machte die Feindseligkeit wett, die sie ihm entgegenbrachte und die ihn verwirrte.

»Küss mich noch einmal«, flüsterte sie.

Als ob sie ihn darum bitten musste! Er rollte sie beide auf die Seite, fuhr mit der Hand durch ihr Haar, das sich wie Seide zwischen seinen Fingern anfühlte. Das Gras war kalt und es kratzte an seiner Haut. Es erinnerte ihn daran, dass sie gerade bei seinem Kumpel auf dem Rasen lagen. Aber das war ihm scheißegal. Sie waren weit genug weg von den anderen und nichts in der Welt hätte ihn davon abgehalten, sie auf ihren Wunsch hin zu küssen.

Cash hielt Nicola fest in seinen Armen. Sie schmiegte sich an ihn, küsste seinen Hals.

»Ich habe dich vermisst, mein süßes Mädchen.« Er küsste sie wieder, hungriger diesmal, einzig und allein konzentriert auf die schnurrenden Geräusche, die sie von sich gab. Sie presste sich an ihn, eines ihrer langen Beine über seinem Oberschenkel. Jeder Nerv in seinem Körper vibrierte, als ihre Zunge seine massierte. Er konnte ihre Brüste spüren und in Gedanken war er schon so weit sich zu fragen, wohin das hier führen würde, was sie als nächstes tun könnten.

»Stopp.« Sie schob ihn von sich, sodass er mit einem Ruck aus diesen süßen, träumerischen Gedanken gerissen wurde.

Was war denn jetzt falschgelaufen? Er war platt. Richtiggehend platt, wie er da auf dem Boden lag, während sie sich Grashalme von ihren Klamotten abklopfte und aufsprang. Sprachlos.

Noch nie. Noch nie hatte eine Frau das Vorspiel unterbrochen und ihn einfach so liegen lassen. Nicht, dass hier etwas mehr als Vorspiel hätte passieren können, auf dem Rasen und im Beisein seiner Kollegen, aber dennoch. Er hatte keine Ahnung, wie das hatte passieren können.

Statt aufzustehen, rollte er sich auf den Rücken, stützte sich auf den Ellenbogen ab – es war ihm egal, ob jemand sah, dass er einen Ständer hatte –, und zog den Hut ins Gesicht. Nicht, weil es ihm peinlich war oder er sich verstecken wollte, sondern einfach nur, weil er so verwirrt war. Aber sie ging nicht weg. Sie blieb einfach stehen. Und tappte verärgert mit dem Fuß.

Sie konnte doch wohl nicht sauer auf ihn sein.

Sicher nicht.

Sie hatten sich geküsst. Es war nicht nur von seiner Seite ausgegangen. Sie war doch auch dabei gewesen, mit Zunge, mit Lippen, mit ihren quälend süßen Berührungen. Sie hatte es genauso gewollt.

Er murmelte: »Du stehst da, weil du willst, dass ich dich frage, was los ist. Und mir ist nicht danach. Also mach dich vom Acker, Nic. Jetzt hast du deinen guten Grund, warum du nicht mit mir arbeiten kannst. Jared wird dich vom Haken lassen.«

»Ich will mit dir zusammenarbeiten. Du bist derjenige, der das nicht will.«. Tapp, tapp, tapp, ging ihr Fuß. Sie wollte, dass er weiter riet.

Es stimmte, dass er nicht mit ihr arbeiten wollte. Er stieß einen müden Seufzer aus. »Ich weiß nicht, was du von mir willst, was ich sagen soll. Gib mir einen Tipp oder geh weg.«

»Fordere mich heraus.«

»Was?« Er nahm den Hut ab und starrte sie an.

»Teste mich. Bitte mich, etwas zu tun, von dem du denkst, dass ich es nicht kann.«

»Ich spiele solche Spielchen nicht.«

»Ich auch nicht, aber wenn wir zusammenarbeiten wollen, musst du glauben, dass ich dir in nichts nachstehe.«

»Nein …«

»Das ist kein Spiel für mich, Cash. Fordere mich heraus. Lass es mir dir beweisen. Ich möchte deinen Respekt verdienen.«

»Ich respektiere dich. Versprochen. Die Küsserei auf dem Rasen tut mir leid.« Er hielt inne. »Äh. Eigentlich nicht. Die tut mir nicht leid.«

»Es hat nichts damit zu tun, dass …«

»Dann ist dein Timing mal wieder im Arsch. So wie immer.« Er setzte den Cowboyhut wieder auf. Er saß schräg, aber er bemühte sich nicht, das zu richten.

»Das war unter der Gürtellinie.« Sie hatte die Hände in die Hüften gestemmt und ihr Fuß ging immer noch auf und ab.

»Blaue Eier. Was kann ich sagen?«

»Überhaupt nicht obszön, Cash.« Sie verzog das Gesicht und ihr Ausdruck wechselte von säuerlich zu richtig angezickt.

»Ich sag dir was. Du willst dich mit mir anlegen? Gerne. Aber das ist der Deal, und es hat nichts damit zu tun, ob wir zusammenarbeiten oder nicht. Wenn du gewinnst, bekommst du, was auch immer du willst. Wenn ich gewinne, darf ich diesen Kuss zu Ende führen.«

Ihr Fuß hörte auf zu tappen. Er sprang auf und ging weg, bevor ihr tausend Ausreden einfielen.

KAPITEL ZWÖLF

»SIEGER IST, WER zwei von drei Runden gewinnt.« Nicola war sich sicher, dass er sie diese Runde hatte gewinnen lassen. Sie hatte ihm das Bein weggezogen und ihn mit einem harten Schlag auf die Brust zu Boden gestoßen. Er hätte sich unter ihr wegrollen können. Er hätte alles Mögliche tun können, aber nein, er hatte gar nichts getan. Cash sah ganz zufrieden aus, so wie er unter ihr lag, ein »Na, wie geht's?«-Grinsen im attraktiven Gesicht.

Wollte er ihren Kuss denn nicht beenden? Oder wollte er einfach abwarten um herauszufinden, was sie wollte? O Mann, das hier war frustrierend und verwirrend. Sie hatte zu viel Zeit in Gesellschaft ihrer Kollegen bei der CIA verbracht. Diese Ratespielchen und der Mangel an Vertrauen spiegelten sich in jeder Frage und Situation wider, sodass ihr andauernd der Schädel brummte.

»Wie du willst. Dann noch zwei Runden.« Sein verschlagenes Lächeln sagte ihr, er *wollte* von ihr auf den Boden gedrückt werden. Nicola sprang auf und er tat es ihr nach. Sie wartete darauf, dass er loslegte, griff dann aber selber an.

Angriff. Block.

Gegenangriff. Block.

Sie wippte auf den nackten Fersen auf und ab. »Komm schon, Cash. Das hier ist ja ein Kampf, wie er im Lehrbuch steht.«

Er stemmte die Hände in die Hüften. »Du hast mit einem Angriff wie aus dem Lehrbuch angefangen. Ich passe mich dir nur an.«

Scheiße. Sie hatte sich so darauf konzentriert zu zeigen, was sie in ihrer Ausbildung gelernt hatte, dass sie vergessen hatte, mit Herzblut zu kämpfen. Sie hatte Erwartungen gehabt, mit ihrem Können angegeben und das Ziel aus dem Auge verloren, womit es ihren Bewegungen jetzt an

Herz und Biss fehlte. Richtige Beinarbeit würde Cash nicht imponieren. Herzblut schon. Sie wusste das. Sie kannte ihn.

Nicola atmete ein, konzentrierte sich und bereitete sich auf ihren Angriff vor. Er war größer und stärker. Schnelligkeit und Agilität waren auf ihrer Seite. Sie musste an ihn herankommen und sich wieder zurückziehen, bevor er überhaupt die Deckung oben hatte. Sie täuschte vor, ihn umwerfen zu wollen und er sprang zur Seite. Sie machte einen Drehkick und versetzte ihm einen Rückwärtstritt. Ihr Bein ging hoch und sie traf tief. Cash ächzte und das hochmütige Lächeln verschwand aus seinem Gesicht. Genau, verdammt. Sie war schließlich nicht hier, um ihn zu beeindrucken. Sie war hier, um ihn zu besiegen.

Ein Schlag. Noch ein Schlag. Es gelang ihm, ihre Faust abzuwehren, bevor sie ihren Arm ganz ausgestreckt hatte. Ein Fußkantenschlag hinter ihr Knie und schon war sie auf dem Boden. Cash war über ihr, so nah, dass sie die sexuelle Anziehungskraft spürte. Seine muskulösen Arme rechts und links von ihr erlaubten kein Entkommen. Sie konnte sich unter seinem Gewicht nicht bewegen. Er roch so männlich. Ihr lief der Schweiß über das Gesicht und sie konnte das Salz auf den Lippen schmecken. Elektrizität lag in der Luft. Das Haar klebte an seiner feuchten Stirn. Bei dem Geruch nach Schweiß bekam sie Schmetterlinge im Bauch. Seine wunderschönen saphirblauen Augen glänzten, als er sie auf den Boden drückte. Sie bekam keine Luft mehr und musste sich geschlagen geben.

Sie schlug auf die Matte.

Einmal.

Zweimal.

Cash rollte von ihr hinunter und blieb neben ihr auf der blauen Turnmatte liegen. Sie starrte die Decke an. Er hatte gewonnen. Und sich seinen Kuss verdient. Ihren Kuss. Ihr ganzer Körper kribbelte, und das lag nicht daran, dass sie mehrere Male unsanft auf der Matte gelandet war, sondern an der lebhaften Erinnerung an ihr Intermezzo im Gras. Sie schauderte, obwohl es warm war und sie sich gerade sportlich betätigt hatte.

Nicolas Blick löste sich von der Decke und traf direkt auf Cashs. Für einen Moment, als sie in Cashs wundervolle Augen schaute, setzte ihr Puls aus. Ihr Herz krampfte sich zusammen. Sein T-Shirt war feucht vom

Schweiß und seine Shorts klebten an den durchtrainierten Oberschenkeln. Nicht ein Gramm Fett, sondern reine Muskeln.

Er sah nackt wahrscheinlich spektakulär aus. Athletisch und braun gebrannt. Blondes Brusthaar und Muskelberge. Eine Flut der Erinnerungen brach über sie herein. Wieder lief ihr ein Schauder über Rücken und Brust, sodass sich ihre Brustwarzen unter dem engen Oberteil aufrichteten.

»Du bist gut, Nic.«

Sie murmelte irgendeine Antwort und schaute an ihm vorbei, zu den Sportgeräten. Hanteln. Fahrrad. Sandsack.

»Fühlst du dich jetzt besser?«

Nicola stützte sich auf die Ellenbogen, hob aber nicht den Kopf. Sie wollte ihn nicht ansehen, wenn er ihr antwortete. »Eine bessere Frage ist, tust du es?«

»Was meinst du?«

»Du hast gedacht, ich wäre nicht ausgebildet.«

»Du bist bei der CIA. Logischerweise hast du die beste Ausbildung genossen, die es gibt. Aber es will mir nicht in den Kopf, dass die Frau, die ich einmal kannte, dieselbe ist, die Halbkreistritte verteilt, Paraden kennt und hier schwer atmend neben mir liegt.«

Jetzt sah sie ihn an. Sie konnte nicht anders. »Magst du sie? Ich meine, mich? Die Frau, die ich jetzt bin?«

Er stützte sich auf einen Ellenbogen auf. »Ja, Nic.« Er strich eine Haarsträhne hinter ihr Ohr. »Das tue ich wirklich.«

Auf einmal wurde sie sich ihres laut klopfenden Herzens bewusst – dasselbe Herz, das vorhin ausgesetzt hatte – und ihre Nerven reagierten auf seinen Schlafzimmerblick. Sie musste das Thema wechseln, egal zu was. Sie setzte sich auf und klopfte sich den Staub von den Händen. »Ich muss mich bei Mia bedanken, dass ich ihre Kleider ausleihen durfte. Ich hatte nicht erwartet, mich dieses Wochenende in einem Fitnessraum aufzuhalten, und hab keine Trainingsklamotten eingepackt.«

Er lachte leise. »Macht dich meine Gegenwart nervös?«

Vielleicht. »Natürlich nicht. Du bist sowas von eingebildet, Cash.« Sie sprang auf, bereit zu fliehen. Cash blieb auf dem Boden und musterte sie immer noch. Er kannte sie offensichtlich viel besser, als sie zugeben wollte.

»Weil du keine Probleme damit zu haben scheinst, wenn wir uns an die Gurgel gehen, aber in einem ruhigen Moment streichst du immer deine Klamotten glatt oder zettelst einen Streit an.«

»Na, du hast ja eine ausgezeichnete Beobachtungsgabe.« Sie unterdrückte den Drang, am Saum ihres T-Shirts zu zupfen.

»Genau das. Dieser Ton. Das ist eine Kampfansage.« Er zog die Worte auseinander, ließ seinen Virginia-Dialekt durchklingen. »Ich beobachte eben. Das ist meine Spezialität.«

»Du bist ein Scharfschütze. Deshalb ist es deine Spezialität.«

»Nein, meine Süße. Es ist einfach nur meine Spezialität. Ich beobachte. Ich ziehe Rückschlüsse. Ich reagiere.«

»Na, schön für dich. Gute Nacht.« Sie musste unbedingt von ihm weg. Sie hatte ihre Bestätigung und es gab keinen Zweifel. Sie wollte Cash. Brauchte ihn und verzehrte sich nach ihm. Diese Schwäche würde ihr Untergang sein, und er hatte sie schon durchschaut. Ihr Puls raste, aber ihre Finger sehnten sich danach, seine Lippen zu berühren, nur damit sie noch einmal spüren konnte, wie weich sie waren.

»Nic, warte.« Sie hörte, wie er auf die Matte schlug. Sie war schon auf halbem Weg zur Tür und drehte sich um. Kein anderer Mann auf dieser Erde konnte sich so distanziert anhören und ihr gleichzeitig so viel bedeuten. »Es tut mir leid.«

Was tut ihm leid? Er hatte nur die Wahrheit gesagt. Keine große Überraschung. Ihr Brustkorb wurde eng.

»Kein Problem«, log sie. Sie musste hier immer noch weg. Sie winkte ihm flüchtig zum Abschied zu und ließ die Tür laut hinter sich zufallen.

✕

DIE VERGITTERTEN NEONLAMPEN über seinem Kopf funktionierten über Bewegungsmelder und gingen jetzt eine nach der anderen aus. Klick. Klick. Klick. Umgeben von Dunkelheit hing Cash seinen Gedanken nach. Das Gefühl von Einsamkeit breitete sich in ihm aus, die symptomatisch für die letzten zehn Jahre schien. Zugegebenermaßen war er nicht wirklich allein gewesen, aber gerade fühlte es sich verdammt noch mal so an.

Und im Moment hatte er kein Interesse daran, allein zu sein.

Er sprang auf. Nachdem er in Windeseile zwei Treppen genommen hatte, stand er vor der Tür des Gästezimmers. Er war sich sicher, dass Mia Nicola genau dieses mit dem luxuriös ausgestatteten angrenzenden Badezimmer zugeteilt hatte. Jared hatte bestimmt das andere bekommen, das ebenso eingerichtet war. Der Rest der Truppe würde sich die Badezimmer im Flur teilen müssen.

Er hörte auf dem Teppich gedämpfte Fußtritte. Als er sich umdrehte, sah er Mia, zierlich und mit großem Schwangerschaftsbauch, lächeln, so als wüsste sie, was in seinem Kopf vorging. Sie war immerhin Psychologin; vielleicht verstand sie seine komplizierten Emotionen.

Sie zeigte mit dem Kopf auf Nicolas Tür. »Wirst du anklopfen?«

Das war die entscheidende Frage. Er hatte sich nicht überlegt, was er sagen sollte. Oder ob er anklopfen sollte. Er war irgendeinem Impuls gefolgt, als er zu ihrem Zimmer geeilt war, aber was er als nächstes machen sollte, war ihm schleierhaft. »Ich weiß nicht.«

»Ich finde, du solltest es tun.«

»Du weißt nicht …«

»Ich bin Militärpsychologin und weiß genug. Jared hat kein Problem damit, seine Sorgen mit mir zu teilen.«

Cash lachte. Mia Winters war vielleicht die einzige Frau in der Welt, die es wagte, sich mit Jared anzulegen. Das kam sogar recht häufig vor, und jetzt, mit den vielen verrückten Hormonen, sogar noch mehr, obwohl er ihr das niemals ins Gesicht sagen würde. Dabei zuzuschauen, wie Mia mit Jared aneinandergeriet, war unterhaltsamer als Zeuge einer Kneipenschlägerei zu werden. Und Mia gewann fast immer. Jeder setzte auf sie.

»Ach ja, ich habe deine Sachen in das Zimmer nebenan bringen lassen. Die Zimmer haben übrigens eine Verbindungstür.« Mia zwinkerte ihm zu.

Er wusste nicht, was er sagen sollte, schluckte und fing an zu husten. Heute Nacht würde er ganz bestimmt kein Auge zumachen. Eine Nacht unter demselben Dach wie Nicola zu verbringen hatte ihm schon Sorgen bereitet. Jetzt stand nichts als eine lausige Tür zwischen ihm und ihrem Bett. Bloß nicht. Auf keinen Fall. Er würde diese Nacht nicht überleben, wenn er sie in dem Wissen verbringen musste, dass sie nur ein paar Meter von ihm entfernt schlief.

Was sie wohl im Bett anhatte? Das musste er unbedingt herausfinden.

Klopf. Klopf.

Keine Antwort.

Cash würde es nicht zulassen, dass sie ihn ignorierte, besonders nicht, wenn ihre Kleiderwahl, oder besser gesagt ihr Mangel an Kleidern, ihn so beschäftigte. Er klopfte noch einmal. Keine Antwort. Cash drückte die Türklinke hinunter und trat ein.

Umgeben von einer Dampfwolke kam Nicola in diesem Augenblick aus dem Badezimmer, nur in ein kleines Handtuch eingewickelt, das ihr gerade bis zu den Oberschenkeln ging. Ihre Wangen waren glänzend und rosig, ihr blondes Haar dunkel und nass. Er musste wieder husten, und was auch immer er sagen wollte, blieb unausgesprochen. Sie sah aus wie ein Engel, der gerade vom Himmel gefallen war.

»Cash!«

»Tut mir leid.« Er hob entschuldigend die Hände, zog sich aber nicht zurück. Stattdessen stand er wie angewachsen da und konnte seinen Blick nicht von ihren langen Beinen und ihrem zusammengekniffenen, verärgerten Gesicht abwenden. Der Raum füllte sich mit dem Geruch von Lavendel.

Er ließ die Hände sinken. »Können wir uns unterhalten?«

»Ich habe nur ein Handtuch an.«

»Oh, das ist mir auch schon aufgefallen, Schätzchen.« Sie zog das Handtuch noch enger um sich, so als ob Cash es mit bloßer Gedankenkraft auf den Boden fallen lassen konnte.

»Ich muss mich erst anziehen. Raus hier.« Sie versuchte, mit den Armen zu wedeln, ohne ihren Griff am Handtuch zu lockern.

»Oder ich könnte mich ausziehen. Das wäre fair.« Wahrscheinlich waren das nicht die richtigen Worte. Er legte den Kopf schief und hoffte auf ein Grinsen von ihr. Er wusste, er wäre schneller aus seinen Sportklamotten raus wäre, als sie sagen könnte: »Na, dann los.«

Sie lächelte. Das leise Lachen, das folgte, sagte ihm, dass er es sich nicht ganz mit ihr verscherzt hatte. Gott sei Dank. »Was willst du?«

»Dich. Nicola Garrison.«

Ihr zögerliches Lächeln verschwand, aber ihre warmen Augen funkelten. Sie bewegte sich nicht. Sagte nichts. Gab ihm kein anderes Zeichen als ihren glänzenden Blick.

»Hör auf, meinen Nachnamen zu sagen.«

»Nein.«

»Ich möchte nicht nur eine weitere Kerbe in deinem Bettpfosten sein. Ich bin nicht eine deiner vielen sexuellen Eroberungen.« Sie verzog das Gesicht und er nahm sich vor, Rocco noch einmal die Hölle heiß zu machen, dass er solche Geschichten über ihn verbreitete. Vielleicht würden sie nur weiterkommen, wenn sie ehrlich miteinander waren.

»Nein, du bist keine Eroberung. Du warst meine erste große Liebe und ich dachte, du würdest auch die letzte sein. Alles, was ich nach dir gemacht habe, war nichts weiter als Zeitvertreib.«

Sie wandte sich von ihm ab und spielte an einem Paar Ohrringe herum, die auf der Kommode lagen. Ihr Körper sah sehr athletisch aus und das Handtuch überließ nicht viel der Fantasie. Sie räusperte sich. »Zeitvertreib – und worauf hast du gewartet?«

»Ich hatte keine Ahnung.« Er rieb sich mit der Hand über die Bartstoppeln. »Aber jetzt weiß ich es.« Stille. Sie sagte kein einziges Wort und sein Herz zerbrach, fiel in kleinen Stücken auf die Holzdielen.

Sie legte den Kopf in den Nacken und starrte die Stuckdecke an. Er ging einen Schritt auf sie zu, dann noch einen. Er musste diesen Moment retten. Er musste sie beide retten.

Cash legte seine Hände auf ihre warmen, frottierten Schultern. Sie duftete so zart und ihre Haut fühlte sich seidig an, viel besser, als er in Erinnerung hatte. Er strich ihr das Haar über die wunderbare Rundung ihrer Schultern hinweg zurück und streichelte mit dem Daumen über ihren Nacken. Sanft massierte er ihre Muskeln, bis ihr ein leiser Seufzer entwich, der einen Moment lang in der feuchten Luft hing.

Sie erschauderte; seine Berührung verursachte ihr Gänsehaut. Er fuhr mit den Fingerspitzen darüber und streichelte ihren Nacken, bis sie wieder seufzte.

Seine Erregung ließ sich nicht verstecken. Er dachte erst daran, als sie sich schon an ihn gelehnt hatte. Verdammt. Er würde ihr die Wahrheit sagen – ihr die Wahrheit zeigen. Er verzehrte sich nach ihr.

»Ich will nicht nur ein weiteres Mädchen sein.«

»Das warst du nicht und ich verspreche dir, das wirst du nie sein.«

»Ich bin verwirrt. Besorgt.«

»Wieso?«

»Du hasst, was ich mache, und was ich mache, ist, wer ich bin«, flüsterte sie über ihre Schulter.

»Das ist es, was dich zurückhält?« Er strich mit dem Finger über ihren Arm.

»Es war schon das letzte Mal schwer genug, dich zu verlassen, Cash. Ich kann mich nicht noch mal auf dich einlassen. Dabei kann doch nichts anderes als ein zerbrochenes Herzherauskommen.«

»Ich habe dich einmal geliebt. Meinst du, ich kann es nicht wieder?«

Sie atmete scharf ein. Er dachte fieberhaft darüber nach, was er noch sagen konnte, hatte keine Ahnung, was er noch gestehen konnte.

Nicolas Handtuch fiel so schnell, als wäre der Saum mit Blei gefüllt, und damit löste sich auch der letzte zusammenhängende Gedanke in seinem Kopf in Luft auf. Als er ihren schönen Rücken und perfekten Hintern sah, konnte er sich nur noch auf ihre glatte Haut und die festen Muskeln konzentrieren. Zärtlich streichelte er über ihre Wirbelsäule bis zur Taille. Er legte die Hände auf ihre Hüfte und drehte sie zu sich um. Während sein hungriger Blick jeden Zentimeter ihres Körpers erkundete, konnte er nur noch eins denken: *Du wirst niemals nur ein weiteres Mädchen sein.*

Er fuhr mit dem Finger über ihr Kinn und hob dann ihren Kopf an, sodass ihr Blick seinem begegnen musste. Aus ihren Augen sprach Vertrauen. Sie zupfte am Saum seines T-Shirts und er zog es sich über den Kopf.

»Ich sollte duschen. Ich hätte …« Er hätte tausend Sachen tun sollen.

»Ich komme mit in die Dusche.«

»Du hast doch gerade …«

»Egal …«

Er ließ sie mit einem Kuss verstummen, den er so vielversprechend machte, wie er konnte. Seine Hände vergruben sich in ihren Haaren und ihr Mund war die reinste Einladung. Cash kostete den Geschmack ihrer süßen Lippen. Er tat einen Schritt vorwärts und presste seinen Körper an sie. Jetzt brauchte er nichts anderes mehr als sie.

»Dusche?«, murmelte sie, während er sie noch küsste.

Er nahm ihre Hände in seine und ging mit ihr ins Badezimmer. Der

Spiegel war schon nicht mehr so beschlagen, aber es war immer noch feucht und warm im Bad. Sie drehte die Dusche auf und stellte sich unter den Wasserfall. Das Bild, das sich ihm bot, war Perfektion.

Cash war sich auf einmal seiner selbst bewusst, seiner Vergangenheit. Seiner Schwächen. Sie verdiente etwas Besseres als ihn. Rocco und Roman hatten recht.

»Cash?«

»Ja.«

»Alles okay?«

»Ich fühle mich schuldig.«

»Das ist doch mein Spruch.« Ihr Lächeln war warm und liebevoll wie eine Umarmung.

»Es ist nur ...« Er zeigte hilflos auf das Waschbecken, als wollte er damit etwas sagen.

»Lass uns duschen. Küss mich, als ob die vergangenen Jahre nie vergangen wären.« Sie kam näher, presste ihre nackten Brüste an ihn. Er hätte beinahe geseufzt. Er dachte darüber nach, mit ihr eine zehn-Sekunden-Dusche auszuhandeln, damit sie so schnell wie möglich unter die Bettdecke huschen konnten, aber ihre Lippen berührten seine, sie legte einen Arm um seinen Hals und sie küssten sich, bis sie in der Dusche waren. Verhandeln war gar nicht nötig.

KAPITEL DREIZEHN

Die Hitze hüllte sie ein. Und es lag nicht am heißen Wasser, das über ihren Körper strömte, dass sie sich so schwindlig fühlte, als befände sie sich in einer Waschtrommel. Die Düsen in der granitgrau gekachelten Wand und die Regenwalddusche taten ihr Übriges, dass sich ihr der Kopf drehte. Cash war nackt, so wunderbar groß und breitgebaut. Einfach überwältigend. Sein Waschbrettbauch und seine Armmuskeln spannten sich an, wenn er sich bewegte. Seine goldene Haut, auf der Wassertropfen perlten, spannte über den Muskelbergen. Er sah sie mit einem so intensiven Blick an, dass ihre Knie zitterten. Tief und wissend war dieser Blick, aus dem ihre Vergangenheit sprach, der ihr Herz bluten und ihre Hände schwer und untätig werden ließ.

In diesem unmöglichen Moment existierte sie nur inmitten bedachter und zärtlicher Küsse. Der Minzgeschmack seiner Zunge breitete sich in ihrem Mund aus und vertrieb ihre Bedenken, so wie nur Versprechen und Hoffnung es konnten. Während Cash ihren Hals mit Küssen bedeckte, kitzelten sie seine Bartstoppeln unter dem Kinn. Das hier war noch intensiver als in ihren Erinnerungen. Es ging tiefer. Ein erwachsener Mann auf Mission. Sie stand kurz vor dem Abgrund – gefährlich nahe dran, in ein Cash-Koma zu fallen. Dann würde sie sich einfach auflösen und durch den Abfluss wegspülen, reduziert zu nichts mehr als einer Pfütze der heißen Lava, die durch ihre Venen floss.

»Mein süßes Mädchen«, flüsterte er, die nassen Lippen an ihrem Hals. Sie konnte die Vibrationen von innen heraus spüren und ihr Körper regierte prompt. Nur Cash konnte sie dazu bringen, so feucht zu werden.

Nicola schwankte nach vorne und ihre Hand stützte sich auf seinem festen Bauch ab, um wieder das Gleichgewicht zu finden. Cash nahm ihr Kinn in die Hand und streichelte mit den Daumen über ihre Wangen.

»Bist du noch bei mir, Nic?«

Absolut. Sie nickte und ein wollüstiges Lächeln stahl sich auf ihre Lippen. »Immer noch hier.«

»Gut.«

»Warte.« Sie löste sich von ihm, versuchte wieder ins Hier und Jetzt zurückzukehren, und griff nach der Shampooflasche. »Wir sind doch aus einem bestimmten Grund hier.«

»Nicht doch. Ich bin hier, weil du das süßeste Mädchen bist, das ich je gesehen habe, und dann hast du gelächelt.«

O Gott, die Dinge, die er zu ihr sagte. Ihre Wangen färbten sich rot und sie konzentrierte sich darauf, ihre Hände zusammen zu reiben, damit der Kleks Shampoo schäumte. Dann fuhr sie mit den Händen durch sein Haar. Sich um ihn zu kümmern fühlte sich so natürlich an wie zusammen küssend in die Dusche zu taumeln.

Sie massierte das Shampoo in sein Haar, das unter dem Wasser federweich wurde. Die elektrisierten Nervenenden an ihren Fingerspitzen entluden sich auf seiner Kopfhaut. Cash schloss die Augen. Das schaumige Wasser lief über seine scharfen Wangenknochen und seine gerade Nase. Von den blauen Flecken sah man gar nichts mehr. Sein Gesicht war makellos und völlig entspannt.

»Ich habe dich vermisst, Cash.«

Seine Mundwinkel gingen nach oben. Es war kein richtiges Grinsen, sondern nur eine Bestätigung dieses perfekten Augenblicks.

Sie spülte das Shampoo aus und sah zu, wie das letzte bisschen Schaum über seine Brust und seinen Oberkörper lief, bis es in dem hellen, schmalen Haarstreifen landete, der von seinem Bauch zu seinem steifen Schaft lief. Nicola fühlte sich wieder wie zwanzig. Sie konnte nicht anders als ihn anzustarren. Jedes Mal, wenn sie ihn berührte oder sich an ihm rieb, pulsierte die Erregung in Schockwellen durch ihren Körper.

Als sie in seine strahlend blauen Augen blickte, wusste sie, dass er sie beim Anstarren erwischt hatte. Der Atem blieb ihr im Halse stecken, eine seltene Reaktion auf die Mischung von Nervosität, Interesse und Begierde. Er fuhr mit dem Finger ihre Lippen nach und küsste sie dann auf den Mund.

»Komm her.«

Das Wasser lief ihr Gesicht hinunter, tropfte von ihren Wimpern. Cash wischte die Tropfen mit den Daumen weg und ließ Nicola vorsichtig auf dem Vorsprung nieder, der in der riesigen Dusche eingebaut war. Die kalten Fliesen waren ein willkommener Kontrast zu seinen warmen, starken Händen. Cash kniete vor ihr nieder und tastete sich mit seinen großen Händen zwischen ihre Oberschenkel vor. Er war so ein imposanter Mann. Stark und schön, und die Art, wie er nur auf sie konzentriert war, verlieh ihr ein Gefühl, als sei sie die Mitte des Universums.

Sie wollte ihn. Wollte mit ihm zusammen sein. Nervosität und Zweifel konnten sich verflüchtigen. Sie hatte kein Interesse daran, alles infrage zu stellen. Jetzt hatten sie die Gelegenheit, alles wieder gutzumachen.

»In deinem Pickup heute – ich schwöre es.« Nicola nahm sein Kinn in ihre Hand und schaute ihm tief in die Augen. »Da wollte ich so sehr, dass du mich berührst, ich hab am ganzen Körper gezittert.«

Ehrlichkeit. Das war das Einzige, das sie ihm bieten konnte. Das Einzige, das ihr einfiel, das vielleicht diese große schmerzende Wunde heilen könnte. Ein Loch wie das in ihrem eigenen Herzen das sich mit jedem Atemzug, den sie in seinen Armen verbrachte, weiter schloss.

Er nahm ihre Hand in seine, führte sie an seine Lippen und küsste ihre Handfläche. Seine Zunge fuhr über ihren Finger. Nicola seufzte, flüsterte seinen Namen. Eine Dampfwolke umhüllte sie. Die Hitze seiner Berührung verursachte einen Strudel voller Erinnerungen. Gott sei Dank beschützte sie der warme Wasserfall vor der Welt dort draußen.

Zusammenhängende Wörter herauszubringen war in diesem Moment nicht möglich und sein Kuss sagte ihr, dass alles in Ordnung war. Sie würde wieder in Ordnung kommen.

Cash beugte sich vor, drückte das Gesicht zwischen ihre Brüste und schenkte dann einer aufgerichteten Brustwarze seine ganze Aufmerksamkeit. Er nahm sie in seinen Mund und sie wurde noch steifer, als er zärtlich daran saugte. Nicolas Mitte pulsierte heftig; sie konnte es nicht erwarten, von ihm berührt zu werden.

Seine Lippen wanderten zur anderen Brust, wo er dasselbe wiederholte. Sie wölbte sich ihm entgegen, hatte das Verlangen, sich an ihn zu pressen. Wollte ihn überall an sich spüren. Ihre Finger kämmten durch seine Haare im langsamen Rhythmus seiner Küsse. Er neckte und liebkoste sie mit

Lippen, Mund und Zunge. Hitze breitete sich in ihr aus, ein zauberhaftes Gefühl, das berauschte und süchtig machte.

Er flüsterte unter dem Wasserfall: »Ich würde noch ein Jahrzehnt auf dich warten. Auf das hier.«

Ihre Unterlippe zitterte. Cashs Hände streichelten über ihren Bauch und glitten zwischen ihre Beine. Seine Lippen folgten und hinterließen eine feurige Spur des Verlangens. Nicolas Finger schlossen sich fester um sein Haar und sie rutschte näher. Sie wiegte sich vor und zurück, als seine Zunge über ihren Hüftknochen leckte.

»Ja?«

Sie befürchtete, sie hätte ihm einen Grund gegeben aufzuhören, und nickte.

Sein Mund folgte dem Pfad, den das Wasser nahm, und kam Zentimeter für Zentimeter ihrer Mitte näher. Sie hielt den Atem an, als seine Lippen und seine Zunge sich über die pulsierende Hitze legten. Ihr entwich ein leiser Fluch. Cashs breite Schultern sanken tiefer und drückten sanft ihre Beine noch weiter auseinander, sodass er bequem zwischen ihnen Platz hatte.

Sie legte ihre Beine um ihn. Er küsste sie, bis sie mit geschlossenen Augen stöhnte. Das Wasser auf ihrer Haut verdampfte. Mit einem Finger forschte er nach ihrem Lustpunkt und reizte ihn. Er merkte wie willig und bereit sie war, arbeitete sich weiter vor, hielt einen Moment inne und fuhr dann mit seiner verführerischen Folter fort. Sie bekam keinen Atem mehr. Wollte sie auch gar nicht. Das hier war der Anfang des süßen Wahnsinns.

Die Stärke und Zurückhaltung, die er zeigte, waren ein Aphrodisiakum, genau wie sein offensichtliches Bestreben, sie zum Höhepunkt zu bringen. Sie wollte ihm dabei zuschauen, konnte es aber nicht. Ihr Kopf rollte hin und her und mit jedem Seufzer rief sie seinen Namen.

Sie spürte Zähne auf ihrer Haut. Cashs Finger drangen tiefer in sie ein, als sie ihm entgegenkam. Erregung baute sich immer mehr auf. Ihre Muskeln spannten sich um seine Finger an und ihr Kitzler reagierte auf die Aufmerksamkeit, die ihm zuteil wurde. Irgendwo tief in ihrer Mitte wurde das Pulsieren immer intensiver. Sie wusste, Cash würde nicht aufhören, bis sie förmlich explodierte.

Er murmelte liebevolle Worte und drang mit seinen Fingern tief in sie ein, als sie sich ihm entgegen wölbte.

Nicola schrie, als sie sich dem Höhepunkt näherte, und wiegte ihre Hüften immer schneller. Hitze und Energie stauten sich in ihr auf, bis sie einer Supernova gleich tief in ihrem Inneren explodierten. Die Vibrationen breiteten sich bis zu ihren Fingern und Zehen aus, die sich an den Fliesen festkrallten.

Endlich konnte sie ihre Lungen wieder mit Sauerstoff füllen. Sie seufzte und er hielt ganz still, beobachtete sie einfach mit seinen saphirblauen Augen. Es war eine Wonne, ihn anzusehen.

Cash lehnte sich zurück, sodass das Wasser über seinen Kopf lief und sein Gesicht einrahmte. Sein Lächeln sah genauso aus, wie sie sich fühlte.

»Hi.« Das war alles, was sie jetzt herausbringen konnte.

Sein Mund verzog sich zu einem schiefen Grinsen. »Hey.« Er nahm ihren lilafarbenen Schwamm und gab etwas Duschgel darauf. »Gib mir einen Moment.«

Was immer du sagst.

Er würde nach Blumen riechen, sah aber nicht so aus, als ob ihm das etwas ausmachte. Er rieb sich von den Schultern bis zu den Knien mit ihrem Duschgel ein. Dann nahm er etwas Schaum und betupfte damit ihre Nase.

»Du bist einfach zum Anbeißen.«

Seit Jahren hatte niemand so etwas zu ihr gesagt. Solche süßen Komplimente schienen sich immer in Luft aufzulösen, wenn sie sie mit scharfem, fast schon kastrierendem Blick unterband. Komisch, bei ihm machte es ihr nichts aus.

»Lass dich von mir ins Bett bringen.« Er drehte das Wasser ab und beugte sich über sie. »Schling deine Beine um mich.«

Nicola klammerte sich um seinen kräftigen Körper und er trug sie vorsichtig aus der Dusche. Cash griff nach einem Stapel Handtücher, legte sie auf den Waschtisch und ließ sie dann darauf hinunter. Er fing an, einen ihrer Füße abzutrocknen und arbeitete sich methodisch und sanft hoch, vom Bein bis zu ihren Schultern, dann wieder zurück, bis zum anderen Fuß.

Sie war sprachlos.

Noch nie hatte ihr jemand so viel Aufmerksamkeit geschenkt und an seinem Gesichtsausdruck konnte sie erkennen, dass das hier auch für ihn das erste Mal war. Sie bedankte sich bei ihm mit einem Kuss und küsste ihn dann gleich noch einmal, denn noch nie hatte sie einen so süßen Moment erlebt.

Er hob sie hoch und alles um sie herum drehte sich. Ihr Herz schlug wieder schneller, als sie das Bett sah. Sex mit Cash war schon früher spektakulär gewesen und als sie daran dachte, dass er sie gleich halten und in sie eindringen würde, verkrampfte sich ihr Magen vor Aufregung.

Cash zog die Bettdecke zurück, ließ sie auf dem Bett nieder und legte sich dann neben sie. Er zog die Bettdecke wieder über ihre Köpfe. Versteckt in ihrem Kokon existierten nur sie und er, und es fühlte sich richtig an.

»Mein süßes Mädchen.« Er hatte die Lampen angelassen und das Licht drang durch die Decke, sodass sie sich ansehen konnten. »Ich hoffe, du bist dir dessen bewusst, dass du dieses Bett vor dem Sonnenaufgang nicht wieder verlassen wirst.«

»Du hast schon weitaus schlimmere Dinge zu mir …«

Klopf, klopf, klopf.

Sie kicherte, so als hätte man sie bei einem Regelverstoß erwischt, und flüsterte das Offensichtliche: »Da ist jemand an meiner Tür.«

Er streichelte mit dem Finger über ihren Nasenrücken. »Gib dich dem Feind nicht zu erkennen.«

Sie kicherte wieder.

Bumm, bumm, bumm.

Sie hatte beide Hände über den Mund gelegt, schaffte es aber trotzdem nicht, ihren Kicheranfall zu unterdrücken. »Cash, wir müssen aufmachen.«

»Wieso?«

»Vielleicht ist es wich…«

Eine Stimme knurrte vor der Tür: »Nicola, ich weiß, dass du da drin bist. Ich muss mit Cash reden und kann ihn nirgends finden.«

Sie verlor den Kampf und brach in lautes Gelächter aus. Ihre Augen tränten. »Man hat uns erwischt!«

Und Jared war ein richtiger Liebestöter.

Nicola setzte sich auf und schob die Bettdecke zur Seite. Cash sah aus, als ob er seinen Chef gleich umbringen würde. Sie konnte sich gut vorstellen, was Cash zu ihm sagen würde, wenn die beiden allein waren.

Scharfschütze Cash, nicht der Mann aus ihrem Badezimmer, stolperte aus dem Bett, schnappte sich seine Shorts und zog sie an. Dabei verfluchte er Jared.

Er machte die Tür auf und lehnte den Ellenbogen über seinen Kopf gegen den Türrahmen, sodass der Blick ins Zimmer versperrt war. Gut, so konnte sie zuschauen, ohne dass Jared sie in Laken eingewickelt sah. Und sie konnte die Ansicht von Cashs Kehrseite genießen. Diese Shorts passten ihm wie angegossen.

»Es gibt hoffentlich einen guten Grund hierfür, Boss.«

»Ich dachte, das mit euch wäre Geschichte.« Sie konnte genau hören, was Jared sagte, und vielleicht war das beabsichtigt.

»Was willst du?«

»Hey, Prinzessin, ich dachte, wir hätten darüber geredet, dass die Klamotten an bleiben.«

»Pass auf, was du sagst, Jared«, warnte ihn eine Frau im Flur. Mia Winters. Sie musste es sein. Es war keine andere Frau im Haus, ihres Wissens nach zumindest nicht. Und sie hatte schon gehört, dass Mia ein ganz schönes Temperament hatte. Vielleicht konnte Nicola dieses Wochenende etwas Zeit mit ihr verbringen.

»Hi, Mia«, sagte Cash. »Immer noch im Flur unterwegs?«

Jared ignorierte Cash und antwortete Mia: »Nur weil du niedlich und schwanger bist, heißt das noch lange nicht, dass du so mit mir reden kannst.«

»Mein Haus, meine Regeln, Großer. Du kannst dich entweder nach ihnen richten oder nach Hause gehen.«

Jared wandte sich wieder Cash zu. »Ich brauche hoch explosive Leuchtspurmunition mit pyrotechnischem Satz, in grün, Kaliber 50. Und zwar bis acht Uhr. Ich habe nichts Panzerbrechendes. Können du und Miss Betty mir helfen?«

»Zu Hause hab ich gerade nichts. Hast du Roman schon gefragt?«

»Er hat keine Brandmunition. Ihr beide seid echt zu nichts zu gebrauchen.«

»Brock hat normalerweise einen Vorrat …«

»Wir sind alle aus. Scheiß auf die Sonderwünsche der Regierungsbeamten. Jetzt wollen sie schon die Farbe der Leuchtspurmunition aussuchen? Die haben wohl zu oft *Call of Duty* gespielt.«

»Tut mir leid, Mann. Ich weiß nicht, wie ich dir helfen kann.«

»Schnapp dir ein T-Shirt. Du und Roman müsst zur Zentrale fahren. Durchsucht dort alles, ich brauche diese Munition.«

Stille. Nicola konnte sich gut vorstellen, wie ihm die Kinnlade runterfiel. »Wie bitte?«

»Ich mache keine Scherze. Zieh dich an, Cash, und mach dich an die Arbeit.«

»Du kannst mich mal am Arsch lecken.«

»Es sieht so aus, als ob hier heute Nacht keiner an irgendwelchen Körperstellen geleckt wird, Kumpel.«

Jared würde für diese Sache zahlen. Was für ein Arschloch. Sie würde es ihn bereuen lassen, falls es Cash nicht gelang.

Cash bewegte sich nicht von der Tür weg. »Das kann doch nicht dein Ernst sein.«

»Ich meine es todernst.« Er lachte mürrisch.

»Na gut, und du kannst mich trotzdem mal.«

»Wie schon gesagt …«

Cash schlug die Tür zu. Nicola setzte sich auf.

Er drehte sich zu ihr um und bedachte sie mit einem düsteren, intensiven Blick.

Schweigend starrten sie sich an. Das Knistern zwischen ihnen hatte sich nicht verflüchtigt, als er die Tür aufgemacht hatte. Die Luft war immer noch so aufgeladen wie vor dem Duschen.

»Ich werde nirgendwohin gehen.«

War es zu warm im Zimmer? Der Raum kam ihr zu warm und zu klein vor, mit zu vielen Kissen. Nur sie und er in einem winzigen Zimmer mit einem riesigen Bett. Sie versuchte, ruhig zu atmen.

Cashs Unterkiefer spannte sich an. Seine blauen Augen funkelten. Jeder Muskel in seinem Körper sah so aus, als ob er bereit war, sich auf sie zu stürzen.

Nicola bewegte sich unter den Laken. Der seidige Stoff glitt über sie. Ihr Puls ging schneller und immer schneller, und sie hoffte, er würde ihren Protest ignorieren. »Aber …«

»Glaubst du wirklich, dass mich das interessiert?«

Nein. Es sah nicht so aus, als ob er sich für irgendetwas außerhalb des Schlafzimmers interessierte. Sie schüttelte langsam den Kopf und ihr Herz schlug ihr bis zum Halse. Elektrizität entlud sich in der Luft. Cash kam auf sie zu, um sie hier und jetzt zu nehmen und nichts außer einem Nein von ihr würde ihn aufhalten.

Sein feuriger Blick bannte sie, als er einen Schritt vorwärts tat. Dann noch einen. Ihre freudige Erwartung war so groß, dass sie sich wie ein schweres Gewicht auf ihre Brust legte. Es nahm ihr den Atem. Das Wasser lief ihr im Mund zusammen, aber sie bewegte sich nicht. Sie konnte nicht.

Sie war erregt und zwischen ihren Beinen bildete sich wieder Hitze. Cash näherte sich ihr eindeutig mit der Mission, sein Zielobjekt zu vernaschen und zu zerstören. Und dann war er auf dem Bett, beugte sich über sie, drückte sie in die Kissen und hielt sie zwischen seinen starken Armen gefangen.

»Aber?« Er holte tief Luft und atmete aus, sodass sie seinen Atem an ihrer Haut spürte. »Willst du nicht, dass ich bleibe?«

Sie brachte kein Wort heraus. Sie versuchte es nicht einmal. Ihr Körper hatte sich ihm in der Dusche voll und ganz hingegeben und ihr Verstand war auch nur eine zärtliche Berührung weit davon entfernt, mit der weißen Flagge zu winken. Das wusste er ganz genau. Sein Blick tanzte über ihren Körper, in vollem Bewusstsein, dass sie nur ihm gehörte.

Cash strich ihr eine Haarsträhne hinters Ohr und flüsterte: »Denn ich kann schon gehen, wenn du das möchtest, Süße.«

»Tu's nicht.« Ja, ihre Stimme bebte und zitterte so sehr wie ihr Magen Purzelbäume machte. Das war ihre Reaktion auf seine heisere Stimme in ihrem Ohr.

Seine Lippen strichen über ihre Wange und hielten Millimeter über ihrem Mund inne. Sein Atem kitzelte auf ihrer Haut. Die Aussicht auf einen Kuss entfachte neues Feuer in ihr. »Sag das noch einmal. Ich glaube, ich habe dich nicht verstanden.«

Sie legte den Kopf in den Nacken. Ihre Wangen kribbelten und ein wohliger Schauer lief ihr den Rücken hinunter. Ihr Atem ging langsam, schwer und warm gegen sein Gesicht, das so nah war. »Wage es ja nicht, diesen Raum zu verlassen.«

Er ließ sich jetzt auf dem Bett nieder und stützte die Arme über ihrem Kopf ab, sodass sie unter ihm gefangen war. Nicola hob das Kinn und ihre Lippen begegneten sich. Seine Schläfen strichen über ihre Wange und er küsste sie mit leidenschaftlichem Stöhnen. In Nicola zog sich alles zusammen vor Verlangen nach ihm.

Die Laken rutschten weg und er streifte seine Shorts ab, sodass sie endlich in den Genuss dessen kam, was sich deutlich unter dem dünnen Stoff abgezeichnet hatte. Er war schwer und hart und pulsierte vor Begierde. Cash legte die Decke um sie und bedeckte ihren Körper mit heißen Küssen. Sie bewegte die Beine und er brachte sich in Position. Die glatte Hitze seines Glieds bewegte sich zwischen ihren gespreizten Beinen.

Er schmeckte immer noch nach Pfefferminz. Ihre Zunge erforschte jeden Winkel seines Mundes; sie brauchte und suchte mehr von ihm. Wellen der Lust durchfluteten ihren Körper. Er hielt sie an sich gepresst, streichelte zärtlich ihre Brüste, spielte mit ihren Nippeln. Immer wenn er mit dem Daumen darüberfuhr, durchzuckte sie köstliches Verlangen. Sie war für ihn bereit, wurde immer feuchter zwischen den Beinen.

Sie kam ihm mit den Hüften entgegen. Mit schmerzhafter Begierde rieb sie sich an seinem Glied. Es hatte sich schon zu viel aufgestaut. Als sie dachte, ihr Verlangen nach ihm könnte sich nicht mehr steigern, fuhr er mit seinen talentierten Fingern zwischen ihre Beine, rieb über den Hügel und glitt in sie hinein. Seine Finger tanzten über ihre empfindlichen Nerven und er trieb sie an den Rand des Wahnsinns.

O süßer Cash. »Ich brauche dich«, hauchte sie. »Ich will nicht länger warten. Ich habe schon zu lange gewartet.«

Sie spürte, wie er die Hand zurückzog, die ihr solche süßen Qualen bereitete, und dafür sein aufgerichtetes Glied in Position brachte. Es nahm ihr den Atem. Sie wollte ihn anflehen und versuchte, sich zu bewegen, aber in diesem Moment konnte sie nur in sein perfektes Gesicht starren.

»Nicola«, hauchte er ihren Namen mit geschlossenen Augen, während er sich gegen ihre feuchte Mitte presste. Vorsichtig probierte er, in sie einzudringen. Sie war bereit und wollte ihn mehr, als er je verstehen würde. Er flüsterte: »Ich habe dich vermisst.«

Und ich liebe dich.

Sie machte den Mund zu, damit sie es nicht laut aussprach. Er sprang nicht auf, also hatte sie es wirklich nur gedacht. Seine Hüften bewegten sich Zentimeter für Zentimeter vorwärts, sodass er langsam tiefer in sie eindrang. Sie öffnete sich ihm, ihre Muskeln entspannten sich wie auf Kommando und in ihr baute sich dieser herrliche Moment der Ekstase auf, zu der nur er sie bringen konnte.

Liebe. Liebe und Sex waren verwirrend. Liebe und Sex wurden oft miteinander verwechselt. Cash glitt wieder aus ihr heraus und sie schnappte nach Luft. Keuchend betete sie, dass er bald wieder in sie eindringen würde. Ihr Becken hob sich. Das Verlangen danach, von ihm ausgefüllt zu werden, überwältigte sie. Dann tat er es. Immer wieder und wieder.

Er stieß in sie hinein und küsste sie und alles wurde ihr auf einmal klar. Sie liebte ihn. Hatte ihn immer geliebt und nie aufgehört.

Ihre Finger fuhren durch sein Haar und sie lächelte glücklich. Ihre Beine schlangen sich um seine Taille. Er küsste und biss zärtlich ihren Nacken und stöhnte. Seine blonden Bartstoppeln kratzten auf ihrer Haut und hinterließen ihre Spuren. Jeder Nerv in ihrem Körper erwachte zum Leben, von außen nach innen, und die Anspannung baute sich immer mehr auf, auf diese unverwechselbare Weise, die sie brauchte.

Nicola hauchte seinen Namen. Sie warf sich hin und her, wollte mehr, brauchte seine Kraft und seine Stärke, um sie zu einem himmlischen Höhepunkt zu bringen. Sie tanzten den perfekten Tanz und waren genau im Takt. Cash sah sie mit seinen saphirblauen Augen an, nahm ihre Hände in seine und verschränkte die Finger mit ihren.

Sie bewegten sich im selben Rhythmus, angetrieben von einem leidenschaftlichen Feuer, das Nicola niemals für möglich gehalten hätte. Ihre Muskeln spannten sich rhythmisch um ihn herum an. Sie schrie auf, er zog sich zurück und sie kämpfte dagegen an, weil sie ihn brauchte. *Ich werde ihn nie wieder verlassen.* Und sie hielt sich an ihm fest, kam ihm entgegen. Ihr Orgasmus war wie eine Explosion. Ihr Körper vibrierte, ihre Muskeln krampften sich um ihn zusammen und entspannten sich dann.

Er kam in ihr, mit ihr, und verlängerte ihren Höhepunkt.

Ein kurzer Atemzug, dann ein tieferer. Entspannt und zufrieden öffnete sie die Augen.

Panik.

Sie sah die schiere Panik in seinem Gesicht. Er schien wie erstarrt, bewegte sich nicht und hielt den Atem an. Jegliche Farbe wich aus seinem schönen Gesicht.

»Cash?«

»O Gott.«

»Wa…«

»Ich habe nicht nachgedacht. Dann konnte ich nicht …«

Was?

Oh. Sie hatte auch nicht nachgedacht.

Nicola, immer noch nach Atem ringend, legte ihre Hände auf seine Wangen. »Alles ist in Ordnung.« Sie hatte ihn noch nie so reden hören. Er war völlig panisch. »Keine Sorge. Ich nehme die Pille. Alles ist in Ordnung, Cash.«

Er bewegte sich nicht, immer noch völlig erstarrt.

O nein.

Ihr Magen verkrampfte sich. »Ist sonst alles in Ordnung?«

»Ja. Ja, na klar.« Jetzt hatte er sich gefangen. Er holte tief Luft und nahm dann noch einen entspannteren Atemzug. »Also ist alles in Ordnung zwischen uns.«

Sie lächelte, nickte und er bewegte sich. Ihre empfindlichen Nervenenden erinnerten sie daran, dass sie sich mehr als nur okay fühlte. Cash senkte den Kopf, bis seine Stirn ihre berührte. Er entspannte sich merklich und atmete schließlich tief aus.

Cash rollte sich zur Seite. Er nahm sie in seine starken Arme, sodass sie mit dem Rücken gegen seine Brust geschmiegt lag, und hielt sie fest. Ein muskulöses Bein legte sich über ihren Oberschenkel. Er zog die Bettdecke über sie und streichelte ihr dann über das Haar.

»Es tut mir leid, Nic.« Seine Stimme hörte sich tief und heiser an. Er wickelte eine Haarsträhne um seinen Finger.

»Wieso?«

»Du verdienst Romantik und Blumen und so, und was du bekommen hast, war ein Quickie, weil Jared die Schnellvorlauftaste gedrückt hat und ich ausgeflippt bin.«

Sie starrte die moccabraune Wand an und genoss es, dass Cash ihr Haar streichelte. »Daran waren wir beide schuld. Aber es macht doch nichts. Oder? Schauen wir nach vorne.«

»Ich hätte …«

»Hör auf.« Sie drehte sich zu ihm um. »Es ist ja nicht so, als wäre es unser erstes Date gewesen. Solche Regeln treffen auf uns nicht zu.«

Er lächelte. »Das klingt ja logisch, Nic.«

Sie grinste ihn schelmisch an und lachte. »Nein. Ich beobachte nur. Ich beobachte. Ich ziehe Rückschlüsse. Ich reagiere. Man könnte sagen, das ist meine Spezialität.«

Sie lachten beide und sie drehte ihm wieder ganz den Rücken zu, sodass sie sich an ihn kuscheln konnte. Er küsste sie auf die Schulter. »Du albernes Mädchen, du.«

»Ich dachte, ich wäre ein süßes Mädchen.« Sie schaute lächelnd über die Schulter und kräuselte die Nase.

Er küsste sie zärtlich. »Albernes Mädchen. Süßes Mädchen. Perfekte Frau. Was auch immer du gerne …«

Klopf, klopf, klopf.

Hau ab, Jared.

»Nicola, ich möchte lieber nicht fragen müssen, ob Cash bei dir ist.« Die Stimme drang dumpf durch die Tür.

Nein, nicht Jared.

Hau ab, Roman.

Cash küsste sie wieder. »Ich glaube, das ist mein Stichwort. Tut mir leid, Nic.«

Sie zuckte mit den nackten Schultern. »Das gehört zu deinem Job. Wir sehen uns morgen. Wahrscheinlich bei der Besprechung am Vormittag?«

Er schüttelte den Kopf. »Mein Morgen wäre um einiges besser, wenn ich neben dir aufwachen dürfte.«

Bumm. Bumm. Bumm.

Hau ab!

»Aber ich muss jetzt los. Schlaf schön. Sobald ich fertig bin, krabble ich wieder zu dir ins Bett.«

»Ich schlafe mit einer Pistole unter dem Kopfkissen. Das ist vielleicht keine gute Idee.«

»Dann schau nach, wer in dein Bett kommt, bevor du schießt.«

»Na gut.« Sie lachte und kuschelte sich in die Decke. »Ich schau zuerst.«

Er schnappte sich sein T-Shirt und seine Shorts, die auf dem Boden lagen, zog sie an und beugte sich über das Bett. »Gute Nacht, Nicola Garrison. Träum süß.«

KAPITEL VIERZEHN

NICOLA WACHTE MIT dem Geruch ihres Shampoos in der Nase auf. Ein muskulöser Arm lag um ihre Taille. *Cash.* Ihr Magen machte einen Purzelbaum und Hitze stieg ihr in die Wangen. Er hatte sich mitten in der Nacht in ihr Zimmer geschlichen und war in ihr Bett gekrochen, ohne sie aufzuwecken. Aber er war schließlich auch ein Scharfschütze, geübt darin, unentdeckt zu bleiben und sich wie ein Schatten durch die Nacht zu stehlen.

»Guten Morgen, Nic.« Die Arme, die sie gestern auf das Bett gedrückt hatten, zogen sie jetzt an seine Brust. Das war so schön, dass sie laut seufzen musste.

»Morg…« Ein Blick auf den Nachttisch verriet ihr, dass ihr Wecker vor dreiunddreißig Minuten hätte klingeln sollen. Hatte sie vergessen, ihn zu stellen? Scheiße. »O mein Gott, ich bin spät dran. Wir sind spät dran. Wir müssen …«

»Die Besprechung ist erst in einer halben Stunde oder so.«

Nicola sprang aus dem Bett und wühlte in ihrer Tasche herum. »Ich muss mich zurechtmachen.«

»Zieh dir doch einfach ein paar Klamotten über.«

»Ich kann nicht einfach ein paar Klamotten überziehen. Ich muss mich zurechtmachen. Das ist Frauensache.«

»Wir sind doch nur ein Haufen Kerle. Es ist niemand dabei, den du beeindrucken musst.«

Sie grinste ihn spöttisch an. Als sie ihre Haarbürste gefunden hatte, kämmte sie sich die vom Schlaf zerzausten Haare und frisierte sie zu einem Dutt.

»Cash?«

Er hatte sich aufgesetzt und zurückgelehnt. Seine Augen funkelten; er schien den Anblick zu genießen.

Hektisch rannte sie umher, auf der Suche nach ihrer Kosmetiktasche. »Was guckst du denn so?«

Sie war immer noch nackt. Sie rannte hier wie eine Verrückte nackt umher. *Anziehen. Muss was zum Anziehen finden.*

Sein Lächeln sprach Bände. Er musste nicht einmal seinen Mund aufmachen. »Ich schau dir bloß zu. Das ist besser als eine Tasse Kaffee.«

»Steh auf. Zieh dich an. Wir sind spät dran.« Sie zog sich eine frische Unterhose und einen dazu passenden BH an. Sie waren recht farbenfroh und sexy. Vielleicht hatte sie beim Packen unterbewusst gehofft, dass sie das Set für ihn würde anziehen können. Nun ja, jetzt sah er sie und schien entzückt. »Cash! Komm schon.«

»Ja, ja, ich stehe ja schon auf.«

Er stand aus dem Bett auf, genauso nackt, wie sie es gerade gewesen war. Und er war nicht der einzige, der jetzt aufrecht stand. Hoppla, hatte er einen Ständer! Das Herz rutschte ihr in die Hose. Jede Faser in ihrem Körper schrie förmlich danach, ihn zu berühren. Verdammt, das war eine starke Reaktion auf ihn.

»Nic, du starrst mich an. Nicht, dass ich mich beschweren will, aber du solltest wissen, für mich wäre es okay, wieder ins Bett zu gehen und nachher einen Einlauf zu kassieren, wenn wir zu spät kommen.« Er zwinkerte ihr zu und ihr Magen machte wieder einen Salto.

Nein. *Konzentration.* Wenn man es genau nahm, war das hier ihr erster Tag in ihrem neuen Job. Obwohl sie der CIA angehörte, hatte man sie ausgeliehen. Neue Kollegen. Neue Leute, die sie einschätzen und beeindrucken musste. Zu spät zu kommen, wenn alle von ihrer Vergangenheit mit Cash wussten, wäre eine Katastrophe.

»Zieh dich an. Ich kann nicht zu spät kommen.«

»Du kannst machen, was du willst, mein süßes Mädchen.« Cash streckte sich und jeder Muskel in seinem Körper bewegte sich.

»Nun, mir ist danach, meinen Ruf nicht zu ruinieren.« Au, das klang ein bisschen scharf. Sie wusste ja von seinen Frauengeschichten. Er verzog keine Miene. »Tut mir leid, so habe ich das nicht gemeint. Ich habe mir immer große Mühe gegeben, damit alle Männer, mit denen ich arbeite, mich als fähig betrachten. Als eine von ihnen. Von den Jungs.«

»Nee, ich verstehe schon. Ich lasse dich in Ruhe, damit du dich anziehen kannst. Du kommst zur Besprechung, wann immer du es für richtig hältst, und siehst dabei so aus, wie du es willst. Wunderschön, da bin ich mir sicher. Und ich gehe jetzt schon Mal runter, sag allen Hallo und hole mir eine Tasse Kaffee.«

Sie hatte ihre Bluse in der Hand. Cash sammelte seine Kleider vom Boden auf und wandte sich ab, um durch die Tür in das angrenzende Zimmer zu gehen.

»Warte«, sagte sie und er drehte sich wieder um. »Gefällt dir das?« Sie machte eine Pirouette, um die rote Spitzenunterwäsche vorzuführen.

»Sehr sogar.« Er hielt inne. »Komm her.«

In weniger als einer Sekunde war sie in seinen Armen. An seine nackte Brust gedrückt – sein feines Brusthaar kitzelte –, schien ihr sein Argument fürs Zuspätkommen auf einmal gar nicht mehr so abwegig. Er legte seine Lippen auf ihre und fuhr mit den Fingern durch ihren unordentlichen Dutt. Seine sanfte Berührung ließ sie laut aufseufzen. Das hier war definitiv ein Guten-Morgen-Kuss der Sorte »Lass uns zu spät kommen«. Sein Lächeln lockerte den intensiven Moment auf, als sich ihre Lippen voneinander lösten. Er streichelte ihr über die Wange. »Mach dich zurecht. Wir sehen uns dann unten.«

Sie starrte ihm immer noch hinterher, nachdem er die Tür zugemacht hatte, und fragte sich, wie das hier möglich war und ob es zu schön war, um wahr zu sein.

✕

ROCCO, ROMAN UND Brock hatten es sich auf dem Sofa gemütlich gemacht und schlangen gierig Steaks und Rührei runter. Der Duft des Essens war schon beinahe genug gewesen, Cash aus Nicolas Bett zu locken, aber erst als sie ihn dazu aufforderte, machte er sich eilig auf den Weg nach unten, um von Mias Kochkünsten zu profitieren.

Stimmen drangen aus der Küche in das Zimmer. Winters. Jared. Ein paar der anderen Jungs. Das Frühstück war als Buffet im großen Wohnzimmer angerichtet. Große, saftig aussehende Steaks. Bergeweise Rührei, das Mia, so wie er sie kannte, mit würzigem Cheddarkäse verfeinert hatte. Biscuits und Soße. Ein Hoch auf Mia Winters.

Verdammt, konnte die gut kochen.

Mit vollem Teller nahm er auf einem großen Sessel Platz und ließ es sich schmecken. Jareds brummiges Lachen schallte aus der Küche. Wenigstens hatte das Arschloch keine schlechte Laune. Vielleicht war es tatsächlich jemandem gelungen, seine blöde Munition zu finden. Grüne Leuchtspur und was sonst noch alles. Er und Roman hatten keine auftreiben können, und während sie danach gesucht hatten, war Cash nicht in Nics Bett gewesen. Jetzt war es fast acht Uhr morgens. Wenn Jared noch hier war und lachte, würde die morgendliche Besprechung nicht ganz so schlimm werden, wie Cash befürchtet hatte.

Nicola kam um die Ecke. Sie war der Inbegriff von Schönheit à la taffes Mädel. Sie hatte es mit dem Makeup nicht übertrieben, ließ den Spitzen-BH, der ihn fast umgehauen hatte, kein bisschen hervorblitzen. Nein, sie trug hautenge Jeans, die ihre langen Beine betonten. Er bemerkte die kleine Ausbuchtung an ihrem Knöchel. Ein Knöchelhalfter. Das war verdammt heiß, keine Frage. Und in der Bluse kamen ihre Kurven besonders gut zur Geltung. Cash schaute zu den Jungs hinüber. Allen bis auf Roman fiel es auf.

Roman hob den Kopf. »Morgen.«

Sie begrüßte alle, machte ein paar Witze mit den Jungs und schnappte sich einen Teller und eine Tasse Kaffee. Sie war perfekt, wirkte völlig ungezwungen und machte bestimmt genau den Eindruck, den sie beabsichtigte. Klug. Gerissen. Und tödlich. Sie hatte diesen Blick, der besagte: »Ich kann dich mit einem Zahnstocher umbringen«. Sowas von sexy. Ob sie es bewusst versuchte oder nicht, von anderen bemerkt werden wollte oder nicht, diese Frau zog alle Blicke auf sich.

»Cash.« Sie nickte ihm zu, behandelte ihn genauso wie die anderen, als ob ihre Beziehung ein Geheimnis wäre. Das gefiel ihm. Sie gefiel ihm. Dieses Spielchen konnte er mitspielen.

Also tat er es ihr gleich. »Nicola.«

Roman verdrehte die Augen. Rocco beobachtete einfach, was vor sich ging, so als handelte es sich um eine neue Folge ihrer Reality-TV-Show. Brock sah Nic an. Eher neugierig als interessiert, aber Cash würde sich Brock trotzdem nachher vorknöpfen.

Jared und Winters kamen ins Zimmer. Jared sah wie das miesepetrige

Arschloch aus, das er sonst auch immer war. Winters sah aus, als ob er sich mal wieder rasieren könnte, auch alles wie gewohnt. Alles war wie üblich, ein ganz normaler Samstagvormittag, an dem die Hälfte der Jungs zu irgendeiner Mission aufbrachen, bei der grüne Leuchtspurmunition erforderlich war, und die andere Hälfte sich darauf vorbereitete, einen CIA-Spion zu enttarnen.

Jared unterbrach das Frühstücksgeplauder. »Guten Morgen, Arschlöcher. Und die Dame.« Er nickte Nicola zu, die ebenfalls den Kopf hob. »An diejenigen von euch, die mich begleiten, wir brechen auf, sobald die scheiß Munition hier auftaucht. Verdammte Schreibstubenhengste, Möchtegern-Befehlshaber und ihre Farbvorlieben. Der Rest von euch arbeitet mit Cash und Nicola, die von der CIA ist.«

Es war Musik in Cashs Ohren, dass sie zusammenarbeiten würden. In den letzten vierundzwanzig Stunden hatte er seine Meinung darüber geändert, dass sie beim Einsatz dabei sein würde. Ein wenig zumindest. Er war immer noch nicht groß begeistert davon. Aber es war nun mal Realität, ob es ihm gefiel oder nicht, und es interessierte sie nicht, ob er ihr dafür die Erlaubnis erteilte. Sie würde den Job erledigen, ohne ihn oder mit ihm. Also, was sollte es. Besser, wenn er an ihrer Seite war.

Oder?

Vielleicht.

Schießen konnte sie. Auch im Nahkampf konnte sie sich behaupten. CIA-Ausrüstung und Training machten sie zu einer tollen Agentin. Sie war gut. Beeindruckend. Ihm gefiel die berechnende Nicola als Sparringpartnerin, die erwachsene Nicola, die Frau, die wusste, worin sie gut war und sich nicht scheute, dazu zu stehen. Agentin zu sein stand ihr, also würde er schon damit zurechtkommen. Irgendwie.

Er stand auf, um sich zu strecken und seinen Teller abzustellen. Um sich auf etwas anderes zu konzentrieren als Nic.

Jared fuhr fort: »Also, wer von euch hat unsere Miss CIA noch nicht kennengelernt? Nicola Garrison. Irgendjemand?«

Roman schoss der Kaffee aus der Nase. Ups. Das lief wahrscheinlich nicht ganz so, wie Nic es geplant hatte. Roman sprang auf. »Wie bitte? Garrison?«

Cash merkte, wie ihm die Röte in die Wangen schoss, und schielte zu

Nic hinüber. Sie sah völlig ungerührt aus. Antwortete nicht einmal, sondern verdrehte nur die Augen.

Roman ging auf Cash zu. »Was soll der Scheiß? Ich dachte, du hättest gesagt, du wärst dir nicht sicher, was sie angeht? Das hier hört sich aber verdammt sicher an.«

Verdammte Scheiße. Er hatte Roman erzählt, dass er sich nicht sicher war, ob es wirklich vorbei war mit ihnen, weil er nicht wusste, wie sie das Ganze sah. Er war sich aber sicher, dass er es gerne herausfinden wollte. Dann hatte er es herausgefunden und die Dinge hatten sich so entwickelt, wie er sich erträumt hatte. Genau in die richtige Richtung. Aber aus Romans Mund hörten sich die Worte so an, als ob er sich nicht sicher wäre, ob er mit Nicola zusammen sein wollte.

Ihre Gesichtszüge waren angespannt. Niemandem außer ihm würde es auffallen. Er kannte ihr Gesicht einfach zu gut und die Worte taten ihr weh. Roman, dieser Idiot.

»Wieso komme ich mir bei euch immer wie ein Schlichtungslehrer an der Highschool vor?«, grummelte Jared. »Prinzessin, gib eine Erklärung ab. Roman, setz dich in. Cash, mir egal, was du machst. Bleib meinetwegen stehen, wo du bist.«

»Die CIA hat mir den Namen verpasst, Roman. Beruhig dich.« Diese Nicola hörte sich hammerhart und direkt an. *Alle Achtung, Mädchen.* Sein Mädchen. Das hörte sich gut.

»Also seid ihr nicht …« Roman ruderte mit der Hand.

»Was, meinst du, Cash und ich wären gestern Nacht nach Las Vegas durchgebrannt? Jetzt hör aber mal auf.«

»Oh.«

Ja, völlig überreagiert, du Arsch.

Rocco stopfte sich einen ganzen Biscuit in den Mund, so als ob er im Kino wäre und Popcorn futterte. Winters lachte. Er sah verwirrt aus, aber ihm gefiel die Show. Und Cash wollte einfach nur, dass sich alle um ihre eigenen Sachen kümmerten.

Winters' Handy klingelte.

Jared lächelte. »Das wäre dann unsere Munition. Ich kann es gar nicht erwarten, von euch Idioten wegzukommen.«

Winters nahm den Anruf entgegen und erklärte dem Lieferanten, wie er durch das wie bei der NASA gesicherte Tor und zur Haustür gelangen würde. Er endete den Anruf mit: »… und die Tür ist offen.«

Gut. Jared sollte sich bloß vom Acker machen, damit sie Operation »Fang den Butler« ohne großen Stress vorbereiten konnten.

Jareds Handy vibrierte. »Was zum Teufel? Wartet mal.« Er stampfte aus dem Zimmer und warf die Tür hinter sich zu.

Klack. Klack. Klack. Jemand ging auf Stöckelschuhen durchs Haus. Kurz darauf kam die Frau um die Ecke. Sie trug leuchtend roten Lippenstift, hatte hochtoupierte Haaren, die förmlich schrien »Nimm mich«, und eine große Kiste mit der Aufschrift SPRENGSTOFF unter dem Arm.

O Scheiße.

Das Girls-Love-Guns-T-Shirt – ihr Markenzeichen – spannte über den falschen Titten, die er nur zu gut kannte. Die Lederhose saß wie angegossen und ihre Gürtelschnalle bestand aus zwei silbernen, sich kreuzenden Pistolen. Sozusagen ihre Uniform für den feuchten Traum eines Mannes.

Sugar.

Sugar, die verrückte Nummer.

Tja, dass er gerne mal ein Nümmerchen mit Sugar trieb, war genau das Problem. Verdammt.

Cash schaute zu Winters hinüber und flüsterte: »Was soll der Scheiß, Mann?«

Winters zuckte mit den Schultern – anscheinend hatte er keine Ahnung, was hier abging. »Als ihr die Munition nicht auftreiben konntet, habe ich Sugar angerufen.«

Cash hatte mal versucht, Winters mit Sugar zu verkuppeln, allerdings nicht wirklich. Er hatte gewusst, dass der Junge nicht drauf anspringen würde. Aber Winters war manchmal einfach so ein Idiot; man musste ihm irgendwie unter die Nase reiben, dass Mia die einzige Frau auf der Welt für ihn war. Cash hatte das für ihn getan. Sie sollten ihr erstes Kind Cash nennen – ob es nun ein Junge oder Mädchen werden würde – weil er es so ziemlich für seinen Verdienst hielt, dass sie zusammengekommen waren und geheiratet hatten.

Vielleicht würde Sugar sich benehmen, obwohl das keins ihrer vielen

Talente war. Sie hatte Jared noch nie vorher getroffen, wollte ihn aber immer schon mal kennenlernen. Natürlich würde sie sich in Jareds Gegenwart benehmen. Sie wollte ihn gerne als Kunden für ihren Waffenladen gewinnen. Die Frau kannte sich mit Präzisionsgewehren verdammt gut aus. Titan wäre ein Top-Kunde für sie, wenn man bedachte, wie viele Waffen und wie viel Munition sie verbrauchten.

Winters stand auf. »Sugar, mein Mädchen. Vielen Dank. Wir sind dir etwas schuldig.«

Ihr Lächeln war so süß und so unecht wie ihr Name. »Das tut ihr. Wo ist denn mein Liebster? Und warum hat er mich nicht angerufen?«

Sie drehte sich auf dem Absatz ihres Stöckelschuhs, der auch genausogut ein spitzer Dolch hätte sein können. Sie fixierte Cash mit ihrem Blick und er stand hilflos da, unsicher, was er jetzt verdammt noch mal tun sollte. Ihr die Hand geben? *Schüttle der Frau die Hand.* Es war zumindest ein Plan. Er tat einen Schritt nach vorne, in voller Absicht, sie zu begrüßen, wie es sich gehörte, aber sie hatte schon einen pink lackierten Fingernagel durch seine Gürtelschlaufe gesteckt und ihren anderen Arm um seinen Hals gelegt. *Scheiße.*

»Cash, mein Süßer. Du rufst nicht an, du lässt dich nicht blicken. Was ist denn los, Schatz? Da muss mich erst unser Freund, für den es nur eine Frau gibt, anrufen. Tss, tss. Süßer. Tss, tss.«

Das erste, was man bei einer Scharfschützenausbildung lernte, war, die Kontrolle über seinen Körper und seine Gedanken zu gewinnen. Ruhig atmen. Den Puls runterbringen. Wie man in den schlimmsten Situationen handelte und reagierte. Nun, das hier war vielleicht die schlimmstmögliche Situation, aber sein Herz wollte einfach nicht auf seine Befehle hören. Bei jedem »schlag langsamer, verdammt«, klopfte es schneller. In diesem Augenblick steigerte es sich zu einem ohrenbetäubenden Bumm, Bumm, Bumm.

»Sugar.« Hüstelnd sagte er hallo und entzog sich ihrer parfümierten Umarmung. Nicola warf ihnen einen so geladenen Blick zu, dass es ihn nicht überrascht hätte, wenn es ihm die Füße unter dem Körper weggezogen hätte.

Sugar sah sich im Zimmer um. »Ich glaube, wir wurden noch nicht alle einander vorgestellt.« Wer hätte gedacht, dass Sugar irgendetwas subtil andeuten konnte oder gar zu subtilem Sarkasmus fähig war? »Cash, sei doch so lieb, Schätzchen.«

Was für eine scheiß Situation.

»Sugar, ich glaube, du kennst Nicola noch nicht. Nic, Sugar betreibt einen Waffenclub, bei dem ich Mitglied bin. Mit einem Schießstand, Waffen zum Verkauf und so was alles.«

Sugar säuselte: »Ja, so was alles. Wie war Ihr Name noch mal, Nicola?«

»Nicola *Garrison.*« Eins zu null für Nic. Das war nicht schlecht. Das würde er so hinnehmen.

»Schwester?«

»Bestimmt nicht, Sugar.« Nicola lächelte, kühl und kalkuliert auf Sieg gespielt, zumindest gegen Sugar. Nic sah immer noch so aus, als ob sie ihn umbringen wollte.

Draußen im Flur knallte eine Tür zu. Jared kam eine Sekunde später herein und blieb abrupt stehen. »Sie sind Sugar?« Er bekam den Mund nicht mehr zu. »Cashs Sugar?«

Sugar nickte begeistert. Cashs Sugar gab es nicht. Sie trafen sich nur gelegentlich und ihre Beziehung war völlig zwanglos. Besitzergreifende Fürwörter hatten in ihrer Konstellation gar nichts verloren. Er rief sie höchstens an, wenn er mal wieder etwas Druck ablassen musste. Und das war schon länger nicht mehr vorgekommen.

Jared schlug sich mit der flachen Hand auf den Oberschenkel. »Na, leck …«

»Halt's Maul, Jared.« Cash hatte keine Zeit für diesen Unsinn. Sugar musste sich so schnell wie möglich verabschieden.

Jared schaute Nic an. Sugar schaute Nic an. Jeder außer Cash schaute Nic an. Er war damit zufrieden, Jared zornige Blicke zuzuwerfen. Rocco verschluckte sich fast an seinem Biscuits. Winters' Augenbrauen gingen in die Höhe, als er realisierte, was für einen Albtraum Cash durchmachte. Verdammt noch mal.

Sugar musterte Jared, von den Kampfstiefeln zum kurzen Militärhaarschnitt. »Sie sind Jared?«

»Ich bin hier alles und jeder. Aber Jared ist schon in Ordnung.«

»Sehr bescheiden, wie ich sehe.«

»Sie sehen genauso aus, wie Ihr Name suggeriert.«

»Ich sehe so aus wie viele Dinge, Jared. Das muss noch nicht heißen, dass Sie recht haben.«

Sie bauten sich voreinander auf. Alle waren angespannt. Stinksaure Frauen bereiteten immer Schwierigkeiten. Wenn die Frauen auch noch stinksauer auf ihn waren, dann war das eine Katastrophe, fand Cash. »Na gut, Sugar. Wir müssen loslegen.« Wenn Jared diesem Kennenlerntreffen kein Ende setzte, dann musste Cash das eben tun. Sugar musste verschwinden. Und zwar sofort.

»Sobald jemand meine Rechnung begleicht, bin ich hier weg, Cowboy.«

»Gut. Dann wollen wir mal. Kommen Sie mit.« Jared verließ den Raum und erwartete wahrscheinlich, dass Sugar ihm folgte. Er musste sie ein kleines bisschen besser kennenlernen, bevor er solche Annahmen machte. Sugar tat, was sie wollte, egal, wer dabei zusah oder wer sie um etwas bat.

»Also, Cash, mein Süßer, kommst du bei mir vorbei, wenn dieser Auftrag beendet ist?«

»Das wird er nicht. Aber vielen Dank für die Einladung«, kam Nic ihm zuvor. Ihre Antwort tropfte nur so vor Sarkasmus. Cash konnte nur noch zuschauen.

»Ich glaube nicht, dass ich mit Ihnen geredet habe.«

»Ich glaube nicht, dass mir das etwas ausmacht.«

»Sugar! Jetzt kommen Sie schon!«, rief Jared vom Flur aus. »Ich habe keine Zeit für diese Scheiße.«

Sugar kam zu Cash hinüber und sein Magen drehte sich um. Was immer gleich passieren würde, es konnte nichts Gutes sein. Sie stellte sich auf die Zehenspitzen und gab ihm einen Kuss auf die Wange, aber nur, weil er einen Schritt zurücktrat und ihren Lippen auswich. »Tschüss, Cowboy. Bis später.«

Jareds Stimme donnerte im Flur. »Ich habe euch Arschlöchern doch gesagt, keine Frauenprobleme. Ich denke darüber nach, das in eure Verträge zu schreiben.«

Verdammt. Schneller als Cash mit Miss Betty eine Zielperson ausschalten konnte, hatte sich der heutige Tag von himmelhochjauchzend zu zu Tode betrübt gewandelt.

KAPITEL FÜNFZEHN

Die Frau, Sex auf Stilettos, rauschte aus der Tür. Alle Männer bis auf Cash winkten ihr zum Abschied zu. Zumindest war er nicht ganz blöd.

Nicola trank einen Schluck Kaffee und ignorierte, dass den Männern die Zungen bis zu den Kampfstiefeln hingen. Mia würde das Wohnzimmer mit einem Nassstaubsauger reinigen müssen, so wie die alle sabberten. Für einen Augenblick sah es so aus, als ob alle vergessen hätten, dass sich Cashs Frauen hier gerade fast eine Prügelei geliefert hatten. Sie hatte ihrem neuen Team gegenüber professionell erscheinen und einen guten Eindruck machen wollen. Das war wohl nichts. Nicolas toller Morgen hatte sich in einen Albtraum verwandelt, über den andere sich das Maul zerreißen würden.

Zumindest hatte sie sich Mühe gegeben, sich heute Morgen zurechtzumachen. Sie hätte noch ein paar Minuten mehr gebrauchen können, aber schlecht sah sie nicht aus. Nicht perfekt. Sicher nicht so gut, wie man es sich wünschte, wenn man auf eine Ex traf.

Sugar hatte Sex-Appeal bis zum Gehtnichtmehr. Stand Cash etwa auf so etwas? Aufgespritzt und voller Silikon?

Vielleicht hatte sie sich doch etwas zu schnell eine Meinung über Sugar gebildet, und Nicola gefiel das Girls-Like-Guns-T-Shirt. ‚Es saß wie angegossen und sie würde wetten, dass es Cash und jedem anderem Mann im Raum ebenfalls gefiel. Na ja, bis auf Jared. Dem musste man mit dem Hammer auf den Kopf schlagen, bis er irgendetwas außer sich selbst wahrnahm.

Jared laberte irgendwas von taktisch und strategisch, alles bestimmt sehr wichtig. Schade nur, dass sie nicht zuhörte.

»Prinzessin.« Jareds raue Stimme riss sie aus ihrer Wolke von

Selbstmitleid.

»Du, ich, Cash. Esszimmer. Jetzt.«

Na toll. Wo war Cash überhaupt? Lief er Sugar hinterher? Was zum …? War ja auch egal. Sie waren beide überhaupt nicht auf einer Wellenlänge. Wie hatte ihr das nicht vorher auffallen können? Sie träumte nostalgisch von letzter Nacht. Und er lief einer Frau hinterher, die praktisch Männerfantasien entsprungen war und die sich ihm auch noch vor die Füße warf. Kotz.

Sugar konnte ihn gerne haben. Nicola wusste es ja eigentlich besser. Ihr Job war ihr Leben. Ein Spiel war genug. Sie musste nicht zwei auf einmal spielen, und Cash war der König unter den Weiberhelden, genau wie es Rocco gesagt hatte. Na, spitze. Sie hatte Cash entweder völlig falsch eingeschätzt oder vielleicht nur gehofft, dass sie die Wahrheit nicht gehört hatte.

»Prinzessin, setz deinen Allerwertesten in Gang«, rief Jared vom Flur aus.

Ja, ja. Komme ja schon. Sie folgte ihm ins Esszimmer und umklammerte die Kaffeetasse mit beiden Händen. Niemand würde merken, dass sie zitterte, wenn sie die Tasse so fest hielt. Das Adrenalin, das ihr seid dem schnellen Showdown mit Sugar durch die Adern schoss, musste langsam abgebaut werden.

Cash kam durch die Tür. Er sah sie liebevoll mit seinen saphirblauen Augen an und sie erinnerte sich lebhaft daran, wie sie sich gestern Nacht an ihn gepresst hatte. Bei der Erinnerung daran sehnte sie sich nach seinen Berührungen.

»Nic, ich muss kurz mit dir reden …«

»Nein, musst du nicht.« Jared legte die Schachtel mit der Aufschrift SPRENGSTOFF auf den schicken Esszimmertisch und zog ein Messer aus der Scheide, die an seinen Gürtel geklemmt war. »So lange ihr für mich arbeitet, richtet ihr euch nach meiner Agenda. Und eure lächerlichen, albernen Probleme kommen später dran.«

Zum ersten Mal war Nic froh, dass Jared sich einmischte. Sie hatte kein Interesse, alle Einzelheiten über die Beziehung von Sugar und Cash zu erfahren. Auch wenn Cash nicht gewusst hatte, dass Nicola noch am Leben war, hätte er doch wenigstens genug Anstand zeigen können, es mit einer

Frau zu treiben, die nicht ganz so ein Vorzeige-Vamp war. Obwohl ihre Gürtelschnalle eigentlich ziemlich cool war. Wie auch immer. Sugar und ihr übertrieben geschminktes Gesicht, lustiges T-Shirt und coole Gürtelschnalle konnten sie mal.

Jared nahm eine Schachtel Munition aus der Kiste und legte sie auf die filigrane Spitzentischdecke. Er nahm noch eine Schachtel heraus. Was zum …?

»Jared. Hör sofort damit auf.« Sie reagierte schnell, ließ dabei fast die Kaffeetasse fallen, und stieß Jared beiseite.

»Prinzessin, was soll der Scheiß?«

Nicola nahm die Schachtel in die Hand, schaute sie sich an und packte dann die kleinen Schachteln aus der großen aus. Jared versuchte sie ihr aus den Händen zu nehmen. »Lass meine …«

»Jared, halt den Mund.« Wenn das hier nicht so ein »Was zum Teufel«-Moment gewesen wäre, dann hätte sie vielleicht aufgeschaut, um zu sehen, wie Primaballerina auf so einen Befehl reagierte. Aber nein. Tausend Fragen schwirrten ihr im Kopf herum, sodass ihr schier schwindlig war.

Sie machte eine Schachtel auf und nahm eine große Patrone heraus. Eine blaue Spitze mit einem roten Punkt. Pyrotechnischer Satz, panzerbrechend, genau wie angefordert. In winzigen Buchstaben war unten auf jeder Patrone »AS« eingraviert worden. Die Initialen standen auch auf der Schachtel.

Dieses selbstverliebte Arschloch.

»Woher hat denn …« Nicola verzog den Mund. » …*Sugar* das her?«

Jared wollte ihr die Munition wieder aus der Hand nehmen. »Ich stelle keine Fragen. Ich habe sie noch nicht mal angerufen.«

Cash meldete sich zu Wort. »Winters hat sie angerufen.«

Sie zeigte auf die Markierung unten auf der Patrone, ignorierte Cash und gab Jared die Munition zurück. »AS. Antilla Smooth. Die hat er hergestellt. Er benutzt gerne seine Initialen als sein Wasserzeichen. Euer Mädel kauft bei einem widerlichen, illegalen Waffenhändler ein.«

»Sie ist sauber.« Cash trat vor, um die Frau zu verteidigen.

Na, super. »Ja, so sieht sie auch aus.«

Jared schob Cash wieder vom Tisch weg. »Ich werde euch beide nicht trennen und ihr werdet immer noch zusammenarbeiten. Also kommt ihr besser klar. Und zwar sofort.«

Sie murmelten beide etwas im Sinne von, sie hätten keine Probleme miteinander. Es lag so viel Anspannung in der Luft, dass sie förmlich vibrierte.

Jared packte die kleinen Schachteln zusammen und tat sie in die größere. »Ich muss los. Was wir haben, haben wir. Ich schlage vor, dass ihr beide einen Weg findet, angekleidet zusammenzuarbeiten, und euch um den Butler kümmert. Macht eure Arbeit.«

Er nahm die Schachtel mit der Munition und stürmte aus dem Zimmer. Jared ging niemals in ein oder aus einem Zimmer. Er schlenderte oder trödelte nicht. Der Mann stürmte und marschierte, graue Sturmwolken in den Augen.

Cash starrte sie an. »Nic …«

»Ich will davon nichts hören. Ich bin hier, um einen Job zu erledigen.« Sie nahm ihre Kaffeetasse in die Hand, weil sie sich an etwas festhalten musste.

»Das ist alles? Ein Job? Du bekommst eine Sache aus meiner Vergangenheit mit und das war's …?«

Sie atmete laut aus. »Bitte entschuldige. Ich muss einen Anruf tätigen.«

»Wen musst du anrufen?«

»Das geht dich gar nichts an.«

»Kein Grund, so patzig zu reagieren. Wir sind Partner, also geht es mich sehr wohl etwas an.«

»Ich rufe meine Verbindungsfrau an. Sie muss davon erfahren, dass Smooths Ware in Virginia aufgetaucht ist.«

»Kannst du dich vielleicht auf einen Auftrag auf einmal konzentrieren?«

Sie hielt den Finger hoch. »Ein Anruf. Eine Minute.«

»Wenn's sein muss.«

Nicola ging zu einem Fenster hinüber und Cash verließ das Esszimmer. Es fiel ihr leichter zu atmen, je weiter er sich von ihr entfernte. Nicola wählte eine Nummer, die sich nicht zurückverfolgen ließ, und wartete, bis Beth abnahm.

»Wie läuft es denn mit der Übernachtung?« Nics Magen verkrampfte sich, als Beth neugierig fragte.

»Es lief tatsächlich etwas und es war ein Fehler. Und nein, ich möchte nicht darüber reden.«

»Du hast immerhin Spitzenunterwäsche eingepackt!«

»Im Ernst, Beth. Er hat eine Freundin. Na ja, so etwas ähnliches. Glaube ich zumindest. Und ich habe sie kennengelernt.« Sie versuchte die Erinnerung an Sugar, wie sie sich an Cash schmiegte, wieder abzuschütteln. »Und darum rufe ich dich auch an.«

»Nein, Süße. Wir werden keinen Auftragskiller auf sie ansetzen. Ob sie seine Freundin ist oder nicht. Tut mir leid.«

Wäre das nicht toll? »Ich habe gerade Munition von unserem lieben, kürzlich verstorbenen Waffenhändler gesehen. Hattest du irgendeine Ahnung, dass er ein Netzwerk in dieser Gegend hatte? Verkäufer?«

»Nein.«

Sie nahm einen Schluck lauwarmen Kaffee und dachte über ihren nächsten Schritt nach. »Wir müssen uns treffen.«

»Du arbeitest mit Titan. Ich soll mich da nicht einmischen, bis man mir etwas anderes sagt.«

»Und wenn ich dir verspreche, dir in allen Einzelheiten von meinem Tête-à-Tête zu erzählen?«

»Würdest du das tun?« Es entstand eine Pause und sie konnte sich vorstellen, wie Beth die Vor- und Nachteile abwog. Die schmutzigen Details waren es ihr wert. »Dann ja. Ich bin dabei.«

»Dann treffen wir uns zum Mittagessen in Tyson's Corner in etwa eine Stunde.«

»Alles klar.«

Sie beendete den Anruf und machte sich auf die Suche nach Cash. Wie war sie bloß auf die Idee gekommen, zu diesem Titan-Treffen ohne fahrbaren Untersatz aufzutauchen? Ein Fehler nach dem anderen.

Sie räusperte sich, damit er auf sie aufmerksam wurde. »Cash, ich muss mir deinen Pickup ausleihen.«

Er lachte. »Sicher nicht.«

Sie wandte sich an Roman. Der zog die Brauen zusammen. »Denk gar nicht daran, mich zu fragen. Ich mische mich in eure Sache nicht ein.«

Mist. Ein Taxi würde sie wohl kaum mitten im Nirgendwo in Virginia abholen. »Verdammt noch mal, Cash.«

Er lächelte, wohl wissend, dass er ihre einzige Option war und sie das hasste. »Ich fahre dich gerne. Wo geht es denn hin, Nic?«

Wenn er ihr einfach die Schlüssel geben würde, wäre alles viel einfacher. Vielleicht würde sie die in seinem Zimmer finden. »*Wir* werden nirgendwo hinfahren.«

»Ja, da hast du wohl recht. Ich bleibe hier. Du bleibst hier. Dann bleiben wir wohl alle hier.« Er ließ sich auf die Couch neben Rocco fallen, der die neueste Episode des Dramas mitverfolgte. »Ich bin hier, falls du deine Meinung ändern solltest.« Er drehte sich zu Roman um. »Hey, Kumpel. Wirf mir mal einen Biscuit rüber.«

Roman ließ den Biscuit durch den Raum fliegen und aus dem Nichts kam Winters' Hund geschossen und fing ihn mitten im Flug ab. Roman unternahm noch einen Versuch, diesmal erfolgreich.

Wie hielt es bloß irgendwer mit diesen Männern aus? Sie tappte mit dem Fuß und dachte fieberhaft darüber nach, wie sie an ein Fluchtfahrzeug kommen würde, doch ihr fiel nichts ein. Ach, Cash konnte sie mal.

»Na gut. Lass uns gehen.«

»Während ich fahre erkläre ich dir die Sache mit Sugar und du wirst mir zuhören.« Er schaute ihr nicht ins Gesicht und hörte sich ganz beiläufig, ja, fast gelangweilt an. Rocco war allerdings ganz bestimmt nicht gelangweilt und Cash beachtete nicht, wie sein Blick zwischen ihnen hin und her ging. »Das sind meine Bedingungen. Du kannst sie annehmen oder nicht. Aber ich glaube nicht, dass du jemanden finden wirst, der sein Leben riskiert und dich fährt.«

Sein Leben riskiert? Jetzt übertreib mal nicht, Cash!

Sie legte den Kopf in den Nacken und schnaubte verärgert. Sie hatte sich noch nie so unprofessionell verhalten wie heute. »Na gut.«

»Na gut.«

Rocco lachte. »Ihr beiden seid spitze. Wann kommt ihr denn wieder?«

»Halt die Klappe, Roc.« Roman mochte ein solches Theater überhaupt nicht. Nic auch nicht. Vielleicht lag das in der Familie.

✕

WIEDER IM SELBEN Pickup mit Nicola eingesperrt zu sein, erwies sich als eine völlig andere Situation als gestern Abend. Diese Spannung – würden sie, würden sie nicht? – lag diesmal nicht in der Luft.

Nö.

Jetzt waren sie einfach nur angespannt, nach dem Motto »Augen zu und durchhalten.« Am liebsten hätte er den Kopf gegen das Lenkrad geschlagen, so frustriert war er.

»Wohin geht es denn, Nic?«

»Tyson's Corner.«

»Alles klar.« Er fuhr aus Winters' Einfahrt. »Sugar. Lass uns das Thema hinter uns bringen.«

»Ist mir egal.« Sie zuckte mit den Schultern und zupfte an einer Haarsträhne.

»Das sieht mir nicht so aus.« Nicola war süß, wenn sie sauer war. Je saurer, desto süßer. Er wollte wetten, dass sie stinkwütend werden würde, wenn er ihr so etwas sagte. »Es gibt keinen Grund, eifersüchtig …«

»Machst du Witze? Eifersüchtig? Wohl kaum.« Sie rutschte weiter von ihm weg und lehnte sich gegen die Tür. »Das ist ja lächerlich. Du bist lächerlich. Und Sugar, wo wir schon mal dabei sind, ist die Lächerlichste von allen.«

Schweigen breitete sich im Wagen aus, das nur vom Tick-Tick, Tick-Tick des Blinkers unterbrochen wurde, wenn er die Spur wechselte. Alle waren lächerlich? Es stand ihr praktisch auf die Stirn geschrieben, dass sie es selbst war.

»Die Dame, wie mich dünkt, gelobt zu viel.«

Nicola verzog das Gesicht. »Sie ist wirklich eine Nummer, diese Sugar. Du stehst wohl auf … nuttig.«

Jetzt hatte er aber genug. Er fuhr rechts ran. So abrupt, dass die Reifen Erde und Schotter hochschleuderten. Der Pickup ruckelte über den unebenen Seitenstreifen.

»Wieso bist du so sauer? Ich wusste noch nicht einmal, dass du noch am Leben bist! Verdammt noch mal!« Er löste den Anschnallgurt und drehte sich zur ihr um, die Hände gestikulierend in der Luft. »Es war nichts Ernstes, also was ist dein Problem?«

Nicola antwortete nicht. Sie trommelte mit den Fingern auf ihrem Oberschenkel.

»Nicola, was willst du von mir?«

Sie schaute ihm nicht in die Augen. »Sie verkauft die Produkte eines illegalen Waffenhändlers.«

Er zuckte mit den Schultern. »Wir wissen doch gar nicht, was da vor sich geht. Und das ist doch nicht das Problem, oder?«

Jetzt fixierte sie ihn mit ihrem Blick. »Sie ist eine Schlampe.«

»Sie ist ein cooles Mädel und nicht meine Freundin. Sie ist nicht der Typ für eine Beziehung. Nicht, dass ich eine Beziehung mit irgendwem wollte. Sie schäkert gerne herum. Und ich bin … war … was auch immer … solo. Sie wollte nichts anderes als mit Pistolen schießen und es … funktionierte.«

»Heute Morgen sah es mir aber ganz danach aus, als ob sie einer Beziehung mit dir nicht abgeneigt wäre.«

»Ich habe nicht gesagt, dass Sugar bei einem Konkurrenzkampf nicht gerne die Oberhand hätte.«

Nicola schnaubte verächtlich. »Ha. Konkurrenzkampf.«

Er legte die Hand auf den Steuerknüppel, schaltete aber nicht in den ersten Gang. Sie sollten weiterfahren. Sie hatten beide nichts davon, wenn sie hier weiter herumstanden. »Ich bin mir sicher, dass du dich in den letzten zehn Jahren vorbildlich an ein Keuschheitsgelübde gehalten hast.«

Sie rollte mit den Augen, sagte aber nichts.

»Ich hätte nicht gedacht, dass du so schnell aufgibst, mein süßes Mädchen.«

Sie verzog das Gesicht. »Ich gebe nie auf.«

»Aber uns kannst du ganz schnell wieder den Rücken zukehren?«

»Es gibt kein ›uns‹, Cash. Es war einfach nur eine alte Gewohnheit.«

»Red doch keinen Scheiß.«

»Du bist …«

Seine Lippen verschlossen ihre. Wie er die Distanz zwischen ihnen überbrückt hatte, wusste er nicht mehr. Alles, was er wusste, war, dass sie gut roch und er nichts anderes tun wollte, als sie zu küssen, seit dem Moment, in dem Sugar ins Zimmer gekommen war.

Aus ihrer patzigen Antwort wurde ein Kuss. Erst ein zarter, dann wurde er immer leidenschaftlicher. Die Atmosphäre im Wagen knisterte vor Spannung. Ihre Hände vergruben sich in seinem Hemd. Ja, diese Sache konnte man nicht einfach so hinter sich lassen. Zwischen ihnen sprühten Funken. Nein, mehr als nur Funken – es war wie glühende Asche, die man zu lange unbeaufsichtigt und ignoriert hatte. Ein einziger Windstoß – ein zarter Kuss, eine heiße Nacht gemeinsam im Bett – zisch – und sie hatten ein Lauffeuer. Und er wollte hineinlaufen, um herauszufinden, wie heiß die Flammen werden würden.

Ihre Zunge spielte mit seiner. Feuerwerkskörper kreisten und sprühten, schossen in die Höhe und nahmen seinen Körper mit, erweckten ihn zum Leben. Seine Finger fuhren durch ihre Haare und er konnte nicht mehr klar denken. Er wollte Nic die verdammte Wahrheit ins Ohr knurren. Sie waren sie zusammen, bis es nicht mehr so war. Er wollte … ein Auto schoss gefährlich nahe an ihnen vorbei und hupte wie wild.

Wow. Er musste sich zusammenreißen. Sie standen auf dem Seitenstreifen, Himmel noch mal.

Ihre Lippen bewegten sich langsamer und fuhren zärtlich über seine. »Vielleicht war ich ein kleines bisschen eifersüchtig.«

Cash schmunzelte. »Ich würde am liebsten jeden Mann umbringen, der dich jemals in seiner Vorstellung ausgezogen oder gar nackt gesehen hat, falls dich das beruhigt.«

Er rutschte in seinen Sitz zurück und musterte sie. Ihre glänzenden Augen und glühenden Wangen verrieten ihm, dass sie mehr wollte, als auf dem Seitenstreifen herumzuknutschen. Er musste beide Hände auf das Lenkrad legen oder sie würden niemals hier wieder wegkommen. Er holte tief Luft. Auf dem Beifahrersitz atmete auch sie tief ein. Er konnte nicht für Nic sprechen, aber er hatte immer das Gefühl, dass ihm der Atem wegblieb, wenn sie bei ihm war.

»Sugar sollte nicht im Besitz dieser Munition sein.« Nicola zog an ihrem Anschnallgurt, der sich verdreht hatte.

Nein, sie dachte in seiner Gegenwart immer über die Arbeit nach. Das war einfach herrlich. Irgendjemand da draußen würde sie dafür loben. Ihm war es lieber, wenn sie immer beim Gedanken an ihn immer nervös und aufgeregt wurde, aber das würde das Treffen mit ihrer Verbindungsfrau unangenehm machen.

»Sollte sie nicht. Das weiß ich. Aber sie ist grundehrlich, also muss irgendetwas anderes dahinter stecken.« Cash seufzte, lehnte sich im Sitz zurück und legte den Gang ein. »Sieht so aus, als wenn du und Sugar euch mal unterhalten müsstet. Ich spiele gerne die Schlichtperson.«

»Lass uns Rocco mitbringen. Ich glaube, mittlerweile fände er es wirklich schade, wenn er nicht er nicht zuschauen könnte und etwas verpassen würde.«

KAPITEL SECHZEHN

DIE HELLE SONNE blendete sie. Nicola kramte in ihrer Handtasche, um ihre Sonnenbrille zu finden. Sie steckte in einem kleinen Etui von Coach, passend zu ihrer Coach-Handtasche. Leider passte es so gut, dass es sich vom Innenfutter der Tasche nicht absetzte und sie das verdammte Ding einfach nicht finden konnte.

Cash begleitete sie, als sie über den Parkplatz ging. Sie war sich nicht sicher, was er machen würde. Er kam ihr nicht wie die Art von Mann vor, der durchs Einkaufszentrum bummelte. Aber er hatte ja darauf bestanden zu fahren, also saß er jetzt hier fest. Wie er die kommende Stunde überbrückte hatte sie nicht zu kümmern. Wo war bloß ihre Sonnenbrille?

»Suchst du die?«

»Ja!« Sie streckte die Hand aus, aber er hielt sie hoch über seinem Kopf. Sie sprang hoch, kam aber nicht heran. »Bitte. Gib sie mir.«

»Regst du dich immer noch auf?«

»Nein.« Sie sprang wieder hoch. »Verdammt, Cash, jetzt gib sie mir schon.«

»Ich glaube dir nicht.« Aber er ließ seine Arme weit genug sinken, dass das Brillenetui gerade so in ihre Reichweite kam. Als sie wieder hochsprang, waren ihre Gesichter auf derselben Höhe. Sie atmete seinen männlichen Duft ein und wurde unweigerlich an die gestrige Nacht erinnert, als sie zusammen im Bett lagen. Für einen Moment lang blieb die Zeit stehen. Dann spürte sie das Brillenetui in ihrer Hand und das Leben ging weiter.

»Wieso hast du meine Sachen?« Das war es gar nicht, was sie aufregte.

»Das Etui fiel einfach aus dem schwarzen Loch, das du über der Schulter hängen hast.«

Wieso war sie so nervös und zappelig? Ach ja, weil sie Cash Beth vorstellen musste, wenn er sich nicht bald von ihr verabschiedete und die nächste Stunde woanders verbrachte. Es war völlig unvorhersehbar, was Beth sagen würde, besonders nachdem Nicola am Telefon erwähnt hatte, dass Cash *eventuell* eine Freundin hatte. Und dass Nicola ihm *eventuell* ihre Spitzenunterwäsche gezeigt hatte.

Beth saß auf der Veranda von P.F. Chang's und winkte ihr zu. Nicolas trommelte nervös mit den Fingern zu dem unruhigen Takt in ihrem Kopf. Noch fünfzig Meter vom Frage-Armageddon entfernt. Anstelle einer Weltuntergangsschlacht erwartete Nicola ein Verhör, bei dem sie sich in Grund und Boden schämen würde. Oder sich extrem in die Defensive gedrängt. Mist, wahrscheinlich beides.

Sie winkte Beth zurück und wandte sich an Cash, um ihm ein Danke-fürs-Mitnehmen-Lächeln zu schenken. Er grinste zurück und bewegte sich keinen Zentimeter fort von ihr.

Noch fünfundzwanzig Meter.

Sie konnte ihn loswerden. Sie musste. Beth hatte einen Cocktail in der Hand. Cash musste sich dünn machen und zwar schnell. Es war unmöglich zu sagen, ob es Beths zweiter oder dritter Cocktail war, und nach dem Trinkgelage in ihrer Wohnung war es auch egal, ob es der erste war. Die Frau hatte alle Antennen auf Empfang geschaltet und ihre Neugier kannte keine Grenzen. Vielleicht sollte sie Cash einfach über den Haufen rennen und loslaufen.

»Cash, wir werden über Frauenangelegenheiten reden.« Er passte sich an ihren langsamen Schritt an, wich ihr nicht von der Seite und war sich vollends bewusst, dass sie ihn loswerden wollte wie den Müll von letzter Woche. »Über solche Sachen wie Tampons und *Spanx.* Du willst davon …«

»Süße, wenn du auf *Spanking* stehst und ich dir gerne mal einen Klaps auf den Hintern geben soll, dann hättest du das doch nur sagen …«

»*Spanx. Spen-ks.* Mit einem X hinten. Das ist eine Firma, die Shapewear produziert. Bauchweg-Unterwäsche. Die Fettpölsterchen einquetscht, dass man schlanker aussieht.«

»So etwas hast du ja eh nicht. Das Thema werdet ihr schnell abgehakt haben. Außerdem habe ich Beth schon mal kurz auf der Farm getroffen. Sie hat einen ganz lustigen Eindruck auf mich gemacht.«

Lustig? Wohl eher bereit, eine Szene zu machen. »Wir müssen uns über wichtige Dinge unterhalten, die dich nichts angehen.«

»Werdet ihr euch darüber unterhalten, was ihr so allein im Schlafzimmer macht? Mit dem *Bullet*? Oder dem *Rabbit*? Ich kann mir nie merken, wie das neueste Frauenspielzeug jetzt so heißt.«

»Cash«, fauchte sie und gab es auf, ganz langsam zu gehen. Stattdessen stürmte sie auf Beth zu und forderte ihn sozusagen heraus, mit ihr Schritt zu halten.

Mit seinen langen Beinen hatte er aber überhaupt keine Schwierigkeiten und sah dabei auch noch so aus, als ob er lediglich gemütlich neben ihr her schlenderte. Noch zehn Meter von Beth entfernt und es war ihr noch nicht gelungen, Cash loszuwerden.

Mist.

Nicola blieb abrupt stehen und drehte sich zu ihm um. Vielleicht würde es etwas bringen, wenn sie mit Langeweile drohte. »Und Rezepte für glutenfreie Quiche. Wir werden uns über das Kochen unterhalten. Ich habe letztens erst gelernt, wie man Eier pochiert.«

»Ich bleibe bei euch, damit sie sich nicht deinetwegen eine schlechte Meinung über mich bilden kann.« Cash schnappte sich Nics Hand und führte sie an seine Lippen, um ihr einen kurzen Handkuss zu geben. Oh, er wollte ihr eine Lehre erteilen und er wusste sehr wohl, dass sie es nicht abwarten konnte, Beth von der Sache mit Sugar zu erzählen. Der Mann sollte eine politische Karriere in Betracht ziehen, wenn er sich jemals aus dem Scharfschützen-Geschäft verabschiedete. Er hatte das Talent dafür, eine Show abzuziehen.

»Ach, du hältst dich wohl für sehr klug und charmant.«

»Das tue ich, meine süßes Mädchen, das tue ich.«

Nullpunkt. Sie waren angekommen. Beth stand auf, ein Lächeln auf den Lippen. Ganz offensichtlich war das schon ihr zweiter Sichuan Mary, eine schärfere Variante der Bloody Mary. Cash beugte sich vor und küsste Nics Wange. Verdammt, das machte er doch absichtlich. Beth konnte sich gerade noch zurückhalten loszukreischen.

Na ja, vielleicht kreischte Nic insgeheim auch. Wenn ein Mann, der alle Blicke auf sich zog, Küsse verteilte, dann verursachten diese Küsse schon mal Schmetterlinge im Bauch. Und wenn er einem zusätzlich zu diesen Küssen auch noch einen Arm fest um die Taille legte, dann war es nicht verwunderlich, wenn einem kurz das Herz stehenblieb und man sich überhaupt nicht mehr bewegen konnte.

Eine leichte Brise zerzauste Cashs blondes Haar und der Lavendelduft ihres Shampoos, der zu ihr hinüberdrang, brachte sie ganz durcheinander. *Mhm. Duschen mit Cash.* Fast hätte sie bei diesem Gedanken vergessen, warum sie hier waren und was sie taten.

Das Geräusch des Aluminiumstuhls, der über die Verandafliesen kratzte, brachte sie wieder ins Hier und Jetzt zurück. Beth hatte Lipgloss aufgetragen und kicherte. Na toll. Das musste wirklich ihr zweiter Drink sein.

»Beth, das ist …«

»Wir kennen uns schon.« Cash beugte sich vor, um Beth zur Begrüßung zu umarmen.

Diesmal quietschte Beth tatsächlich laut auf. Wunderbar.

»Ich brauche erst mal einen Cocktail.« Nicola schaute sich nach einer Kellnerin und der Getränkekarte um. »Etwas mit Kick …«

»Ich habe dir schon einen Whiskey Sour mit Twist bestellt.« Beths Blick ging zu ihr, dann zu Cash, dann zu der Getränkekarte, die sie in der Hand hielt. Konzentriert studierte sie die Liste und schaute dann wieder den großen, breitschultrigen Mann an. »Ich bestelle dir einen Warrior Smash. Hört sich an, als ob das zu dir passen würde.«

»Cash wollte eigentlich nicht blei …«

Beth legte Protest ein und ihre Lippen formten ein großes O. Cash kam ihr zuvor: »Nö, ich bleibe gerne noch ein bisschen.«

Nicola starrte ihn finster an. Ja, sie mussten über Smooths Munition sprechen, aber sie wollte unbedingt mit Beth allein sein, um das Thema Cash zu erörtern. Sie und Cash. Sugar und Cash. Arbeit und Cash. Alles. Sie brauchte Beth, allein, und sie wollte sie nicht teilen.

Cash lehnte sich in seinem Stuhl zurück. Seine langen Beine und seine breite Brust kamen besonders gut zur Geltung. Die Sonne schien auf ihn hinab und er strahlte förmlich. So ein gutaussehender Bastard.

»Na gut«, schnaubte Nicola und setzte sich. Dabei versuchte sie ein letztes Mal, Cash telepathisch dazu aufzufordern, aufzustehen und ins Einkaufszentrum zu gehen. Er bewegte sich nicht. Die Gedankenkräfte eines Jedis hatte sie nicht. »Reden wir über Smooths Munition.«

Ihre Verbindungsfrau und beste Freundin beugte sich vor und ihre Augenbrauen gingen in die Höhe. »Lass uns über euch beide reden, wo ihr schon beide hier seid.«

»Sehr professionell, Beth.«

»Ist doch egal. Im Moment bin ich als deine beste Freundin hier.« Sie setzte eine unschuldige Miene auf. »Außerdem arbeitet ihr beide ja auch zusammen. Ich habe Berichte zu schreiben und Fragen. Sehr wichtige Fragen. Versprochen.« Sie legte die Hand aufs Herz. Der Kellner kam zu ihrem Tisch. Beth gab Cashs Bestellung auf. Das hier sah immer weniger nach einem Geschäftsessen aus, sondern eher, als ob sie ihr Mittagessen in flüssiger Form, aus hohen Gläsern mit Schirmchen, zu sich nehmen würden.

Cash klimperte mit den blonden Wimpern und spielte Beths Spiel mit. Sollte sie beide doch der Teufel holen.

»Erste Frage. Los.« Seine Stimme hörte sich heiser und tief an, sodass sie richtig Lust auf diesen Whiskey sonstwas bekam. Jetzt. Sofort.

»Erste Frage: Unser Mädchen ist zehn Jahre älter – wie hat sie sich denn gehalten?«

Nicolas Wangen färbten sich so schnell so rot, dass sie dachte, der Dampf würde ihr gleich aus den Ohren kommen. »Beth!«

Cash lachte, beugte sich vor und machte ein nachdenkliches Gesicht. »Sie sieht besser aus als das letzte Mal, als ich sie gesehen habe. Und das letzte Mal, als ich sie gesehen habe, war sie sehr süß und sehr nackt.«

Nicola versuchte nach Luft zu schnappen, aber es gelang ihr nicht. Die Kehle schnürte sich ihr zu. Sie konnte gar nicht atmen.

Ihre Getränke kamen und wenn Nic einen Ton herausgebracht hätte, dann hätte sie jetzt schon beim Kellner Nachschub bestellt. Am besten einen ganzen Krug voll.

Beth sah richtig begeistert aus, ein riesengroßes Grinsen im Gesicht. Wie würde sich diese kleine Anekdote über eine sehr süße und sehr nackte Nicola im CIA-Bericht machen? Das würde es nicht geben, denn schließlich hatte sie die Erlaubnis gegeben, sie nach Herzenslust auszufragen. Nic hätte einfach versprechen sollen, alle schmutzigen Details von sich aus zu verraten, und dann wäre es vielleicht nicht hierzu gekommen. Außerdem verpasste Rocco alles und es hätte bestimmt viel dafür gegeben, diese Episode zu sehen.

Nic nahm einen großen Schluck und holte tief Luft. »Können wir *bitte* über Smooths Munition reden?«

»Neeee.« Cash zog das Wort in die Länge. »Das hier macht doch viel mehr Spaß. Ich bin dran. Ich weiß, dass ich bei Nic nach der Arbeit die zweite Geige spiele, aber als sie dich angerufen hat, worüber hat sie zuerst gesprochen? Mich oder die Munition?«

»Dich.« Beth sagte die Wahrheit. Das würde sie ihr irgendwie wieder heimzahlen.

»Wusste ich's doch.« Er zwinkerte Nicola zu und sie gab sich die größte Mühe, ihr Glas in einem Zug zu lehren.

»Hey, ihr beiden.« Nicola musste unbedingt das Thema wechseln. »Ich spiele Wahrheit oder Pflicht, meinetwegen können wir auch das verdammte Ouija-Brett herausholen, aber ich will das Thema Smooth gerne vom Tisch haben.«

»Arbeit allein …«, begann Cash.

Und Beth beendete den Satz: »Macht Nicola Garrison auch nicht glücklich.«

Cash grinste. Über das ganze Gesicht.

Oh nein.

Cash lächelte erst sie, dann Beth und dann wieder sie an. Sie wusste, was als nächstes kommen würde. »Hatte ich schon erwähnt, dass ich Cash Garrison heiße?«

Beth prustete, dass ihr Sichuan Mary aus der Nase lief, hustete und verschluckte sich. Sie legte die Hände auf die Wangen und das Getränk lief ihr über das Kinn. Sie sprang auf – um das verschüttete Getränk aufzuwischen, hätte man denken sollen – aber nein. Sobald es Beth gelang, den beißenden, pfefferigen Wodka in ihrer Nase zu ignorieren, zeigte sie mit offenem Mund auf Nic. »Oh. Mein. Gott.« Sie zeigte auf Cash, dann wieder auf Nicola. »Garrison? Garrison. Garrison?«

Die Gäste an den anderen Tischen schauten amüsiert zu, obwohl sie keine Ahnung hatten, was vor sich ging. Rocco hätte es verstanden. Mann, er verpasste gerade eine Wahnsinnsepisode von »Mein kaputtes Leben.«

Cash reichte Beth einen Stapel Servietten. Was für ein Gentleman. Nic hätte es besser gefunden, wenn er sich an seinem Warrior-Was-auch-immer verschluckt hätte, denn jetzt würde Beth noch mehr Fragen haben als am Anfang. Sie gab Cash die Schuld dafür. Es war einfacher, sauer zu werden und ihn zu beschuldigen, als die Sache peinlich zu finden.

Nicht wahr …?

»Skandalös.« Beth warf ihre mit Sichuan Mary getränkten Servietten beiseite und ein beschwipstes Kichern entwich ihrer Kehle. »Erzähl mir mehr. Da muss es doch noch mehr zu erzählen geben.«

»Wenn du mir noch etwas verrätst, verrate ich dir auch noch etwas.« Cash war in seinem Element. Er würde später dafür büßen müssen.

Beth wischte ihre Hände an einer Serviette ab und versuchte einen ernsten Blick aufzusetzen, scheiterte aber darin. »Nun, vielleicht spricht da ja der Absolut Wodka aus mir, aber ich finde, ihr beiden seht süß zusammen aus. Süß. Sehr …«

»Wir haben's verstanden, Beth.« Dieser verdammte Wodka. Zeit, dass P.F. Chang's Brot oder Knabbergebäck anbot. Nic wollte Beth gerne etwas Kohlenhydrathaltiges in den Rachen schieben, das den Alkohol aufsaugen und ihre beste Freundin vom Analysieren abbringen würde.

»Süß«, fuhr Beth fort und nickte unentwegt. Wo war der Brotkorb, wenn Nic ihn brauchte?

»Wusstest du schon, dass Nic total niedlich schnarcht?«, fragte Cash.

Beth beugte sich interessiert vor. Sie brannte ganz offensichtlich darauf, alle schmutzigen Einzelheiten zu hören. »Vor zehn Jahren oder vor zehn Stunden?«

Cash verzog den Mundwinkel zu einem schiefen Grinsen, das sein Grübchen zur Schau stellte. »Wieviel sollten wir deiner Freundin Beth verraten, Nicola?«

Die beiden hatten eindeutig zu viel Spaß und sie wollte sich zu diesem Gesprächsthema ganz sicher nicht äußern. »Was also diese Munition angeht …«

Beth ignorierte sie. »Seid ihr Kerle bei Titan eigentlich alle so verdammt heiß? Cash. Roman. Jared.« Sie zählte an ihren Fingern ab. »Bei uns gibt es keinen einzigen Typen. Zumindest keinen interessanten. Na ja, David ist interessant, aber davon will ich gar nicht anfangen.«

Menschenskinders, Sichuan Mary lockerte aber die Zunge. Nicola hätte besser Cashs Schlüssel klauen sollen, als er nicht aufpasste, und alleine kommen sollen.

Cash hob eine Augenbraue und lachte. »Kein Kommentar.«

Beth und Nicola tranken beide geräuschvoll den letzten Rest in ihren Gläsern aus. Als hätte der Kellner sie beobachtet, kam er sofort mit Nachschub, kaum hatten sie das leere Glas abgestellt.

»Nicht, dass du mich auf Abstand hältst.« Mit viel Tamtam wechselte Beth ihren Strohhalm von einem Glas in das andere, obwohl der neue Drink auch einen Strohhalm hatte. »Du rennst mit all diesen heißen Typen herum und ich will auch was davon haben.«

Cash zuckte mit den Schultern. »Da ließe sich bestimmt etwas arrangieren.«

»Ja«, sagte Beth strahlend. Ein Lächeln, das sagte, dass sie schon drei Cocktails auf leeren Magen getrunken hatte. »Danke, Cash. Ich glaube, ich liebe dich. Du bist ein toller Kerl.«

Beth warf mit dem Wort Liebe um sich und schmeichelte seinem Ego. Nic musste unbedingt in Sachen Beschwipstsein aufholen, sonst würde sie gleich auf die Toilette rennen, dort weinen oder schreien oder eine SMS schicken, die sagte, »Ich möchte meine beste Freundin retournieren.«

Auf einmal war der Kellner wieder da. Vielleicht hatte der zweite Whiskey mehr reingehauen als sie gemerkt hatte. »Darf ich Ihre Bestellung aufnehmen?« Er stand da, als ob er … etwas … erwarten würde. »Zu essen?«, fragte er weiter.

Beth starrte einen Augenblick auf die Getränkekarte. »Nudeln.« Sie beugte sich zu Cash vor, ihrem neuen besten Freund, und flüsterte laut: »Möchtest du Nudeln?«

Er zwinkerte ihr zu. »Ich nehme das, was Nic nimmt.«

Beth seufzte so laut, dass die Gäste am Tisch hinter ihnen sie hören konnten und sich umdrehten. Nic winkte ihnen mit ihrem leeren Glas zu und wandte sich dann dem Kellner zu. »Können wir einfach eine gemischte Platte mit irgendwas haben, am besten was mit vielen Kohlehydraten.?«

Er nickte, überlegte aber eindeutig, ob sie wohl in der Lage waren, ihre Rechnung zu bezahlen.

Jetzt äußerte sich Cash. »Am besten zwei Platten. Und ganz viel

Nudeln.«

Ein so großer Mann musste ordentlich essen. Nicola trank ihr Glas aus und bewunderte wie toll sein T-Shirt seinen Bizeps betonte.

Cash beugte sich vor. »Siehst du etwas, das du magst?« Sie wurde von oben bis unten rot. »Auf der Karte?«

Nicola streckte die Schultern durch und strich die Serviette auf ihrem Schoss glatt, bis sie auseinanderriss. »Ich würde gerne über David, den Butler, reden. Wenn ihr beiden dazu fähig seid.«

Beths betüddeltes Nicken sagte ziemlich viel darüber aus, zu was sie aktuell nicht fähig war oder an was sie sich später nicht würde erinnern können.

»Wir haben schon einen Plan gemacht, was den Butler angeht«, sagte Cash zu Beth. Dieser großartige Plan war wohl gemacht worden, als sie Jared nicht zugehört hatte, denn sie hatte keine Ahnung. Cash fuhr fort: »Und wir werden mit Sugar reden …«

»So heißt die Frau? Sugar?«

Danke, Beth. Es war auch mal an der Zeit, dass sie sich wie eine beste Freundin verhielt.

Cash lachte. »Die Frau, was?«

»Natürlich hat sie mir von ihr erzählt.« Beth würde noch Kopfschmerzen bekommen, wenn sie so weiternickte. Ach, und natürlich von dem vielen Wodka.

»Nic interpretiert da nur etwas hinein, was es gar nicht gibt.«

»Tue ich nicht.«

Er zuckte mit den Schultern.

»Was ist denn jetzt der ›Fang den Butler‹-Plan?«, fragte Beth. Gut, dass Cash hier war, um ihn ihnen beiden zu erläutern. Und dabei hatte sie gedacht, ganz besonders professionell zu sein. In Wirklichkeit hatte sie den Kopf in rosaroten, Cash-förmigen Wolken stecken.

Er knackte mit den Fingern und nahm einen ordentlichen Schluck Warrior Smash, bevor er ernst fortfuhr: »Ganz einfach. Nic und der Butler müssen zusammenarbeiten, wie die CIA es angeordnet hat. Während sie das tun, bringt Nic ein paar Peilsender und Wanzen an seiner Person an. Die beiden erledigen einen Auftrag, der natürlich nur erfunden ist. So kommt Titan an all die Informationen, mit denen wir das Arschloch drankriegen werden. Nic bemüht sich um eine nette und freundliche Zusammenarbeit.« Cash starrte sie einen Moment lang an. »Das heißt, wenn sie es hinbekommt, ihre Fäuste bei sich zu behalten. Sie hat ein hitziges Gemüt.«

Himmel Herrgott nochmal. Sie hatte kein hitziges Gemüt. Vielleicht brannten ihr schnell die Sicherungen durch, aber das lag nur daran, dass sie zufällig ihren Ex-Freund wieder getroffen hatte. Jetzt, nachdem Cash sie über den Plan informiert hatte, hörte dieser sich vernünftig und unkompliziert an. Aber wenn sie es sich richtig überlegte, hörte er sich zu sicher an. Es klang in Wahrheit ganz danach, als ob Cash und Jared sie auf Abstand halten wollten, während sie die ganze spaßige Arbeit machen durften. Oder war das pure Paranoia, die durch ihren Whiskey Wie-auch-immer hervorgerufen wurde?

Sie nahm einen Schluck und fügte hinzu: »Aber wenn ich die Möglichkeit sehe, ihn selber dranzukriegen, und sich die Gelegenheit bietet, dann tue ich das.« Das war keine Frage, sondern eine Aussage.

»Nicht nach unserem Plan«, widersprach Cash mit leicht knurrendem Unterton.

»Pläne müssen sich anpassen lassen.«

»Dieser nicht.« Cash blieb standhaft und hörte sich dabei etwas arrogant an.

Sie wollte ihm am liebsten den Hals umdrehen. »Hier geht es doch wieder darum, dass ich als Agentin im Einsatz bin, stimmt's?«

»Was?« Er zuckte mit den Schultern und sah dabei reichlich schuldbewusst aus. »Nein.«

Ja. »Ich kann es einfach nicht glauben, dass du und Jared so etwas abziehen wollt. Ihr beiden kommt einfach nicht klar.«

»Um genau zu sein, Jared nicht. Er meint, du kannst gerne machen, was du willst. Roman und ich haben unsere Vorbehalte geäußert. Wir wollen nicht, dass du darin verstrickt wirst, wenn wir uns genauso um die Sache kümmern können.«

»Das ist nicht deine Entscheidung, Cash.«

»Es ist besser, wenn …«

»Hör auf. Hör einfach auf.« Sie versuchte, tief Luft zu holen, aber Wut und Frustration schnürten ihr die Kehle zu. »Du hast gesagt, zwischen uns wär alles in Ordnung. Dass wir zusammen arbeiten würden, dass du verstehst, wie gut ich bin. Scheiße, ich bin besser als gut.«

Beth nickte. Diesmal war es ein ernstes Nicken, das die Wahrheit ihrer Aussage unterstützen sollte. »Das ist sie.«

Cash trank sein Glas aus. »Wir werden ja auch zusammen arbeiten. Aber lass mich dabei die Schwerstarbeit leisten.«

»Das würde ich vielleicht auch, wenn du das erst mit mir besprechen würdest! So funktioniert eine Partnerschaft. Du kannst nicht …«

Er sprang aus seinem Stuhl auf und türmte in seiner beeindruckenden Größe über ihr. Dann lehnte er sich über ihren Stuhl, sodass sie in seinen beschützenden Armen gefangen war. »Wieso denn nicht? Es ist sicherer …«

Sie streckte ihr Kinn hervor und blickte ihm direkt in seine saphirblauen Augen. »Um den großen Cash Garrison zu zitieren: So ein Blödsinn. Dir kann es genauso passieren, dass dir das Hirn weggeblasen wird, also tu nicht so, als ob es für dich sicherer wäre als für mich.«

Sie legte eine Hand auf seine breite Brust und drückte ihn weg. Dann stand sie auf, um ihm entgegenzutreten. Cash gegen Nicola. Wenn sie jetzt nachgab, war der ganze professionelle Eindruck, den sie sich erarbeitet hatte, wieder hin.

Er sagte nichts. Um sie herum waren auch alle still. Alle Gäste auf der Veranda hielten inne und starrten sie an. Die Bedienungen sahen ihnen zu. Irgendwo ließ jemand laut ein Messer auf einen Teller fallen.

»Die Rechnung bitte«, flüsterte Beth.

KAPITEL SIEBZEHN

Zwischen Cash und Beth auf dem Vordersitz des Pickups eingequetscht zu sein, fing an, ihr auf die Nerven zu gehen. Beth war eingenickt und lehnte mit dem Kopf am Fenster. Cash hatte lässig einen Arm über das Lenkrad gelegt und summte das Lied mit, das im Radio lief, so als ob er kein Macho-Arschloch wäre.

Alles, was er gestern beim Sparring zu ihr gesagt hatte, waren leere Worte gewesen. Sie hatte gedacht, sie hätte die Sache zwischen ihr und Cash voll im Griff, aber da hatte sie so was von falsch gelegen. Sie kam sich einfach nur blöd vor, dass sie geglaubt hatte, er sei anders als andere Männer. Er konnte überhaupt nicht nachvollziehen, was sie wollte, und markierte stattdessen das große Alphamännchen. Und wie er es gesagt hatte, in diesem selbstgefälligen Ton, sich wie Tarzan auf die Brust trommelnd, hatte auch nicht gerade geholfen. Er wollte sie also beschützen. Sein Problem. Er konnte überhaupt nichts machen. Verdammt, sie wollte ihn auch beschützen. Wahrscheinlich würden sich seine Eier zusammenziehen, wenn er das hörte.

»Mir tut es nicht leid.« Er konnte es einfach nicht lassen.

»Ist mir völlig egal.«

»Nun ja, ich finde es nicht so toll, dass du wütend auf mich bist.«

»Ist mir immer noch egal.«

Beth leckte sich die Lippen im Schlaf. Ab und zu schnarchte sie und unterbrach damit die Fahrgeräusche, während Nic Cash zu Beths Wohnung lotste.

»Ich bin gut genug, um als Agentin im Einsatz zu arbeiten, Cash. Ich bin stark und klug und …«

»Das verstehe ich«, fiel er ihr ins Wort. »Aber ich würde die Sache lieber selber in die Hand nehmen. Das ist Männersache. Beschützerinstinkt.«

»Du kennst mich wirklich überhaupt nicht. Ich will nicht beschützt werden. Ich beschütze gerne selber. Ich bin eine knallharte Agentin. Mir gefällt, was ich tue, und dass du dich einmischst, ist nicht …«

»Ist nicht, was, Nic? Es ist nicht meine Entscheidung? Denn ich treffe einfach die Entscheidung.«

»Es ist nicht fair.« Sie bedeutete ihm, links auf eine Allee abzubiegen. »Es ist einfach nicht fair, verdammt noch mal.«

»Süße, das Leben ist nicht fair. Gerade du solltest das doch wissen.«

»Aber ich kann immer noch selber entscheiden, mit wem ich arbeite, und das bedeutet, dass ich nicht mit dir arbeiten muss.«

»Bei diesem Auftrag aber schon.«

»Scheiß drauf. Du und mein großer Bruder habt hier nicht das Sagen.«

»Doch …«

»Ich erledige den Auftrag im Alleingang. Du und Roman, ihr könnt wie zwei alte Glucken zusammensitzen und gackern, so viel ihr wollt. Das ist mir egal.« Sie holte Luft und zeigte auf eine Einfahrt: »Hier rein.«

Er bog ab und fuhr langsam in die hufeisenförmige Einfahrt vor einem Hochhaus. Dann drehte er sich um und sah sie mit fast bettelndem Blick an. »Das würdest du nicht tun.«

»Anscheinend kennst du mich nicht so gut, wie du dachtest. Ich habe meine Aufträge auch alleine erledigt, bevor ihr auf der Bildfläche erschienen seid. Der einzige Grund, warum Titan überhaupt in die Sache involviert ist, ist, dass die CIA offiziell nicht involviert sein will. Ich erledige den Auftrag schwarz für Titan und die CIA. Ich will dieses Arsch drankriegen. Wenn ich die Gelegenheit bekomme, ihn zu erwischen, ihn zu erledigen oder ihn einfach nur zu überlisten, dann gehört er mir.«

Er schloss die Augen. In den Augenwinkeln bildeten sich Sorgenfalten. »Nic …«

»Bla, bla, bla. Ich bin es so leid.«

Beth bewegte sich. Cash parkte den Pickup und stieg aus. Nic war jetzt allein mit Beth, die wieder zu schnarchen anfing. Vorsichtig öffnete Cash die Beifahrertür. Beth schlief immer noch.

»Nimm ihre Sachen. Finde ihren Schlüsselbund.«

Nic starrte ihn an. »Was hast du vor?«

Der Whiskey in ihren Adern verlor seinen Effekt, als sie verstand, was er vorhatte. Klick. Er schnallte den Gurt ab und hob ihre schnarchende beste Freundin aus dem Sitz. Beth schmiegte sich an seine Brust. Cash war ein Beschützer. Er tat es, ohne darüber nachzudenken. Ohne dass man ihn darum bitten musste. Er tat es, weil er wahrscheinlich von sich selber nichts anderes erwartete. So vielseitig und fürsorglich – sollte ihn doch der Teufel holen.

Nicola kniff die Augen zusammen. Cash wollte bei diesem Auftrag die Schwerstarbeit leisten, weil er eben so ein Mensch war. Wenn Nic bei einem Einsatz dabei war, dann brachte ihn das aus dem Gleichgewicht. Schade für ihn. Dann musste er eben seinen Schwerpunkt neu finden.

Mit Beth in seinen Armen machte sich Cash auf den Weg zur Eingangstür. Der Pförtner öffnete die Tür, ohne mit der Wimper zu zucken. Nicola konnte ihren Blick nicht von Cash abwenden.

»Kommst du?«, fragte er über die Schulter.

Die Schlüssel klimperten in ihrer Hand und das Geräusch brachte sie in Bewegung. Sie ging voran zu Beths Wohnung.

✕

NICOLA HATTE BETHS Schuhe ausgezogen und stellte ihr ein Glas Wasser auf den Nachttisch, zusammen mit zwei Kopfschmerztabletten. Dann verließen sie die Wohnung wieder.

»Danke. Dass du Beth geholfen hast.«

Er schmunzelte. »Die verträgt auch gar nichts.«

»Die verträgt einiges, das kannst du mir glauben. Ich gebe dem leeren Magen die Schuld und vielleicht auch der Aufregung.«

Cash zuckte mit den Schultern und setzte sich in Bewegung. »Wir sollten los.«

Nic folgte ihm den Korridor entlang. »Hör mal, tut mir leid, dass ich mich so aufgeregt habe. Ich habe hart gearbeitet, um mich zu beweisen und … ich weiß, es liegt in deiner Natur. Ich bin einfach … ich weiß auch nicht.«

Sie standen jetzt vor dem Fahrstuhl. Er drückte den Knopf für die unteren Etagen und steckte sich eine Pfefferminzpastille in den Mund. »Wir werden schon irgendwie auf einen Nenner kommen. Neue Partner und festgefahrene Einstellungen«, sagte er ganz ruhig und gefasst. Aber was David, den Butler, anging, schien er immer noch nicht gewillt, seine Einstellung zu ändern.

»Vielleicht.« Sie beobachtete ihn in dem großen Wandspiegel, statt im Flur auf und ab zu gehen. Seit er sie darauf angesprochen hatte, dass sie diese nervöse Gewohnheit hatte, war sie sich dessen bewusst. *Hör auf herumzuzappeln. Keine nervösen Ticks.* Nicht, dass sie ihm noch Anlass zur Vermutung gab, sie würde sich etwas aus seinen Bemerkungen machen.

»Lass uns als erstes der Sache mit der Munition nachgehen. Wir fahren zu Sugar, reden mit ihr, bringen das hinter uns. Und dann werden wir zusammenarbeiten. Genau wie du willst.«

»Wieso?« Sugar? Wollte er etwa noch mehr Drama?

»Wieso nicht?«

»Weil wir uns streiten; Sugar wird da ganz sicher keine Hilfe sein.«

»Ach, das hier ist doch lediglich eine Meinungsverschiedenheit. Eine Meinungsverschiedenheit unter Kollegen. Ich glaube nicht, dass das wirklich etwas mit dir und mir zu tun hat.«

»Es hat absolut etwas mit dir und mir zu tun.«

»Mit uns als Kollegen.«

»Mit uns im Allgemeinen.« Sie schüttelte den Kopf.

»Nein.« Er hielt inne und musterte sie, vom blonden Dutt bis zu den Kampfstiefeln. »Wir sind verschiedener Meinung und es geht dir an die Nieren, weil ich dir etwas bedeute. Vielleicht bist du dir dessen nicht bewusst, aber das ist die Wahrheit. Und ich bin anscheinend das Problem, und das ist wahrscheinlich deshalb so, weil du mir etwas bedeutest.«

Die Fahrstuhltür ging auf. Hurra! Bloß raus hier. Er ging hinein und hielt die Tür auf, wartete darauf, dass sie ihm folgte. Hmm. Ein enger Raum, aus dem es keinen Fluchtweg gab. Vielleicht hätte sie die Treppen herunterlaufen sollen. Nic ging in die Ecke, die am weitesten von ihm entfernt war. Sein Pickup, die Dusche und jetzt der Fahrstuhl. Zu viele enge Räume.

Er lehnte sich gegen die Wand und beobachtete sie. »Was machste denn da ganz hinten?«

Sie fummelte an ihrer Handtasche herum und hängte sie sich über die andere Schulter. »Je mehr Platz zwischen uns, desto besser.«

»Werden zwei so unbedeutende Dinge wie Sugar und der Butler dafür sorgen, dass du immer eine Gewehrlänge Abstand von mir hältst?«

»Ich kenne dich nicht gut genug, Cash. Ich weiß nicht, was du willst. Was ich weiß, ist, du willst mich davon abhalten, meine Arbeit zu machen.«

»Jetzt hör aber mal auf. In Wahrheit ist es so: Ich habe dich schon einmal verloren.« Er zeigte auf sie, dann auf sich. »Ich mag das hier. Ich mag uns. Und ich mochte das, was letzte Nacht passiert ist. Sehr. Du bist mehr als eine Bettgeschichte für mich und ich will dich nicht wieder verlieren. So sieht das aus, mein süßes Mädchen. Vielleicht hat das nur was mit Nostalgie zu tun, aber ich will dich nicht nur in meinem Bett, ich will dich auch außerhalb. Und das, wie du ja schon erfahren musstest, ist nicht mein üblicher Modus Operandi. Mit dir ist es einfach alles anders. Du kannst gerne lügen und behaupten, dass du nicht genauso fühlst. Das ist in Ordnung, aber du solltest wissen, ich weiß Bescheid.«

Er weiß es? Er weiß überhaupt nichts. Er hatte keine Ahnung, was da für verwirrende Gedanken in ihrem Kopf umherschwirrten, keine Ahnung, dass sie sich doppelt vergewissern musste um sich sicherzugehen, dass sie nicht gerade laut »Ich liebe dich« geschrien hatte.

Über der Fahrstuhltür liefen die Etagennummern rückwärts wie ein Countdown. Warum waren sie noch nicht im Erdgeschoss angekommen? Sie musste unbedingt aus diesem Fahrstuhl heraus, aber er kroch förmlich von einer Etage zur nächsten. In diesem Tempo würden sie frühestens morgen unten ankommen.

Morgen wäre es zu spät.

Längerer, direkter Kontakt mit Cash führte zu Schüben von lustgeschwängerter Unruhe. Ihr Herz schlug immer schneller – Bumm, Bumm, Bumm – und sie war nahe dran, die Wände hochzuklettern.

Seit wann litt sie unter Klaustrophobie?

Ach, wem wollte sie etwas vormachen?

Cash stand groß und breit vor ihr. Für ihn war es nur ein Tag wie jeder andere, an dem er eine Frau zum Schwärmen brachte. Seine Muskeln zeichneten sich unter dem verdammten engen T-Shirt ab, sodass ihr Mund schon ganz trocken war. Sie versuchte den Kloß im Hals herunterzuschlucken. Versuchte zu ignorieren, wie sich ihr Magen verkrampfte. Selbst sein Gürtel zog ihren Blick auf sich, so wie er seine schmale Taille betonte. Unweigerlich musste sie an seinen Waschbrettbauch denken. O mein Gott. Dieser Fahrstuhl war einfach zu klein. Er stand dort so selbstbewusst in seiner Ecke, beobachtete sie, wie sie ihn beobachtete, und sie brauchte dringend einen Notausstieg.

Ein träges Lächeln huschte über sein Gesicht. »Hast du nichts mehr zu sagen, mein süßes Mädchen?«

Sie schüttelte den Kopf. Sie hatte nichts zu sagen. Ihr fiel auch nichts anderes ein, als sich in ihre Ecke zu kauern. Vielleicht konnte sie noch etwas länger in ihrer Handtasche kramen oder ihr Handy herausholen, um so zu tun, als würde sie Nachrichten lesen, oder … Cash kam zu ihr herüber. Ein Schritt. Zwei Schritte. Sie schaute zur Decke, dann auf das Display. Unzählige Knöpfe, keiner von ihnen leuchtete auf. Noch neunzehn Etagen bis sie unten waren und Nicola konnte sich nicht regen, war von seinem Blick wie gelähmt.

Jetzt war er bei ihr angekommen. Eine Hand streichelte über ihren Nacken, seine Finger schoben sich unter den Riemen der Handtasche und schoben ihn sanft von ihrer Schulter. Die Handtasche fiel auf den Boden.

Dumpfer Aufschlag. Angespannter Moment. Intensives Begehren.

Nic trug nur ein Trägerhemd und ihr Rücken stieß gegen die kalte Wand. Sie spürte das Hindernis an den nackten Schultern – keine Möglichkeit, ihm auszuweichen. Es breitete sich sofort Hitze in ihr aus und von den aufgestellten Brustwarzen bis in die Fingerspitzen kribbelte ihre Haut vor Aufregung.

Zentimeter.

Er war Zentimeter von ihr entfernt und kam immer näher. Cash stützte sich an der Wand rechts und links von ihrem Kopf ab. »Ich rede mir im Bett und außerhalb des Bettes den Mund fusselig und du stehst immer so stoisch da, als ob es ein Wettbewerb wäre, wer am besten die kalte Schulter zeigen kann, und du scharf darauf wärst, eine Reise in die verdammte Antarktis zu gewinnen.« Er küsste sie hinter dem Ohr. Ein Seufzer entwich ihr und er flüsterte wieder: »Nach letzter Nacht hatte ich gedacht, dass die Sache mit uns wieder am Laufen wäre.«

Er war nahe genug, um zu spüren, wie sich ihr Brustkorb schnell hob und senkte, nahe genug, dass sie den Geschmack der längst aufgelösten

Pfefferminzpastille in seinem Atem riechen konnte. Cash streckte die Hand in Richtung Fahrstuhlknöpfe aus. Klick. Die Lichter wurden dunkler. Der Fahrstuhl blieb zwischen zwei Etagen stehen.

Kein Alarm.

Keine Sirenen.

Nur sie beide, in einem Fahrstuhl, der vom Notlicht dürftig beleuchtet war. Jetzt fiel ihr auf, dass sie keine Luft mehr bekam.

»Hier drin sind bestimmt Kameras. Ich bin mir sicher, die haben hier drin Kameras«, hauchte sie atemlos. Sie hätte auch genauso gut sagen können: »Bitte küss mich noch einmal.«

»Was meinst du denn, was ich tun werde?« Er presste sich an sie. Seine glattrasierte Wange schmiegte sich an ihre und seine Lippen strichen über ihr Ohr. »Was willst du denn, das ich tue?«

Ihre Libido machte Freudensprünge und ihre Gedanken drehten sich im Kreis. Alles, was sie sehen konnte, war das Blau seiner Augen. Sie war unter seinem Körper gefangen. Er nahm ihr Gesicht in seine Hände. Überall, wo er sie berührte, entfachte er Feuer. Noch nie hatten quälende Flammen sich so gut angefühlt.

»Ich will …«

Cash beugte seinen Kopf zu ihr herunter. Feine Haare strichen über ihre Wange und zarte Küssen weckten Schmetterlinge in ihrem Bauch. Ihre Lust steigerte sich ins Unermessliche. Hitze sammelte sich in ihrer Mitte. Genau dort sehnte sie sich am meisten nach seinen Berührungen.

Er wiederholte: »Du willst …«

»Dich.«

Sie konnte sein Lächeln auf ihrer Haut spüren. Seine vollen Lippen öffneten sich für ein breites Grinsen und seine Zunge fuhr über ihr Schlüsselbein. Ihre Knie wurden ganz weich. Nicola hakte beide Daumen unter seine Gürtelschlaufen. Ein Bein schlängelte sich langsam an seinem Oberschenkel hoch. Sie bemühte sich zu atmen, aber es …

Ring. Rrr-ring. Ring.

Wieso wurden sie dauernd unterbrochen?

Cash löste sich von ihr, um auf die Sprechanlage des Fahrstuhls zu starren. Seine Hände ließ er an ihrem Oberkörper hinabgleiten, bis eine auf ihrer Hüfte liegenblieb. Mit der anderen öffnete er das Türchen der

Sprechanlage und nahm den Hörer heraus. »Hallo.« Belustigt zog er die Silben in die Länge, besonders das O. Ein paar Ahas später zwinkerte er ihr zu, schaltete den Knopf, auf dem »In Betrieb« stand, wieder an und sagte in den Hörer: »Muss ich wohl aus Versehen gegen gekommen sein. Tut mir leid.«

Nachdem er den Hörer wieder eingehängt hatte und der Fahrstuhl sich langsam Richtung Erdgeschoss bewegte, schauten sie sich einfach nur an. Sagten nichts. Taten nichts. Warteten einfach.

Die Türen öffneten sich und ein pummeliger Sicherheitsmann wartete darauf, dass sie ausstiegen. Er hatte die Hände in die Hüften gestemmt. »Alles klar bei Ihnen?«

Ja, in dem Fahrstuhl gab es eindeutig Kameras. Genau wie bei der CIA: Irgendwer beobachtete einen immer.

Cash nahm ihre Hand in seine. »Könnte besser nicht sein.«

✕

DAS HIER WAR vielleicht ein Fehler gewesen und zwar ein Fehler vom Kaliber »Wäre ich mal nicht von der Brücke gesprungen«. Das Schild, auf dem groß WAFFEN stand, tauchte vor ihnen auf der rechten Seite auf. Cash trat auf die Bremse, bog von der Straße ab und fuhr auf einen Parkplatz, über dem ein Bison-Maskottchen in Form eines verrosteten Blechschildes wachte und sich jedem Wagen mit fletschenden Zähnen entgegenstellte, der es wagte, auf Sugars Parkplatz zu halten. Das Ding war ungefähr so groß wie ein Panzer.

»Da wären wir.« *Und sie ist auch hier.* Sugars 69er Mustang Boss 429, im selben Rotton wie ihr Lippenstift, stand in ihrer Parklücke. Sein verkrampfter Magen und ein schneller Blick in Richtung Nic sagten ihm in diesem Moment, dass sie auf eine kolossale Katastrophe zusteuerten.

Keine Zeit für einen Rückzieher. Als Cash aus dem Pickup sprang, fiel sein Blick auf die Überwachungskamera, die seine Bewegung verfolgte. Sugar wusste, dass sie hier waren. Nic stieg aus und schlug die Tür zu. Zumindest sie war bereit dafür, Sugar Rede und Antwort stehen zu lassen. Keine Sekunde später folgte ihm seine Freundin auf den Fersen und sie gingen zu der vergitterten Eingangstür.

Seine Freundin.

Hier, auf Sugars Territorium, war sie definitiv seine Freundin. Man konnte das ja später noch genauer definieren.

Als sie vom Blickfeld einer Sicherheitskamera ins nächste wanderten, winkte er der Kamera über der Tür zu. Ein paar Schlösser öffneten sich automatisch, nachdem jemand drinnen das OK gegeben hatte, dass sie eintreten durften.

Sie gingen in den Wartebereich, wo Waffen und Messer an den Wänden hingen. Ein paar spezielle Exemplare waren in Schaukästen ausgestellt.

Absätze klapperten den Flur entlang und kündigten Sugar an. Es war Sugar. Nur bei ihr konnten sich Schritte nach schwingenden Hüften anhören. Bevor sie in den Wartebereich kam, drang ihm ihr Parfüm schon in die Nase, und sie legte einen die Sinne betörenden Auftritt hin.

»Cash, Baby.« Sie ignorierte Nicola und hatte nur Augen für ihn, als sie einen Arm um seinen Nacken legte und ihn zur Begrüßung küsste. »Ich wusste, dass du dich bald hier wieder blicken lassen würdest.«

Es war genauso, wie er es befürchtet hatte. Er musste Nicola zugutehalten, dass sie nicht einmal mit dem Stiefel auf dem Boden tappte. Das hier war Nicola, seine Kollegin. Die professionelle Nicola. Kühl und berechnend. Nic zuckte nicht einmal mit der Wimper, egal was Sugar vor sich hin säuselte. Wahrscheinlich verschiedene Variationen von »lass uns ins Bett hüpfen. Oder leg dich gleich auf den Boden.«

Sugar wandte sich Nicola zu, schüttelte den Kopf und täuschte Verwirrung vor: »Und was war Ihr Name noch mal? Sarah? Julie?«

»Nicola.« In Nics Stimme war nicht mal ein Anflug von »Willst du dich mit mir anlegen, du Schlampe« zu hören. »Ich verstehe, dass es Ihnen nicht leicht fällt, sich abstrakte Namen zu merken.«

Und damit war der Startschuss für den Wettkampf zwischen den Ladies gefallen.

Rocco träumte wahrscheinlich davon, sich so etwas live und in Farbe anzuschauen. Wenn die beiden Ladies am Ende dieses Besuchs immer noch nicht KO waren, würde er Roc bis ins kleinste Detail davon berichten.

Er stellte einen Fuß zwischen sie. »Können wir in dein Büro gehen, Sugar? Wir müssen …«

»Baby, du bist hier der Herr im Hause, wenn es nach mir geht. Du kennst den Weg. Nach dir.«

Cash unterdrückte den Impuls, mit den Augen zu rollen. Stattdessen schaute er sich die Waffen an, die an den Wänden hingen. Sugar konnte jede Sonderanfertigung bauen, die man sich wünschte. Diese Exemplare stellten ihr Talent eindrücklich zur Schau.

Wenn es ihm gelang, dass die Ladies beim Thema Waffen und Munition blieben, würde das Gespräch vielleicht nicht aus dem Ruder laufen. »Geh du doch vor.«

»Ich bin mir nicht sicher, ob ich Julie, äh, Sally, wie ihr Name auch war, da hinten herumlaufen lassen möchte.« Sie drehte sich zu Nicola um. »Ich kann Ihnen einen Stuhl bringen lassen und Sie machen es sich einfach hier gemütlich.«

Cash musste ein Lachen unterdrücken und war beeindruckt, dass Nic keine Miene verzog. »So läuft das nicht«, sagte er. »Wir drei müssen etwas Geschäftliches besprechen.«

»Ich traue ihr nicht«, antwortete Sugar.

Der Stiefel tappte immer noch nicht, aber er sah Nics Gesicht. Damit war die Lunte ans Pulverfass gelegt. Es war nur eine Frage der Zeit, bis es hochgehen würde. Er würde diese Sache entschärfen und das Gesprächsthema schnellstens auf den Waffenhändler bringen müssen, bevor es noch zu einer Explosion kam.

Ein Tapp. Er hörte Nics Schuh genau einmal tappen. Dann wieder. Tapp, Tapp.

»Sug …«

Nic fiel ihm ins Wort: »Sie verkaufen illegale Munition und Sie vertrauen mir nicht? Jetzt reicht's mir, Cash. Ich rufe das ATF an. Die können sich um sie kümmern.« Sie kramte in ihrer übergroßen Handtasche. Irgendwann würde sie ihr Handy in dem schwarzen Loch finden, und Nic sah nicht so aus, als ob sie bluffte und tatsächlich vorhatte, Sugar beim Amt für Alkohol, Tabak, Schusswaffen und Sprengstoffe anzuschwärzen.

Sugar sah aus, als würde sie ihr gleich das Gesicht auskratzen: »Wie bitte? Was zum …«

»Ladies, ins Büro. Sofort. Nic, steck das Handy wieder weg.«

Ohne ein weiteres Wort drehte sich Sugar um und stürmte den Flur entlang. Nic verzog das Gesicht und zuckte mit Schultern, bevor sie ihr folgte. Beide würden ihm ohne zu Zögern mit ihren Kick-Ass-Stiefeln einen Tritt in den Allerwertesten verpassen, wenn es ihm nicht gelang, diese Situation alsbald in den Griff zu bekommen.

Zu dritt kamen sie in Sugars Büro an. Er war erst ein paar Mal hier gewesen und die Einrichtung hatte ihn überhaupt nicht interessiert. Jetzt war sein Ziel, dass sie höflich blieben und bei diesem Gespräch auch etwas herauskam.

Er schaute sich die purpurrote Wand und die übertrieben prunkvollen Möbel an. Sugars Büro war eine Einrichtungshaus-Version ihrer selbst – das hätte ihm durchaus vorher auffallen können. Er wollte wetten, dass allerlei interessante Dinge in diesem Zimmer passierten.

»Dann mal raus mit der Sprache«, befahl Sugar Nicola. »Und zwar fix.«

Nic schenkte ihr ein so kaltes Lächeln, als liefe Eis durch ihre Venen laufen. »Wo kommt Jareds Munition her?«

»Das geht Sie neugierige Göre gar nichts an.«

»Wissen Sie, wer Antilla Smooth ist?«

Sugar zog eine Augenbraue hoch und schaute zu Cash hinüber. Es war ihm völlig recht, dass die beiden diese Angelegenheit untereinander besprachen. Vorerst.

Sugars Blick ging wieder zu seiner Freundin. »Der beste Kumpel von Mahmoud Ahmadinejad, ein großer Fan der Hussein-Brüder. Was hat das mit mir zu tun?«

»Haben Sie schon mal seine Waren vertickt?«, fragte Nic.

»Ich habe seine Waren noch nie gesehen. Ich war noch nie im Ausland, um Geschäfte zu machen. Cash?« Sugar drehte sich zu ihm um, jetzt mit sorgenvollem Blick. »Was hat das mit mir zu tun?«

Er hielt den Mund. Das hier war nicht sein Verhör.

Sie wandte sich wieder Nic zu. »Bei mir im Laden geht alles mit rechten Dingen zu. Ich kaufe, verkaufe und tausche. Ich entwerfe und baue. Ich habe nichts mit Waffenhändlern zu tun, Erste Welt oder Dritte. Weder in Europa, noch im Mittleren Osten oder in Südamerika. Ich habe keine Schweizer Bankkonten. Hier werden nur gute alte Dollarscheine akzeptiert. Jetzt halten Sie nicht länger hinter dem Berg, Fräulein Garrison.

Was soll die Drohung mit dem ATF und die Anspielung auf die Konsorten aus dem Bin Laden-Clan?«

»Die Munition, die Sie Titan verkauft haben, ist von Smooth.«

»Kann nicht sein.«

»Haben Sie schon mal Ware von Antilla Smooth gesehen?«

»Wieso sollte ich?«

»Er kennzeichnet seine Produkte mit …«

»Oh Scheiße.« Für eine Sekunde blieb Sugar vor Überraschung die Sprache weg. »Mit einem A und einem S.« Sugars angemalte Miene entgleiste ihr völlig. Die Frau hatte tatsächlich nichts davon gewusst. Auch Nic musste das sehen. Sugar war von dieser Info genauso überrumpelt wie von der Situation in Winters' Wohnzimmer.

»Von wem haben Sie sie gekauft?« Nic war schon einen Schritt weiter.

»Mein Kontakt ist sauber.« Sugar ordnete einen Papierstapel, der schon gestapelt war.

»Einen Namen nennen Sie nicht?«

»Ich gebe meine Kontakte nicht preis, und schon gar nicht einer …«

»Sugar.« Cash warf ihr einen strengen Blick zu, der ihr signalisierte, dass sie sich in Acht nehmen sollte.

Sie schürzte die roten Lippen und fing von vorne an. »Ich behalte die Einträge in meiner Waffen-Rollkartei lieber für mich, wenn es Ihnen nichts ausmacht.«

»Ihr Kontakt hat Verbindungen zu illegalen Waffenhändlern – damit wollen Sie doch wohl nichts zu tun haben«, drängte Nic.

»Darüber bilde ich mir lieber erst einmal selber eine Meinung.«

»Smooth ist vor drei Monaten in die USA eingereist. Seitdem verfolgen wir seine Geschäfte und Geschäftskontakte.«

»Ich gehöre nicht zu seinen Geschäftskontakten.«

»Das habe ich auch nicht gesagt, aber ich wüsste gerne, wen Sie kennen. Wir sind nicht von der Annahme ausgegangen, dass er auch an legale Kontakte verkauft.« Nic deutete Gänsefüßchen in der Luft an, als sie legale sagte. War das nicht nett von ihr? »Und wir hatten auch keine Ahnung, dass er schon so weit in den Süden vorgedrungen ist oder seine Ware so schnell bei den Kunden angekommen ist.«

»Und wer ist ›wir‹?«

Nicola schwieg für einen Moment. Nie im Leben würde sie CIA sagen. »Titan.«

Diese Antwort hatte er nicht erwartet. Und Sugars Gesichtsausdruck nach zu urteilen, sie ebenfalls nicht. Nic gehörte schließlich nicht wirklich zu Titan. Sie war nur angeheuert worden, um ihnen zu helfen. Aber diese Lüge war besser als gar keine Antwort. Sie hätten sich eine Coverstory überlegen sollen, bevor sie hier reinspaziert waren, um Sugar mit Fragen zu bombardieren.

Sugar trommelte mit ihren pink lackierten Fingernägeln auf den Schreibtisch, immer ein Finger nach dem anderen. »Cash, ihr beide könnt nach hinten gehen. Sucht euch was aus meiner privaten Waffensammlung aus. Ich muss ein paar Anrufe tätigen.«

»Na gut. Geben wir ihr ein paar Minuten. Komm, Nic.«

Nicolas riesige schwarze Handtasche fiel herunter. Der Inhalt verteilte sich auf dem Fußboden. Wofür brauchte die Frau all das Zeug?

»Sorry. Sorry.« Sie räumte alles wieder ein, ohne genau hinzuschauen. »Sorry.«

Er hätte Nicola nicht für so tollpatschig gehalten. Das Verhalten wunderte ihn, besonders nachdem die beiden Ladies sich diesen verbalen Kampf geliefert hatten. Ein Lipgloss-Lippenstift-Ding rollte unter Sugars Schreibtisch. »O, du hast …«

»Bin soweit.«

»Aber …«

»Herrgott, Cash. Ich habe mein ganzes Zeug wieder eingeräumt. Lass uns gehen.«

Oh nein, sie hatte doch nicht etwa … Das Funkeln in ihren Augen sagte, ja, sie hatte. Titan hatte tolles Spielzeug. Die CIA auch. Nicola hatte ein Abhörgerät, das aussah wie eine Tube glamouröses Lipgloss.

Abhörgeräte waren nicht gerade legal. Andererseits, seit wann spielten er, Titan oder die CIA nach den Regeln der Nationalen Sicherheitsbehörde?

Sein Magen verkrampfte sich wieder. Aber hier ging es um Sugar. Er vertraute ihr. *Oder nicht?*

Er folge Nic aus dem Büro und sie gingen nach draußen zur Schießanlage, nachdem sie sich zwei Gewehre aus Sugars Sammlung genommen hatten. Er winkte ein paar seiner Bekannten zu und versuchte bei jeder Gelegenheit Nics Blick einzufangen. Sie gab ihm aber keine Chance und er wollte nicht offen darüber reden. Wer wusste schon, wer vielleicht lauschte?

Sie waren jetzt auf dem Schießstand draußen angekommen. Er war mit Hügeln, hohem Grass und kreativen Hindernissen angelegt, die sich, wie Cash wusste, in bunte Rauchwolken verwandelten, wenn sie explodierten. Die Flaggen zeigten an, dass sie es momentan mit etwa acht km/h Windgeschwindigkeit zu tun hatten. Die Sonne hing schon tief am Himmel, aber ihnen würden noch ein paar weitere Stunden Tageslicht bleiben.

Er ging in Position, lud eine .45er, die es mit Miss Betty überhaupt nicht aufnehmen konnte, und feuerte. Blauer Rauch folgte einer Explosion und verteilte sich in der Luft.

»Toller Schuss«, sagte Nic.

»Einfacher Schuss.« Er brauchte ihr Lob nicht, dennoch entlockte es ihm ein Lächeln. Vielleicht konnte er sie jetzt auf die Sache mit dem Lippenstift ansprechen. »Toller Trick.«

Ihre Augen verengten sich. »Ich habe ja noch nicht mal einen Schuss abgegeben, du Witzbold.«

»Dennoch hast du schon über das Ziel hinausgeschossen.«

Nics Lippen bildeten ein übertriebenes O. »Weil sie deine Freundin ist?«

»Weil ich gesagt habe, dass man ihr vertrauen kann.«

»Ich vertraue niemandem. Berufskrankheit. Heute Morgen habe ich das auch mit dir versucht, und der Schuss ist nach hinten losgegangen. Jetzt spiele ich nur noch nach meinen Regeln.«

Er ignorierte die Anspielung und lud neue Patronen in die Kammer. Er legte an und gab einen Schuss ab. Wieder blauer Rauch.

Er warf die leere Patrone aus und drehte sich zu ihr um. »Wir müssen mal etwas Normales zusammen unternehmen.«

»Na gut …«

»Ich sollte mich mal wieder zu Hause blicken lassen. Meine Mutter wartet schon länger auf einen Besuch von mir. Und da du am Leben bist, solltest du deine Eltern besuchen.«

»Ich habe sie angerufen. Habe ihnen die ganze CIA-Coverstory erläutert und dass das Zeugenschutzprogramm mir gesagt hat, ich soll mich von ihnen fernhalten, damit sie nicht ins Kreuzfeuer der Mafiosi geraten.«

»Du willst nicht nach Hause?«, fragte er.

Nicola sicherte ihre Waffe und drehte sich zu ihm um. »Hör zu, in ihre Gesichter zu sehen wäre einfach zu viel für mich. Okay? Ich habe mit ihnen geredet. Sie wissen Bescheid. Sie hatten dieselbe Reaktion wie du und Roman. Ich bin die böse Tochter. Ich versteh's. Ich muss es nicht auch noch in ihren Gesichtern sehen.«

»Vermisst du sie nicht …«

»Natürlich. Ich vermisse sie jeden Tag. Genauso wie ich dich und Roman vermisst habe.«

Sie drehte sich wieder zu dem bunten Rauch um, der sich gerade verflüchtigte. Er legte seine Hände auf ihre Schulter. »Lass uns hinfahren und sie besuchen.«

»Ich kann das nicht.«

»Oh doch …«

Sie schnellte herum und warf ihm einen dunklen Blick zu. »Ich bin nicht stark genug. Bist du jetzt zufrieden? Ist es das, was du hören wolltest?«

»Ich glaube dir nicht.«

Nicola starrte ihn böse an. »Sie verdienen etwas Besseres als mich.«

»Ich kenne deine Familie …«

»Nein, tust du …«

»Wie wäre es damit? Ich werde sie besuchen. Du kannst mitkommen, wenn du willst. Dann werden wir etwas Langweiliges und Normales unternehmen, wie ins Kino gehen oder so. Du musst wirklich etwas ausspannen und ich werde dir dabei helfen.«

»Ich weiß nicht.« Die Angst stand ihr ins Gesicht geschrieben.

»Wir fahren direkt, nachdem wir hier fertig sind. Du kannst im Wagen sitzen bleiben, während ich bei unseren Eltern vorbeischaue, wenn du möchtest. Dann machen wir irgendwo ein Lagerfeuer, rösten Marshmallows oder so. Irgendwas Normales und Langweiliges.« Sie hörten beide Sugars Absätze klappern, bevor sie um die Ecke kam. »Oder du kannst hier bei Sugar bleiben.«

Sugar hielt Nics Lippenstift-Abhörgerät in der Hand. Sie sah … nicht wütend aus. Was zum Teufel?

»Na gut, Nicole oder wie auch immer.« Fast ihr Name. Sugar begegnete Nicola fast auf Augenhöhe. Das war schon mal ein Fortschritt. Sugar fuhr fort: »Niedlich. Sehr witzig. Meine Anerkennung für den Versuch. Cash, verpiss dich. Sie und ich haben etwas zu klären.«

Vielleicht doch kein Fortschritt.

Nicola schaute ihn an. »Bis bald. Viel Spaß daheim bei Mom und Dad.«

KAPITEL ACHTZEHN

CASH NAHM SICH ordentlich Zeit und schlich förmlich im Schneckentempo davon. Nicola und Sugar sahen ihm zu. Vielleicht hoffte er, sie würden ihn zurückrufen. Vielleicht machte er sich auch Sorgen darüber, zwei weibliche Pitbulls aufeinanderzuhetzen, ohne jemanden dabei zu haben, der dafür sorgte, dass der Kampf regelkonform ablief.

Sugar ließ eine Kaugummiblase platzen. »Also. Sie und Cash?«

»Oder Sie und Cash?«, gab Nic kontra. Das war der Grund, warum Cash gerne hiergeblieben wäre. Um zu sehen, wie sie sich miteinander anlegten.

Sugars aufgesetztes Lächeln entspannte sich ein kleines bisschen, doch sie fing sich gleich wieder und machte mit ihrer Taffes-Mädel-Nummer weiter. »Sie haben trotzdem noch vor, das ATF anzurufen, oder?«

»Vielleicht.«

Sugar ließ wieder ihr Kaugummi platzen. »Aus welchem Grund würden Sie es auch sein lassen?«

»Ich bin mir noch nicht sicher, ob das auch in meinem Interesse ist.«

Sugar sah noch nicht überzeugt aus. »Na ja, in meinem Interesse ist es auf jeden Fall nicht.«

Nicola musterte Sugar und konnte sich gerade noch zurückhalten, ihr mit einer Ohrfeige die Schminke aus dem Gesicht zu fegen. »Dann haben wir ja etwas gemeinsam.«

»Meinen Sie, abgesehen davon, dass wir beide Cash vögeln?«

Und da war es wieder, das Poker Face, das ihr in jedem Kasino gute Dienste geleistet hätte. Sie hätte Sugar tatsächlich eine verpasst, wenn sie damit irgendetwas erreicht hätte. Nic merkte, wie Sugar ihre Reaktion prüfte, um zu sehen, ob sich der wenigstens ein Hauch von Eifersucht in ihrem Gesicht abzeichnete, und sie wusste, dass sie sich nichts anmerken lassen hatte. *Danke, CIA.*

»Was läuft da eigentlich zwischen Ihnen? Nachname Garrison. Waren Sie beide verheiratet? Er scheint nicht der Typ dafür zu sein.«

»Nein, scheint er nicht.«

»Sie haben nicht vor, mir das zu erklären?«, fragte Sugar.

»Schnee von gestern«, log Nicola und zuckte gleichgültig mit den Schultern.

»Dieser verträumte Blick, mit dem er Sie ansieht, sagt mir aber etwas anderes. Ist auch egal. Sie haben das hier in meinem Büro liegen lassen.« Sugar hielt ihr das Abhörgerät hin. Komisch, dass sie gemerkt hatte, was es war. Es sah aus wie eine gewöhnliche Tube Lipgloss von Clinique. Außerdem war es bemerkenswert, dass sie ohne mit der Wimper zu zucken das Thema wechselte, von Cash hin zum Abhörgerät.

»Es interessiert Sie nicht, was zwischen mir und Cash läuft?«, fragte Nic.

»Nicht besonders. Das zwischen Cash und mir war nur ein spaßiger Zeitvertreib. Nichts Besonderes. Aber ich fand es lustig, Ihnen das Leben schwer zu machen und zu sehen, wie Sie sich da herauswinden.«

»Sie haben ihm seins auf jeden Fall schwer gemacht.«

»Lustig, oder? Ich ziehe ihn gerne auf. Damit er ein bisschen auf dem Boden bleibt. Er ist ein toller Kerl. Ich hätte ihn nicht für den Typ Mann gehalten, für den es nur eine Frau gibt, aber was weiß ich schon?« Sugar ließ wieder eine Kaugummiblase platzen. Nervige Angewohnheit. »Aber zurück zu Ihrer nicht ganz so geheimen Wanze. Spucken Sie es aus – dann verrate ich Ihnen vielleicht etwas über die Munition.«

»Es war das einzige, was ich tun konnte, nachdem Sie so gemauert haben. Schließlich hatte ich gar nicht geplant, hierher zu kommen.«

»Und?« Sugar zog eine perfekt gezupfte Augenbraue hoch.

»Und?« Scheiße, Mann. Sie würde Sugar irgendetwas verraten müssen oder das hier war alles umsonst. »Und ich bin hinter Antilla Smooth her. Cash gefällt es nicht besonders, dass ich auf der Jagd nach ihm bin. Er würde das lieber für mich übernehmen.« Es war noch nicht allgemein bekannt, dass Smooth schon längst mit einem Einschussloch auf der Stirn unter der Erde lag.

»Blöder Macho.« Sugar lächelte.

Nicola musste lachen. »Genau.«

»Dafür ist er gut im Bett.«

Das kann doch nicht ihr ernst sein. »Und da wären wir wieder beim Thema Cash. Sind Sie sicher, dass es nichts anderes als ein spaßiger Zeitvertreib für Sie beide ist, dass Sie und er völlig cool mit der ganzen Sache sind?«

Sugar schaute sie abschätzend an. »Halten Sie sich immer an irgendwelche Regeln? Über Bettgeschichten redet man nicht? Gehe niemals aus dem Haus, ohne eine Wanze mitzunehmen?«

Um ehrlich zu sein, nein. Sie war hier andauernd am Improvisieren. »Vielleicht geht es nur darum, etwas Anstand zu bewahren.«

»Na, wie anständig finden Sie das denn: Der Mann ist gut mit den Händen. Und sein …«

»Sugar!«

Sugar zuckte mit den Schultern und lachte. Sie reichte ihr die Tube Lipgloss. »Sie sind cool, Nicola Garrison. Dieses Zeug ist teuer. Sie können es zurückhaben. Mir gefällt, dass Sie den Schneid hatten, es einzusetzen, und gleichzeitig hasse ich es, wenn mir jemand etwas vormacht. Wenn ich Smooths Munition verkauft habe, und es hört sich ganz danach an, dann … na, sagen wir einfach, Rache ist süß.«

Mit Rache konnte Nicola etwas anfangen. Vielleicht konnte sie sogar etwas mit Sugar anfangen. Cash würde das nicht gefallen und Sugar würde sich bestimmt nicht an ihre Anweisungen oder irgendeinen Plan halten. Das war Nicola klar. Das hier war ein Moment, bei dem galt: Je größer das Risiko, desto größer der Lohn.

Nicola steckt ihre Clinique-Wanze ein. »Was würden Sie davon halten, den Bastard gemeinsam hochzunehmen?«

Sugar machte eine Blase und kaute dann schweigend weiter auf dem Kaugummi herum. Gedankenversunken schürzte sie ihre grellroten Lippen. Irgendwo in der Nähe feuerte jemand eine ganze Salve Munition ab. Nic schob ihre Sonnenbrille auf den Kopf und starrte zurück.

Schließlich zog Sugar die Mundwinkel nach oben. »Das könnte ich tun und Sie geradeso dabei ertragen.«

»Wunderbar, Sugar. Ich bin froh, das zu hören.« Gerade wenn man dachte, Sugar hätte ihre zickige Art ein wenig eingestellt, legte sie einen drauf. »Ich muss einen Auftrag im Ausland erledigen, aber ich werde mich bei Ihnen melden. Und als Vertrauensbeweis werde ich mir nicht anhören, was hiermit aufgenommen wurde.« Sie hielt das Lipgloss hoch.

»Bringt eh nichts. Ich habe einen Störsender im Büro. Da wird nichts drauf sein.« Sie stemmte die Hand in die Hüfte, streckte sie heraus und grinste, als ob sie Nic direkt von Langley hätte herkommen sehen.

Sugar hatte einen Störsender im Büro? Was hatte diese Frau denn noch im Angebot? Nicola schaute sich Sugars Outfit an, dachte an Cash und beschloss, dass sie das gar nicht wissen wollte. »Ich werde das hier sicher bereuen.«

✕

DAVID HATTE WEDER die Zeit noch die Geduld für das Händchenhalten, das anscheinend erforderlich war, um seine Zukunft auch mit den *neuen und verbesserten* Smooth Enterprises ohne Antilla Smooth finanziell abzusichern. Sie vertickten immer noch illegale Waffen. Sie belieferten immer noch die Hälfte aller Terroristen auf dieser Welt mit Munition. Das einzig neue war der Firmenchef. Aber sein Kunde wollte es so, genauso wie er Decknamen benutzen wollte. Vielleicht war *Mister Mars* abergläubisch, dass ihr Projekt sonst in die Hose gehen würde. Was auch immer der Grund war, David musste antworten, wenn er Mister Nero genannt wurde, und er musste sich immer noch einschleimen, bis das Geld überwiesen war.

Er schaute seine Notizen an und musste lächeln, als er sah, was für ihn dabei herausspringen würde. Davids Entscheidung, seine Taschen zu füllen, während Smooth Enterprises gerade diesen Wandel durchmachte und alles ein bisschen ungewiss war, war mit Risiko behaftet, aber er würde davon ordentlich profitieren. Er betrachtete die Kisten mit Waren, die in seinem Büro zu Hause aufgestapelt waren. Munition und automatische Waffen verkauften sich am Einfachsten. Es war niemandem aufgefallen, dass er etwas vom Inventar abgezweigt hatte. Der Diebstahl war denkbar einfach gewesen. Schließlich hatte fast jeder in der Organisation ihn für den Butler gehalten. Ein Butler organisierte. Machte sauber. Gab Anweisungen. Ein Butler kümmerte sich um so belanglose Aufgaben, dass man ihm keine Beachtung schenkte. Besonders nicht, während er eine Kiste nach der anderen in seinen Pickup lud und nach Hause karrte.

Jeden Cent, den er damit verdiente, Smooths Waren zu verkaufen, war zu hundert Prozent Profit. Diese waffenvernarrten Hinterwäldler hatten ihm alles abgekauft, als er das erste Mal versucht hatte, seine Ware vor Ort loszuwerden. Bei den Preisen mussten sie einfach zuschlagen. Er sollte die Lokalzeitungen durchlesen, um herauszufinden, wann sich die hiesigen Waffenfans wieder trafen. Er musste einfach nur vergessen sich am Morgen zu rasieren, sich eine Kriegsveteranmontur anlegen und man nahm ihm alles ab. Idioten. Jeder von denen.

Aber wer waren die größten Idioten von allen? Titan und ihr lächerlich überzogener Ruf. Das große Geld. Große Waffen. Große Eier. Das war doch alles nur Show. David würde den Scheißkerl umlegen, der ihm ins Gesicht geschlagen hatte. Dieses blonde Arschgesicht. Der würde dafür schon noch büßen.

David schaute seine Kontakte auf dem Handy durch. Nicola. Die kriegte er auch noch dran. Diese Schlampe. Er wählte ihre Nummer und es klingelte.

Mailbox. Eine automatische Nachricht von einer Roboterstimme.

Er räusperte sich. »Hier spricht David. Ich freue mich darüber, dass wir zusammenarbeiten und die Vergangenheit hinter uns lassen werden. Manchmal gibt es eben Missverständnisse. Vergessen wir's. Die Türkei ist einfach großartig und wir werden den Auftrag sicher ohne Probleme schnell abwickeln. Wir fliegen morgen früh. Aber ich bin mir sicher, Ihre Verbindungsfrau hat Sie informiert. Ich freue mich auf den Auftrag. Bis morgen.«

Ihr Auftrag war unkompliziert. Sie sollten ein Dokument nach Istanbul bringen und sich während ihres Aufenthalts dort mit Undercover-Agenten treffen, um deren Alias Glaubwürdigkeit zu verschaffen. Eine einfache Sache. Ein schnelles »Hi, wie geht's den Kindern?« Und schon gab es wieder etwas aus der fiktiven Vergangenheit der Undercover-Agenten, das sich in ihre Coverstory einfügte. Die Kontakte der Agenten würden annehmen, dass sie ihnen zufällig über den Weg gelaufen waren, und David hätte wieder die Gelegenheit herauszufinden, was die CIA über Smooth Enterprises wusste. Wirklich, diese Sache wurde immer einfacher.

Es gab so viele Möglichkeiten, sein Portfolio zu erweitern, und dabei sprang einiges mehr heraus, als er bei einer Steuerrückzahlung erwarten konnte. Diese Jungs von der Farm dachten immer, sie wären so clever. Dabei hatten sie keine Ahnung.

KAPITEL NEUNZEHN

Als Nic in Cashs Wagen sprang, war sie nicht dieselbe Frau, die er bei Sugar zurückgelassen hatte. Ihre Augen funkelten verdächtig. Er ahnte nichts Gutes. Sie rutschte dicht an ihn heran, zog ihn am T-Shirt zu sich und drückte ihm einen Kuss auf die Lippen, bei dem ihm die Luft wegblieb. Wenn er nicht davon überzeugt gewesen wäre, dass sein Wagen sich im Blickfeld einer Überwachungskamera befand, hätte er sie ausgezogen und wäre zur Sache gekommen, bevor er bis zwanzig zählen konnte. Scheiße, bis zehn.

Mit einer blöden Ausrede rechtfertigte er vor sich selbst, warum er sie nicht gleich hier und jetzt auf dem Parkplatz vögelte, und fuhr los. Nicola hatte sich an ihn geschmiegt, sein Arm lag über ihrer Schulter, und er musste sich auf etwas anderes konzentrieren als die Rundungen ihrer Brüste. Sie hatte sich nicht weit von ihm wegbewegt, als er gesagt hatte, dass sie los mussten. Selbst jetzt lag ihre Hand immer noch auf seinem Oberschenkel.

Der Geruch von verbranntem Schießpulver vermischte sich mit dem blumigen Duft ihres Shampoos. Wer stand nicht auf eine Frau, die mit einer unvertrauten Langwaffe ein Ziel aus dreihundert Meter Entfernung treffen konnte und ihn immer noch an das gemeinsame Duschen erinnerte, als sie seinen Namen gestöhnt hatte?

»War das dein Friedensangebot?« Er musste unbedingt wissen, was sie zu diesem heißen Kuss bewogen hatte, der immer noch auf seinen Lippen brannte.

Ihre Hand, die über seinen Oberschenkel strich, hielt inne, und Cash wünschte sich, er hätte seinen Mund nicht aufgemacht. »Ich dachte, wir streiten uns gar nicht. Für Meinungsverschiedenheiten unter Kollegen braucht man keine Friedensangebote.«

Sie lachte so herrlich, dass er nur schwer dem Drang widerstehen konnte, sie näher an sich zu ziehen. »Ist mir auch egal, wie du es nennst. So lange du nach jedem Ich-habe-Recht-du-hast-Unrecht-Moment genau das tust.«

Nic lachte wieder. Sie fuhr damit fort, imaginäre Linien und Punkte auf seinem Bein zu verbinden, und er dankte Gott dafür. Nic in seinem Arm, ein sommerliches Lied im Radio, und die offene Straße, die von den Vororten weg in die Berge führte – Cash war sich sicher, dass man sich nichts Schöneres im Leben wünschen konnte.

Das Leben war verdammt lang. Seit Nic ihm wieder über den Weg gelaufen war, kamen ihm die unzähligen Weiber und Blow-Jobs einfach lächerlich vor. *Was getan ist, ist getan.* Das hier war einer dieser »Scheiß drauf und fahr einfach weiter«-Momente. Besser, er ärgerte sich nicht über die verlorene Zeit, sondern ließ sich auf dieses stets »ungesicherte« Leben ein.

Er hatte die Vorstellung, den Rest des Lebens mit einer Frau zu verbringen, aufgegeben, als sie gestorben war, als er den Ring in der Hosentasche hatte und ihn niemandem geben konnte. War er überhaupt in der Lage dazu, über eine Zukunft nachzudenken, oder besser gesagt, nicht nur an sich selbst zu denken, wenn er über die Zukunft nachdachte?

Vielleicht.

Vielleicht auch nicht.

Er hatte den Teil seines Gehirns, der dafür zuständig war, vor zehn Jahren in eine dunkle Kammer gesperrt und den Schlüssel weggeschmissen.

Es spielte auch keine Rolle. Nicola ging nirgendwo hin. Sie musste sich ebenfalls entspannen, die Arbeit komplett vergessen, und er würde dafür sorgen. Entspannung war Cash Garrisons Spezialität. Er hatte vor, sie von seinem Talent zu überzeugen und für Tiefenentspannung zu sorgen.

Die Sonne ging hinter den Bergen Virginias unter. Der Motor seines Pickups brummte, als er die nächste Kurve nahm. Es ging so steil bergauf, dass man das Gefühl hatte, die Straße führte in den Himmel, doch dann erreichten sie die grünen Bäume. In Wahrheit liebte er diesen Pickup fast genauso wie er sein neues Haus liebte. Nicht, dass sein alte Heim schlecht gewesen war, aber das neue war einfach phänomenal.

Er warf Nicola einen Seitenblick zu. Immenser Stolz breite sich in ihm aus. Als er das Haus gekauft hatte, hatte er natürlich nie in Erwägung gezogen, dass sie es jemals sehen würde – schließlich war sie tot – aber jetzt würde sie es sehen und das war … unerwartet. Und ziemlich cool.

Sie bogen in die Einfahrt ein. Kies knirschte unter den Reifen. Sie war die Fahrt über so schweigsam wie ein Scharfschütze gewesen, ihre Finger auf seinem Oberschenkel bewegten sich nicht mehr, sondern lagen einfach da. Ihren Blick hatte sie gedankenverloren aus dem Fenster gerichtet. Das Privatgespräch mit Sugar musste ganz schön heftig gewesen sein. Oder voller Rumgezicke. Auf jeden Fall ließ sie sich nicht anmerken, wie es gelaufen war.

Endlich waren sie da. Weit, weit weg von Winters' Irrenhaus, Tyson's Corner und Sugar's House of Guns.

»Das ist doch gar nicht das Haus deiner Eltern.« Sie schaute mit großen Augen aus dem Fenster und fuhr sich mit der Zunge über die Lippen.

»Nein. Ist es nicht.«

Sein Haus stand versteckt inmitten eines dichten, grünen Waldes. Es sah nach unberührter Natur aus, aber er hatte Titan und seine Jungs hier ein Sicherheitssystem installieren lassen, das die NSA blass aussehen lassen würde. In sein Haus einzubrechen war ungefähr so, wie mit einem Bleistiftanspitzer durch die vielen undurchdringlichen Mauern des Pentagons zu graben. Wenn auf seinem Grundstück ein Hirsch auch nur nieste, hatte er es auf Kamera und konnte nachsehen, zu welcher Uhrzeit und warum.

Sie waren allein. Das hier war nicht nur eine Männerhöhle, sondern sein Männerschloss. Er und sie und nichts anderes zu tun als … zu entspannen. *Entspannung.* Das war der Grund dieses Ausflugs. Nicht diese forschende Zunge und diese Lippen, die ihn schier um den Verstand brachten. Nicht dieser »Reiß mir die Klamotten vom Leib«-Kuss auf dem Parkplatz, bei dem ihm immer noch das Blut durch die Adern rauschte, wenn er daran dachte. Cash holte tief Luft und versuchte, die innere Stimme der Vernunft irgendwo in seinem Kopf wiederzufinden.

Er hielt am Tor an, gab einen Code ein und hielt den Finger an den Scanner. Das große, hohe Tor öffnete sich.

Nicola löste sich aus seinem Arm und schaute sich in der Fahrerkabine um. Ihre Hand bewegte sich dabei gefährlich nahe an sein Glied heran. »Ist das hier vielleicht der Hauptsitz von Titan?«

»Nein. Einmal raten darfst du noch.« Er hatte das Gefühl, sie wusste, wo sie waren, während sie ihm wieder mit der Hand über den Schenkel streichelte. Sie tat nur so unschuldig. Ja, sie würden zusammen im Bett landen. Da hatte er keinen Zweifel. Aber mal ehrlich, er musste ihr etwas anderes zeigen als nur seinen Wunsch, sie zu vögeln. Richtig? Etwas Zurückhaltung üben.

Sie waren sich ja nicht fremd. Sie waren einander viel zu vertraut. Dennoch war er nervös, hoffte, sein Zuhause würde ihr gefallen, fragte sich, wie weit er gehen konnte, bevor es zu viel wurde. Alles Dinge, von denen er keine Ahnung hatte. Dinge, die bedeuteten, dass er sich vorstellen konnte, was in ihr vorging.

Sie holperten über ein paar Steine. Die Fassade seines Hauses tauchte vor ihnen auf. Es war eine Blockhütte auf Steroiden. Holzfassaden und Panoramafenster. Genauso breit wie hoch. Er hatte keine Ahnung, was er mit dem ganzen Platz anstellen sollte. Aktuell hatte Miss Betty genug Raum, um sich auszubreiten, und im Wohnzimmer standen ein supercooler Billardtisch und eine vollständig ausgerüstete Hausbar.

Oh, und dann gab es noch den Whirlpool auf der Veranda. Vielleicht konnte er Nic dazu überreden, dort einzutauchen. Vielleicht würde sie ihr Haar auf dem Kopf zu einem verspielten Dutt zusammenbinden. Vielleicht wären ihre Wangen gerötet. Und allein im Wald umgeben von heißem, sprudelndem Wasser, würden sie natürlich splitterfasernackt sein. Ihre vollen Brüste über der Wasseroberfläche, ihre trainierten Arme um seinen Hals. Als er sich ausmalte, wie sie gemeinsam im Whirlpool saßen – die Bäume bewegten sich leicht im Wind, die Sonne ging hinter ihnen unter – rutschte er unruhig auf seinem Sitz hin und her. Sein Schwanz wollte unbedingt aus seinen Jeans ausbrechen. Je mehr er daran dachte, wie sich Nic an ihn schmiegte, desto härter wurde er.

Noch nicht.

Er drückte einen Knopf über seinem Kopf. Das mittlere Garagentor öffnete sich.

»Ist das dein Haus?« In ihrer Stimme klang ein »Heilige Scheiße« mit und seine Brust schwoll vor Stolz. Er wollte ein fröhliches »Da kannst du einen drauf lassen« herausschmettern.

Stattdessen nickte er nur. »Jep.«

Das Garagentor schloss sich hinter ihnen, als er den Motor ausstellte. Neonlampen schalteten sich ein. In der Garage gab es noch viel Platz. Viel Potenzial. Wenn sie es nicht bis ins Haus schafften, sondern er sie über die Motorhaube beugte, würden ihre Stimmen im großen leeren Raum widerhallen. Ihre Namen. Ihr Atem. Die Geräusche würden von den leeren Wänden abprallen; eine Antwort auf ihre Freudenschreie. Er wurde sich bewusst, dass seine Finger ihre sonnengebräunten Arme hinaufwanderten und über ihren Nacken streichelten.

Nic begegnete seinem Blick, doch jetzt sah es gar nicht mehr so aus, als ob sie dieselben Gedanken hegten. Sie musterte ihn und sah leicht verwirrt aus. »Wenn ich mir dein Haus und Winters' so anschaue – habt ihr im Lotto gewonnen, oder was?«

Er lachte. Sie dachte definitiv nicht über die Motorhaube nach. »Im Privatsektor wird man immer besser bezahlt, Süße.«

»Oh.« Sie strich mit den Händen über ihre langen Beine. »Dein Haus ist wunderschön.«

Er atmete tief ein, um sich wieder zu fangen, und gab sich Mühe, dass man keine Lustgefühle in seiner Stimme hörte. »Ich habe dir versprochen, dass wir etwas Normales machen, und das Versprechen werde ich auch halten. Du solltest mal meinen DVR sehen. Ich habe einen guten Geschmack, was Fernsehshows angeht.« Er stieg aus dem Pickup aus. Ihm wurde gleich kälter, wenn sie nicht an ihn geschmiegt war, und das gefiel ihm gar nicht. Sie folgte ihm durch die Garage.

Vielleicht hätte er vor der Haustür parken sollen, dann wären sie unter einem Dach von Kiefernnadeln ausgestiegen. Beim Geruch von Kiefernadeln, die im Wind wehten, fühlte er sich immer zuhause. Vielleicht nächstes Mal …

Sie gingen ins Wohnzimmer. Er legte die Schlüssel auf den Tisch und nahm seine 38er aus dem Hüftholster. »Letzte Woche gab es einen *Stirb Langsam*-Marathon. Ab und zu brauche ich meine Dosis Jippie-Ja-Jeh-Schweinebacke. Vielleicht ein paar Episoden von …«

»Cash?« Sie ging langsam durch die Küche und fuhr mit dem Finger über den Tresen mit Granitplatte, der die Küche vom Wohnbereich trennte. Riesige Ledersofas dominierten das Wohnzimmer. Ihr Blick schoss im Raum umher, während seiner von ihren Augen, die immer seine Knie weich werden ließen, zu ihren tollen Beinen wanderte, zwischen denen er so gerne liegen würde.

»Ja?« Der Drang, sie gleich hier in der Küche zu nehmen, wurde immer größer. Er stellte sich hinter die Couch, um seine Erektion zu verbergen. Was Normales, betete er sich still vor. Filme und Serien schauen. Popcorn und Tiefkühlpizza essen.

»Was hältst du davon, dass unsere beiden Projekte in Maine zusammengeflossen sind? Dein Team? Mein Team?«

Arbeit. Sie wollte über Arbeit reden. Er räusperte sich und versuchte den Gedanken daran zu verdrängen, wie sie nackt in seinem Bett aussehen würde und wie verdammt nah an seiner King-Size-Matratze sie waren. Seine neue King-Size-Matratze, auf der bisher nur er geschlafen hatte.

»Ich finde, es kommt niemals etwas besonders Schlaues dabei heraus, wenn ein paar Bürohengste sich etwas am Schreibtisch ausdenken, während sie Latte Macchiato trinken.« Er fing an zu schwafeln. Er konnte lange darüber reden, wie Bürokraten Dinge bei Einsätzen vermasselten, und das änderte immer noch nichts daran, dass er an sein leeres Bett denken musste.

»Darauf wollte ich nicht hinaus.« Sie sah ihn prüfend an. »Glaubst du an …« Ihre wunderschönen Augen, ihr intensiver Blick, ließen seine Knie weich werden. »Wo ist denn hier die Toilette?«

Glaubte er an was? Er holte tief Luft und konzentrierte sich darauf, seinen Puls herunterzukriegen. »Den Flur entlang, dann rechts.«

Er glaubte an die heilende Kraft von Whiskey. Er brauchte einen Drink, um sich abzuregen und seine Impulse unter Kontrolle zu bringen. Sie in der Küche zu bespringen war ganz sicher nicht das Richtige. Genauso wie es auf dem Parkplatz heute Nachmittag nicht das Richtige gewesen war.

Ein Candlelight-Dinner. Eine elegante Abendrobe und Cocktails. Sie war zwar eine Spionin, aber um in Smooths Nähe zu kommen, hatte sie sich in der High Society bewegen und in feinerer Gesellschaft verkehren müssen. Die Männer im Smoking, die sich an sie herangemacht hatten, hatten manikürte Fingernägel und Chauffeure. Er hingegen war lediglich ein Mann mit einem Ruf, bei dem eine College-Partymaus rotwerden würde, und einem Ständer, auf den groß und breit allein Nics Name tätowiert war.

Vielleicht sollte er das mit dem *Stirb Langsam*-Marathon lieber sein lassen und etwas wie *Schlaflos in … Cincinnati?* heraussuchen. Nein, das war falsch. *NYC? Los Angeles?* Nein, das verwechselte er jetzt mit einer Krimiserie. Vielleicht konnte er diesen Film über Sportmanager finden, den mit »Du hattest mich schon beim Hallo«. War das nicht der, in dem sich Tom Cruise von einem Wolkenkratzer abseilte? Das wäre cool und dann würde es auch nicht so aussehen, als ob er auf einen Kuss aus wäre.

Mist, er hätte die Netflix-Werbung nicht wegwerfen sollen.

Cash goss sich ein Glas Jim Beam ein und trank es auf ex aus. Er sah an sich herunter – Stiefel, Jeans, T-Shirt. Jetzt hasste er es noch mehr, wenn er an Nicola bei der Arbeit dachte. All diese Scheißkerle in Gucci-Anzügen, die so geleckt aussahen wie die Models auf dem Cover von GQ. Sie konnten ihn doch mal alle an seinem Abzugsfinger lecken. Wenn er einen Auftrag hatte, dann trug er Tarnkleidung und Miss Betty. Nic ging ganz anders an ihre Aufträge heran. Er musste daran denken, wie sie in ihrem goldenen Kleid an Antilla Smooths Arm ausgesehen hatte, und musste fast kotzen.

Er goss sich noch einen Whiskey ein. Und leerte das Glas in einem Zug, bevor er es laut auf den Tresen knallte. Er war mehr als nur ein kleines bisschen eifersüchtig, dass so ein …

»Hey Cash, ich habe eine bessere Idee.« Sie trug seinen Cowboyhut auf dem Kopf. Er war ihr zu groß und saß schief. Außerdem hatte sie ein übergroßes, kaum zugeknöpftes Hemd an. Sein Hemd. Und das war alles, was er sehen konnte. Ihm wurde schwindlig, als sie ihm verführerisch zuzwinkerte.

Verdammt, sie hatte ihn schon beim Hey. Zum Teufel mit Tom Cruise und *Schlaflos in South Carolina.*

Sie war so wunderschön. Braungebrannt, lange Beine und rote Spitzenunterwäsche, die unter dem Hemd hervorblitzte. Er nickte, als ob sie ihm eine Frage gestellt hatte, und versuchte zu schlucken, aber es wollte ihm nicht ganz gelingen. Wie der Rest von ihm war auch sein Hals wie gelähmt. Sein Puls ging schneller und irgendwie schien es plötzlich ein paar

Grad wärmer im Raum zu sein.

Ihre Stimme wurde leiser, sodass er unweigerlich näher kam. »Ich habe dieses Hemd in deinem Bad gefunden. Ich wusste gar nicht, dass du so feine Hemden anziehst.«

Er würde sie jeden Tag anziehen, wenn sie so halbnackt ins Zimmer getänzelt käme wie eine Sambakönigin. Ihr verführerisches Lächeln zog ihn magnetisch an. *Sie gehört mir.* Das war der einzige klare Gedanke, den er fassen konnte, und die Worte lagen ihm schon auf der Zunge. Ein paar wenige große Schritte und er war bei ihr, umarmte sie und drückte sie etwas grob, weil ungeduldig, gegen die Wand. Er wollte sie so sehr, dass er sich nicht sicher war, ob er sich beherrschen konnte, bis sie im Bett waren.

Ein »Oh« entfuhr ihr, aber es war keine Beschwerde. O nein. Es war eher ein »Oh ja, mehr«. Sie legte ein Bein um seinen Oberschenkel und ließ sich von ihm gegen die Wand drücken. Er ließ seinen Instinkten freien Lauf. Cash legte seine Hände unter ihre runden Pobacken und drückte sie, bevor er Nic in seine Arme hob. Ihre Hüften kamen ihm freudig entgegen.

»Vergessen wir *Stirb Langsam*«, war alles, was er herausbrachte. Seine Stimme hörte sich heiser und atemlos an.

Ihre flinke Zunge und Lippen machten sich an seinem Ohrläppchen zu schaffen. Jeder Muskelstrang in seinen Schultern und seinem Nacken spannte sich an. Der Rest seines Körpers reagierte genauso und eine Welle der Erregung durchfuhr ihn.

»Meine Idee ist besser«, schnurrte sie, während ihre Lippen über seinen Hals strichen.

»Verdammt, ja.«

Nicola schaute ihm tief in die Augen. Betörende schokoladenbraune Augen. Mit dem Hut schief auf dem Kopf sah sie wie ein sexy Cowgirl aus. Der Anblick gefiel ihm so gut, dass er über heiße Kohlen laufen und Miss Betty verkaufen würde, um Nic glücklich zu machen.

Ihr anderes Bein schlängelte sich an seinem Körper hoch und legte sich um seine Hüfte. Ihre Arme lagen um seinen Hals. Sie fühlte sich federleicht an, so als ob er gleichzeitig gar nichts und alles in seinen Armen hielt. Cash befahl sich stumm, nicht sofort seine Hose herunterzulassen und sie einfach zu nehmen.

Ihre Lippen pressten gegen seine, saugten, bissen und löschten Kuss um Kuss seinen Vorsatz aus, sich wie ein Gentleman zu verhalten. Er sollte seinen Plan *Rodeo* nennen, denn diese Frau wollte geritten werden.

Im Zimmer war es wie in einer Sauna. Sie fühlte sich so heiß an, dass er fast das Gefühl hatte, sich die Finger an ihr zu verbrennen. Fast. Er kämpfte um Selbstkontrolle, weil er sie unbedingt so behandeln wollte wie sie es verdiente.

Er tastete nach der Hutkrempe. Der Hut musste weg. Er wollte mit den Fingern durch ihr volles Haar fahren.

Sie hielt mitten im Kuss inne, zwang ihn dazu, ihrem durchdringenden Blick zu begegnen. »Der gehört mir. Fass ihn nicht an.«

»Mein …«

»Ich meine es ernst.« Nic biss seine Unterlippe und hielt Augenkontakt. Dann sagte sie: »Versuch's doch mal, dann findest du heraus, was passiert.«

Ach, sie war in der Stimmung für Spielchen? Er auch. Ihm war ganz schwindlig. Ihre Lippen brandmarkten ihn. Alles brannte intensiver als der Whiskey, den er getrunken hatte. Cash streckte die Hand nach dem Cowboyhut aus. Sie schlug seine Hand weg, aber er hielt sie fest und drückte sie gegen die Wand. »Keine Chance, Süße.«

Ihre Beine um seine Hüften drückten zu und sie rieb sich an seiner pochenden Erektion. *Oh, ja, mein süßes Mädchen. Reib dich an mir.* Er hatte noch nicht vor, bei ihrem kleinen Spielchen klein bei zu geben, und versuchte wieder, ihr den Hut wegzunehmen. Sie schlug mit der anderen Hand nach ihm und er packte ihr zierliches Handgelenk. Er hielt nun ihre beiden Hände hoch über ihrem Kopf fest. Sie konnte sich nicht bewegen und war wehrlos. Er brauchte sie. Jetzt. Mehr noch als in dem Augenblick, als er sie das erste Mal wieder gesehen hatte, mehr noch als während der gemeinsamen Nacht im Bett. Er brauchte es: heiß und hart und sofort.

Der Cowboyhut blieb auf ihrem Kopf und es sah einfach zu gut aus, um sie zu ficken bis er herunterfiel. Aber es würde Spaß machen, es zu versuchen. Das hier war kein gewöhnliches Rodeo. Es war ein ekstatischer Ritt, bei dem die Funken fliegen würden.

»So stellst du dir das also vor, was, Nic?«, fragte er mit heiserer Stimme und sie streckte ihm den Hals entgegen, den er mit Küssen bedeckte.

»Ich will den Hut aufbehalten.«

»Was willst du denn sonst noch, Süße?« Sein Mund wanderte zur anderen Seite ihres Halses, wobei er mit den Zähnen über ihre zarte Haut fuhr. »Sag's mir. Ich will es hören.«

Nicola murmelte etwas und rieb ihren Körper an seinem.

»Was hast du gesagt?« Je stürmischer er sie küsste, je leidenschaftlicher er sich an ihrem Hals zu schaffen machte, desto lauter war ihre Reaktion. Jeder ihrer Seufzer ließ seinen Schwanz heftiger pochen. Jedes Mal, wenn sie sich in seinen Armen wand, schnürte sich seine Kehle zu. Sein Atem ging schneller und er war kurz davor, den Verstand zu verlieren.

»Ich brauche dich.«

Die Worte entfachten ein Feuer, das durch seine Venen rann. Cash schaute zu ihr hinunter und bewunderte ihren kreisenden, vibrierenden Körper. Die Brüste quollen aus den Körbchen ihres Spitzenbustiers. Die zarten Rundungen waren prall und forderten seine ganze Aufmerksamkeit. Er würde sein Leben dafür eben, sein Gesicht in dem Tal zwischen ihnen zu begraben, sie zu streicheln und zu zwicken, bis sie nach mehr schrie, sie so lange zu verwöhnen, bis sie allein davon schon kam.

Der Raum zwischen seiner und ihrer Brust – ein klaffendes V – erlaubte ihm eine Privatvorstellung. Dem einzigen Knopf an seinem Hemd, der noch zugeknöpft war, gelang es nicht, ihren flachen Bauch oder ihren roten Spitzentanga zu verstecken. Sie törnte ihn so sehr an, wie er es sich nicht im Traum vorgestellt hatte – und er hatte ziemlich viel Fantasie. Er begehrte sie. Wollte sie so sehr, dass es wehtat. Er nahm ihre Haut zwischen die Zähne und leckte dann mit der Zunge darüber. Sie drängte sich an ihn, spornte ihn zu mehr an. Mehr würde vielleicht nicht genug sein.

»Der Hut bleibt auf«, stöhnte sie und legte den Kopf in den Nacken. Ihre Lider flatterten, als sie sich anstrengte, die Augen offenzuhalten. Ihre Wangen waren gerötet und sie kreiste mit den Hüften. Er wollte an diesem Rhythmus teilhaben, und zwar auf ganz unanständige Art und Weise. Sehnsucht war keine adäquate Beschreibung mehr für das, was er fühlte. Reine Sucht vielleicht. »Mach mit mir, was du willst Cash, solange es dabei hart und schnell zugeht. Aber der Hut gehört mir.«

Herr im Himmel. Er war alles andere als entspannt, aber nach Entspannung war ihr wohl gerade nicht. Gar nicht. Mit einer Hand hielt er ihre beiden Handgelenke über ihrem Kopf fest. Ihre Beine gingen auseinander und der Ort zwischen ihnen strahlte pure Hitze aus. Einhändig öffnete Cash seine Gürtelschnalle und den Reißverschluss. Sein Schwanz war endlich frei und rieb gegen ihre spitzenbedeckte Muschi.

Sie biss sich auf die Lippe und stöhnte, als er sie berührte. »Geh nicht zu sanft mit mir um.«

Das würde kein Problem sein. Er strich mit den Fingern über ihr Spitzenhöschen. Sie sog scharf die Luft ein und wieder entwich ihren vollen Lippen ein Stöhnen.

Seine Finger schlüpften in ihr Höschen und streichelten sie. Dann zog er sie wieder heraus, wohl wissend, dass sie wahrscheinlich seine einzige Schwäche war.

»Bist du dir sicher?«, fragte er, besorgt, er hätte falsch interpretiert, was eigentlich verdammt offensichtlich war. Nein, sie wollte ihn genauso, wie er sie brauchte. Ihr Körper teilte ihm auf sehr deutliche Weise mit, was ihr Ziel war. Sie wollte ihn. In ihr.

»Schnell und heftig. Jetzt.« Sein Brustkorb hob und senkte sich. Ihre Stimme machte ihn noch geiler, törnte ihn noch mehr an. Dabei konnte er gar nicht mehr steifer werden. Ihr Bauch, ihr Venushügel rieben sich an ihm. Er biss ihr spielerisch in den Hals, direkt über dem Schlüsselbein, und sie schmeckte wie süße Perfektion. »Cash«, trieb sie ihn wieder an.

Er riss seine Jeans und Boxershorts herunter, wobei die Gürtelschnalle klirrte, und ließ sie einfach fallen. Cash griff zwischen ihre Beine, schob ihren Tanga beiseite, sodass er uneingeschränkten Zugang zu ihrer feuchten Muschi hatte und nichts mehr zwischen ihrem und seinem heißen Körper lag. Seine Hand rieb über zarte Haut, heiß und feucht vor Erregung. Sie zu fingern reichte ihm nicht. Jetzt nicht. Nicht so. Und es spielte keine Rolle. Sie drängte ihm ihre Muschi entgegen. Sein Schwanz sehnte sich danach, sich in ihrer seidenweichen Enge zu vergraben.

»Jetzt. Cash.« Sie presste und rieb immer heftiger gegen seine Handfläche. Die Hitze, die ihr Körper ausstrahlte, brachte ihn zum Schwitzen. »Fick mich.«

Wenn es das war, was Nic wollte, dann wurden gerade seine Träume war. Es konnte nicht zärtlich und süß sein zwischen ihnen. Das hatten sie schon vorher im Bett gehabt. Das konnten sie auch wieder haben. Jetzt, in diesem Moment, hatten sie Energie und unbändiges Verlangen. Das hier war heißer Sex, gegen die Wand gedrückt. Voller Wut und Vergebung. Verlust und Lust.

Seine Eichel presste gegen ihren engen Eingang. Ihr Atem ging schnell, ihr Kopf lag auf seiner Schulter Sie flehte ihn an, den Mund gegen seine Haut gepresst, die Zunge leckte ihn, die Zähne bissen. Er drängte in die himmlische Lavawelle hinein und stieß zu. Vom Schaft seines Schwanzes bis in die Tiefe seiner Seele spürte er Nicola Garrison.

Er glitt tief in sie hinein, statt sich langsam und vorsichtig vorzuarbeiten. Sie schrie seinen Namen und hielt sich an ihm fest. Er hatte noch nie etwas erlebt, das derart sexy war. Er schloss die Augen und öffnete den Mund. Ihre Wangen berührten sich.

Ihr Zentrum zog sich um seine ganze Länge zusammen. Nic war Feuer und Flamme. Innerlich und äußerlich. Er konnte sich nicht bewegen. Ihre angespannten Muskeln gewöhnten sich an den Eindringling. Cash legte seine freie Hand unter ihren Hintern und quälte sie dann, indem er sich ganz langsam aus ihr hinaus bewegte.

Sie schnappten beide nach Luft. Er drang erneut in sie ein, immer wieder ganz tief und mit heftigen Bewegungen. Ihr langes Stöhnen hörte sich ach so süß in seinen Ohren an. Als er es nicht länger aushalten konnte, ließ er ihre Handgelenke los und sie legte ihre Arme um seinen Hals. Ihre Fingernägel gruben sich in seinen Rücken. Sie zog an seinen Haaren und die Schmerzen waren paradiesisch. Er würde niemals genug von ihr bekommen. Am liebsten würde er sie nie wieder loslassen.

Er reagierte mit brutaler Empfindlichkeit auf jede ihrer Berührungen. Ein Beben durchfuhr seine Muskeln. Er strengte sich an, mit den Gedanken im Hier und Jetzt zu bleiben und nicht zu kommen, während sie nach mehr schrie. Er fickte sie härter, tiefer, und mit jeder stoßenden Bewegung seiner Hüften kam sie ihm entgegen, um selber süße Erlösung zu finden.

Hier, gegen die Wand, mit seinem Hut auf ihrem Kopf: das war nicht sein Plan gewesen.

»Mehr, Cash.«

Aber diese Nicola hatte er vor heute Abend nicht gekannt. Und zwischen keuchenden Atemzügen kam Cash die Erleuchtung, dass Sex mit dieser Frau das einzig Wahre für ihn war. *Das absolut einzig Wahre.* Er war ruiniert, was jede andere Frau auf dieser Welt anging. Er konnte sich ihr nicht entziehen, konnte sich weder vor ihr noch vor dem Feuerwerk verstecken, das losging, wenn sie zusammenkamen.

Sie hob den Hintern, weg von der Wand und ihm entgegen. Nacktes Fleisch traf geräuschvoll auf nacktes Fleisch. Ihre Feuchtigkeit benetzte ihn, lief an ihnen hinunter. Er bewegte sich immer schneller in ihr, als ihre Schreie ihn anspornten, ihn zur Ziellinie, zum Höhepunkt trieben.

Begierde hing so schwer in der Luft, dass es richtig stickig war. Tief einzuatmen war unmöglich. Er bekam kaum Luft, wollte aber nicht langsamer werden. Ihre lauten, schweren Atemzüge trieben ihn an. Den Rücken an der Wand, presste sie sich ihm immer wieder entgegen und warf den Kopf hin und her. Ihr langes, nach Lavendel duftendes Haar peitschte in sein Gesicht, blieb an seinen verschwitzten Schläfen hängen.

Nics Beine, die sich um ihn geklammert hatten, drückten noch fester zu. Sie wimmerte noch lauter und biss ihn in die Schulter. Der Hut blieb auf ihrem Kopf, weiß Gott wie. Ihre Muskeln, so energiegeladen wie ein Gewittersturm, pulsierten um seinen Schwanz. Er hungerte danach, sie zum Orgasmus zu bringen und trieb sie mit all seiner Kraft an, stieß sich ihr entgegen.

Nicola schrie laut auf. Ihr Körper spannte sich an und die gesamte Anspannung entlud sich um seinen Schwanz. Der Höhepunkt war mehr als intensiv genug, um ihn selbst zum Orgasmus zu bringen. Aber nein, verdammt noch mal. Einmal war nicht genug. Er wollte ihr noch mehr geben. Alles für sie. Zu wissen, dass er ihr mehr als nur Befriedigung verschaffen konnte, sie über den Rand der brennenden Begierde hinaus treiben konnte.

Als die Wellen des Orgasmus verebbten, zog Cash sie an sich, wirbelte in Richtung Couch herum – stolperte dabei fast über seine Jeans, die noch um seine Knöchel hing – und ließ sich mit ihr in die Lederkissen fallen. Er hätte für immer so in ihr bleiben können, ihre Muskeln immer noch pulsierend vom Nachbeben. Die seidigen Haare hingen über ihre Schultern, als sie sich lächelnd rittlings auf ihn setzte. Das Hemd, das immer noch an ihrem Körper hing, musste weg. Er riss es ihr von der Schulter und der eine Knopf ging ab. Mit einer weiteren schnellen

Bewegung hatte er ihr auch Tanga und BH runtergerissen.

Cash strich mit den Händen über ihren Bauch und hielt dann ihre Hüften fest. Nic schaukelte hin und her und ihre Brüste bewegten sich im Takt. Er liebte es, mit ihr zu schlafen, sie auszufüllen, und er liebte diese wunderschönen Titten. Cash richtete seine Aufmerksamkeit auf eine der harten Brustwarzen vor seinem Gesicht. Er nahm die volle Brust in seine Hände – sie fühlte sich so herrlich echt und rund an. Sie stöhnte und bäumte sich ihm entgegen. Seine Finger massierten fester. Jedes Mal, wenn er mit den Daumen über die rosafarbenen, aufgestellten Nippel fuhr, zitterte ihre Unterlippe und sie öffnete den Mund, bis er aufhörte.

Mein süßes Mädchen, Gott verdammt. Er wollte, dass diese Frau ihm gehörte. Herzschmerz füllte seinen Brustkorb. Kein anderer hätte sie jemals in einer solchen Situation sehen sollten. Als sie den Kopf in den Nacken legte, fiel der Cowboyhut endlich runter. Sie merkte es noch nicht einmal, so gefangen war sie in dem Moment, gerade dabei, die Kontrolle zu verlieren. So etwas Schönes hatte er noch nie gesehen.

Sie ging auf die Knie und setzte sich wieder auf ihn. Ihre Fingerspitzen tanzten über seine schweißbedeckte Brust. Er presste brennenden Atem in seine Lungen und wieder raus. Sein Körper reagierte auf sie – ja, mehr als das. Es war wie ein Sturzflug in den See der Ekstase.

Es gab keine Wörter, die beschrieben, wie er fühlte. Wenn er etwas sagen musste, würde er alles ruinieren. So grob und rau dieser Sex zwischen Wand und Couch auch war, es geschah etwas ganz Surreales, das er nicht ganz begreifen konnte. Er leuchtete von innen heraus wie funkelnde Sterne vor dem tiefschwarzen Nachthimmel, während sein Kopf im Rausch explodierte. Das einzige, was er wusste: Es war entscheidend, dass sie beide kamen. Es musste passieren. Sie verdiente es. Er würde sterben, wenn nicht.

Nicola saugte an ihrer Unterlippe. Cashs Körper zuckte regelrecht vor schierer Ekstase. Sein Schwanz war in flüssige Lava getaucht. Perfekte pralle Lippen wurden durch seine Küsse noch praller. Und sie ritt ihn. Hart.

Sein Griff um ihre Hüften wurde fester, sodass sie schneller hin und her glitt. Sie kam wieder, heftig und hell glühend, und fixierte ihn mit ihren schokoladenfarbenen Augen. Sie nahmen ihm den Atem. Verdammt, das war egal. Sie hatte sein Herz gestohlen. Was auch immer für ein Scheiß vor Jahren passiert war, spielte jetzt keine Rolle mehr. Er konnte sich noch nicht einmal daran erinnern, was für eine scheiß Ausrede sie dafür gehabt hatte, einfach zu verschwinden.

Sie war sein.

Und sie besorgte es ihm so, als ob sie das wusste.

Wieder kam Nicola zum Orgasmus. Er konnte spüren, wie sich ihr Höhepunkt um sein Glied herum aufbaute, und ihr Gesichtsausdruck sah fast so aus, als ob sie Schmerzen erlitt. Ihre roten Lippen öffneten sich und ihr Atem ging stoßartig, als sie sich gemeinsam auf den Höhepunkt zubewegten.

»Cash!« Nicola warf den Kopf in den Nacken. Sein Name prallte von den Wänden ab, schallte um sie herum wider. Ihre Muschi wurde immer enger und zog sich konvulsiv um ihn zusammen – jetzt gab es kein Zurück mehr für ihn. Er packte sie an der Taille, als sich jeder Muskel in seinem Körper anspannte. Sie erreichten den Siedepunkt und die heißen Impulse, die ihn erlösten, ergossen sich in sie. Ihre samtenen Muskeln umklammerten ihn rhythmisch, wieder und wieder.

Seine Gedanken kamen mit einem Mal zur Ruhe und alles, was er spüren konnte, waren die Funken, die auf seiner Haut tanzten, von den Bauchmuskeln bis zu den Oberschenkeln. Von den Stiefeln, die er noch an den Füßen trug, bis zu ihren Fingern, die sich in seine Seiten gruben.

Das hier war eine Nicola-Supernova. Diese helle Explosion reiner Energie und dieses wunderschöne Leuchten in ihrem Gesicht, waren für immer in sein Gedächtnis gebrannt. Nicola holte tief Luft und ließ sich auf seinen Oberkörper sinken, eine vor Hitze gerötete Wange an seine Brust gepresst. Die Luft roch nach Lavendel und Sex. Nach befriedigter Frau.

Cash legte seinen Arm um sie und hielt sie fest. Er wollte sie nie wieder gehen lassen. Sein Brustkorb ging immer noch auf und ab, aber scheiß drauf, das war ihm egal. Ihr Keuchen wurde langsamer, bis Nicola schließlich wieder regelmäßig atmete.

Sekunden. Minuten. Wer wusste schon, wie viel Zeit vergangen war? Ihre Körper brauchten die Umarmung. Ihre Köpfe brauchten die Ruhe.

Die späte Nachmittagssonne war fast untergegangen, seit sie ins Haus gekommen waren, und immer weniger Licht filterte durch die Fenster. Sie bewegte sich in seinen Armen. Ihre Finger zeichneten imaginäre Linien auf seinem Bizeps nach.

Er flüsterte: »Mein süßes Mädchen?«

»Hmm?«

»Von jetzt an überlasse ich es gerne dir, dir etwas Normales für uns auszudenken.« Cash strich über ihr Haar, ließ es durch seine Hände gleiten und streichelte dann ihre Schulter.

Sie lachte leise, das Gesicht immer noch gegen seine Brust gepresst, und es fühlte sich verdammt gut an. »Das hoffe ich doch. Du wolltest, dass wir *Die Drei vom Pfandhaus* schauen, oder so etwas. Mach mir nichts vor.«

Vielleicht. »Bleib heute Nacht hier.«

»Kann ich nicht.«

»Falsche Antwort.«

»Ich muss Vorbereitungen treffen, bevor ich mich morgen mit dem Butler treffe. Wir fliegen in die Türkei für eine einfache Mission: Liefern und Abhauen.«

Cash stützte sich auf einen Ellenbogen. »Was? Wann kam der Auftrag denn?«

»Hör dir mal deine Nachrichten an. Ich habe davon erfahren, als ich Sugars Laden verlassen habe.«

»Du wirst mit diesem Arschloch nirgendwo hin gehen, bis Roman und ich uns bereit gemacht haben und …«

»Halt die Klappe, Cash. Du ruinierst das schöne Gefühl nach dem Höhepunkt.«

Klappe halten? Die meisten Frauen strengten sich mächtig an, genau das Richtige zu sagen, damit er nach einem Quickie noch bei ihnen im Bett blieb. Nic nicht. Und das hier war kein Quickie. Er zog sie wieder an sich.

Er konnte damit umgehen. Das konnte er. Und er konnte es sogar, ohne Leute einzig und allein deshalb umzubringen, weil er sie beschützen wollte.

KAPITEL ZWANZIG

MAN KONNTE MORGENS auf viele unterschiedliche Arten und Weisen aufwachen. Nicola drehte sich in den zerwühlten Laken, um sich an Cashs nackte Brust zu schmiegen. Ihre Beine verflochten sich mit kräftigen Oberschenkel und Waden. Sie lag auf einem seiner Arme. Der andere Arm zog sie näher, obwohl es gar nicht den Anschein hatte, als sei Cash wach. Ein schläfriger Seufzer zerzauste ihr Haar, Bartstoppeln kratzten über ihre Haut und ihre Lippen verzogen sich zu einem Grinsen. Ja, man konnte auf viele unterschiedliche Arten aufwachen, aber diese hier war die beste.

»Willst du irgendwo hin?«, fragte er sie mit schlaftrunkener Stimme, als er sie enger an sich zog und sie aufs Haar küsste.

»Guten Morgen«, flüsterte sie, bedacht, nicht die morgendliche Stille zu durchbrechen. Ein warmes, wohliges Prickeln lief über ihre Haut.

»Ja, das ist es, aber schlaf weiter. Wegen dir bin ich gestern Abend viel zu lange aufgeblieben.«

Sie lachte und erinnerte sich an die Nacht. Sie waren eine Ewigkeit auf der Couch liegengeblieben und dann hatte er eine Tiefkühlpizza in den Ofen geschoben. Cash sollte wirklich etwas anderes als Tiefkühlkost in der Küche haben, aber sein Job brachte das Problem mit sich, dass er niemals wusste, wann er zu Hause sein würde. Sich von Pizza zu ernähren war das harmloseste Problem, das er in Sachen Haus und Heim haben konnte.

Nic schüttelte den Kopf, weil sie nicht darüber nachdenken wollte, welche Opfer sie für ihren Job bringen und welche Entscheidungen sie deshalb treffen mussten. Stattdessen erinnerte sie sich daran, wie Cash im Bett ihre Welt auf den Kopf gestellt hat. Und im Whirlpool. Kein Wunder, dass er heute Morgen noch müde war. Nic starrte in glückseliger Benommenheit die Decke an und war kurz davor, wieder in ihre Traumwelt abzutauchen.

»Ich möchte mich mit dem heutigen Tag noch nicht auseinandersetzen, Nic. Schlaf wieder ein«, murmelte er.

Heute musste sie sich um David, den Butler, kümmern und genug Informationen aus ihm herausbekommen, damit einer offiziellen Ermittlung in seine Spionagetätigkeiten stattgegeben wurde. Wenigstens war Istanbul eine ihrer Lieblingsstädte und sie würde die Gelegenheit bekommen, wieder ein Designerkleid zu tragen, für das die CIA zahlte. Beth würde ihr wieder einen tollen Fummel aussuchen, sich um alle notwendigen Dokumente und die Coverstory kümmern und alles zu ihrer Wohnung liefern lassen, sodass alles Notwendige auf sie wartete, wenn sie zu Hause ankam. Schade, dass Cash ihr Kleid nicht sehen würde. Vielleicht würde dieses den Auftrag ja überstehen und sie konnte es ein weiteres Mal tragen. Oder es zumindest für ihn anprobieren, damit er es ausziehen konnte.

Nic schloss die Augen, ließ sich vom Schaf übermannen und hoffte von ihm zu träumen.

✕

CASH NAHM DEN Fuß vom Gaspedal. Sie näherten sich Nicolas Wohnung und er war noch nicht bereit, sie gehen zu lassen. Und er war auch nicht bereit dafür, dass sie mit dem verdammten Butler um die halbe Welt flog.

»Das stinkt«, machte Cash seinem Ärger laut Luft.

»Komm drüber hinweg, Cash. Du kannst nicht jedes Mal einen Koller kriegen, wenn ich arbeiten muss. Du wusstest doch, die Zusammenarbeit mit mir bedeutet, dass ich zuerst diesen Auftrag mit David erledigen muss.« Nicola zeigte auf ihre Wohnung, ein Apartment mit Balkon im ersten Stock.

Sie sollte wirklich nicht in der ersten Etage wohnen. Viel zu einfach für ein Arschloch, hier einzubrechen, selbst wenn sie eine Alarmanlage hatte und mit der Pistole unter dem Kopfkissen schlief.

»Ja, ja, ich weiß.« Er konnte sich aufregen, wie er wollte. Dass Nic zusammen mit diesem Wichser David einen Auftrag erledigte, kam seinem Gemütszustand nicht gerade zugute. Seine Besorgnis um sie ließ seine gute Laune ziemlich schnell verschwinden und es juckte ihm in den Fingern, seine .45er herauszuholen und sich an ihre Fersen zu heften. Nur für alle

Fälle.

»Mach dir um mich keine Sorgen. Ich bin in ein paar Tagen wieder zurück. Ich lasse dir Informationen zukommen, wenn ich kann. Du wirst tausend Mal von mir hören, bevor ich wieder amerikanischen Boden betrete, und dann treffen wir uns und lassen das Arschloch gemeinsam hochgehen.«

Er murrte und starrte die zu hoch gewachsenen Büsche unter ihren Fenstern an. Die sollten wirklich mal gestutzt werden. Er konnte das für sie erledigen während sie weg war und damit ihre Wohnung ein wenig sicherer machen.

Wieso hatte er sich eigentlich darauf eingelassen, dass sie als Partner zusammenarbeiteten? Ach ja. Sie hatte ihm keine Wahl gelassen. Außerdem konnte sie sich ganz gut allein behaupten. Das alles wusste er zwar sehr gut, aber seine Nerven beruhigte es nicht. Ein Männer-Gen irgendwo in seinem Hirn leuchtete auf wie ein Neonschild, schrie ihn geradezu an, dieser Operation ein Ende zu setzen, oder zumindest der Tatsache, dass sie mit einem Doppelagenten in einen Learjet stieg und die Super-Agentin spielte.

Sie sagte ihm nicht, wo er parken konnte, und er fragte auch nicht nach, sondern hielt einfach an. Nic beugte sich zu ihm rüber und gab ihm einen Kuss.

»Es wird schon alles gutgehen, Cash.«

»Ich mache mir keine Sorgen.«

Sie lachte. »Du siehst so aus, als ob du am liebsten das Lenkrad aus der Verankerung reißen würdest.«

Cash zuckte mit den Schultern. »Ich will die Sache nicht noch mal durchkauen. Wenn du deine Meinung änderst, ruf mich an. Es gibt immer einen Plan B.«

Nicola gab ihm noch einen Kuss. »Der Grund dafür, dass du mich lieb … magst, ist, dass ich keinen Plan B brauche.«

»Stimmt.« Er kniff sich in die Nasenwurzel. Sie hatte ›liebst‹ gesagt. Die Leute sagten andauernd, sie würden etwas lieben. Er liebte Pizza. Er liebte es, für Titan zu arbeiten. Sie machten keinen Rückzieher und änderten den Ausdruck zu ›mögen‹. In einem zwanglosen Gespräch waren diese Ausdrücke austauschbar. Es sei denn, sie waren es nicht. Heilige

Scheiße. Oder dachte er zu viel darüber nach? Cash räusperte sich. »Tschau, mein süßes Mädchen.«

Nicola winkte ihm über die Schulter zu und ging schnurstracks zur Tür, ohne einmal zurückzuschauen. Ein Schlüssel für ein Schloss. Ein einfaches, leicht zu knackendes Schloss. Sie brauchte mehr Sicherheitsvorkehrungen. Er ließ den Motor aufheulen und dachte darüber nach, ihr das jetzt gleich zu sagen. Es würde nur eine Sekunde dauern. Aber nee, so ein Mist. Sie würde das nicht so sehen, oder? Nein. Sie würde sagen: »Ich kann selber auf mich aufpassen.«

Er fuhr los. Vielleicht würde er sich mit Sugar treffen und sie über ihr Privatgespräch mit Nicola ausquetschen. Vielleicht lieber nicht. Er wollte Nicola nicht verärgern, sondern nur ein paar Einzelheiten herauskriegen.

Während er aus ihrer Apartmentanlage fuhr, schnappte er sich sein Handy, um Rocco anzurufen. Ein Anruf bei Roman wäre ein Fehler. Rocco kannte ihn und die Situation gut genug, um ihm ein bisschen Feedback zu geben, auch wenn er das nur tun würde, um auch eine Rolle in ihrem Drama zu spielen.

Es klingelte zweimal und Rocco nahm ab, parat, ihm gute Ratschläge zu erteilen. Gut, denn Cash war bereit, ihm sein Herz auszuschütten.

Cash reihte sich in den Verkehr ein und kam ohne Umschweife zur Sache. »Roc, Kumpel. Glaubst du, in der Liebe ist es mit Wasser hinzufügen und Wiederbeleben getan?«

Rocco verschluckte sich an etwas und kämpfte für die nächsten dreißig Sekunden mit einem Hustenanfall. Im Hintergrund fragte ihn jemand, ob er am Sterben war. Nach einem Knall und einem Zischen sog Roc die Luft ein und sagte, immer noch hustend: »Wie war das?«

Ja, genau so etwas hätte er erwarten sollen. Cash schlängelte sich durch den Verkehr und wollte einfach nur so schnell wie möglich nach Hause. »Also, wenn du mal dieses ›Glücklich bis an ihr Lebensende‹-Gefühl für jemanden hattest, aber es kam dann doch nicht so. Meinst du, wenn sich die Gelegenheit doch wieder ergibt, dass es dann schnell passieren kann?«

»Heilige Scheiße. Meinst du das im Ernst?«

Vielleicht war es eine genauso gute Idee gewesen, Rocco anzurufen, wie Nic und Sugar allein zu lassen. »Ich habe hier verdammte Probleme, Mann. Ich brauche irgendwelche Ratschläge, um von der Hugh Hefner-

Seite des Spiels auf die … äh … siehst du, ich kann noch nicht mal ein Beispiel geben. Jemand, der Nummern auf dem Handy nicht unter Namen wie Blonde Barfrau und Violettes Auto – Rosa Tanga speichert.«

Mit vollem Mund sagte Rocco undeutlich: »Es sollte einfach mehr emotional stabile Männer mit Familien im Fernsehen geben als Barack Obama.«

»Den Sozialkommentar kannst du dir sparen, Roc.«

»Was willst du denn von mir? Liebst du sie? Na, ja. Ausgehend von dem, was ich gesehen habe …«

»Über lieben habe ich gar nichts gesagt.« Cash atmete entnervt aus. »Herrgott, Mann.«

»Hör mir mal zu, du Arschloch. Du hast ›glücklich bis an ihr Lebensende‹ gesagt. Wie dieser Disney-Märchen-Scheiß. Das heißt für mich das große, fette L-Wort. All diese Feen und Meerjungfrauen heiraten am Ende den Prinzen und leben im Märchenschloss. Es ist genau dasselbe, verdammt. Richtig?«

Nic liebt mich immer noch. Cashs Magen machte einen Salto. Er schaute in den Rückspiegel und sah, dass er lächelte. Es war völlig unfreiwillig, aber ein großes Grinsen breitete sich auf seinem verdammten Gesicht aus. *Mist, verdammter.* Er trat aufs Gaspedal und überholte trotz durchgezogener Linie ein paar Autos.

»Roc, wenn du Roman gegenüber auch nur ein Wort darüber verlierst, dann werde ich …«

Ein Handy klingelte. Er schaute aufs Display. Nein. Rocco war immer noch mit ihm verbunden. Es klingelte wieder. Cashs Blick ging auf den Boden vor dem Beifahrersitz. Dort lag Nicolas Handy. Er versuchte es aufzuheben, während er den Blick nicht von der Straße abwandte.

»Ich muss Schluss machen«, sagte Cash.

»Gern geschehen, Arschloch.«

Klick. Er beendete den Anruf. Dann riss er das Lenkrad herum, um auf den nächsten Parkplatz zu fahren. Dabei holperte er über die Bordsteinkante. Das Handy klingelte immer noch. Er hob es auf und schaute auf das Display. Unbekannte Nummer. Natürlich. Sie brauchte das Handy, bevor sie mit dem Butler wegfuhr. Sie würde wahrscheinlich ein Wegwerfhandy, das man nicht zurückverfolgen konnte, für die Reise bekommen, aber dieses Telefon brauchte sie bestimmt auch. Und wenn er es ihr zurückbrachte, dann konnte er auch erwähnen, dass ihr ein einziges Schloss an der Tür verdammt noch mal gar nichts brachte.

Er trommelte mit den Fingern auf dem Lenkrad und entschloss sich, das Telefon zurückzubringen. Mit quietschenden Reifen düste er rückwärts aus der Parklücke und zurück zu Nics Wohnung. Schließlich konnte er sie nicht anrufen, um ihr zu sagen: »Hey, ich habe dein Telefon gefunden.« Er wollte ihr in die Augen schauen, um zu sehen, was hinter ihrer Stirn vor sich ging. Wollte dieses lieben/mögen-Rätsel lösen.

Was bedeutete es überhaupt, wenn sie ihn tatsächlich liebte? Das Herz schlug ihm bis zum Halse. Sein Mund fühlte sich gleichzeitig trocken und wässrig an, und das scheiß Lächeln, das sich immer noch in seinem Gesicht ausbreiten wollte, verursachte ihm Kopfweh. Der pochende Schmerz kam einer Dampflokomotive gleich, die durch sein Hirn fuhr.

Mögen. Lieben. Er war kurz davor, den Verstand zu verlieren.

Was passierte, wenn er sich darauf einließ? Sie zu packen und zu sagen, du bist mein, war ja schön und gut. Und er hatte sie einmal geliebt.

Konnte er …

Oder, anders gesagt, war er …

In Nullkommanichts befand sich Cash vor ihrem Wohnkomplex und war nicht daran interessiert, eine Parklücke zu finden. Er parkte in der Feuerwehrzufahrt und hielt das Handy in der Hand, so als ob es der einzige verdammte Grund war, weshalb er zu ihrer Wohnung zurückgerast war. Die Lungen pumpten in seinem Brustkorb, das Blut schoss durch seine Adern. So ein vertrautes Gefühl. Wie auf der Highschool, als er vor dem Homecoming-Ball oder ihrer privaten Pool-Party zu ihr gefahren war.

Er klopfte an ihre Tür, sein Magen voller Schmetterlinge auf Crack, die in einem Tornado herumwirbelten. Wieso? Was würde er überhaupt tun …?

Ein Mann öffnete die Tür, der nur ein Handtuch um die Hüften geschlungen hatte. Nasse Haare. Feuchter Oberkörper. Kurz davor, das Zeitliche zu segnen.

»Wer zum Teufel sind Sie?«, röhrte Cash lauthals als er eintrat. Er hörte eine Dusche rauschen.

»Hey! Was fällt Ihnen ein?«

Cash war eindeutig im Vorteil. Der Kerl sah wie ein GQ-Model aus, selbst im Handtuch. Er würde das Arschloch umlegen. »Wo ist Nic?«

»In der Dusche, verdammt. Wer zum Teufel sind …«

Bumm. Cash verpasste dem Wichser eine und er flog quer durch das Wohnzimmer und in einen Beistelltisch. Er brach zusammen. Eine Lampe und Bilderrahmen fielen auf den gefliesten Boden und zerbrachen.

Nicola, in ein Handtuch gewickelt, kam um die Ecke. Schaum tropfte von ihren Haaren und sie hatte eine Waffe in der Hand. Er ging direkt auf den Revolver Kaliber .375 zu, als wollte er sie herausfordern, den Double-Action-Abzug zu betätigen.

»Verdammt noch mal, Cash!«

»Zu mir sagst du ›Verdammt noch mal‹? Zu mir?«

Nicola ließ die Abdeckung zurückgleiten, um die geladenen Munition wieder auszuwerfen. »Du musst wieder gehen.« Der Mann war immer noch KO und sie ging zu ihm hinüber. »Hau ab!«

Überall, wo er hinschaute, sah Cash rot. Nein. Eigentlich sah er genau die Farben, die er in Nics Wohnung erwartet hatte. Gedeckte Farben. Alles harmonisierte. Es kotzte ihn an. Das bewusstlose Arschloch auf dem Boden kotzte ihn noch mehr an. »Erkläre mir, wieso er hier ist. Jetzt.«

»Dem rasenden Irren, der Leute in ihrer eigenen Wohnung KO schlägt?«

Das hier war seine Wohnung?

Aber es war ihre Wohnung.

Es war *ihre* Wohnung.

Magensäure stieg seine Kehle hoch. Hinter seiner Stirn pochte es. Beide Reaktionen waren viel besser, als den Kerl im Handtuch an der Kehle zu packen und so lange zuzudrücken, bis kein Leben mehr in seinem schlaffen Körper steckte.

»Du hast dein Handy vergessen.« Cash warf es gegen die Wand. Es zerbrach. Er machte einen großen Schritt über den Mann hinweg und ließ die Wohnungstür hinter sich zuknallen. Sie konnte ihn mal.

KAPITEL EINUNDZWANZIG

NICOLA SCHNAPPTE SICH eine Serviette und wischte sich den Schaum aus den Augen. Garnier Fructis Shampoo schien tatsächlich einen Spritzer Zitrone zu enthalten. Ihr rechtes Auges brannte, als ob sie es mit frischgepresstem Zitronensaft ausgewaschen hätte, und sie blinzelte hektisch. Was zum Teufel war gerade passiert? Es war ein Szenario wie aus einem Albtraum; Jackson, nur mit einem Handtuch bekleidet, direkt aus der Dusche. Und sie auch. Das hier war richtig schlimm; die Art von Situation, bei der sie Cash verlieren konnte.

Ihr Mitbewohner war immer noch bewusstlos. Scheiße. Sie rüttelte ihn an der Schulter. Nichts. Seine Haut war feucht und kalt und sie nahm die Decke vom Sofa, um ihn damit zuzudecken.

»Wach auf!« Ein Tropfen Blut lief über seine Wange. Nicola schüttelte ihn wieder. »Komm schon, Jackson. Wach auf. Sofort!«

Erste-Hilfe-Koffer.

Sie lief in die Küche und wühlte im Schrank unter dem Spülbecken herum. Nichts. Wo konnte er bloß sein? Es hätte vielleicht geholfen, wenn sie öfter mal hier gewesen wäre. Nic riss alle Küchenschränke auf. Wieder nichts und das Klapp, Klapp der Schranktüren, als sie auf und zugingen, weckte Jackson auch nicht auf.

Der Wäscheschrank. Nic lief um die Ecke und riss die Tür auf. Handtücher fielen auf den Boden. Ein Stapel Waschlappen gleich hinterher.

Der Erste-Hilfe-Koffer. Sie fand das blaue Köfferchen mit dem roten Kreuz und riss ihn auf. Pflaster flogen in alle Richtungen. Die CIA wäre sicher sehr enttäuscht von ihrer hektischen Reaktion.

Ja! Riechsalz.

Sie wetzte zu Jackson zurück, steckte ihm ein Sofakissen unter den

Kopf und machte eine Tube direkt vor seinem Gesicht auf. Seine Nase kräuselte sich. Einmal. Zweimal. Seine Augen gingen schlagartig auf. Er warf den Kopf zur Seite und stöhnte dann angewidert. Die Verwirrung stand ihm ins Gesicht geschrieben.

»Jackson? Jacks? Geht es dir gut?«

Er tastete seine Schläfen und dann seinen Mund ab. Das Blut lief noch. Die Erinnerungen schienen zurückzukommen und seine Augen weiteten sich. Mann, der Metrosexuelle in ihm würde sicher verärgert sein, wenn er den entstellenden Bluterguss in seinem hübschen Gesicht sah.

Die Worte wollten noch nicht so richtig kommen und er stotterte etwas wie, ob sie okay war. Verdammte Männer. In einem Moment war er KO, in dem anderen wollte er wissen, ob es ihr gut ging, sobald er das Bewusstsein wiedererlangt hatte. Hallo, sie war die Bewohnerin, die Gefahren mitbrachte.

Er versuchte sofort sich aufzusetzen, überlegte es sich aber ganz schnell anders. Sie würde Cash umbringen, wenn sie ihn zu fassen bekam. Umbringen. Sie tätschelte Jackson weiterhin, als ob sie damit ihr schlechtes Gewissen loswerden würde. »Jacks, mir geht es gut. Es tut mir leid.«

Er brauchte einen Moment, bis er wieder klar sehen konnte. Jackson setzte sich auf, schaute an sich herunter, bemerkte Handtuch und Decke und rollte mit den Augen. »Sexy, was? Ich bin der Mann deiner Träume.«

»Bist du okay?«

»Es geht schon.« Er schlug sanft ihre Hand weg, die ihm immer noch über das Haar strich, und lehnte sich gegen die Couch. »Mir geht es gut. Ich bin sauer. Aber ja, es geht.« Jackson musterte sie. »Du hast angetrockneten Seifenschaum auf der Stirn.«

»Und wir müssen eine neue Lampe kaufen.«

Er sah zu den Glasscherben und den restlichen kaputten Sachen hinüber. »Scheiße.«

»Da kann ich dir nur zustimmen. Ich werde ihn umbringen.«

»Das war Cash?«

Sie nickte.

»Vielleicht hättest du mich mal erwähnen können?«, fragte Jackson.

»Es schien mir zu kompliziert zu sein.«

»Ein Boxhieb aus heiterem Himmel macht alles ganz schnell

unkompliziert. Wenn nicht, wird er kein einfacher Partner sein. Oder vielleicht war das schon die ganze Zeit deine heimliche Absicht.« Er lachte. »Oder vielleicht bist du unterbewusst noch nicht bereit, mich gehen zu lassen.«

»Nein. Ich habe einfach … nicht den richtigen Moment gefunden.« Und sie war so selten hier, sie wohnte hier ja fast gar nicht. Warum überhaupt erwähnen, dass sie einen Mitbewohner hatte, der zufällig auch ihr Ex war?

Jackson rieb sich die Stirn. »Ja, das kann ich mir vorstellen.«

»Geht es dir wirklich gut? Weil ich nämlich wieder unter die Dusche muss.«

»Ruf deinen Mann an.« Ihr Handy lag zerbrochen auf dem Fußboden. Sein Blick fiel darauf, als er den Kopf rollte. »Ein heißes Temperament. Du liebst einfach diese Machokerle, nicht wahr?«

»Bist du etwa eifersüchtig, Jacks?«

»Möchtest du denn, dass ich eifersüchtig bin?« Ein trauriges Lächeln huschte über sein Gesicht. Wenn sie es nicht besser gewusst hätte, hätte er ihr jetzt leidgetan.

»Nee.« Jacks war ein wirklich gutherziger Kerl. Vielleicht etwas im Unklaren darüber, wie platonisch ihre Freundschaft tatsächlich war, aber sie fühlte sich in seiner Nähe einfach wohl.

»Tja, schade für mich.« Er holte tief Luft. »Dann nein, ich bin nicht eifersüchtig.«

Nicola beugte sich vor und küsste ihn auf die Stirn. »Du bist ein toller Fang, Jacks.«

»Ja, ja. Fangen und Freilassen.«

»Da höre ich jetzt aber Eifersucht heraus.« Sie versuchte, seine Verletzung näher zu begutachten. Vielleicht brauchte er einen Eispack.

»Nein. Sorry, Süße. Das sind die Chemikalien in deinem Shampoo, die Halluzinationen hervorrufen.«

Nic ging in die Küche und stieg über die ganzen Tupperware-Container und Servietten, die sie bei ihrer Mission »Erste-Hilfe-Koffer suchen und finden« aus den Schränken gekramt hatte. Sie wickelte Eiswürfel in ein Geschirrhandtuch und brachte den Eispack zu Jacks, der jetzt ausgestreckt auf der Couch lag, den Kopf in den Nacken gelegt.

Dieser Anblick hätte so einigen Frauen den Kopf verdreht.

Sie reichte ihm den Eispack, entschuldigte sich erneut bei ihm und sprang wieder unter die Dusche. Jackson sah aus wie ein männliches Model, mit einem süßen Lächeln, das alle Mädels beim FBI zum Kichern und Erröten brachte. Sie vergaßen dabei glatt die Agenten-Ausweise, die sie an den Gürtel geklippt hatten. Wenn er ihnen ein Lächeln schenkte, waren sie kurz davor, Freudensprünge zu veranstalten. Sie bekamen auch alle diesen gefährlichen Ausdruck in den Augen, der ihr sagte, sie sollte sich besser vor ihren Fäusten in acht nehmen, wenn sie ihn auf der Arbeit besuchte.

Drama, Drama. Nicola hasste Drama, aber sie hatte das Gefühl, nur von Männern mit übertriebenem Beschützerinstinkt umgeben zu sein. Sie wusch ihre Haare ein zweites Mal und überlegte sich, wie das Gespräch mit Cash laufen würde. Wenn sie ihn überhaupt ausfindig machen konnte. Bei der Unterhaltung würde sicherlich nichts Gutes herauskommen.

Nic trocknete sich mit dem Handtuch ab, fand ihr Prepaid-Handy und rief Beth an. Sie musste ihre Gedanken ordnen, bevor sie mit dem Butler in den Jet stieg.

»Ja?«, antwortete Beth, nachdem das Telefon nur kurz geklingelt hatte. Ein Zögern schwang in ihrer Stimme mit. Natürlich war sie besorgt, weil der Anruf nicht von Nics privatem Handy kam.

»Cash und Jacks haben sich gerade kennengelernt.«

»Oh, das war bestimmt ein Spaß.«

»Was mache ich denn jetzt?«

»Na, wie schlimm war es denn?«

»Ähm, ich hatte vergessen, Cash von Jackson zu erzählen. Ich bin mir ziemlich sicher, Cash dachte, Jacks und ich wären, äh, zusammen unter der Dusche.«

»Was würde ich nicht dafür geben, mit dem Mann zusammen zu duschen. Ich wette, er ist gut bestückt. Ist er gut bestückt? Er ist total …«

»Konzentrier dich, Beth.«

»Na gut. Ich bin konzentriert.«

»Cash hat ihn KO geschlagen.«

»O mein Gott! Na, man kann sich denken, dass Jackson sich mit seinen wertvollen Sprengstoffexperten-Händen nicht wehrt. Es ist ein bisschen so, als ob er ein verdammter Gehirnchirurg wäre oder so.«

»Ja, ich glaube, es lief in etwa so: ›Hi‹ – Bämm – KO.«

»Du musst mit Cash reden. Ihm alles erklären.«

»Ich weiß nicht.«

»Was?«

»Ich könnte das Ganze hinter mir lassen und auch ohne ihn zurechtkommen.«

»Was!«, schrie Beth ins Telefon.

»Ich habe es schon einmal gemacht, obwohl es mich fast umgebracht hat.« Und jetzt, konnte sie es wieder. Nein. Sie konnte es nicht …

»Warum zum Teufel willst du das tun?«

»Es ist besser, wenn ich allein bin. Wenn ich mit anderen involviert bin, passieren schlimme Dinge.«

»Nic, du kannst Cash nicht die Schuld geben. Er hätte Jacks nicht schlagen sollen, aber verdammt. Du hast ihm nichts davon erzählt. Er hatte keine Ahnung. Männer wie er, die drehen völlig hohl, wenn sie glauben, irgendein anderer hätte es auf ihre Frauen abgesehen. Jackson kann sich glücklich schätzen, dass er noch am Leben ist.«

»Erstens bin ich nicht *seine* Frau. Ich bin *eine* Frau mit der er etwas hat und der Sex ist zufälligerweise … explosiv. Er ist besitzergreifend und will mich beschützen. Warten wir mal ein paar Wochen ab und ich wette, er sehnt sich zurück nach unverbindlichem Sex. Bis dahin gibt es hier ein Blutbad nach dem anderen. Erst wurde Roman verletzt. Jetzt Jackson.«

»Du musst ihn anrufen.«

»Das hat Jackson auch gesagt.«

»Aber stattdessen hast du mich angerufen.«

»Ja.« Nic nickte ins Telefon.

»Ruf ihn an und sage: ›Cash Garrison, hier spricht Nicola Garrison, und ich liebe dich.‹«

»Was! Ich liebe ihn nicht.« Sie verzog das Gesicht. »Wovon redest du da?«

Beth lachte laut in ihr Ohr. »Ja klar. Und ich mache gerade nicht eine Durststrecke wie bei einer Wüstenwanderung durch und frage mich, ob dein Ex gut bestückt ist.«

»Du kannst ihn gerne haben.«

»Ach, weißt du, wen ich gerne hätte? Roman. Ich habe ihn kennengelernt, als du und Cash David überführt habt. Der sieht auch nicht schlecht aus.«

»Bäh, das ist mein Bruder. Außerdem ist er genauso schlimm wie Cash. Sie sind alle Arschlöcher.«

»Ich kriege gerade einen anderen Anruf. Ruf Cash an und meld dich später, um mir das Neueste von David und Cash zu berichten. Tschau.«

Nicola packte ihren Koffer fertig und schnappte sich dann wieder ihr Wegwerfhandy. Zeit, Cash anzurufen. Hmm, wenn sie doch bloß seine Telefonnummer kennen würde. Sie ging wieder in den Flur, um die Teile ihres Handys aufzusammeln. Vielleicht ließ es sich ja anstellen, damit sie wenigstens ihre Kontaktliste einsehen konnte.

Nein.

Sie schickte Beth eine SMS, um sie zu fragen, ob sie Cashs Nummer herausfinden konnte. Beth war gut. Die beste verdammte Verbindungsfrau, die sie sich wünschen konnte. Bis die Telefonnummer auf ihrem Display erschien, würde sie einfach auf dem Bett sitzen bleiben und darauf warten.

✕

CASH HÄMMERTE MIT den Fäusten gegen die Tür. Die gusseiserne Sicherheitstür schepperte. Es war schon spät, aber der 69er Mustang Boss 429 stand auf seinem Platz. Die Motorhaube war noch warm, also wo auch immer sie hingefahren war, jetzt war sie wieder hier.

»Mach auf«, schrie er in die Überwachungskamera.

Klick. Die Tür ging auf und er zog daran, bevor das letzte Schloss sich entriegelt hatte. Endlich war er in dem dunklen Raum und ging den Korridor entlang. Sugars Schritte kamen aus dem Büro.

»Was soll das, Cash?«

Er stürmte in Richtung Indoor-Schießstand, ohne darauf zu warten, dass sie zu ihm aufschloss. »Lad mir eine Waffe. Sofort. Irgendwas mit großem Kaliber.«

»Cash ..«

Er blieb unvermittelt stehen und wirbelte herum. »Ich habe dich noch nie um etwas gebeten, aber jetzt tue ich es. Sofort. Ich will eine Waffe und Munition.«

Sie starrte ihn eine Sekunde lang an und drehte sich dann um. Er ging weiter auf sein Ziel zu, suchte sich eine Bahn in der Mitte aus und stützte sich mit den Ellenbogen gegen die Wand. *Verdammte Scheiße, mein Schädel schmerzt.* Er legte den Kopf in die Armbeuge und kniff die Augen zu, um sein Gesicht vor der ganzen verdammten Welt zu verstecken.

Er hörte Sugars klappernde Absätze bevor sie sprach. »Was ist dir denn in den Hintern gekrochen?«

Wo zum Teufel sollte er anfangen? Und wieso sollte er sich Sugar anvertrauen? »Nichts.«

Er drehte den Kopf genug, um einen Blick auf die Waffe werfen zu können. Damit kam er gerade so zurecht. Sie legte das Gewehr, aus der Competition-Reihe von COLT und die Magazine mit großer Kapazität vor ihn hin. Cash richtete sich wieder von seiner selbstbemittleidenden Position auf. Ohne lange zu zögern lud er die leichte Langwaffe, ging aber nicht zur Wand. Keiner von ihnen setzte die Ohrenschützer auf. Er stand einfach nur da, diese verdammt große Waffe in der Hand und verdammt große Probleme im Kopf.

Sugar meldete sich vorsichtig zu Wort. »Sie scheint mir eine tolle Frau zu sein. Sie hat auf jeden Fall Eier.«

»Scheint. Passt perfekt. Sie scheint eine anständige Frau zu sein.«

»Ich fass es nicht. Hast du etwa Liebeskummer?«

»Lass mich in Ruhe, Sugar. Ich bin nicht in der Stimmung, darüber zu reden.«

»Na dann, schieß oder rede. Das eine oder das andere, Kumpel. Sonst tickst du versehentlich noch aus und verpasst jemandem eine ohne großen Grund. Und ich fände es gut, wenn ich nicht dieser jemand wäre.«

»Zu spät, und es war nicht versehentlich.«

Minuten verstrichen, während sie im Dunkeln standen. Die beleuchtete Zielscheibe war die einzige Lichtquelle im Raum. Cash ging zur Linie vor, setzte sich die Ohrenschützer auf, entsicherte die Waffe um loszulegen, und ließ es dann krachen. Der Rückstoß fühlte sich gut an. Die Energie und Wut, die sich beim Drücken des Abzugs entluden, halfen auch etwas. Nicht viel, aber ihm fiel keine andere Lösung ein. Er nahm das leere Magazin heraus und ging rückwärts, während er die Ohrenschützer abnahm und die Waffe auf dem nächstgelegenen Ständer ablegte.

»Es gibt einen Anderen.« Das war alles, was er herausbrachte, alles, was er zugeben wollte. Sugar lachte. Sie konnte ihn mal. Sie konnten ihn alle mal. »Was ist so verdammt lustig? Glaubst du, das ist Karma, oder was?«

»Bestimmt nicht. Aber ich glaube, du liegst falsch.«

»Glaub mir. Tue ich nicht.«

»Das hat sie dir gesagt?« Sugar schüttelte den Kopf. »Das kann ich einfach nicht glauben.«

»Ich habe es mit eigenen Augen gesehen. Und ich habe ein verdammt perfektes Sehvermögen.«

Sugar lachte wieder. »Du weißt nur das, was du zu sehen geglaubt hast. Genau wie das, was sie zwischen uns zu sehen geglaubt hat.«

»Das ist was anderes.«

»Wieso? Weil wir tatsächlich gevögelt haben?«

Er zuckte mit den Schultern. »Tja, ja.«

»Was ist schon dabei, Cash. Die Frau hatte Sex. Es sei denn, du hast sie dabei überrascht und …«

»Ich kann nicht glauben, dass ich mit dir überhaupt über diesen Mist rede.«

»Leer am besten noch mal ein Magazin. Dann fühlst du dich bestimmt besser.«

Er knallte ein neues Magazin in die Waffe und drehte sich zur Zielscheibe um. Bevor er das Gewehr entsicherte, rief er Sugar, die sich mit klackenden Absätzen entfernte.

Sie steckte ihren Kopf wieder in seine Bahn. »Ja?«

»Wieso ist es dir denn niemals ernst mit jemandem? Du und ich. Du und wer auch immer. Es ist nie eine ernste oder lange Beziehung.«

»Weil es so mehr Spaß macht.«

»Die Wahrheit. Wieso nicht?«

»Weil es ein Arschloch mit verdammt großem Auftreten und großem Schwanz brauchen würde, um mich an sich zu binden.« Sie zwinkerte ihm zu. »So eine Attitüde hast du nicht und die fehlt auch bei jedem anderen Mann da draußen. Also mache ich einfach mein Ding und verliere nachts keinen Schlaf darüber. Es hat Spaß gemacht, Cash, aber ich vermute, zwischen uns wird nie wieder etwas laufen. Zumindest hoffe ich das, denn ich mag diese Garrison recht gern.«

Sein Magen krampfte sich zusammen. *Ich mochte sie auch recht gern.*

KAPITEL ZWEIUNDZWANZIG

DER HANGAR UND der private Jet sahen nach viel Geld aus. Nicola legte in ihren Ferragamo-Heels einen Schritt zu, um diese Reise so schnell wie möglich hinter sich zu bringen und abhaken zu können.

Die Cateringfirma lud gerade den letzten Wagen ins Flugzeug und Nicola rechnete sich aus, dass der Trip einen weiteren Vorteil hatte. Die Rolle einer reichen Dame der Gesellschaft zu spielen beinhaltete auch, einen Fünf-Sterne-Koch an Board zu haben, der feine Speisen zubereitete. Hummer. Bei dieser Reise hatte sie sich einen dicken Hummer und etwas mit Trüffeln verdient.

Nachdem die Limousine sie abgesetzt hatte, war Nicola durch den privaten Check-In für Charterflüge im Dulles International Airport praktisch hindurchgesegelt. Die Frau von der Transportsicherheitsbehörde war viel mehr an Nics neuer Tom Ford-Sonnenbrille interessiert als an ihrem fast-echtem Ausweis. Sie würde sich bei Beth fürs Retuschieren des Fotos bedanken müssen. Ihre Haut sah makellos aus und niemand würde darauf kommen, dass ihr Pass und Führerschein gefälscht waren. Sie waren schließlich so echt, wie es nur ging, in Anbetracht der Tatsache, dass sie von der US-Regierung ausgestellt worden waren.

Sie reiste unter dem Decknamen Sarah Beth Pennington. Hübsch und hörte sich nach altem Geld an. Nicht außergewöhnlich genug, dass man es sich sofort merken würde, aber individuell genug, um einem anderen CIA-Team Unterstützung zu liefern und einer Coverstory Glaubwürdigkeit zu verleihen. Außerdem durfte sie diesmal ihre Designer-Klamotten behalten. Dazu gehörte auch dieses extrem schicke Jill Sander-Hemdkleid, das sie trug und das sonst völlig außerhalb ihres Budgets lag. Es lag an all den richtigen Stellen eng an. Es hätte Cash gefallen. Schade auch.

Ihr war aufgefallen, dass einige Kleidungstücke in ihrem Louis Vuitton

Koffer ihr nicht passten – was beabsichtigt war. Beth hatte die Hose aus der Petit-Linie nicht für Nicolas lange Beine ausgesucht. Nein. Beth war die zierliche von ihnen beiden, und Nic war das recht. Sie warf einen Blick auf ihr Handgepäck. Ihre Koffer waren nur ausgeliehen. Die musste sie wieder zurückgeben. Irgendwann.

»Gabriella«, sagte David, der Butler, hinter ihr. Sie bekam Gänsehaut im Nacken und es lief ihr kalt den Rücken hinunter, so als ob tausend kleine Spinnen über ihre Haut krochen. »Oh, entschuldigen Sie bitte, Nicola. Beides wunderschöne Namen.«

Nicola verdrehte die Augen. Seine Ausdrucksweise hatte er sich nicht nur für seine Rolle als Butler bei der Smooth Familie zugelegt. Jedes Mal, seit sie ihn seit dem Showdown in Smooths Villa gesehen hatte, hatte er diesen Tonfall gehabt und so aufgesetzt geredet. Schleimer. Sie hatte keine Zweifel, dass das Arschloch ein Doppelagent war. »Hallo, David.«

»Sie hören sich so kalt an. Wir sind nur hier, weil Sie mir nicht vertrauen und unser Arbeitgeber darauf bedacht ist, dass wir uns vertragen. Ich bin bereit dazu, wenn Sie es sind.« Er schaute auf den Zettel in seiner Hand. »Sarah Beth, richtig? Wunderschön.«

Sie musterte sein einfaches Sakko und die D & G Hose mit Bügelfalte. Ja, der passte gut in seine Rolle als Mister Pennington. Seine Verbindungsperson hatte gute Arbeit geleistet. Zusammen sahen sie wirklich glaubwürdig aus, auch wenn schmierig und schmächtig nicht ihr Typ war.

Cash war ihr Typ. Ihre Gedanken kehrten zu ihm zurück. Gebräunte Haut und Muskeln, die sich anspannten, wenn er sich bewegte. Blonde Haare, ab und zu blonde Bartstoppeln und durchdringende saphirblaue Augen, die sie nicht vergessen konnte. Ihr Magen machte einen Salto, als sie an sein markantes Kinn und seine vollen Lippen dachte. Wie er eine Spur von Küssen auf ihrem Bauch hinterließ und …

»Nicola, man beobachtet uns. Oder Sarah Beth, sollte ich sagen. So viele Namen, man sollte meinen, ich hätte mich in diesem Job schon daran gewöhnt. Ich glaube, der Pilot ist soweit und wartet auf uns.«

Spaßverderber. »Dav …«

»Michael. Michael Pennington.«

»Wie auch immer du heißt, der Pilot wird sich nichts dabei denken, wenn sich ein verheiratetes Paar streitet. Nur damit du es weißt, so spielen wir unsere Rollen als Michael und Sarah Beth: Wir streiten uns und ich rede gerade nicht mit dir.«

Davids Mund verzog sich zu einem Lächeln. Nic wurde schlecht.

»Das meinst du doch nicht so, meine Liebe.« Er hielt ihr seinen Arm hin, damit sie sich bei ihm einhaken konnte.

Was du heute kannst besorgen, das verschiebe nicht auf morgen. Sie hatte einen Job zu erledigen. »Na gut.«

Nicola zog ihre Puderdose aus der Tasche, um sich die Nase zu pudern, und nahm die erste mikroskopisch kleine Wanze heraus, die sie David unterjubeln sollte. Sie legte sie auf ihre Fingerspitze, machte die Puderdose zu, lächelte angespannt und hängte sich bei ihm ein. Dabei klebte sie die Wanze – ein durchsichtiges Stück Plastik – an seinen Ärmel.

Sie gingen an Bord und machten das ganze Programm mit. Der Pilot hatte das Gesicht eines altmodischen Pan Am Piloten, der einfach eine moderne Uniform trug. Es hätte sie nicht überrascht, wenn er sich als Modell herausgestellt hätte, das nur den Piloten spielte, und der echte Pilot Mitte fünfzig war und einen Bauch und eine Glatze hatte.

Als nächstes stellten sich die Stewardessen vor, aber Nic interessierte sich besonders für den Koch. Endlich begrüßte er sie, redete über seine besten Freunde Mario Batalli und Wolfgang Puck, und ging dann irgendwo in den hinteren Bereich des Jets. *Hoffentlich, um einen Hummer für mich zu aufzutreiben.*

Nics Handy klingelte. Es war Beth. Nicola entfernte sich von David, der die Ledersitze und den Flachbildfernseher in Beschlag nahm. Sie machte die Tür des WCs hinter sich zu und aktivierte einen Störsender, mit dem ihr Telefon immer noch funktionierte, der aber Abhörgeräte störte. »Hallo?«

»Hast du Cash angerufen?«

»Ich hab's versucht, aber ich habe ihn nicht erreicht.« Nicola kratzte an ihren frisch manikürten rosafarbenen Fingernägeln. Der Nagellack musste das ganze Wochenende halten und es würde daraus nichts werden, wenn sie so weitermachte.

»Ich könnte ihn mit Satellitenbildern finden, wenn du magst.«

Sie hätte sich keine bessere Freundin wünschen können. Oder eine mit mehr Ressourcen. »Ich will nicht wissen, wo er ist. Ich könnte raten, aber was soll das bringen.«

»Ich würde es gerne wissen. Wo ist er?«

»Wahrscheinlich mit Sugar zusammen.«

»Arschloch! Willst du Wärmebilder? Willst du wissen, wo sie ist? Ich erledige das sofort.«

»Lass es mich anders ausdrücken. Cash ist wahrscheinlich dabei, Sugar zu vögeln, nur um etwas zu beweisen.«

»Oh.« Beth machte eine Pause. »Das stinkt. Davon wollen wir keine Wärmebilder sehen. Ich könnte einfach herausfinden, wo sein Pickup ist …«

»Das ist es nicht wert. Er wird abnehmen müssen, wenn ich ihn in ein paar Stunden anrufe. Ich habe ihn darüber informiert, wann ich mich mit David treffe. Er sollte in der Lage sein, sich in die Datenübertragung der Abhörgeräte einzuklinken. Egal, was er sonst ist, Cash ist vor allen Dingen ein Profi. Ein Auftrag ist ein Auftrag. Er wird ihn erledigen und abschließen. Ich werde ihm alle meine Informationen geben wie abgemacht.«

»Tut mir leid, Mädchen.«

»Wenigstens hatte ich Spaß.«

✕

ZWEIUNDZWANZIG UHR. PÜNKTLICH. Cash hielt das Handy ausgestreckt vor sich und starrte auf das Display, während er Granville Bar and Grill verließ, eine extragroße Pizza mit Schinken, Salami und Hackfleisch in der anderen Hand balancierend, die ihm fast die Handfläche verbrannte. Heute gab es kein DiGiornio Tiefkühlpizza für ihn. Wenn er nicht auf Nics Informationen warten müsste, würde er heute Abend eine Sauftour machen, immer ein Schnapsglas in der Hand, um die Fleischextravaganza herunterzuspülen, die er gleich verputzen würde.

Das Telefon klingelte weiter. Das hier war das erste Mal, dass er je gezögert hatte, sich kopfüber in die Action zu stürzen, selbst wenn die Action diesmal nur daraus bestand, Geheiminformationen zu empfangen und zu dokumentieren. Nic hatte ihn angerufen, bevor sie abgereist, war und er wusste, es hatte nichts damit zu tun, dass sie mit diesem Arschloch ins Flugzeug eingestiegen war. Nein, es ging nur um den Kerl im Handtuch, aber dieser Anruf war vereinbart gewesen. Er gehörte zu seinem Job. Er musste ihn annehmen.

Er antwortete ihr so, wie er Jared antworten würde. »Ja.«

»Hi.« Der Klang ihrer süßen, sanften Stimme tat ihm im Herzen weh. Zur Hölle damit. Zur Hölle mit ihr.

»Hast du ein Update für mich?« Cash war sich bewusst, dass seine Stimme hart klang, schlimmer noch als wenn er mit seinen Kollegen sprach. Es schwang definitiv ein »du kannst mich mal« mit.

Er klemmte das Handy zwischen Ohr und Schulter und legte die Pizzaschachtel auf das Dach seines Wagens, bevor er ihn aufschloss. *Klick, klick.* Die Türverriegelung öffnete sich und er nahm die Pizza und stieg ein. Zwei Mücken flogen in die Fahrerkabine und wieder heraus. Vielleicht hätte er die Fenster hochkurbeln sollen, bevor er in die Bar gegangen war. Vielleicht dachte er über alles Mögliche nach außer über das, was er fühlte, wenn er die engelhafte Stimme am Telefon hörte.

»Gib es etwas zu berichten?«, fragte er.

»Cash, ich …«

»Gibt es etwas zu berichten, das mit dem Auftrag zu tun hat?« Er steckte den Schlüssel ins Zündschloss und drehte ihn um. *Ping.* Der Motor machte *schuck-schuck-schuck*, aber er ging nicht an. Gott, er hatte keine Zeit für diesen …

Oh, Mist.

Nicola brabbelte irgendwas. Er hatte es nicht verstanden. Er hörte ihr nicht zu. Cash blendete alle anderen Geräusche aus und ließ die letzten dreißig Sekunden in seinem Kopf Revue passieren. Blah, blah, blah. Ping.

Er legte seine Hände aufs Lenkrad und verlangsamte seine Atmung, wie es nur ein guter Scharfschütze vermochte. Sehr langsam und sehr ruhig sagte er ihren Namen.

»Was? Hörst du mir überhaupt zu?«

»Nicola. Ich stehe vor der Granville Bar in Fauquier County«, sagte er so ruhig wie möglich und versuchte, weder Lippen noch Lunge zu bewegen. »Ich habe gerade den Auslöser einer Autobombe aktiviert, der an mein Zündschloss gekoppelt ist. Wahrscheinlich gibt es einen zweiten Sprengsatz unter meinem Sitz. Du musst Jared für mich anrufen. Sofort.

Die Granville Bar in …«

»Was?«

»Seine Nummer ist …«

»Ich habe seine Nummer. Rühr dich nicht.«

Er antwortete nicht. *Langsam einatmen. Langsam ausatmen. Puls ruhighalten. Herzschlag verlangsamen.*

»Ich habe nur ein Telefon. Ich könnte David fragen …«

»Nein. Leg auf. Ruf Jared an.«

Wenigstens war hier kaum etwas los. Er hatte etwas weiter weg von anderen Autos und dem Gebäude geparkt. Er würde einfach nicht darüber nachdenken, bis Jared und Gott weiß was für eine Armee hier auftauchten, um ihn aus seiner brenzligen Lage zu befreien.

»Warte. Nic?« Warte? Was zum Teufel war sein Problem? Was hatte er eigentlich sagen wollen? Vielleicht brauchte er mehr Sauerstoffzufuhr zu seinem Gehirn. Die Leitung war eh schon tot. Sie hatte aufgelegt. »Ich werde dich vermissen, mein süßes Mädchen.« Aber sie hörte es sowieso nicht mehr.

✕

JAREDS FORD EXPEDITION mit getönten Scheiben und verchromten Rädern tauchte fünfunddreißig Minuten später – nach einer halbe Ewigkeit – mit quietschenden Reifen auf dem Parkplatz auf. Zwei ähnliche Autos folgten. Weder Blaulicht noch Sirene. Gott sei Dank hatte Nic auf ihn gehört und Titan dieses Problem selber lösen lassen. Keine Polizei, keine verdammten FBI-Profiler auf der Suche nach Beweggründen für diese Tat, die sich einmischten.

Für einen Samstagabend war im Granville wenig los. Vielleicht war das der Grund gewesen, warum Cash auf ein Bier und eine Pizza hineingegangen war. Er stellte aktuell keine besonders gute Gesellschaft dar. Er war sauer, im Clinch mit der ganzen Welt und verletzt – mehr als er sich eingestehen wollte. Hier, in einer Biker-Bar in diesem Provinznest, musste er sich um Frauen keine Sorgen machen. Die kamen alle auf den Harleys ihrer Männer an und waren ganz sicher nicht darauf aus, bei jemandem wie ihm zu landen.

Die Tür des Ford ging auf und ein Mann, der wie ein Grizzlybär wirkte, stieg aus. Nachdem sich Jared auf dem Parkplatz umgeschaut hatte, ging er schnurstracks auf Cashs Pickup zu, anscheinend unbeeindruckt davon, dass Cash wahrscheinlich mit dem Arsch auf einer Ladung C4 saß.

»Rühr dich nicht«, sagte Jared durch das halbgeöffnete Fenster.

Er drehte den Kopf nicht. »Ach nee. Danke für den Überlebenstipp.«

»Arschloch. Ich steckte gerade bis zu den Ohren in zwei heißen Tussis, als ich hierüber informiert wurde. Du schuldest mir was und ich werd's mir merken.«

Cash hätte gelacht, wenn er gekonnt hätte. Wenn sein Leben nicht gerade auf dem Spiel gestanden hätte und so, dann hätte er sich köstlich darüber amüsiert, dass er seinem Boss einen flotten Dreier vermasselt hatte. So wie er Jared kannte, hatte er wahrscheinlich Nics Anruf mitten beim Sex angenommen, seinen Schwanz herausgezogen und war einfach gegangen. Ausgeschlossen, dass er die Ladies zu sich nach Hause eingeladen hatte. Ausgeschlossen, dass er sich mit den Worten »danke und bis später« von ihnen verabschiedet hatte.

Aus dem Augenwinkel sah Cash, wie Jared neben seiner Tür abtauchte. Sekunde um Sekunde verstrich. Da musste tatsächlich etwas unter seinem Wagen befestigt worden sein, wenn es so lange dauerte, es zu untersuchen. Endlich stand Jared auf, drehte sich um und winkte die zwei anderen Fahrzeuge herüber.

»Dir wird nicht gefallen, was ich dir zu sagen habe. Ich glaube, der zweite Sprengsatz hat einen Druckzünder, also kannst du deinen Kopf bewegen. Aber bewege dich nicht vom Oberkörper abwärts. Ich meine es ernst.«

»Ja …«

»Ich schlage vor, du drehst wenigstens den Kopf zur Seite und kommst mit deinen Scheißproblemen klar, bevor du aus Versehen in die Luft fliegst. Und es ist ja nicht so, als hätte ich einen anderen Scharfschützen, der dich jederzeit ersetzen kann, also tu mir den Gefallen. Ich habe dich noch für ein paar Aufträge eingeplant.«

Cash drehte den Kopf einen Tick und sein flüchtiger Blick fiel auf einen Mann, der auf sie zukam. *Wollt ihr mich verarschen?* »Nein …«

»Halt's Maul, Garrison.«

Das Jungchen im Handtuch? Es gab keinen Zweifel, es war das

hübsche Model mit einem riesigen blauen Auge, das da auf seinen Pickup zukam. Vom Hals abwärts war der Mann in Sprengstoffexpertenuniform gekleidet. Den Helm hatte er in der Hand. Ein Wutausbruch kündigte sich an, aber Cash zwang seine Muskeln, ihm zu gehorchen. »Was zum …«

»Du hast Nic gesagt, dass sie mich anrufen soll. Sie sagte, sie kennt da einen Typen, und hat dann noch schnell zusammengefasst, was du heute so erlebt hast. Ich mache mir Sorgen, dass du so blöd bist und dich bewegst. Tu es nicht. Rocco und Brock erledigen heute Abend einen Auftrag, also hatte ich keine andere Wahl. Davon abgesehen ist er einer der besten Sprengstoffexperten der Welt, wenn man es glauben darf. Dein Glückstag heute.« Jared zuckte mit den Schultern und machte sich augenscheinlich nicht genug Sorgen, um sich vom Wagen zu entfernen. »Ich passe nachher gerne auf eure Hüte auf, wenn ihr euch kloppen wollt, nachdem das hier überstanden ist.«

Der Handtuchjunge kam bei seinem Wagen an und hielt etwa einen Meter Abstand von seiner Tür. Der Drang, ihn umzubringen, brachte sein Blut zum Kochen. Wenn er das hier überlebte, dann konnte das Spiel beginnen. Auf Leben und Tod. Obwohl der Handtuchjunge vielleicht etwas schwerer zu besiegen war, wenn er den Angriff vorausahnte.

Jared zeigte auf den Mann. »Also los, Jackson. Bring meinen Mann hier nicht um, oder ich bringe dich um. Ganz langsam.« Mit dieser Warnung entfernte sich sein Boss und Jackson, auch bekannt als Jungchen im Handtuch, kam zu seinem heruntergekurbelten Fenster.

»Keine Sorge. Ich würde auch lieber nicht hier sein, Arschloch«, sagte Jackson. »Rühren Sie sich nicht.«

Menschenskinders, würden die Leute aufhören, ihm das zu sagen? Jackson setzte sich den voluminösen, bombensicheren Helm auf und verschwand dann unter dem Pickup. Der Kerl würde ihn vielleicht absichtlich sterben lassen. An seiner Stelle würde er darüber nachdenken.

Sein Kopf tauchte wieder auf und Jungchen sprach mit ihm durch den Lüftungsschlitz im Helm. »Kein Amateur.«

»Gut zu wissen«, fauchte Cash. Das konnte eine gute oder eine schlechte Nachricht sein. Gut, denn es bedeutete, dass keine falsch gelegten Kabel eine Explosion verursachen würden, nachdem die Bombe entschärft worden war. Schlecht, weil das Entschärfen der Bombe keine einfache

Sache war. Seine Pizza war mit Sicherheit kalt, bis er daheim ankam. Eine Enttäuschung nach der anderen heute, alle mehr oder weniger wichtig für ihn. Von groß bis klein.

»Sie sind echt ein Arschloch«, antwortete Jackson, während er sich den Radstand anschaute.

»Und was wollen Sie dagegen unternehmen, Jackson?« Vielleicht sollte er die mitschwingende Drohung in seiner Stimme, dass er ihm wieder eine verpassen würde, sobald er dazu in der Lage war, etwas abschwächen. Es erhöhte wahrscheinlich seine Chance, bis zum nächsten Boxduell zu überleben.

»Ein ›tut mir leid, ich bin ein Arschloch‹, würde helfen.«

Cash drehte seinen Kopf ein kleines bisschen mehr, um ihn besser mit seinem Blick fixieren zu können. »Vielleicht werde ich Sie umbringen, wenn das hier vorbei ist, also wollen Sie vielleicht lieber Leine ziehen.«

»Und Nic enttäuschen? Nicht, nachdem sie mich so lieb darum gebeten hat, Ihren armseligen Arsch zu retten.«

Seine Fäuste kribbelten vor Wut. Es kostete ihn sehr viel Kraft, sich nicht davon beeinflussen zu lassen. Cash holte durch die Nase Luft und atmete ganz langsam durch den Mund wieder aus.

Jackson fuhr fort: »Ich werde jetzt Ihre Tür öffnen und untersuchen, womit wir es hier zu tun haben. Halten Sie so still wie möglich.«

Cash rollte mit den Augen. *Ich hab's verstanden. Himmel Herrgott. Ich werde mich nicht bewegen.* Das letzte, was er wollte, war das Jungchen im Handtuch zwischen seinen Beinen. Der beschissenste Tag in seinem Leben. Er musste sich sehr zusammenreißen, um Jackson nicht sein Knie in die Fresse zu rammen. Nichts Gutes würde dabei herauskommen, wenn er ihn wieder KO schlug.

Später vielleicht.

Die Tür ging auf und Jackson schnüffelte zwischen seinen Beinen herum. War das nicht ein wenig unangenehm? Sein astronautenartiger Helm berührte andauernd seine Wade. Eine halbe Minute später stand der Kerl wieder neben ihm.

»Rüh…«

»… ren Sie sich nicht.« Cash verzog das Gesicht. »Ich hab's verstanden.«

»Der Druckzünder ist das Problem. Der Zünder im Zündschloss hat versagt. Um den müssen wir uns keine Sorge machen«, grummelte Jackson. »Ich würde Sie lieber da rausholen, als zu versuchen, die Bombe zu entschärfen.«

»Was bedeutet das?«

»Ihr Auto wird in die Luft fliegen.«

»Scheißkerl.« Cash ließ weitere Schimpfwörter folgen. »Das machen Sie doch mit Absicht. Oder?« Wenn Jared ihn nicht absichtlich ignoriert hätte, wäre er dazu bereit gewesen, auf Brock und Rocco zu warten.

»Es ist nur ein Auto.«

»Sind Sie überhaupt ein Mann?«, fragte Cash, der gar nicht sagen konnte, was ihn gerade am meisten ärgerte.

Jackson sah so aus, als ob er abhauen wollte. Er drehte sich um, sah Jared und wandte sich dann wieder Cash zu. »Schauen Sie, wenn wir das so machen, dann können wir beide nach Hause gehen und noch größere Kopfschmerzen vermeiden als die, die wir sowieso schon haben.«

»Ist er nur unter meinem Sitz?«

»Häh?«

»Der Druckzünder. Geht der nur los, wenn ich mich bewege?«

»Ja. Hören Sie, Mann. Sie fordern unser beider Schicksal heraus, wenn wir hier beide weiter warten und nichts tun, außer uns zu streiten.«

»Nehmen Sie mein Gewehr und meine Pizza heraus.«

»Wie bitte?«

»Nehmen Sie das verdammte Gewehr und die Pizza aus dem Pickup und ich mache, was Sie sagen.«

Jackson stand schweigend da. Seine Augen verengten sich. »Nic schuldet mir was. Mann, schuldet die mir was.« Er ging um den Wagen herum, öffnete vorsichtig die Beifahrertür, schnappte sich den Gewehrkoffer, dann die Pizza. Er stellte den Koffer hin und warf die Pizza in eine Parklücke in der Nähe. *Arschloch.*

Zumindest kam die Waffe unbeschädigt davon. Diese Waffe war seine ganze Welt.

Nachdem er etwas in sein Mikrophon gesprochen hatte, kam Jackson wieder zu Cashs Tür zurück. Zwei Männer stiegen aus dem dritten Wagen aus, beide in bombensichere Astronautenanzüge gekleidet.

»Was passiert jetzt?«

Jackson zeigte auf die Männer. »Jetzt werden die Sie aus dem Auto holen, während ich auf den Sensor drücke und versuche, ihn zu deaktivieren, sodass ihr heißgeliebtes Fahrzeug nicht beschädigt wird.«

Alles klar. Wenigstens hatte das Arschloch einen Plan. Jared trat einen großen Schritt zurück. Na gut. Dieser Plan schien nicht hundertprozentig idiotensicher zu sein.

Ein Mann hatte etwas in der Hand, das wie eine Bleidecke aussah, der andere packte ihn am Arm. Jackson kniete zu seinen Füßen. Sie gaben sich ein Handzeichen und jemand zählte rückwärts. »Drei, zwei …« Dann ein Geräusch. Ein Piepton. Ein Dröhnen. Eine Explosion.

KAPITEL DREIUNDZWANZIG

DAVID TROMMELTE IN der Hosentasche seines Armani-Smokings mit den Fingern. Der maßgeschneiderte Anzug war einer der vielen Gründe, warum er ganz danach aussah, mit Nicola im Walzschritt auf die Galaveranstaltung zu tänzeln, wenn sie jemals auftauchte. Sie war schon mindestens fünfundzwanzig Minuten zu spät. Er wartete in seinem Rolls Royce, der von einem Chauffeur gefahren wurde, bis sie ihn mit ihrer unkultivierten Anwesenheit beehrte.

Aber er war kultiviert. Kultiviertes Benehmen. Kultiviertes Erscheinungsbild. Seine hohen Wangenknochen und wohlgeformte Nase verliehen ihm ein aristokratisches Erscheinungsbild. Sie hatten das Handgemenge unbeschädigt überstanden, abgesehen von ein paar blauen Flecken, die er mit Makeup verdeckte. Seinen perfekten aristokratischen Knochenbau verdankte er seiner Mutter und von seinem Vater hatte er das Talent für intrigantes Benehmen geerbt, das ihm erlaubte, in dieser Welt ein und auszugehen, sich in Seide zu kleiden und mit Diamanten zu schmücken ohne aufzufallen.

Er war definitiv in die falsche Klasse hineingeboren, und zu seinem Glück war er bestechlich. Flexibel zu sein, was moralische Grundsätze anging, war eine wundervolle Eigenschaft, nachdem er einmal gemerkt hatte, wie profitabel sie sein konnte. David hatte das gar nicht über sich selbst gewusst, als er bei der CIA angefangen hatte. Sie hatten es bei der Analyse seines Persönlichkeitsprofils nicht entdeckt. Welch Überraschung.

Vielleicht war Nicola spät dran, weil daheim alles nach Plan lief. Mister Nero würde sich darüber sehr freuen, und David wollte nur zu gern den Ausdruck in ihrem Gesicht sehen, nachdem sie erfahren hatte, dass man ihre Eltern in die Luft gejagt hatte.

Als Bonus hatte er den blonden Cowboy auch gleich noch zur

Zielperson erklärt. Wenn dieser Idiot ihm den Kiefer gebrochen hätte, dann hätte David in Erwägung gezogen, den Gianori-Mafiosi ihren Spaß zu gönnen und sich Zeit mit seinem Ableben zu lassen. Aber egal, der Typ musste sterben und eine Bombe würde das erledigen. David war zu mächtig, hatte zu viele Kontakte, um so einen Wild-West-Aufschneider damit davon kommen zu lassen, ihm eine zu verpassen.

Das Witzige war, dachte er sich, dass er jetzt Tausch und Handel ohne Währung betrieb. Die besten Dinge im Leben konnte man nicht mit Geldern von den Cayman-Inseln bezahlen.

Nachdem David alles über Nicolas Vergangenheit herausgefunden hatte – dass die Gianori-Mafia ihren Kopf wollte – war sein Plan schnell reif. Er wusste, dass Mister Nero hinter Nicola her war, weil sie sich als CIA-Agentin in Smooth Enterprises eingeschlichen hatte, wenn auch erfolglos. Mister Nero hatte die Macht der Vergeltung gepredigt und konnte es nicht abwarten, ihre Eltern umzulegen. Auge um Auge. Blutvergießen um Blutvergießen.

Die Gianori-Bande war hinter Nicola her, weil die Mafia niemals vergisst. Er hatte sie der Mafia versprochen, wenn es ihnen gelang, zwei Aufgaben zu erfüllen. Die erste war Mister Neros Auftrag: Jagt die Eltern in die Luft. Die zweite war seiner: Erledigt den Cowboy.

Man würde ihm den Tod ihrer Eltern nicht anhängen können und die Mafia würde ihn niemals finden, sobald er Nicola an Mister Nero ausgeliefert hatte. Die Gianoris würde ziemliche Probleme bekommen, aber das war ja nicht sein Problem. Die CIA hatte ihn gut ausgebildet. David konnte überall spurlos untertauchen und sie würden ihn niemals finden.

Das hier war eine ganz neue Art, seine Geschäfte zu führen, und bislang schien es wunderbar zu laufen. David musste über seine eigene Genialität schmunzeln.

Das Flattern von schwarzer Seide und Chiffon zog seinen Blick auf sich und er starrte aus dem Fenster. Nicola war eine schöne Frau. Sie sah gehetzt aus. Besorgt. Seine Mundwinkel verzogen sich zu einem zufriedenen Lächeln. Die Explosionen mussten von Erfolg gekrönt gewesen sein. Eltern und Cowboy, abgehakt.

Als sie zur Tür einstieg, die ihr der Chauffeur aufhielt, war keine Spur von Besorgnis mehr auf ihrem Gesicht zu sehen. Er hatte es sich nicht eingebildet. Es war dagewesen.

»Michael«, säuselte sie in Gegenwart des Chauffeurs, bevor der die Tür zumachte. Nicola beugte sich vor und gab ihm einen Kuss auf die Wange. Es war sehr passendes Verhalten für eine verspätete Frau. »Es tut mir leid, dass ich so spät dran bin.«

Der Chauffeur nahm auf dem Fahrersitz Platz und der Rolls Royce setzte sich in Bewegung, in Richtung ihres Ziels, das einen Block entfernt war. »Das macht doch nichts, Sarah Beth. Du siehst wundervoll aus, wie immer.«

Sie gab tatsächlich ein hübsches Bild ab. Eine sehr schöne Frau. Wenn Mister Nero mit ihr fertig war, wenn sie dann noch lebendig und ohne viele Narben davongekommen war, dann würde er sie für vielleicht für sich selber behalten.

✕

NICOLA LIEß DEN Dom Perignon in ihrer Champagnerflöte aus Kristallglas kreisen. Der schleimige David hatte schon den ganzen Abend über seine Hand in ihrem Kreuz liegen und es war einzig und allein ihrer guten Ausbildung zu verdanken, dass sie sie nicht wegnahm und an einen Kellner weiterreichte, damit er sie zusammen mit dem Kaviar bedeckten Müll entsorgen konnte.

»Stimmt etwas nicht, Schatz? Du siehst angespannt aus.«

Ja. Du fasst mich dauernd an und das löst bei mir akuten Brechreiz aus. »Natürlich nicht, Michael.« Mit diesem Mann verheiratet zu sein, wäre die reinste Qual. Seine Finger fühlten sich gleichzeitig kalt und verschwitzt an. Wie war das möglich? Wenn er noch einmal ihre Pucci-Robe damit befleckte, dann würde sie ihm die Rechnung für die Reinigung schicken. Natürlich bevor man ihn für seine Spionagetätigkeiten verurteilte und in einem Bundesgefängnis einbuchtete.

»Vielleicht wäre eine Massage nicht verkehrt, wenn wir wieder im Hotel sind.«

Versuch nicht zu kotzen. Sie wiederholte das mehrere Male. Eine Massage war nicht das, was sie wollte. Sie wollte, Scheiße, nein, sie brauchte Informationen.

Es war noch zu früh, um diese Party zu verlassen. Sie wollte sich entschuldigen und die Wahlwiederholungstaste drücken, bis jemand abnahm. Sie hatte schon hundertmal versucht Cash anzurufen, bevor sie auf diese gottverdammte Gala gekommen war. Jedes Mal ging der Anruf zur Mailbox. Sie hatte Jackson und Jared angerufen. Niemand antwortete.

Im Hintergrund schlug das Orchester die Töne für ein weiteres langsames Lied an und sie schaute nur böse, als David sie zu einem Walzer aufforderte.

Wenn sie darüber nachdachte, dass niemand abnahm, ging ihr Puls auf hundertachtzig. Cash musste etwas zugestoßen sein. Was, wenn Jared es nicht rechtzeitig dorthin geschafft hatte? Oder wenn die Explosion sie beide in die Luft gesprengt hatte? Und wo zum Teufel war Jared?

Seit ihrer Ankunft in Istanbul hatte Nicola weitere Abhörgeräte an David und seinen Sachen angebracht. Wenn er welche davon gefunden hatte, dann hatte das Arschloch es sich nicht anmerken lassen. Vielleicht war Cash daheim und hörte all ihren Gesprächen zu, sammelte Informationen, wenn sie nicht mit David zusammen war.

Das musste es sein.

Cash würde doch nicht von einer Autobombe umgebracht werden. Bestimmt nicht. Er ließ in seinem Leben kein Risiko aus. Da würde er doch nicht sterben, wenn er vor irgendeiner Bar auf seinem Hintern saß.

Das Leben war nicht fair. Das sollte sie besser wissen als jeder andere.

Seine Stimme ging ihr immer wieder im Kopf herum, bis ihr ganz schwindlig wurde. Sie trank den Rest des Champagners auf Ex aus und wartete ungeduldig, dass ihre Spione auftauchten. Sobald dieser Auftrag beendet war, würde sie David hochnehmen lassen und in den nächsten Learjet steigen, der sie zurück in die USA brachte.

»Sarah Beth, mein Schatz.« Davids Stimme triefte geradezu vor Schmalz. »Ich glaube, es geht jetzt los.«

Das Pärchen, auf das sie warteten, stand direkt vor ihnen und sah aus wie auf den Fotos in der Akte, die Nicola bekommen hatte. Tolles Timing. Die Spione begrüßten gerade ihre Zielpersonen, zwei Männern, die so wirkten, als ob sie bis zu den Schnurbärten im Spionagegeschäft steckten und gestohlene Dritte-Welt-Geheiminformationen verkauften. Alle waren da, wo sie sein sollten. Zeit für ihren großen Auftritt.

Nicola hob ihre mit Klunkern bedeckte Hand und rief so überheblich wie möglich: »Sind das nicht Frederick und Elisabeth?« Mit David im Schlepptau ging sie eleganten Schrittes auf die vier Personen zu. Auch er murmelte ihre Decknamen. »Sie sind es tatsächlich. Wie entzückend.«

Frederick und Elizabeth lächelten. Die Frau winkte ihnen zu. Von der hochtoupierten Frisur bis zur Maniküre glitzerte sie grün vor lauter Smaragden. »Oh, das sind die Penningtons. Aus New York.«

Der Mann wandte sich seinen Begleitern zu und stellte alle gegenseitig vor. Irgendetwas darüber, dass die Penningtons ihren vermeintlichen Reichtum der Chemiebranche verdankten. Vage genug, dass es nicht recherchierbar war.

Elizabeth küsste sie auf die Wange. »Sarah Beth. Dich habe ich hier nicht erwartet!«

»Wir haben einen ungeplanten Stopp eingelegt. Mallory hatte sich für die Teilnahme in einem Springreitturnier in Europa qualifiziert und da der Jet schon aufgetankt war und wir in der Nähe waren …« Nicola zuckte so elegant mit den seidenbedeckten Schultern, wie es ihr möglich war. Das war alles, was sie zu sagen hatte. Jetzt war David dran, in seiner Rolle zu brillieren.

Nic warf ihm einen Seitenblick zu. Er war so richtig in seinem Element. Das hier war genau der richtige Auftrag für ihn, mit den oberen Zehntausend zu plaudern und sich bei ihnen einzuschleimen. Wie langweilig, besonders wenn ihr wirkliches Leben auf sie wartete, tausende Meilen entfernt. Zumindest hoffte sie, dass Leben auf sie wartete und kein herzzerreißender Nachruf.

KAPITEL VIERUNDZWANZIG

IHR KLEINER AUFTRAG war ein voller Erfolg. Nicola und David waren zurück im Hotel und sie hatte schon alles gepackt. Nichts lag mehr in ihrem Schrank, weder Designer- noch andere Kleider. Ihr Louis Vuitton-Gepäck stand schon vor der Tür und wartete darauf, vom Hotelpagen abgeholt zu werden. Es war praktisch, einen Jet auf Abruf zu haben, aber sie mussten sich beide einig sein, abreisen zu wollen. Die Koffer an der Tür waren nichts anderes als ein Versuch ihrerseits, David davon zu überzeugen, heute noch zu fliegen, aber er ließ sich davon nicht beeindrucken.

Zumindest hatte sie ihn aus dem Schlafzimmer vertrieben und in einen der kleinen, angrenzenden Räume geschickt. Nicola suchte ihr Zimmer nach Wanzen ab, schaltete zur Sicherheit ihren Störsender ein und wünschte sich nichts sehnlicher, als aus dem verdammten Istanbul wegzukommen, damit sie endlich alle nötigen Infos bekam. Alles, was sie wissen musste, war, ob alle noch quicklebendig waren. Dass Cash nicht mit seinem Pickup in die Luft geflogen war. *Klingel.* Sie warf sich quer über das große Bett, um zum anderen Ende des Zimmers zu gelangen und das Telefon abzunehmen. Sie schaute nicht aufs Display, sondern nahm den Anruf an und betete, dass es gute Neuigkeiten gab.

»Nic.« Ihr wurde warm ums Herz, als sie Cashs Stimme hörte. Ihr Glaube an die Macht verzweifelter Gebete wurde bekräftigt.

»Danke!«, rief sie und merkte, wie ihr die Tränen das Gesicht hinunter liefen. »Cash, dir ist nichts passiert. O Gott. Dir ist nichts passiert.«

Sie bekam wieder Luft und atmete hektisch. All die Emotionen, die sich in ihr aufgestaut hatten, brachen in Form von heißen Tränen aus ihr hervor. Sie schnüffelte und stammelte irgendwas ohne zu wissen, was sie sagte.

»Langsam, langsam.« Er machte eine Pause. »Mir ist nichts passiert.«

Sie bekam keine vernünftigen Sätze heraus. Die Tränen liefen ihr über die Wangen und sie nahm ihre Umgebung nur noch verschwommen war. Gedanken rasten ihr durch den Kopf, bis sie sich richtig in ihre Ängste und Sorgen hineingesteigert hatte. »Ich dachte, so würde die Sache zwischen dir und mir zu Ende gehen«, flüsterte sie. »Dass du nicht mehr da wärst, wenn ich nach Hause komme. Dass ich dich schon einmal verlassen und verloren hatte. Dass du heute Nacht gestorben wärst, und ich dich für immer verloren hätte …«

»Wer ist Jackson?« Der scharfe Ton wirkte ernüchternd und riss sie aus ihren albtraumhaften Überlegungen, welche Ursachen und Folgen die Bombenexplosion hätte haben können.

»Was?« Sie schüttelte den Kopf und wischte mit dem Handrücken über ihre tränennassen Wangen. *Jackson?* Der Morgen kam ihr ewig lang her vor. War das wirklich passiert?

»Lüg mich an und ich schwöre bei Gott, mein süßes Mädchen, du wirst mich verlieren. Ohne dass ein Sprengsatz dafür nötig ist.«

Dann war es wirklich passiert. Cash war am Leben und … wütend. Der barsche Ton seiner Stimme drang durchs Telefon. Das Ungewisse. Die Bombendrohung. Alles andere war unbedeutend. Alles war unbedeutend außer ihm. Ihre Kehle schnürte sich zu. Ihr fiel nicht ein, was sie sagen sollte, um alles wieder gut zu machen.

»Nic!«

»Er ist ein Sprengstoffexperte beim FBI …«

»So viel weiß ich auch schon. In welcher Beziehung steht er zu dir?«

»Wir sind mal zusammen gewesen.«

»Ihr wohnt zusammen.«

»Genau genommen …«

Sein abgehacktes Lachen schmerzte ihr in den Ohren. »Du willst mich wohl verarschen. Das hier ist Karma. Das hier ist der Preis für all die netten Mädchen, die ich hätte anrufen sollen und all die schlimmen, mit denen ich besser nichts angefangen hätte.«

Im Ernst jetzt? Nicola schmunzelte ins Telefon. »So wie Sugar?«

»Ja. Wie Sugar. Verdammt, Mädchen. Du hältst wirklich alle zum Narren, sogar Sugar. Weißt du, sie hat heute Abend versucht, dich zu verteidigen. Als ob …«

»Ich wusste es. Ich wusste, du würdest zu ihr gehen, du Arschloch. Fick alles, was Arme und Beine hat, Cash. Fick mich. Fick jede verdammte Frau, die du siehst. So bist du nun mal. Das verstehe ich, aber du kennst mich wirklich schlecht, wenn du glaubst, dass ich mit dir schlafen und dann zu jemand anderem nach Hause gehen würde.«

Schweigen.

Sie schaute aufs Display. Sie waren immer noch verbunden. Nic wartete gerne, bis er etwas zu sagen hatte.

Schweigen.

Er hatte wohl denselben Plan.

Sie holte tief Luft und fuhr dann fort: »Jackson und ich waren zusammen. Waren, nicht sind. Ich habe vor über einem Jahr mit ihm Schluss gemacht und wir sind als Freunde auseinandergegangen. Wir sind immer noch gute Freunde. Da war keine Leidenschaft zwischen uns. Als ich den Smooth-Auftrag angenommen habe, habe ich meine Wohnung gekündigt, weil ich wusste, dass ich nur alle paar Monate daheim sein würde.«

»Erzähl mir mehr«, sagte er in nicht mehr ganz so scharfem Ton, aber immer noch vorsichtig.

»Ich wohne bei Jackson. Er hat das große Schlafzimmer. Ich habe mein eigenes. Ich habe da genau dreimal übernachtet und dein Timing war einfach scheiße, weil ich in die Dusche gesprungen bin, nachdem er gerade raus war. Das ist die Wahrheit und ich würde es nicht wagen, dich anzulügen.«

Schweigen.

»Verdammt noch mal, Cash …«

»Erzähl mir noch etwas, das wahr ist.« Seine Stimme hörte sich nicht länger so wütend an. Sie war immer noch etwas scharf und angespannt, aber sie war nicht mehr rau vor lauter Wut.

»Noch etwas, das wahr ist … Es verletzt mich, dass du zu Sugar gerannt bist.«

»Ich bin zu dem nächsten Ort gerannt, wo ich eine automatische Waffe abfeuern konnte.«

Das konnte sie glauben. »Also hast du nicht …?« Sie schloss die Augen und wartete voller Hoffnung auf seine Antwort.

»Nein. Es ist mir nicht einmal durch den Kopf gegangen.«

»Was dann?«

Er lachte leise. »Was mir durch den Kopf gegangen ist? Einfach. Der Drang, jemanden umzubringen.«

Na gut. Damit konnte sie klarkommen. »Dann bin ich froh, dass du dem nicht nachgegeben hast. Jackson ist ein guter Kerl. Außerdem war er heute bestimmt sehr hilfreich. Oder?«

»Mein Pickup ist hinüber. Ich bin mir ziemlich sicher, das hat er absichtlich gemacht.«

Oh, er hatte den Wagen geliebt. Dafür würde die Versicherung aufkommen, oder etwa nicht? »Er hat dein Auto nicht absichtlich in die Luft fliegen lassen. Aber egal … jetzt bist du dran. Erzähl du mir etwas, das wahr ist.«

Sie wartete geduldig und fragte sich, ob er sich wieder darüber beschweren würde, dass sie als Agentin im Einsatz arbeitete.

»Das Handy war nur ein Vorwand«, sagte Cash mit bedächtiger Stimme. Er machte eine lange Pause, bevor er weitersprach. »Das war nicht der Grund, warum ich zurück zu deiner Wohnung gefahren bin.«

Sie wurde abgelenkt, als jemand an ihre Tür klopfte. »Warte kurz.« Sie kletterte vom Bett, machte die Tür einen Spalt auf und blickte in Davids Wieselgesicht. »Wie kann ich dir helfen, David?«

»Wir müssen nach Hause fahren. Etwas ist bei einem meiner langfristigen Projekte schiefgelaufen. Man braucht mich in den Staaten. Du wolltest doch nach Hause. Fahren wir.«

Ihr Magen krampfte sich zusammen, als sie das boshafte Funkeln in seinen Augen sah. Instinkt war in ihrem Metier ein wichtiges Werkzeug und ihrer war bis zur Präzision geschärft. Irgendetwas stimmte nicht. Ihr Bauchgefühl sagte ihr, dass sie einen Rückzieher machen und hier abwarten sollte. »Ich bin erschöpft. Wir können auch morgen zurückfliegen.«

»Du hast schon gepackt.«

»Ich hatte schon vor zwei Stunden fertig gepackt. Jetzt möchte ich nur noch ins Bett gehen. Flieg ohne mich, wenn es dir so wichtig ist. Ich nehme einfach ein Verkehrsflugzeug zurück.«

David musterte sie und ihr ganzer Körper spannte sich an. Die Härchen an ihren Armen richteten sich auf. Irgendwas an seiner Stimme und seiner Art beunruhigte sie, sodass es ihr kalt den Rücken hinunterlief.

»Na gut. Dann sage ich Bescheid, dass wir morgen früh um sieben abfliegen möchten«, sagte er.

Nic machte die Tür zu, ohne ihm zu antworten. Sie hatte immer noch eine Gänsehaut. Sie zog das Handy aus der Tasche ihres Bademantels und hielt es sich wieder ans Ohr. »Cash? Bist du noch da?«

»Ja.«

»Tut mir leid. Was hattest du gesagt?«

»Nichts Besonderes. Nur, dass es einsam im Bett ist ohne dich.«

»Die Wahrheit?« Sie vermisste ihn tief in ihrem Herzen. Es existierten nur sie beide, während die Sekunden auf ihrem Wegwerfhandy weitertickten.

»Die Wahrheit.«

Das Wort entlockte ihr ein Lächeln. »Es macht keinen Spaß, sich mit dir zu vertragen, wenn uns ein ganzer Ozean trennt.«

Er lachte und es fühlte sich für sie an wie eine Umarmung. Sie erinnerte sich an die Wärme seines Körpers und wie er ihr einen kleinen Blick zuwerfen konnte, der ihr Schmetterlinge im Bauch verursachte. Sie sollten ihre Meinungsverschiedenheiten in Zukunft besser planen.

»Geh ins Bett und lass mich dir eine Gute-Nacht-Geschichte erzählen. Bevor du dich versiehst, bist du daheim bei mir.«

Mit seiner Stimme im Ohr einschlafen, war ein guter Plan. Sie prüfte noch einmal, dass die Tür richtig zu war und die Kette vor der Tür lag, zog den Bademantel aus, schlug die Decke zurück und kroch unter die himmlisch weichen Laken. »Also gut. Ich bin im Bett. Erzähl mir eine Geschichte.«

»Es ist eine interaktive Geschichte.«

»Hmm. Okay.« Egal. So lange er einfach weiter redete, konnte er es gerne so nennen, wie er wollte. Seine Stimme hörte sich immer sündhaft sexy an. Ihretwegen konnte er ihr gerne die Kleinanzeigen vorlesen. Eine Diplomarbeit darüber, wie Temperaturunterschiede die Feuerkraft von Langwaffen beeinflussen. Verdammt, er konnte ihr das Telefonbuch von A bis Z rezitieren. Seine Stimme hatte dieses gewisse Etwas, das sie einfach ansprach.

Einschlafen würde sie dabei ganz bestimmt nicht, aber man konnte es ja mal versuchen. Sie schloss die Augen, lauschte seiner Stimme und blendete alles andere aus.

Er begann langsam, mit tiefer Stimme. »Also, es waren einmal ein Mann und eine wunderschöne Frau. Wie eine Amazone, von mythischer Schönheit. Die beiden waren ein Liebespaar.«

Nic machte die Augen auf. »Ein Liebespaar?«

»Geliebte«, wiederholte er. Sie hörte das Lächeln in seiner Stimme und merkte, wie ihr die Röte ins Gesicht stieg. »Wie hießen die beiden wohl?«

O mein Gott. »Beschreib mir den Mann und vielleicht kann ich es dir sagen.«

»Ach, das ist einfach. Groß, sonnengebräunt und nicht besonders gut darin, sich selbst zu beschreiben.«

Sie hielt das Handy ans andere Ohr. »Ich finde, wir sollten ihn Cash nennen.«

»Das hört sich gut an. Sie nennen wir Nic. Cash und Nic.«

Nic kicherte und nickte.

»Du nickst gerade, nicht wahr?«

Sie lächelte, den Kopf ins weiche Kissen geschmiegt. »Vielleicht.«

Cash lachte leise. »Zurück zu Cash und Nic. Sie hatten eine Meinungsverschiedenheit. Die letzte in einer ganzen Reihe von denen. Keine, die man nicht aus dem Weg räumen konnte, aber …«

»Entschuldigt sich Cash bei ihr? Du weißt schon, in der Geschichte?«

Eine lange Pause. »Ja. Es tut ihm leid. Aber das ist die Hintergrundgeschichte und das Kapitel ist langweilig. Sagen wir einfach, es tut ihm leid, dass er voreilig Schlüsse gezogen und Freunde geschlagen hat.«

»Gut zu wissen.«

»Also.« Er räusperte sich. »Weißt du, das hier wäre viel einfacher, wenn du die Rolle von Nic übernimmst. Du könntest ein wenig improvisieren.«

»Dann bist du also Cash?«

Er lachte wieder leise. »Das könnte funktionieren.«

»Wie geht es weiter?«, fragte sie, etwas nervös und aufgeregt.

»Jetzt solltest du dich davon überzeugen, dass dein Handy aufgeladen ist und du deinen Störsender eingeschaltet hast«, sagte er mit heiserer

Stimme. Die Anweisung verursachte ihr am ganzen Körper Gänsehaut, so als ob er da wäre, in Fleisch und Blut, und ihr direkt ins Ohr flüsterte.

»Wieso?«, forderte sie ihn heraus, in der Hoffnung, dass sich dieses Gefühl wieder einstellte. Ihr Magen verknotete sich, so viel Anspannung lag in der Luft.

»Weil du gleich herausfinden wirst, wie sehr ich dich in meinem Bett haben will, neben mir.«

Ihre Brust wurde enger. Ihre Lungen streikten. »Erzähl es mir.«

»Schließ die Augen, Nic.«

Ihr Magen machte einen Hüpfer, als sie die Augen schloss.

»Erinnerst du dich noch daran, als wir gemeinsam geduscht haben?«, raunte er ihr mit tiefer Stimme ins Ohr. »Das Wasser und der Dampf und das unbändige Verlangen. Ist dein Herz schneller geschlagen? Wolltest du mich küssen?«

Sie nickte im Dunkeln. »Ja.«

»Und wolltest du noch mehr? Als meine Hände deine nasse Haut gestreichelt haben, erinnerst du dich, wie bereit du für mich warst?«

»Hmmm.« Mehr brachte sie nicht heraus. Seine Stimme ließ einen wohligen Schauer über ihren Rücken gleiten.

»Berühre deine Lippen für mich, Nicola.«

Sie gehorchte. Seine herrlichen Worte hüllten sie ein wie ein warmer Stoff. Ihre Finger strichen sanft über ihre Unterlippe, während sie sich danach sehnte, dass er weitersprach.

Cash fuhr fort: »Je heftiger ich dich geküsst habe, desto heftiger ist mein Verlangen geworden, meine Süße. Als deine Zunge meine gestreichelt hat …« Er holte tief Luft und atmete langsam ins Telefon wieder aus. »Ich wollte sie überall spüren, aber nicht, bevor ich dich nicht selbst geschmeckt hatte.«

»Oh.« Ihre Halsschlagader pulsierte heftig, als das Blut ihr durch die Adern schoss.

»Und ich habe deinen Hals geküsst«, flüsterte er. Nic berührte ihren Hals, um ihren Puls zu fühlen. »Es hat mich meine ganze Kraft gekostet, nichts zu überstürzen. Dich nicht dort zu berühren und zu küssen, wo ich unbedingt sein wollte.«

»Und wo war das?« Die Hitze sammelte sich in ihrer Mitte, als sie sich daran erinnerte, wie er ihre Knie auseinandergedrückt hatte. Wie er ihr so viel Befriedigung verschaffte, dass sie dachte, sie würde in ihm ertrinken, in den Fluten von unverkennbarer Glückseligkeit.

»Deine süße Muschi. Aber ich werde heute Nacht dorthin gelangen. Es ist mir egal, wie weit weg von mir du bist.«

Oh. Es waren nur Worte, keine sündigen Berührungen oder Küsse, die ihre Knie weich werden ließen. Aber die Art und Weise, wie er sie sagte, erfüllte sie von den Lenden bis in ihr Innerstes mit schmerzhaftem Verlangen. Sie war allein in einem dunklen Raum mit geschlossenen Augen, hätte aber schwören können, dass er in ihr Ohr flüsterte; konnte das Kitzeln seines Atems spüren, als er diese verheißungsvollen Worte sagte.

»Bist du im Bett, Cash?«

»Ja, und ich bin nackt und vermisse dich.« Seine Stimme war wie ein elektrischer Schlag. Es schwang kein Zögern mit und er hielt sich nicht zurück. Cash war durch und durch stark und direkt. Voller Energie und Leben.

»Bist du …« Sie brach ab, wartete auf die richtigen Worte, wollte genauso unerschrocken sein wie er.

»Steif, und ich hab ihn in der Hand«, antwortete er für sie. Jetzt waren ihrer Fantasie keine Grenzen mehr gesetzt.

Das Herz klopfte ihr bis zum Halse. »Streichelst du ihn.«

»Braves Mädchen.« Sie hörte das zustimmende Lächeln in seiner Stimme. »Ja, ich streichle ihn. Ich denke darüber nach, wie gut du dich anfühlst. Wo sind deine wunderschönen Finger?«

»An meinem Hals.«

»Willst du sie dort?«

Sie schüttelte lautlos den Kopf im Kissen.

»Entspann dich, meine Süße«, forderte Cash. »Sag mir, was du willst, wie du es magst. Entspann dich und öffne dich für mich.«

Das hier war einfach zu offenherzig. Peinlich und furchterregend. Sie wusste nicht, was sie sagen oder tun sollte. Sich ihm gegenüber so offen zu zeigen und so frei heraus zu sein machte das Ganze noch erotischer. Intimer. »Cash …«

»Du kannst das, wenn du willst. Du musst es nicht tun. Aber du könntest es.«

»Ich möchte es«, versprach sie ihm.

»Dann vertrau mir. Hör mir zu. Ich möchte, dass du weißt, es gibt nichts in der Welt, was ich nicht tun würde, damit du heute Nacht für mich kommst.«

»Ich höre dir zu.« Hitze breitete sich zwischen ihren Beinen aus. Wenn er weiter so mit ihr redete, würde sie bald darum betteln, kommen zu dürfen.

»Erzähl mir etwas, das wahr ist, Nicola. Berühre deinen wunderschönen Körper und vertraue mir noch eine Wahrheit an.«

Ihre Hände strichen über ihr Nachthemd. Ihre Brüste prickelten vor Vorfreude, ihr Atem wurde kürzer und ihre Nervenenden direkt unter der Hautoberfläche waren wie elektrisiert. *Eine Wahrheit.* Nicola presste die Lippen zusammen, nahm all ihren Mut zusammen und sagte: »Ich kann es auch nicht abwarten, dich zu schmecken.«

Er vergaß für einen Moment zu atmen. »Himmel.«

Sie unterdrückte einen Seufzer. Seine Reaktion machte sie noch selbstbewusster. Er wollte es genauso wie sie. Das hier war erotische Macht. Verführung.

»Ich würde zwischen deinen nackten Beinen knien«, vertraute sich Nicola ihm an. »Deinen kräftigen Oberschenkeln. Und dann würde ich dich küssen.« Cash stöhnte leise in ihr Ohr und forderte sie damit heraus weiterzureden. »Du hast mein Haar um deine Finger gewickelt und du bist steinhart, so groß, dass ich Angst habe, aber es ist das samthäutigste, glatteste Ding, das ich je berührt habe.«

»Leck daran«, knurrte er mit tiefer Stimme.

Sie nickte und ihre Finger vergruben sich im seidigen Stoff ihres Nachthemds. »Und ich sauge daran.«

»Verdammt noch mal, Frau. Du bist nicht schüchtern. Erzähl mir mehr.«

Mehr brauchte sie nicht. Er bekräftigte sie darin, einen Zahn zuzulegen, von erotisch zu mutig und abenteuerlustig. »Und ich summe. Meine Lippen vibrieren um dich herum. Meine Zunge streichelt dich. Kannst du es spüren?«

»Ja, verdammt, das kann ich. Was würde ich dafür geben, dich umzudrehen, deine Lippen immer noch fest um meinen Schwanz geschlossen, und deine Süße zu kosten.« Ihr blieb der Atem stehen, als er ihr so deutlich und direkt beschrieb, was er mit ihr machen wollte. »Ich würde deine Hüften festhalten, meine Lippen dagegen pressen und dich in den Wahnsinn treiben.«

Nics Finger spielten mit dem Stoff ihres Höschens, fuhren über das Elastikband. Sie konnte feuchte Hitze zwischen ihren Beinen fühlen. Cash war tausend Meilen weit weg, aber er schaffte es dennoch, sie zu erregen. Jetzt durfte er nicht mehr aufhören, jetzt musste er jeden seiner erotischen Gedanken aussprechen. »Erzähl mir mehr. Sag mir alles.«

»Darüber, wie ich dich dazu bringe, meinen Namen zu schreien?«

Sie nickte und ihre Finger glitten unter den Stoff. »Hmmm.«

»Berührst du dich selber, Nic?«

Sie nickte und stöhnte eine Antwort.

»Braves, süßes Mädchen. Du bist ganz feucht, wenn du an mich denkst. Verzehrst dich nach mir.«

»Hm-hmm.«

»Ich halte dich fest, spreize deine Beine. Ich sauge an deinem perfekten Kitzler, bis ich merke, wie du erschauderst. Zitterst und bebst. Dann nehme ich einen Finger. Zwei Finger. Rein und raus.«

Sie konnte ihn spüren. Seine Hände. Seine Stimme. Was er mit ihr tat. Erregt und mit jeder Sekunde wagemutiger, fuhr Nicola fort: »Meine Finger schließen sich um dich und meine Hand bewegt sich im selben Rhythmus auf und ab wie mein Mund.«

Er ächzte. »Verdammt, ja. Sag mir, wie gut wir zusammen sind.«

»Besser geht es nicht.«

»Sag mir, was du brauchst.«

»Gott, Cash. Ich brauche dich.«

»Komm mit mir zusammen, mein süßes Mädchen.«

Sie stöhnte ins Telefon. Ihre Finger vollbrachten Wunder, so als ob es seine wären. Ihre Mitte pulsierte. Nichts hielt sie mehr zurück. Der Höhepunkt wusch wie eine gewaltige Welle über sie. Sie konnte Cash hören, ihn fühlen. Seine Stärke und seine Erregung. Sein Verlangen. Ihr Körper verzehrte sich nach ihm, Sinneseindrücke explodierten förmlich.

Cash flüsterte ihren Namen ins Telefon. Tiefste Befriedigung durchfuhr sie. Sie waren in völliger Harmonie. Sie kamen zusammen, tausend Meilen voneinander entfernt. Sie liebte das, was er mit Worten in ihr bewegen konnte, mit Vertrauen. Sie liebte ihn mehr, als sie jemals selber in Worte fassen konnte.

Beide atmeten schwer und, eng verschlungen im Mobilfunknetzwerk, verlangsamten sich auch ihrer beiden Atemzüge wieder im gleichen Rhythmus. Zu wissen, dass Cash das Handy am Ohr hatte, fühlte sich wie ein Wiegenlied an, das sie sanft in das Land der Träume beförderte.

»Nicola?«

»Hmm?«

»Bist du noch wach? Ich dachte, du wärst weg.«

»Ich werde nie wieder von dir weggehen.«

»Ich muss dir etwas sagen.« Cash seufzte. Sie wartete. »Ich … ich brauche dich bei mir. Hier bei mir. Komm zu mir nach Hause.«

Sie nickte langsam, schläfrig und zufrieden. »Das werde ich.«

Im angrenzenden Raum ging die Tür auf und zu. Das brachte sie in die Realität zurück. Sofort war sie wieder wach. Der Job. David, der Butler. »Cash?«

»Ja, Schatz?«

»Kannst du dich eine Sekunde auf die Arbeit konzentrieren?«

»Ich denke schon.«

»Seid ihr mit den Abhörgeräten an irgendwelche nützlichen Informationen gekommen?«

»Sieht so aus. Soll ich dir jetzt davon erzählen oder reicht es dir, wenn du morgen nach deiner Rückkehr in der Besprechung davon erfährst?«

»Lieber jetzt. Er hat gerade die Tür zugeknallt und ich bin wieder wach.«

»Na gut.« Cash räusperte sich und sie hörte das Rascheln seiner Bettlaken. »Zwei Dinge sind für uns relevant. Erstens hat er mit jemandem namens Nero gesprochen. Er selber nennt sich Mars.«

Ihr Magen verkrampfte sich und sie setzte sich mit einem Ruck in ihrem einsamen, zerwühltem Bett auf. »Was? Worüber haben sie geredet?«

»Kennst du Nero?«

»Worüber haben sie geredet?«

»Paketlogistik. Ich kam nicht wirklich draus, obwohl ich mich auch noch nicht besonders viel damit befasst habe. Wieso? Wer ist Nero?«

»Antilla Smooth war besessen von Römischer Geschichte. Einer der Gründe, warum mein Alias so gut funktioniert hat … er konnte …«

»Komm zur Sache, Nic.«

»Nero und Mars. Römische Kriegsgötter. Mars stand vielleicht in Neros Dienst und laut der Übersetzung mancher Texte, vielleicht sogar in denen seiner Frau. Aber hauptsächlich …«

»Smooth ist tot. Ich habe ihm das Hirn weggepustet. Es war ein todsicherer Schuss.«

Nic nickte. »Ich habe ihn gesehen, aber die Firmenhierarchie ist dadurch nicht vollständig zerfallen. Vielleicht hat jemand da weiter gemacht, wo Antilla aufgehört hat.«

Cash pfiff durch die Zähne. »Hinter genau so etwas sind wir her. Es ist nur die Spitze des Eisbergs, aber es ist ein Beweis dafür, dass der Butler ein Doppelagent ist.«

»Du hast recht. Also war diese scheiß Reise es wert.« Sie hielt inne, rief sich ins Bewusstsein, was das bedeutete, und widerstand dem Impuls, David im Zimmer nebenan zur Rede zu stellen. »Was ist das andere Interessante?«

»Er hat mit jemandem namens Gianori telefoniert. Er muss irgendwas mit Smooth zu tun haben und ich habe ihn noch nicht näher unter die Lupe genommen, aber …«

Nicola nahm ihre verchromte .38er Spezial vom Nachttisch. »Sie haben nichts miteinander zu tun.«

»Hörte sich aber so an.«

»Das stimmt nicht. Sie haben nichts miteinander zu tun.«

»Woher weißt du das?«

Weil sie alles über Gianori wusste – sie war eine Gianori-Enzyklopädie. »Salvatore Gianori. Mafioso-Boss der Gianori-Sippe. Seine Söhne, Basilio, Durante und Emilio, sind seine Nachfolger und haben auch alle die Einstellung ihres Vaters geerbt: Ich bin der König und ihr könnt mich alle mal. Sie machen ihre Geschäfte mit Waffenschmuggel, Submissionsbetrug und Wucherei. Aber Salvatores Spezialgebiet ist Gewalt.«

Sie zitterte am ganzen Körper, als sie sich alles, was sie über die Mafiosi wusste, die niemals für irgendetwas eingebuchtet wurden, in Erinnerung rief.

»Nic, woher weißt du das?« Besorgnis schwang in seiner Stimme mit. Nicht Panik, die er sicher in ihrer herausgehört hatte, aber tiefe Besorgnis. »Sag mir, dass du einfach nur Mafia-Expertin bist, dass dieser David nichts davon weiß, dass du …«

Sie prüfte ihre .38er noch mal. Geladen und bereit. Nic schob sich das Kissen in den Rücken und setzte sich auf, mit dem Blick zur einzigen Tür. »Das muss er. Er weiß es. Es waren die Gianoris. Nur wenige Leute wissen davon und sein Name steht nicht auf der kurzen Liste. Eins ist verdammt noch mal sonnenklar: Er sollte keinen Kontakt mit ihnen haben.«

»Schnapp dir deine Waffe.«

»Schon geschehen.«

»Und rühr dich nicht von der Stelle, bis ich da bin.« Cashs Stimme dröhnte durch das Telefon.

»Istanbul? Wir sind schon in der Luft, bis du überhaupt hier ankommst. Wir werden unseren Plan nicht ändern. Nicht wegen dieser Sache.«

»Wieso würdest du mit ihm zusammen in ein Flugzeug steigen, obwohl du weißt, dass er …«

»Weil das nun mal die Mission ist. Der Auftrag. Ich werde nicht meine Tarnung auffliegen lassen, weil noch etwas anderes Gefährliches dazu gekommen ist. Der Wichser ist ein Verräter und wir werden ihn hochnehmen.«

»Nic …«

»Wir machen so weiter wie geplant.«

Er schnaubte verärgert. »Nenn mir die Luftfahrzeugkennzeichen und deinen Flugplan. Ich schicke einen Jet, der dich begleitet. Und ich werde auf der Rollbahn …«

»Cash …«

»… auf dich warten, bereit ….«

»Cash!«

»Was?«

»Bereit, mich zu beschützen? Darum geht es hier doch nicht. Dann weiß er doch, dass wir Bescheid wissen. Gerade eben bin ich nicht deine Freundin, sondern deine Partnerin.«

»Verdammt noch mal, Nicola. Du bist so ein Sturkopf, versuchst alles im Alleingang zu schaffen. Nicola: die Heldin mit der Maske.« Sie wartete, in der Hoffnung, er würde keinen Scheiß labern und ihre Nacht damit ruinieren. Er holte tief Luft. »Egal, was du machst oder wo du bist, nichts wird sich jemals daran ändern, dass ich den Drang verspüre, dich zu beschützen. Ich bin das Arschloch mit Beschützerinstinkt, okay? Es liegt mir im Blut, in meiner DNA. Ich bin nun mal so gepolt, mich vor dich zu stellen und dich zu beschützen. Also, Himmel Herrgott noch mal, ich gebe hier wirklich mein Bestes, dessen musst du dir bewusst sein.«

»Hilf mir dabei einzusehen, dass du den Unterschied zwischen Partnerschaft und besitzergreifendem Verhalten kennst.«

Cashs Stimme klang vollkommen ruhig und tödlich. »Dich trennt nichts als eine dünne Hoteltür von jemandem, der vielleicht der Frau wehtun will, die mir gehört. Ich bin ein Auftragskiller. Ein Mörder. Vielleicht im Auftrag der Guten, aber dennoch. Das ist es, was ich bin.« Er holte Luft. »Auf Blut aus zu sein und dich zu beschützen ist tief in mir verwurzelt. Lass uns nicht so tun, als ob das nicht so wäre. *Vertrau mir*, Nic. Du solltest wissen, dass ich dir den Rücken stärke. Nicola ... Nur wenige Menschen auf dieser Welt verstehen diesen Ausdruck wirklich, den sie so leichthin verwenden. Wenige Menschen verstehen die Verantwortung, die mit diesem Versprechen einhergeht. Ich stärke dir den Rücken. Ich vertraue dir, das Richtige zu tun. Aber wenn etwas passiert, dann werde ich da sein, den Finger am Abzug und bereit. Du gehörst zu mir und das heißt, es ist meine Aufgabe, dich zu beschützen.«

»Ich bin dein?«

»Gab es jemals Zweifel daran?«

»Hmm, nein. Es ist einfach nur so, dass wir noch nicht wirklich darüber geredet haben. Wir haben einfach nur ... miteinander geschlafen.«

»Gott, Nic. Wir sind doch nicht mehr auf dem College. Ich habe keine Zeit dafür, dir im Englisch Grundkurs Nachrichten zu schreiben. Nur damit es klar ist. Ich will nicht, dass du mit jemand anderem zusammen bist. Ich denke, das habe ich ziemlich deutlich gemacht, als ich deinen Mitbewohner KO geschlagen habe.«

»Aber siehst du, du hast nicht gesagt: ›Ich will nicht, dass du mit jemand anderem zusammen bist.‹ Du bist für so lange Zeit der König der

Weiberhelden gewesen. Ein Monat nur mit mir zusammen und du wirst nach etwas Neuem und Besserem lechzen.«

»Wohl kaum. Und du hast das Thema gewechselt, von uns zum Job und wieder zu uns. Wie ich schon gesagt habe, ich brauche dich, mein süßes Mädchen. Ich warte auf dich in den Staaten. Schlaf nicht ein. Wenn du ihn morgen früh siehst, sei höflich, sei freundlich und sei bereit, jeden im Raum umzubringen.«

»Mit solchen Ratschlägen verdrehst du wohl allen Frauen den Kopf.«

»Nur dir, Nic. Die einzige Frau, die ich will, bist du. Lass deine Waffe entsichert und ich werde dich sobald wie möglich im Blick haben. Schalte deinen Lautsprecher ein. Ich werde die ganze Nacht lang am Apparat bleiben und bei dir sein.«

KAPITEL FÜNFUNDZWANZIG

Erst eine Stunde war vergangen, seit sie Istanbuls modernen Flughafen verlassen hatten. Die Reise war äußerst produktiv gewesen. Nicola wusste nun, dass sie ein privates Charterflugzeug – komplett mit kulinarischem Genie und einer Stewardess, die den Knigge auswendig gelernt zu haben schien – mit einem Verräter teilte, der ein doppeltes Spiel trieb. Es würde ihr große Genugtuung verschaffen, dabei zu sein, wenn ihre Kollegen bei der CIA David in die Mangel nahmen.

Sie kannte ein paar talentierte Männer, die jeden Tag daran arbeiteten, anderen Geheiminformationen zu entlocken. Sie hoffte inständig, dass David sich mit seinen Erklärungen ein wenig zurückhalten würde, damit diese Männer sich ihn vorknöpfen konnten. Falls Cash ihn nicht vorher umbrachte. Die Möglichkeit bestand. David wäre tot, bevor er auch nur einen Schritt aus dem Jet getan und bevor jemand den Schuss gehört hätte. Cashs .50er Kaliber Patronen waren sehr nützlich, was das anging. Die Kugel war immer schneller als der Schall.

Nic beobachtete das Arschloch und gab sich Mühe, sich so normal wie möglich zu verhalten. Das war gar nicht so einfach in Anbetracht der Tatsache, dass er mit dem Gianori-Clan zusammenarbeitete, aber sie zeigte weiterhin ein kleines Maß an Verachtung ihm gegenüber. Wenn sie das nicht tun würde, dann würde David wissen, dass etwas nicht stimmte. Sie beobachtete ihn nicht allzu scharf. Sie stellte ihm keine neugierigen Fragen über sein Privatleben. Sie war einfach nur bereit für das, was auf sie zukam – was auch immer das war.

Ihr Handy vibrierte. Etwa vor einer Stunde hatte sie sich das letzte Mal bei Cash gemeldet und sie hatte mit Beth abgemacht, nach der Landung zu telefonieren. Sie zog das Handy aus der Handtasche und schaute aufs Display. Sie hatte die Nummer zwar nicht eingespeichert, aber sie kannte sie.

»Hey, Jacks.«

David schaute von seinem Buch auf, die Augenbrauen hochgezogen, so als hoffte er, sie dabei zu beobachten, wenn sie schlechte Nachrichten bekam. *Na, vielen Dank auch.*

»Nicola.« Jackson hörte sich beunruhigt an. »Wann kommst du nach Hause?«

»Ich habe dir doch erzählt, ich arbeite.«

»Ich dachte, du hättest gesagt, du würde gestern Abend nach Hause kommen. Ich bin aufgewacht und habe gesehen, dass du nicht da bist. Da habe ich mir Sorgen gemacht.«

Um ehrlich zu sein wäre sie auch nicht zu Hause gewesen, wenn sie gestern Abend schon angekommen wäre. Sie wäre mit Cash zusammen gewesen, vorzugsweise im Bett, aber das würde sie nicht mit Jackson diskutieren, und schon gar nicht vor David.

David lächelte süßlich und riss sie aus ihren Träumereien von Cash. »Ist alles in Ordnung?«

Nic nickte und wünschte sich, er wirkte nicht auf einmal so aufgeregt. Sie bekam ein ungutes Gefühl in der Magengegend. »Alles okay, David.«

»Michael«, zischte er. »Die Stewardess könnte dich hören.«

»In Ordnung, Michael.«

»Nicola, bist du noch da?«, fragte Jackson. »Wer ist denn da bei dir?«

»Wer ist denn das?«, fragte David.

Zu viele Männer, die etwas von ihr wollten. Der eine war gefährlich, der andere nervte. Beide sollten besser Ruhe geben.

»David, es ist mein Mitbewohner«, sagte sie und ignorierte seinen Ärger darüber, dass sie sich nicht an die verheiratet-mit-Michael-Show hielt. »Jacks, ich muss Schluss machen. Wir haben gerade erst Istanbul verlassen und es dauert noch eine Weile, bis wir landen. Aber du brauchst mich heute Abend auch nicht daheim zu erwarten.«

In Wahrheit brauchte er sie niemals daheim zu erwarten. Es ging ihn gar nichts an, Mitbewohner oder nicht Mitbewohner.

»Wieso nicht?«, ließ Jackson nicht locker.

Gott, ging er ihr auf die Nerven. Zeit für einen Themawechsel. »Ich wollte dir noch Danke sagen, für das Projekt, an dem du gearbeitet hast.

Gute Arbeit.«

Jackson hatte ein Bedürfnis nach anerkennenden Worten, das hörte sie heraus. Sie wollte vor David nicht in Einzelheiten gehen, also war das alles, was sie sagen konnte. Gute Arbeit und Danke.

»Ich habe es nur gemacht, weil du mich darum gebeten hast, Nicola. Das musst du doch wissen.«

Verdammt. Jackson würde niemanden in die Luft fliegen lassen. Das lag nicht in seiner Natur, aber er war eindeutig immer noch nicht darüber weg, dass Cash ihm eine verpasst hatte. David schaute sie mürrisch an und kramte in seinem Handgepäck herum.

Sie seufzte. »Was auch immer der Grund, danke. Ich muss jetzt wirklich Schluss machen.«

»Wir sollten uns unterhalten, wenn du nach Hause kommst. Ich muss mich davon überzeugen, dass es dir gut geht. Ich weiß nicht, ob es mir gefällt, wenn du mit der Titan-Gruppe zusammenarbeitest.«

Ging da gerade irgendetwas rum? Oder was war sonst der Grund dafür, dass völlig normale Männer die Perspektive verloren und sich so verdammt überfürsorglich verhielten?

»Alles klar.« Die Leitung war auf einmal tot. Keine Störgeräusche. Nichts. Sie schaute aufs Display und sah, ihr Akku war voll aufgeladen war und sie hatte guten Empfang. »Jackson? Jacks?«

David lächelte und zeigte dabei zu viele Zähne. »Die Verbindung muss wohl unterbrochen worden sein.«

So ein Schwachsinn.

Er hatte eine Wanze gefunden oder sich einfach seinen Teil gedacht. Was auch immer der Grund war, David hatte einen Störsender eingeschaltet, der ihren Handyempfang blockte und sie hatte keine Möglichkeit, mit der Außenwelt Verbindung aufzunehmen.

Schön, dass du auch mitspielst, David. Ich spiele dieses Spiel schon seit du in den Jet nach Istanbul eingestiegen bist.

✕

»NIC WIRD IN …« Cash schaute auf seine Armbanduhr. »… dreiunddreißig Minuten ankommen. Könntet ihr Idioten euch vielleicht verdammt noch mal beeilen?«

Dabei zuzusehen, wie Jared und Roman herumtrödelten, stellte seine Geduld auf die Probe. Sie waren fünf Minuten vom Treffpunkt entfernt und würden noch weitere fünf Minuten brauchen, um ihre Position einzunehmen, von der aus sie beobachten konnten, wie Nicola mit dem scheiß Betrüger von einem Butler aus dem Flugzeug ausstieg. Dass er noch so lange warten musste, machte ihn ganz kribblig vor Ungeduld.

Cash war bis zu den Zähnen bewaffnet. Mehr als das. Er hätte einen ganzen Völkerstamm in der dritten Welt mit genug Kriegswerkzeug ausstatten können, um die Machtverhältnisse ernsthaft auf den Kopf zu stellen. Und das waren nur die Waffen, die er bei sich trug. Ganz zu schweigen von dem, was noch im Kofferraum des Hummers verstaut war.

Jared schaute ihn von oben bis unten an und knurrte: »Hattest du vor, das Wort Overkill neu zu definieren? Wir sind das Backup-Team. Wir stürmen kein iranisches Raketensilo.«

Allzeit bereit, oder wie das Motto bei den Pfadfindern auch immer hieß. Er war schon zweimal vor Ort gewesen, hatte die Lage erkundigt, sich jedes Gebäude, jeden Hangar, jede Ecke eingeprägt. Wenn jemand da war, der nicht dort sein sollte, wenn irgendetwas nicht mehr an Ort und Stelle war, das noch dort sein sollte, würde Cash wahrscheinlich erst schießen und dann erst Fragen stellen. Er würde es Jared überlassen, sich um die desaströsen Konsequenzen zu kümmern und Rede und Antwort zu stehen. Deshalb scheffelte sein Boss ja schließlich die große Kohle: Um all die Verfehlungen wieder in Ordnung zu bringen, die Cash nur allzu bereit war zu begehen.

»Jetzt steigt verdammt noch mal schon ein. Los jetzt.« Cash ging in Gedanken noch mal seine Checkliste durch und sprang ins Auto. Er rollte das Fenster herunter und machte eine auffordernde Handbewegung. »Sofort.«

Scheiße. Jared Befehle zu erteilen war ungefähr so schlau wie mitten in einem Gewittersturm seine Zunge in eine Steckdose zu stecken. Sicher nicht die beste Idee, die er heute gehabt hatte. Aber er machte sich keine Sorgen. Er war im Besitz von ein paar hübschen Dingen, die das wieder gutmachen würden. Erstens waren ein paar Abhörgeräte in beiden privaten Hangars verteilt, in denen Nics Jet parken könnte. Zweitens hatte er eine Fernbedienung und zeichnete jetzt schon alles auf. Er würde alles über seinen Kopfhörer hören, genauso wie Jared und Roman, und außerdem würde alles zum Titan-Hauptsitz überspielt werden, wo Parker, ihr technisches Genie, es auf Festplatten oder Computern oder so speicherte.

Jared und Roman überprüften die letzten Teile ihrer Ausrüstung und stiegen ein. *Endlich.*

Sie rasten die Zugangsstraße zur Rückseite des Privatflughafens entlang, wo Nics Jet ankommen sollte. Es war ein Leichtes gewesen, den Flug vom öffentlichen Flughafen zu diesem umzuleiten, obwohl dort auch Charterflugzeuge starteten und landeten. Es ging doch nichts über Jared kleines schwarzes Büchlein mit den Namen von Leuten, die ihm einen Gefallen schuldeten. Es war ihnen gelungen, den Flugplan zu ändern, nachdem der Jet längst in der Luft gewesen war. Ihr Wagen passierte die Sicherheitskontrolle, ohne auch nur eines Blickes gewürdigt zu werden. Sie fuhren einfach vor und das Tor öffnete sich. Die Sicherheitsleute im Häuschen schauten sogar demonstrativ in die andere Richtung.

Mit der Effizienz von Männern, die es geübt waren, sich unbemerkt heranzuschleichen, gelangten die drei schnell zu ihren Beobachtungsposten im Hangar. Kleine Fenster erlaubten ihnen einen Blick auf die Flugbahn und den zweiten Hangar. Von ihrer Position aus hatten auch alle Ausgänge im Blick. Ein guter Standort, wenn es einen gab, um auf Lauer zu liegen, zu warten und zu beobachten.

Cash bog seinen Abzugsfinger, entspannte ihn wieder und wiederholte diese Bewegung. Zu schade, dass er keine Geduld zum Warten hatte. Er trommelte immer schneller mit den Fingern, im Takt mit seinem schnellen Pulsschlag. Die Trommelei half ihm nicht gerade beim Entspannen, aber er konnte es nicht bleiben lassen. Scheiße. Er war ein Scharfschütze. Er verdiente seinen Lebensunterhalt damit, geduldig auf Lauer zu liegen und zu warten. Der einzige Unterschied war, dass er auf Nicola wartete und auf keine Zielperson. Er dachte an David. Keine Zielperson, die er sofort ausschalten konnte, zumindest.

»Beruhig dich, verdammt noch mal«, knurrte ihn Jared an. Er war schon den ganzen Tag richtig brummig. »Roman kann sich zusammenreißen. Dann kannst du es ja wohl auch.«

Roman rollte verärgert mit den Augen. Cash kannte seinen Beobachter besser als jeden anderen Menschen in der Welt. Roman war aufs Äußerste gereizt, stand kurz davor, ihnen allen mit einem Buttermesser die Kehle durchzuschneiden, wenn auch nur ein falsches Wort fiel.

Ding. Ding. Ding.

Jared hob den Kopf. »Was ist los?«

Cash schaute sich die Warnmeldung an. »Jemand hat gerade Hangar B betreten.«

Roman meldete sich zu Wort und steckte seinen Kopfhörerstöpsel ins Ohr. »Ich habe das heute Vormittag mit Cash zusammen geprüft. Niemand vom Personal sollte hier sein. Für Hangar B ist heute nichts geplant.«

Cash und Jared bestätigten Roman, dass sie verstanden hatten, und stecken ebenfalls ihre Ohrenstöpsel rein. Sie konnten das Geräusch von schweren Schritten hören.

Cash sagte lautlos zu den anderen: »Männerschritte« Sie nickten zustimmend. Als nächstes hörten sie, wie ein Handy klingelte. Ein Mann sprach: »Hallo.«

Tick, tick, tick zählte Cash die Sekunden im Kopf ab. Wer war da im Hangar?

»Nein«, fuhr die tiefe Stimme in ihren Ohren fort. »Nein. Sag ihm, Emilio Gianori hat diesen Befehl gegeben. Wenn er meinen Namen hört, wird er sich in die Hose pissen vor Angst. Und wenn er es wagt, sich einem direkten Befehl von mir zu widersetzen, dann sag ihm, dass er sich von seiner Frau und seinen Kindern verabschieden kann.«

Wenn sie Nic auch nur ein Haar krümmten, würde Cash sie zum Ziel seiner Schießübungen machen, und zwar würde er sich von außen nach innen vorarbeiten. Füße und Hände, Kniescheiben und Ellenbogen. Von den Eiern bis zum Brustbein.

Nicola musste erfahren, was sie hier erwartete. Er hatte schon eine Stunde nichts mehr von ihr gehört. Er konnte einfach keine Verbindung zu ihrem Handy aufbauen, egal wie oft er versuchte, sie anzurufen.

Jared signalisierte ihnen per Handzeichen abzuwarten und weiter zuzuhören.

Cash erhob sich einen Zentimeter, bereit … irgendetwas zu tun. Jared zeigte auf ihn und machte eine Handbewegung, als würde er sich die Kehle durchschneiden. Es war sehr gut vorstellbar, dass auch jemand anders diesen Privatflugplatz mit Wanzen ausgestattet hatte. Und in Anbetracht der Tatsache, dass hier Titan, die CIA und die Gianori-Bande anwesend waren, war das gar nicht so weit hergeholt.

Emilio Gianoris Handy klingelte wieder. Noch ein Hallo. Noch eine Runde Drohungen. *Das Arschloch muss unter einem Napoleon-Komplex leiden und einen winzigen Schwanz haben, so wie der damit angibt, welche besonderen Mittel und Kräfte er als Gesetzloser in petto hat.*

Der Mafioso fuhr fort: »Ich habe für so etwas keine Zeit. Ich habe meinen Tag schon damit verschwendet, einem Idioten hinterherzujagen, von einem Flughafen zum nächsten. Denk nach, bevor du sprichst. Was soll das heißen, der Wagen ist in die Luft gegangen, ohne dass der Mann darin saß?«

Verfickt noch mal! Dieser Wichser hatte C-4 unter seinem Auto angebracht und aus seinem Fahrer- einen Schleudersitz gemacht? Er würde für diesen Scheiß bezahlen und für die verdammten Kopfschmerzen, die es Cash bereitet hatte, eine Erklärung dafür zu finden – oder besser gesagt, keine Erklärung dafür zu finden – wie sein Pickup hatte in die Luft fliegen können, ohne dass es einen Polizeibericht gab. Nicht mal in der Lokalzeitung wurde es mit einer Zeile erwähnt. Alle Gäste im Granville hatten gerne ein paar grüne Scheine dafür entgegengenommen, um zu vergessen, was sie gesehen hatten. Ganz schön erstaunlich, wie viel Schotter Jared mit sich herumtrug.

Jareds Blick wurde stahlhart. Ein direkter nonverbaler Befehl: *Beweg dich nicht!* Nun, Jared sollte lieber nicht vergessen, wer bis zu den Zähnen bewaffnet war und wem es in den Fingern juckte, endlich handgreiflich werden zu können.

Gianori konnte seine Klappe nicht halten. Wie schön für ihn. »Und was ist mit dem zweiten Paket?«

Cashs Gedanken rasten. *Zweites Paket*? Hatte er das richtig verstanden? Er warf erst Roman, dann Jared einen fragenden Blick zu. Sie hatten es auch gehört.

Zweites Paket? Was hatten sie übersehen?

»Ich habe die Adresse der Eltern geprüft. Die Adresse stimmte. Man hat mir gesagt, dein Lieutenant würde es überbringen. Was braucht ihr denn noch? Eine verdammte Fed-Ex-Sendeverfolgungsnummer?«

Eltern?

Scheiße.

Die Welt blieb stehen. Roman wurde blass. Sein Kinn zitterte vor Rage, bald verzerrte sich sein ganzes Gesicht und schließlich ließ auch sein Blick keine Zweifel mehr darüber, wie er fühlte. Seine Augen funkelten vor Wut und Zorn und er sah aus, als ob er auf Blut aus war. Nur seine Ausbildung hielt ihn wohl davon ab, sofort aufzuspringen; stattdessen blieb er wachsam und wartete auf Befehle. Das, und ein Mangel an Angst und Respekt, der tief in ihm verwurzelt war. Cash fragte sich, ob Roman die Fähigkeit besaß, Furcht zu empfinden, wenn sie so einfach durch Rache zu ersetzen war.

Cashs Mund war wie ausgetrocknet. Seine Lippen taten weh. Der metallische Geschmack von Blut breitete sich auf seiner Zunge aus. Er merkte, dass er sich auf die Lippen gebissen hatte, um einen Kriegsschrei zu unterdrücken. Ein kaltes Prickeln böser Vorahnung lief ihm über den Rücken. Nic hatte ihm erzählt, wieso sie fortgelaufen und im Zeugenschutzprogramm gelandet war. Die Gianori-Sippe hatte angedroht, jedes einzelne Mitglied ihrer Familie umzubringen, fiel ihm ein.

Eine Zeitbombe tickte, die irgendwann hochgehen würde. Sein Magen krampfte sich zusammen. Sein Herzschlag ging noch schneller, weil er nun auch die Eltern beschützen musste, denen er so nahe stand wie seinen eigenen. *Aber Roman.* Romans Blick war mörderisch. Gerade als Nic fast wieder in ihrem Leben war, wurde die Drohung, seine Eltern umzubringen … fast wahrgemacht. *Verdammt.*

»Los«, befahl Jared und zeigte auf den anderen Hangar. Roman bewegte sich lautlos und flink auf den nächsten Ausgang zu.

Cash folgte ihm auf den Fersen. Wenn es jemals den idealen Zeitpunkt dafür gab, einen Kriminellen zu foltern, um Informationen aus ihm herauszukommen, dann war er jetzt gekommen. Sie machten die Tür des Hangars einen Spalt auf und schlüpften nach draußen, auf das Feld zwischen den beiden Gebäuden.

Sie schauten sich um. Nichts Verdächtiges. Außerhalb der Reichweite von möglichen Abhörgeräten zog Roman sein Handy aus der Tasche, drückte eine Taste und hielt es sich ans Ohr.

Wieder ein Geduldspiel. Keine Antwort. Roman fluchte und sagte dann langsam: »Dad. Stopp, was auch immer du tust. Ruf mich sofort an. Steig nicht in dein Auto ein. Guck nicht in den Briefkasten. Mach gar nichts. Ruf mich einfach an.«

Dringlichkeit und Furcht schwangen in seiner Stimme mit. Roman wählte wieder eine Nummer – keine Antwort – und hinterließ seiner Mutter dieselbe Nachricht. Sein Gesicht sah verhärmt aus. Er schloss die Augen und die Fältchen in den Augenwinkeln ließen ihn älter wirken, als Cash ihn je gesehen hatte.

»Es geht ihnen gut«, sagte Cash. Er war sich nicht sicher, was er sonst sagen sollte.

Roman schluckte schwer, machte die Augen auf und starrte Cash an. Der gequälte Blick traf ihn bis ins Mark. Sein bester Freund kniff die Augen für eine weitere lange Sekunde zusammen. »Lass uns gehen.«

»Wir brauchen ihn lebend, Mann. Wir müssen herausfinden, was er weiß.«

»Glaubst du vielleicht, ich weiß das nicht, verdammt noch mal?«, fauchte Roman.

»Also erst Fragen stellen, dann umbringen.«

Roman warf ihm einen Seitenblick zu, der so viel sagte wie: »Vielleicht, wir werden sehen.«

Cash folgte ihm mit schnellen Schritten. Schon ihr Leben lang waren sie Partner gewesen. Sie wussten, wie der andere handeln würde. Roman schlug einen Weg ein, Cash einen anderen. So umkreisten sie den Hangar, bis Cash sich wieder Roman gegenüber fand, im Hangar, angriffsbereit.

Ein Mann.

Nur ein Mafioso-Wichser, der im leeren Hangar auf und ab ging. Keine Bodyguards. Keine bewaffneten Sicherheitsleute. Gianori rief seine Mailbox an, schaltete den Lautsprecher an und zupfte an seinen Fingernägeln herum. *Du manikürtes Stück Scheiße.*

Cash schaute sich noch einmal um und hielt dann einen Finger hoch. Roman tat dasselbe und nickte dann. Es gab nur eine Zielperson.

Roman schlich näher an ihn heran, um ihn packen zu können. Gianori hörte sich seine Nachrichten an und bemerkte nicht, wie sich Roman anschlich. Nicht, dass er es bemerkt hätte, selbst wenn er gelauscht hätte. Roman bewegte sich so lautlos wie tödlicher Rauch.

Zehn Meter. Fünf Meter. Der Mafioso war immer noch nichtsahnend, ignorierte alles um sich herum. Keine besonders tolle Angewohnheit in seiner Branche.

Vier Meter. Drei Meter. Dreieinhalb. Zwei.

Roman hielt inne. Oh, Scheiße. Er würde den Arsch ja wohl noch nicht umbringen. Oder?

Einen.

Muskeln und Wut arbeiteten zusammen und Roman schlug so schnell zu wie ein Tornado. Er hatte seine Hand über Gianoris Gesicht und ihn auf den Betonboden gedrückt, bevor Gianori dazu kam, laut loszuschreien.

Der Lauf von Romans Pistole presste gegen die Schläfe des Mafioso. *Drück nicht ab. Noch nicht.* Cash war schnell an seiner Seite, bereit ihn wegzuzerren, falls es nötig sein sollte. Lebend. Sie brauchten Gianori lebend.

Der pure, weißglühende Hass strahlte von Roman aus, als er bei ihm war. Er hatte Gianori die Waffe so brutal gegen den Kopf gestoßen, dass dieser bewusstlos und mit dem Gesicht zuerst auf dem Betonboden aufgeschlagen war.

»Saubere Arbeit«, sagte Cash. Das Geräusch eines Flugzeugs, das zur Landung ansetzte, drang in seine Ohren. »Los, weg hier.«

Roman schnappte sich Gianori, warf ihn über die Schulter und eilte zurück zu Hangar A. Auf dem hellgrauen Boden war eindeutig ein Blutfleck zu sehen. Cash zog das olivgrüne Bandana von seinem Hals, wischte das Blut mit dem Stiefel auf und warf das ruinierte Halstuch hinter die Hebebühne. *Wieder etwas, das diese Kerle ruiniert haben. Diese Wichser.*

Er holte Roman ein und beobachtete, wie der Learjet auf der hinteren Landebahn zum Stehen kam. Sie schlüpften durch die Tür in Hangar A, suchten Blickkontakt mit Jared und steckten Gianori in einen Schrank, nachdem sie ihn gefesselt und geknebelt hatten, nur falls das Arschloch das Bewusstsein wiedererlangte. Roman und Cash nahmen wieder ihre Positionen in den Ecken ein, um die Landebahn im Auge zu behalten und in einer taktisch vorteilhaften Lage zu sein, falls der Jet in ihrem Hangar parkte.

Der Learjet drehte am Ende der Landebahn und rollte auf sie zu. Gemäß dem Flugplan sollte er im Hangar A parken, aber wer wusste schon, wo sie die Passagiere aussteigen lassen würden? Eine schwarze Limousine fuhr in die Wartezone, anscheinend ebenfalls unsicher, wo genau die Passagiere von Bord gehen würden.

Der Jet hielt an und Cash wartete. Er trommelte ungeduldig mit den Fingern. Die Luke öffnete sich. Die Treppe wurde ausgefahren. Weder Nic noch David stiegen aus. Niemand stieg aus dem verdammten Flugzeug aus. Er nahm das Fernglas zur Hand, um in die ovalen Fenster hineinsehen zu können.

Die Sonne schien grell vom Himmel. Die Limousine fuhr vor, als Cash hörte, wie der Pilot den Motor ausschaltete. Es wurde geradezu unheimlich still. Zu still. Es ging gerade zu viel vor sich, das er nicht verstand, und Nicola war mitten drin.

Da draußen war irgendwo eine Bombe, die für Nics Eltern gedacht war, und sie wussten nicht, wo. Nicola hatte keine Ahnung davon und steckte da drin mit einem beschissenen Doppelagenten fest. Die Limousine wartete auf ihre Passagiere. Endlich kamen die gute CIA-Agentin und der böse CIA-Agent die Treppe herunter. Nic machte eine fast unmerkliche Bewegung mit dem Handgelenk, um Cash zu signalisieren, dass sie okay war. Sie wusste, er würde sie beobachten. Das tröstete ihn nicht sonderlich, da er nur ihre Verstärkung war, aber ein Mafioso im Schrank war ein guter Trostpreis.

Jared flüsterte in sein Mikrofon. »Roman, zurück zum Wagen, hol dir Unterstützung und finde die Bombe.«

Roman war im Pickup, ohne einmal zurückzuschauen und Jared zu signalisieren, dass er verstanden hatte oder die Luft rein war. Scheiße, wenn es sich um Cashs Eltern gehandelt hätte dann wäre er auch weg von hier, ohne sich noch mal umzudrehen. Sicher würde ihn einer der Jungs begleiten. Rocco oder Brock oder Winters; sie konnten alle eine Bombe entschärfen. Brock war der Schnellste. Winters würde sie vielleicht irgendwo explodieren lassen, wo sie am wenigsten Schaden anrichtete. Wer wusste schon, wie Roc die Aufgabe angehen würde?

Vom grellen Licht geblendet blinzelte Cash und stellte das Fernglas neu ein. Das war schon das zweite Mal, dass er Nicola mit einem taktischen Fernglas in HD-Auflösung beobachtete. Die Antilla Smooth-Aktion kam ihm ewig her vor, aber sie hatte sich so in sein Gedächtnis gebrannt, dass er sich lebhaft daran erinnern konnte.

Der Fahrer öffnete die Tür der Limousine und lud das Gepäck in den Kofferraum ein. Nic und David setzten sich auf den Rücksitz. Verdammt, Cash wollte nichts lieber tun, als den Mann umzubringen.

Einen Augenblick später stieg der Fahrer wieder ein und fuhr die Fahrbahn entlang. *Moment mal.* Sie hielten an. Kurz darauf schoss die Limousine auf Hangar B zu. *Überraschung für dich, du scheiß Verräter. Dein Mafioso ist nicht da.*

Vor Hangar B stieg David allein aus dem Auto aus. Durch seine In-Ear-Kopfhörer hatte Cash Ton, aber er hörte nur Schritte. Nur zu gerne wäre er dabei gewesen, während David dort nervös herumstand, als wenn ihn ein Date versetzt hätte. Zehn Minuten später sah Cash klar und deutlich durch sein Fernglas, wie ein wütender, rot angelaufener David, der Butler, die Tür des Hangars hinter sich zuschlug und außerhalb der Reichweite der Abhörgeräte im Hangar einen Anruf tätigte.

Cashs Handy vibrierte.

»Das ist hoffentlich wichtig«, murrte Jared über seine Schulter.

Auf dem Display wurde Sugars Logo mit dem WAFFEN-Bison angezeigt. Er lehnte den Anruf ab. Sugar klingelte noch mal an. Und dann noch mal.

»Was?«, antwortete er Sugar schließlich.

»Nic hat mir gesagt, ich soll dich anrufen, du Arsch, wenn ich sie nicht erreichen kann. Bezüglich der Munition von Smooth.«

»Jetzt ist gerade kein guter Zeitpunkt.«

»Ich soll meine Kontaktperson in irgend so einem winzigen Flughafen in einem Provinznest treffen. Er hat sich gerade bei mir gemeldet. Er ist wegen irgendwas angepisst. Ich bin etwa fünf Minuten entfernt, aber ich bin noch nicht auf dem Gelände. Hier fühlt sich was nicht richtig an.«

Moment mal, was? Wie heißt der Typ?«

»David …«

»Willst du mich verarschen?« Mann, die Welt der Waffenhändler und illegalen Netzwerke war anscheinend wirklich klein – man konnte ihre Probleme ja schon fast als inzestuös bezeichnen.

Jared schaute zu ihm rüber. »Was ist los?«

»Wer war das?«, fragte Sugar.

»Jared.«

Sie murmelte irgendwas. Er hätte schwören können, dass es sich so anhörte wie: »Grüß ihn von mir.«

Er rieb sich die Schläfen. »Wir sind auf diesem winzigen Flughafen und brauchen einen fahrbaren Untersatz. Kannst du herkommen?«

»Ja, ja. Ich spiel für euch die Taxifahrerin.«

Er sagte ihr, wo sie sie finden konnte, legte auf und steckte das Handy wieder weg.

»Was hat sie gesagt?«

»Sie kommt.« Er fasste für Jared zusammen, wie Sugar, die Munition und der Flughafen in Zusammenhang standen.

»Sonst noch was?«, fragte Jared, ohne ihn anzuschauen.

»Sonst noch was? Nein.« Was war nur mit diesen beiden los? Er schüttelte den Kopf, den Blick immer noch auf die Limousine gerichtet. »Was machen wir denn hier? Stille Post spielen?«

Cash beobachtete wie die Limousine durch das Tor fuhr. Nic war wieder auf sich allein gestellt, wie es der Plan gewesen war. Sie würde schon zurechtkommen. Sie schaffte das schon. Sie hatten überall Abhörgeräte. Parker hörte zu und Roman konnte sich sogar durch das Empfangsgerät im Pickup in den Feed einschalten.

Dennoch hatte Cash ein ungutes Gefühl in der Magengegend. Jared machte schon weiter im Programm, sodass Cash aus seinen Gedanken gerissen wurde und sich auf das Hier und Jetzt konzentrierte. Sie hatten einen Mafioso zu vernehmen. Cash ließ seine Knöchel knacken und sah, wie Jared sich die Hände rieb, bevor er die Schranktür aufmachte.

KAPITEL SECHSUNDZWANZIG

CASH WAR GERADE damit dran gewesen, das Stück Scheiße namens Gianori in die Mangel zu nehmen, und holte tief Luft. Er sah dabei zu, wie Jared Emilios Arm hinter den Rücken drehte und hochzog. Der Bastard und seine Mafia-Familie würden dafür bezahlen, dass sie ihm vor über zehn Jahren Nicola weggenommen und versucht hatten, Nics und Romans Eltern auszuschalten, und weil sie seinen verdammten Pickup in die Luft gejagt hatten. Was auch immer Jared sich für sie ausgedacht hatte, war noch zu gut für sie, und Jared war der übelste Bastard, den es gab; für Sachen ausgebildet, die sadistische Psychopathen nach ihrer Mama rufen ließ.

Blut tropfte aus Emilios Nase. Der Schlag hatte ihm keine Genugtuung verschafft. Seinen Kopf wieder und wieder auf den Betonboden zu schlagen würde ihm wahrscheinlich immer noch keine Genugtuung verschaffen, aber wenn das Arschloch nicht mehr reden konnte, dann hatten sie auch nichts davon.

Sugar fuhr mit einem unauffälligen weißen Van ohne Rückscheibe in den Hangar. Vielleicht wusste die Frau, was sie geplant hatten. Auf jeden Fall würde ihr Cash für ihre Fahrzeugwahl Lob aussprechen müssen.

»Gute Wahl«, kam Jared ihm zuvor und machte damit vielleicht zum ersten Mal in seinem Leben jemandem ein Kompliment.

Sugar hatte kniehohe Stiefel an. Ihr Rock war so kurz, dass er ihr gerade so bis zu den Oberschenkeln reichte. Cash musste glatt zweimal hingucken, wenn auch nur, weil er sich fragte, wo sie ihre Knarre versteckt hatte.

Sie machte eine Blase mit pinkem Kaugummi, das farblich zu ihrem Lippenstift passte: »Also, was geht hier ab?«

»Das hier ist Arschgesicht Junior.« Jared schüttelte Emilio, um seine

Aussage zu unterstreichen. »Er und Senior, gemeinsam mit seinen Brüdern Schwachkopf und Hohle Birne, haben sich in letzter Zeit so einiges zu Schulden kommen lassen, angefangen mit einem kleinen Vorfall vor zehn Jahren, in den Nicola verwickelt war. Der Höhepunkt ihrer Straftaten bildet ein Sprengstoff-Projekt, bei dem wir uns noch nicht über die Einzelheiten im Klaren sind.«

»Das ist Emilio Gianori.« Sugar sah von Sekunde zu Sekunde gelangweilter aus.

»Schaust du dir den ganze Tag Mafia-Sendungen auf dem Doku-Kanal an, oder was?«, fragte Jared und kniff misstrauisch die Augen zusammen.

»Ja, sowas in der Art.« Sie grinste süßlich. »Viel besser als diese Reality-TV-Cop-Shows. Also hat das hier etwas mit Nicolas Zeugenschutzprogramm-Geschichte zu tun?«

Jared und Cash schwiegen.

Sie fuhr fort: »Und Nicola braucht Beweise, damit es für eine Anklage reicht. Habt ihr die, oder ist das hier eine Vernehmung nach Titan-Regeln?«

Emilio spuckte auf seine Stiefel und Cash juckte es in den Fingern, auf ihn loszugehen. »Was weißt du über Nic?«

Sugar räusperte sich. »Ich habe eine bessere Frage, Cowboy. Wird jemand dieses Arschloch festnehmen?«

Jared brummte etwas in Cashs Richtung. Emilio festnehmen zu lassen war nicht Teil seines Plans. Er hatte auch nicht vor, ihn auf eine Weise festzuhalten, die eine Strafverfolgungsbehörde absegnen würde.

Emilio versuchte, Jareds fiesen Griff abzuschütteln und rief: »Ihr wollt wissen, was wir mit eurem Mädchen vorhaben? Sie wird dabei zusehen, wie ihre Eltern …«

»Warte«, blaffte Sugar.

Was zum Teufel?

Jared schüttelte den Mafioso. »Ignorier sie. Rede weiter, Arschloch, und vielleicht sparen wir es uns, dir einen elektrischen Viehtreiber in den Arsch zu stecken.«

»Verdammt noch mal, Jared. Jetzt warte doch mal.« Sugar wurde laut und sie sahen die aufgetakelte Frau mit ihren überangemalten Lippen und nervigen Angewohnheit, Kaugummi zu kauen, fragend an.

»Sugar«, knurrte Jared. »Hau ab. Wenn du nicht damit klarkommst …«

Emilio fing wieder an. »David und ich …«

»Merkst du nicht, was hier gerade passiert?«, mischte sich Sugar wieder ein. Jared zog Emilio näher an Sugar heran, wahrscheinlich, um sie beide in den Schwitzkasten zu nehmen. »Er rückt mit den Details raus. Ihr müsst ihn offiziell festnehmen lassen. Sonst ist das hier alles nicht zulässig vor Gericht. Wenn ihn verdammt noch mal nicht jemand gleich festnehmt, wird so ein Mafia-Anwalt, der eine Million Dollar pro Stunde verlangt, ihn wieder auf freiem Fuß haben, rechtzeitig für ein Abendessen mit Cannelloni und Chianti.«

»Verpiss dich, Sugar. Wir nehmen niemanden offiziell fest.«

»Ihr müsst das hier nach Buch machen. Sonst verliert ihr das alles wieder. Stellt euch vor, was Nicola verliert.« Sie schaute sie beide an, ließ ihren Blick über die Waffen gleiten und winkte frustriert ab. »So viel Testosteron und Muskeln und alles für nichts? Hat niemand von euch eine Dienstmarke?«

Jared schüttelte Emilio und sah noch zehnmal frustrierter aus. Der Mann wand sich, während Jared gefährlich nahe daran war, ihm seine Arme herauszureißen. Jared knurrte: »Wenn du Uniformierte hier haben willst, meinetwegen. Ruf 911 an. Versuch ihnen zu erklären, was hier …«

»Herrgott im Himmel. Deshalb sollte ich mir, Gott verdammt, nichts aus den Leuten machen, denen ich über den Weg laufe.« Sugar stemmte die Hände in die Hüften, ließ eine Kaugummiblase platzen und schüttelte den Kopf. »ATF. Emilio Gianori, Sie sind, für was auch immer Sie getan haben und wir beweisen können, festgenommen. Sie haben das Recht zu schweigen. Alles was Sie sagen, oder was Jared ›Man hat mir ins Hirn geschissen‹ Westin aus Ihnen herausbekommt, kann gegen Sie verwendet werden, wenn wir Ihren Mafioso-Arsch wegen jedem kleinen Scheiß, den wir finden, vor Gericht ziehen. Sie haben das Recht auf einen korrupten Anwalt, der sich irgendwo eine Privatinsel kaufen wird mit all dem Geld, das Sie für Berufungen ausgeben werden. Dieser geldgeile Anwalt kann gerne bei der Vernehmung anwesend sein, wenn Sie feige Sau das wollen. Wenn Sie sich keinen Anwalt leisten können, da Papa Mafioso Ihnen den Geldhahn zugedreht hat, weil Sie ein Volltrottel sind, wird Ihnen einer zur

Verfügung gestellt. Ich werde sichergehen, dass Sie einen meiner Lieblings-Pflichtverteidiger bekommen. Beantworten Sie gerne weiterhin unsere Fragen. Klären Sie uns weiterhin über die Einzelheiten auf. Es wird alles gegen Sie verwendet werden. Das verspreche ich Ihnen. Verstehen Sie Ihre Rechte, über die ich Sie gerade aufgeklärt habe, oder muss ich mich wiederholen?«

Cash vergaß zu atmen und hustete: »Heilige Scheiße.«

Sugar lächelte spöttisch. »Halt die Klappe, Cowboy. Jared, hast du in deiner Tasche zufällig Bungee-Riemen?«

Jared schaute Sugar entgeistert an. Cash konnte nachfühlen, was ihm gerade durch den Kopf ging. »Cash, die Riemen sind ganz unten im Rucksack.«

Cash nickte wie benommen und machte Anstalten, die Seile zu holen. Er war ganz durcheinander. Hinter sich hörte er das vertraute Klacken von Sugars Absätzen. Sie war schneller beim Rucksack als er, kramte in Jareds Sachen herum und fand schließlich die Bungee-Riemen.

Wer war diese Frau?

Die elastischen Seile in der Hand, warf sie Jared einen scharfen Blick zu. »Ich nehme an, Handschellen hast du auch nirgends?«

Er lächelte, fast so, als ob er ihren Rüffel als Herausforderung ansah. »Doch, habe ich wohl.«

»Ja, das kann ich mir vorstellen.« Sie ging auf Emilio zu, packte ihn an den Handgelenken und drückte sie gewaltsam auf den Boden. Der Mann schrie auf. »Uppsie, hat das wehgetan?«

Keine Sekunde später hatte sie den Riemen fest um seine Handgelenke gebunden und ihm in die Kniekehlen getreten, sodass er hinfiel. Sie nahm seine Fußgelenke, band auch die fest und führte dann ein weiteres Bungee-Seil unter das andere durch, um Hände und Füße zusammenzubinden. Emilio lag auf dem Fußboden und versuchte, sich aus den Fesseln zu winden. Sugar setzte dem Zappeln mit einem Stiefeltritt in die Hüfte ein Ende.

Jared ging auf sie zu. »Wenn ich mich jemals in eine Frau verlieben würde, dann wäre das eine, die einen erwachsenen Mann zu einem Paket zusammenschnüren könnte.«

»Ich wäre zu viel für dich, mein Großer. Zerbrich dir also nicht dein niedliches Köpfchen darüber.«

Cash unterdrückte ein Grinsen. Zuerst Mia. Dann Nicola. Jetzt Sugar. Jared hatte eine Schwäche für Frauen, die sich nichts gefallen ließen.

»Du brauchst gar nicht so zu grinsen, Cowboy. Ich bin nicht gerade glücklich mit euch beiden, dass ihr mich dazu gezwungen habt, meine langjährige Tarnung auffliegen zu lassen.«

KAPITEL SIEBENUNDZWANZIG

Nicola stellten sich die Haare im Nacken auf und sie rutschte so weit es ging zu der anderen Tür. Der Rücksitz dieses schicken Sedans war zu klein und sie fühlte sich, als ob sie hier drin ersticken würde.

David kicherte heimlich, fand wohl seinen Humor wieder nach dem Ausraster vor dem Hangar, in den er unbedingt hatte hineingehen wollen. Er kicherte wieder. Wahrscheinlich freute er sich über den Störsender, den er anscheinend in den letzten paar Stunden zum Einsatz gebracht hatte, in Anbetracht der Tatsache, dass ihr Handy irgendwo über dem atlantischen Ozean aufgehört hatte zu funktionieren.

Das bedeutete auch, dass die Abhörgeräte wahrscheinlich nicht übermittelten. Er musste wohl eine Wanze gefunden haben, die sie in seinem Zimmer oder an seinen Klamotten angebracht hatte. Vielleicht hatte er sogar alle gefunden. Er hatte zwei Tage gebraucht, um etwas mitzubekommen.

Kein besonders guter Spion. David suchte sein Hotelzimmer nicht nach Wanzen ab? Wer tat das denn nicht? Besonders in Anbetracht der Tatsache, dass er Geheiminformationen verkaufte, schien er sich unverhältnismäßig wenig Sorgen zu machen. Oder vielleicht war sein Ego einfach nur unverhältnismäßig groß.

»Nicola, wir müssen noch einmal anhalten, bevor wir dich absetzen. Ist das akzeptabel?«

Ist das akzeptabel? Nein, ist es nicht. Aber sich zu weigern würde ihr nicht gerade dabei helfen, mehr über ihn herauszufinden. »Okay. Kein Problem.«

Sie fragte sich, ob er den Störsender an seiner Person hatte oder in der Reisetasche zu seinen Füßen. Die Tasche mochte ein echtes Vorzeigemodell sein, aber es war nachlässig von ihm, sie überall liegen zu lassen.

Für sie war es allerdings von Vorteil.

David nannte dem Fahrer eine neue Adresse. Sie wusste, wo das war. Ungefähr fünf Minuten von hier entfernt. Keine große Sache. Vielleicht sprang etwas für sie dabei heraus.

Nicola zählte Kilometersteine, um sich die Zeit zu vertreiben und David ignorieren zu können. Er tat nichts Außergewöhnliches, aber sie vertraute dem hinterhältigen Idioten einfach nicht. Da sie nur geringfügig bewaffnet war, wollte Nicola nicht durchblicken lassen, dass ihr Maß an Vertrauen auf einer Skala von eins bis zehn im Minusbereich lag, aber es beruhigte sie dennoch, dass sie wenigstens an die Taschenpistole in ihrem Knöchelhalfter herankommen würde.

Sie kratzte an ihren lackierten Fingernägeln herum und strich den Stoff ihrer Designerhose glatt. Der Fahrer bog vom Highway ab und fuhr zu einem Einkaufszentrum.

»Halten Sie vorm Starbucks und entriegeln Sie die Türen«, wies David ihn an.

Ihr lief es kalt den Rücken hinunter. *Entriegeln Sie die Türen?*

David zeigte aus dem Fenster, um dem Fahrer zu signalisieren, wo er halten sollte. Ein großer, gutgekleideter Mann wartete auf dem Bürgersteig, den Schaufenstern zugewandt. Er hatte breite Schultern und seine Haltung wirkte, als sei er … bereit. *Wofür?*

Der Sedan wurde langsamer, hielt an der Bordsteinkante an und die Türen wurden entriegelt. Der Mann drehte sich langsam um und ein teuflisches Lächeln breitete sich auf seinem Gesicht aus. Unmöglich. Ihr wurde schlecht und sie warf sich in Richtung Türgriff.

David packte sie am Ellenbogen und die Schmerzen erinnerten sie daran, dass sie ihn sich vor kurzem verstaucht hatte. Ihr war sowieso der Weg nach draußen versperrt. Die Tür war durch einen dunklen Schatten blockiert, an dem sie nicht vorbeikommen würde. Der Fahrer ignorierte sie, auch als sie sich gegen David wehrte und schrie, er solle sie loslassen.

Sie kniff die Augen zusammen, in der Hoffnung, das wäre alles nur ein Albtraum, aus dem sie gleich aufwachen würde. Als sie sie aufmachte, stand er immer noch da. *Antilla Smooth.*

Am Leben.

Wütend.

Und so nah, dass sie ihre eigene Angst riechen konnte.

Ein Grinsen im Gesicht wie der Sensemann auf einer Beerdigung, öffnete Antilla die Tür und quetschte sich neben sie auf den Rücksitz, sodass sie zwischen ihm und David eingeklemmt war. Der Sedan setzte sich langsam in Bewegung, nachdem Antilla die Tür zugemacht hatte; dann wurden alle Türen verriegelt. Das Geräusch klang laut in ihren Ohren.

»Hallo, meine Liebe. Wie ich dich vermisst habe.« Er lehnte sich an sie, der Geruch seines Rasierwassers zu penetrant für den kleinen Ort, in dem sie gefangen waren. Ein kalter Finger streichelte über ihre Wange, als er sprach. Er ignorierte, dass sie seine Hand wegschlagen wollte.

»Hör auf. Fass mich nicht an.« Sie wich ihm aus, aber David war auf der anderen Seite. Mist.

Er hatte immer noch sein krankes Lächeln aufgesetzt, strahlend und heiter, bei dem er seine perfekten weißen Zähne zur Schau stellte. Ihre Reaktion ließ sein Grinsen nur noch breiter werden. Er glänzte geradezu.

»Wo wir schon vom Anfassen reden, das gab es zwischen uns beiden nicht. Oder? Das will ich heute ändern. Aber erst einmal sollten wir uns einander vorstellen. Ich habe gehört, Gabriella sei gar nicht dein Name. Nicola, richtig? Wie schön.«

Cash folgte ihnen sicherlich. Der Anblick eines ihr vertrauten Autos würde sie beruhigen. Sie schaute sich um und ihr Magen krampfte sich zusammen. Kein Auto, das sie kannte. Antillas Finger streichelten ihre Wange und sie schlug nach seiner Hand.

»Lass mich los, Gott verdammt.« Ihre scharfen Worte hatten keinen Effekt.

David lachte dicht neben ihrem Ohr. Sie drehte sich um und trat nach ihm, seiner Tasche, der Tür. Alles, was in Reichweite war.

»Jetzt zur Lagerhalle«, sagte David zum Fahrer und schaute sie dann an. »Antilla und ich müssen noch ein paar Dinge klären, bevor unser Geschäft abgewickelt ist.«

»Ja, das müssen wir.« Zum ersten Mal ignorierte Antilla sie. Er hörte sich enttäuscht oder missbilligend an. Sie konnte nicht genau sagen, nach was es eher klang. »Die zweite Bombe hat ihr Ziel verfehlt, also bin ich nicht bereit …«

»Zweite Bombe?«

»Nicht, dass es dich etwas angeht, aber ja, Gabri … Ich meine, Nicola. Zweite Bombe. Adressiert an Janet und Rick …«

Nicola rammte ihm die Faust ins Gesicht und wehrte David mit dem Ellenbogen ab, als der versuchte, sie wegzuziehen. Aus Antillas Nase tropfte Blut und er nahm ein Taschentuch aus seiner Brusttasche, um es abzutupfen.

»Dafür wirst du zahlen, du kleine Schlampe.«

»Es gibt keine zweite Bombe«, forderte sie ihn heraus. »Lass meine Eltern in Ruhe.«

»Ja, ja, Liebling. Es gibt keine zweite Bombe, und ich bin tot.«

David meldete sich zu Wort. »Wir sollten sie aufklären.« Er wandte sich ihr zu. »Nicola, ich war auch zuerst etwas verwirrt. Es ist eine wirklich interessante Geschichte, also hör zu und alles wird für dich Sinn ergeben.«

»Lass meine Familie in Ruhe.«

Sie fuhren auf ein Fabrikgelände. Die Fenster der Gebäude waren vernagelt und keine Menschenseele war zu sehen. Das einzige Lebenszeichen war das hüfthohe Unkraut auf dem Parkplatz. Bäume standen rechts und links von einem Zaun – wahrscheinlich ein Elektrozaun. Teile davon waren schon verrostet. Das Gebäude sah aus, als wäre es abrissreif.

»Deine Familie in Ruhe lassen? Warum sollten wir das tun?«, fragte Antilla. »Ich werde dieser Gelegenheit ganz sicher nicht den Rücken kehren. Die CIA hat meinen Bruder umgebracht. Im Gegenzug werde ich deine Familie umbringen. David war clever genug, sich als CIA-Agent zu outen und zu versuchen, die Smooth-Familie zu schützen. Du andererseits bliebst eine der Ungläubigen, Teil einer Organisation …«

Das ergab alles keinen Sinn. »Du wurdest erschossen. Ich habe gesehen, wie du gestorben bist.«

»Wieder liegst du falsch. Und nun zum Geheimnis der Familie Smooth. Nicht einmal David kannte bis zu diesem Vorfall die Wahrheit, aber es gab zwei von uns. Mein eineiiger Zwilling hieß Fernando. Mein Vater, ein Geschäftsmann, zog uns auf, als gäbe es nur ein Kind. Es war eine Art Geschäftstaktik .Wir sollten sein Imperium übernehmen, was wir auch erfolgreich getan haben. Mein Name ist nicht Antilla. Antilla ist *unser* Name, ein gemeinsamer Name, den mein verstorbener Bruder und ich in der Öffentlichkeit trugen. Wir traten gleich auf, vögelten sogar gleich. Niemand merkte etwas. Unsere Geschäftspartner nicht. Unsere Huren nicht. Du wusstest auch nichts davon.«

»Und ich habe dich nie gevögelt. Keinen von euch beiden, also hätte ich auch nichts merken können«, fauchte Nicola.

»Wie schon gesagt, das wird sich heute Nacht ändern. Ob du willst oder nicht.«

Der Fahrer hielt vor einem verlassenen Gebäude, kleiner als die, an denen sie schon vorbeigefahren waren. Sie betrachtete es genau. An den Türen hingen neue Schlösser und die Scharniere glänzten im Licht der untergehenden Sonne. Drei Autotüren gingen auf und die Männer stiegen aus. David und Antilla entfernten sich ein paar Schritte und der Fahrer hielt sie mit einer kleinen Maschinenpistole in Schach. Der Fahrer würde also keine große Hilfe sein.

»Geben Sie mir Ihre Handtasche«, sagte er.

War ja klar, dass sie die Handtasche verlieren würde. Es war eine von Louis Vuitton. Sie verlor immer die guten Sachen.

Davids Tasche stand noch auf dem Boden.

Der Fahrer machte eine Bewegung mit seiner Maschinenpistole. »Und jetzt raus hier.«

Er würde sie nicht sofort erschießen, oder? »Nein.«

»Machen Sie schon. Raus.«

Sie stampfte mit den Füßen auf wie ein Kind, das einen Wutanfall hatte.

Stampf. Tritt. Stampf, stampf. »Nein!«

Der Fahrer packte sie und versuchte sie von der Rückbank zu ziehen, aber nicht bevor sie Davids Tasche richtig in Mitleidenschaft gezogen hatte. Der Störsender musste da drin sein. Er hätte im Flugzeug nicht funktioniert, wenn er im Gepäck gewesen wäre. Sie hoffte einfach nur, dass es ihr gelungen war, das empfindliche Gerät kaputt zu machen, und gab auf, sich gegen den Fahrer zu wehren. Sie stieg aus.

»Könnt ihr nicht einfach meine Tasche durchsuchen und sie mir dann wiedergeben? Ich habe Kaugummi und Lipgloss da drin, die ich brauche.«

David zuckte mit den Schultern. »Himmel, meinetwegen. Durchsuchen Sie ihre blöde Tasche. Nehmen Sie alles heraus, was Kugel oder Klinge hat. Hör endlich auf herumzujammern. Wieso tust du so blöd?«

Idiot. Die bessere Frage war: Wieso war er so blöd?

Nicola nahm ihre Handtasche entgegen, zog das Lipgloss-Abhörgerät heraus und trug eine weitere Lage Berry Cherry Gloss auf. Sie puderte sich die Nase und klebte sich ein winziges, sofort auflösendes Pflaster auf die Haut, das ihren Standort übermittelte. »Danke.«

»Ja, ja.« David schien frustriert. Vielleicht nicht nur wegen ihr.

»Ärger unter Kriminellen?«, fragte sie.

»Vernichte ihr Telefon«, befahl Antilla, oder Javier, oder wer auch immer er war.

»Kein Problem.« Sie übergab ihr Handy dem Fahrer – es war sowieso nur ihr Prepaid-Handy. Wenn sie auch nur die geringste Chance haben wollte, dass Cash sie hörte oder fand, half ihr Handy da wenig.

»Man kann uns hier sowieso nicht orten oder irgendetwas mithören«, gab David an. »Ich habe einen Störsender dabei, nachdem sie vergeblich versucht hat, eine Wanze an mir anzubringen.«

Eine Wanze? Nur eine hatte er gefunden? Das waren gute Neuigkeiten.

In einer Viertelstunde sollte sie sich bei Beth melden. Jemand würde sich fragen, wo sie blieb, und Cash war irgendwo dort draußen als ihr Backup. Er würde sie auf keinen Fall im Stich lassen, obwohl er sicher beunruhigt war, dass sie nicht mehr in Verbindung standen.

Sie hatte ein paar Minuten, bis sie merken würden, dass der Störsenden nicht funktionierte. Wenn eines ihrer Handys klingelte, dann war das Spiel aus für sie. Besser, sie kam gleich zum Punkt. »Antilla.«

»Javier.«

»Wie auch immer. Kennt man einen Zwilling, kennt man alle. Ihr seid dieselbe Person, oder nicht? Ich hatte keine Ahnung, dass du dich so gut mit Bomben auskennst. Hat dir das dein Daddy im Waffenschmuggelunterricht beigebracht?«

Er lachte humorlos und sarkastisch. »Nicola. Ich delegiere. So gut solltest du mich doch zumindest kennen. Du hast Monate an meiner Seite verbracht. Zwischen meinen Knien wäre allerdings besser gewesen.«

Sie ignorierte den Kommentar und zeigte auf David. »Du delegierst an diesen Typen. Ich habe in letzter Zeit viel über ihn gelernt. Du solltest dir bessere Leute für dein Team auswählen.«

»Halt's Maul«, brach es aus David heraus.

»Nein, im Ernst. Ich kann dir verraten, dass die eine Bombe jedenfalls gar nichts erreicht hat, denn ich habe mit dem Mann gesprochen, dessen Pickup in die Luft geflogen ist. Und meine Eltern? Glaub mir, wenn du hinter meinen Eltern her bist, dann hat das schon jemand herausgefunden und wird das zu verhindern wissen. Zwei Blindgänger. Und eins darf ich dir sagen, *Antilla*, ich habe nicht von dir erwartet, dass du wie ein Hausierer Klinken putzen gehst, nachdem dein Netzwerk zerstört worden ist. Ich hätte eher gedacht, du haust nach Südamerika oder in den Mittleren Osten ab, um deine besten Kunden dort zu beruhigen. Die Hinterwäldler in Virginia sollten doch eigentlich unter deiner Würde sein.«

»Halt's Maul!«, rief David.

»Wovon redest du? Selbstverständlich, ich strukturiere mein Netzwerk um, nach dieser Katastrophe mit der CIA.«

»Du verkaufst aktuell keine Waren?«

»Nein. Hier, in den USA? Sowieso nicht.«

Moment mal. Smooth hatte die Munition nicht verkauft. David sah fast so aus, als ob er sich vor etwas fürchtete. »So einfach kann es doch gar nicht sein.«

»Halt's Maul!«, schrie David wieder. »Du blöde Kuh kannst auch den Mund nicht halten.«

Antilla warf David einen Blick zu, antwortete aber Nic: »Was meinst du mit einfach?«

»Ich habe Smooth-Munition gesehen. Erst vor ein paar Tagen. Mit deinem Logo. .50er Kaliber, Brandmunition. Sie wurde von irgendwelchen Radaubrüdern in einem Kaff in Virginia gekauft. Ich hatte gedacht …«, sie zeigte auf Antilla, richtete den Finger dann aber auf David, »… andererseits kann ich mir auch gut vorstellen, dass dieser geleckte Kerl …«

David gab ihr eine Ohrfeige, damit sie still wurde. Sie spürte den Schmerz im ganzen Gesicht und ein Feuerwerk explodierte hinter ihren geschlossenen Lidern. Verdammt, das hatte wehgetan.

Nicola blinzelte schnell die Tränen weg und schaute nach unten. Ihre Füße standen immer noch auf dem mit Unkraut bewachsenem Parkplatz.

Sie stand noch aufrecht. Es waren die kleinen Dingen, die in Zeiten wie diesen zählten. Ihre Augen tränten, sie sah aber keine Sterne mehr, als sie sich endlich auf Antilla konzentrieren konnte. Die Wut stand ihm ins Gesicht geschrieben.

»Nein. Nein. Nein.« David hob abwehrend die Hände. »Ich war es nicht. Ich habe dir doch gesagt, dass ich mit den Gianoris …«

»Die Gianori-Sippe braucht meine Munition oder meine Waffen nicht. Ich verkaufe nichts an sie. Sie verkaufen meine Produkte nicht.« Antilla ging einen Schritt auf David zu, der in sich zusammensackte. »Also, wie war das noch einmal mit dem Gianori-Clan?«

»Sorry. T… t… tut mir leid.« Davids Stimme zitterte. »Ich wollte sagen, dass ich sie dafür angeheuert habe, die Bomben zu bauen und zu platzieren.«

»Und wieso würden sie das für mich machen, David? Nenn mir einen vernünftigen Grund«, knurrte Antilla. »Sofort.«

»Weil …«

»Weil sie auch hinter Nicola her sind. Stimmt das? Du hast erwähnt, dass man sie bei einem anderen Projekt als Druckmittel einsetzen könnte. Die Gianoris wollen sie? Du hattest gar nicht vor, sie mir zu überlassen?«

»Ich … äh .. ich dachte, wenn du mit ihr fertig wärst, dann könnten die sie ja haben. Ihr wollt beide Vergeltung. Ihre Familie auszuschalten würde das erreichen …« Davids Zähne klapperten, als er sich um Kopf und Kragen redete.

»Hältst du mich für blöd, David?«

»Nein, Sir.«

»Aber trotzdem führst du mich an der Nase herum?«

»Nein, nein. Aber ich dachte, du würdest es begrüßen, wenn die Gianoris ihre Familie umlegen. Du sagst immer, dass Blutvergießen mit genauso viel oder mehr Blut vergolten werden muss. Ihre Eltern für deinen Bruder.«

»Und du hast mich bestohlen.?«

»Habe ich nicht. Es war nicht viel. Pfennigware. Bitte. Bitte, lass es mich erklären.«

»Und was am allerschlimmsten ist: Du dachtest, du könntest mich hintergehen?« Antilla lachte laut und böse. Er schaute zum Fahrer.

»Erschieß ihn.«

David tastete nach seiner Waffe, machte sich in die Hose und stotterte weitere Erklärungen. Ein Knall und David spuckte Blut. Mit einem solchen Schuss in den Hals würde es einige Sekunden dauern, bis er tot war. Nicola sah dabei zu, wie Blut gurgelnd hervorsprudelte, während er versuchte, die Wunde mit den Händen zu verschließen.

Ein paar Sekunden später war es vorbei. Davids purpurrote Finger lagen immer noch an seinem Hals.

»Taste sie nach Waffen ab«, wies Antilla den Fahrer an, der anscheinend in vielen Dingen sehr gut ausgebildet war: als Fahrer, als Schütze und als Sicherheitsmann. Beim Abtasten fand er ihre .38er im Knöchelhalfter und ihr Messer im Hosenbund. Beide wurden ihr abgenommen. »Bring sie rein.«

Der Fahrer schubste sie durch die Tür. Wenn Cash gesehen hatte, wie er ihr die Pistole in den Rücken drückte und sie grob anfasste, dann standen die Chancen gut, dass der Fahrer heute Nacht noch sterben würde.

Trotz des Mordes an David war Nic nicht so nervös wie vorher. Die Angst war weg. Sie war eiskalt und bereit, ihre Arbeit zu machen. Sie wurde von einem Spitzen-Scharfschützen unterstützt und irgendwie würde es ihm schon gelingen, sie wieder im Visier zu haben. Hoffentlich hatte er alles gehört.

Antilla ging in eine Ecke, um einen Anruf zu tätigen, und fing an zu reden. Himmel, sie hatte den Störsender kaputtgemacht und Antilla war zu sehr in andere Dinge vertieft, als dass es ihm aufgefallen wäre. Der Fahrer ging nach draußen, wahrscheinlich, um Davids Leiche wegzuschaffen.

Nicola legte das Kinn so weit auf die Brust wie möglich und flüsterte: »Cash, kannst du mich hören?«

Sie hielt den Atem an. Etwas fiel auf das Metalldach. Ein Tannenzapfen oder ein Ast. Irgendwas. Etwas, das Cash aus weiter Entfernung abgeschossen hatte. Ein Lächeln breitete sich auf ihrem Gesicht aus, das sie mit einem Gähnen überspielte, nur falls sie jemand beobachtete.

»Hi«, flüsterte sie wieder und wartete. »Zweite Bombe. Im Haus meiner Eltern.«

Ein dumpfes Geräusch hallte im leeren Raum wieder. *Definitiv Cash.* Er hatte sich um ihre Familie gekümmert. Gott, wie sie ihn liebte.

»Scheiß Eichhörnchen«, murmelte der Fahrer und zog David in eine Ecke. »Was machen wir mit ihr?«

»Wir warten. Ich muss das Problem mit meinem Inventar lösen. Fessel sie oder so. Ist mir egal. Und dann bring mir was zu essen. Sieh zu, dass es noch heiß ist, wenn du zurückkommst. Und nichts von diesem amerikanischen Fast-Food-Scheiß.«

Der Fahrer schnappte sich einen wackligen Klappstuhl, schubste sie darauf und band ihre Arme mit Kabelbindern an eine Stange.

Na gut, Smooth. Jetzt sind nur noch wir beide übrig. Ich bin bereit.

KAPITEL ACHTUNDZWANZIG

Was auch immer Nicola getan hatte, um ihr Problem mit dem Störsender wieder in Ordnung zu bringen, es hatte funktioniert. Ihre Kopfhörer piepsten und Cash und Jared griffen danach. Die Übertragung war so klar und deutlich, dass jeder Handynetzbetreiber neidisch werden konnte. Das war doch mal eine Lektion »Hören und Lernen«. Cash sendete ein Stoßgebet an die Götter der Technik, dass Parker im Hauptquartier das auch mitbekam.

»Sie waren Zwillinge? Smooth lebt noch. Unglaublich.« Cash, der bäuchlings auf dem Dach einer Fabrikhalle lag, pfiff durch die Zähne. Eine warme Brise kam auf, die ihnen den Geruch von Benzin und Plastik aus der verlassenen Fabrik in die Nasen trieb.

Er schaute durch Miss Bettys Zielfernrohr und strich zärtlich über ihren perfekt geschmiedeten Abzug.

»Whiskey. Tango. Foxtrott«, knurrte Jared neben ihm und rollte sich auf den Rücken. Er legte das Fernglas neben sich ab und schrieb eine SMS auf seinem sicheren Handy. »Das ist aber eine etwas große Lücke im Wissen über Smooth. Wie konnte die CIA nicht wissen, dass es zwei von ihnen gab?«

»Es gab noch nicht mal das kleinste Gerücht darüber. Und du weißt ja, wie Waffenschmuggler reden. Nichts.« Er beobachtete die Szene durch sein Visier, immer noch ganz Ohr. Nicola drängte das Gespräch in eine Richtung, versuchte, einen Zwist zwischen ihren Entführern anzustiften.

»Hörst du das?«

Jared grunzte. »Wenn David so weitermacht, dann wird er …«

Sie hätten den Knall des Schusses auch ohne Kopfhörer gehört, so nahe klang er.

»Das ist das Ende von Operation ›Der Butler war's‹.« Jared hielt inne.

»Erschieß Smooth noch nicht. Wer weiß, was der andere Mann machen wird, der ihr die Waffe in den Rücken drückt.«

Cash nickte. Auch wenn er Smooth mit einem gezielten Schuss ausschalten konnte, war es das nicht wert, wenn er damit Nics Leben in Gefahr brachte. Smooth würde bald sterben. Wie und wann stand noch nicht fest, aber es war so sicher, als wäre es in Stein gemeißelt. Er würde sicherstellen, dass beide Smooth-Zwillinge mit dem Todesengel Bekanntschaft machten. Und zwar persönlich. Außerdem würde Cash zu verhindern wissen, dass David jemals in Form eines Sterns an der Wand in den Fluren von Langley geehrt würde, der die namenlosen Agenten repräsentierte, die für ihr Land gefallen waren.

Jared rollte sich zurück auf den Bauch, um wieder die Rolle des Beobachters für Cash einzunehmen. Beide Männer sahen dabei zu, wie Nicola mit dem Gewehrkolben vorwärts gestoßen wurde. Ein tiefes Grollen entfuhr Cashs Kehle.

»Krieg dich mal besser in den Griff.«

Er hatte sich im Griff. Er war sich seiner Gefühle für eine Frau nie sicherer gewesen, und er war noch nie so bereit gewesen, den Abzug zu drücken, wenn sie seine Hilfe brauchte. Obwohl sie jetzt in der Fabrikhalle war, konnte er sie fühlen, sie spüren. Er brauchte sie nicht zu sehen, um zu wissen, dass sie den anderen in diesem Augenblick geistig überlegen und damit die Kontrolle hatte. Schließlich hatte sie die beiden Schurken gegeneinander ausgespielt, indem sie Smooths Gefühle manipuliert hatte, und jetzt war sie einen ihrer Entführer los. Zwei waren besser als drei, auch wenn David das schwächste Glied der Kette gewesen war.

»Cash, kannst du mich hören?«, flüsterte sie in sein Ohr.

Die zaghafte Frage zerriss ihm das Herz. Er musste sich richtig zusammenreißen, hielt aber einen Moment inne, um den Stolz zu spüren, der seine Brust anschwellen ließ.

Er holte tief Luft, konzentrierte sich auf einen alten Baum, dessen Äste über das Metalldach des Gebäudes reichten, und zielte darauf. Der Schalldämpfer leistete gute Arbeit: der Schuss klang gedämpft, würde aber nicht bis in Halle dringen.

Ein kleiner Ast landete auf dem Dach.

»Hi.«

Das Wort traf ihn bis ins Mark. Er musste lächeln. Er liebte das Wort. *Hi.*

Sie fuhr fort: »Zweite Bombe. Im Haus meiner Eltern.«

Da kümmern wir uns schon drum. Um ihr noch einmal zu bestätigen, dass er für sie da war, repetierte Cash Miss Betty, legte an und *Peng*. Mehr Äste landeten auf dem Dach.

Was hältst du von dem Schuss, meine Süße?

Das warme Gefühl in seiner Brust verschwand, als er einen Mann hörte, der sich in ihrer Nähe zu schaffen machte, ihr etwas zu grunzte und etwas Metallenes bewegte.

Cash löste sich von Betty. »Wie holen wir sie dort raus?«

»Bist du sicher, sie will, dass wir sie dort rausholen? Sie ist wahrscheinlich nicht zum ersten Mal gefesselt.«

Die Venen an seinen Schläfen pulsierten vor Wut. »Jared, ich bring dich um.«

»Was denn? Ganz ruhig mit deinem Finger am Abzug. Ich meinte, dass man sie schon mal gefangen genommen hat. Nicht das, was du dir in deinen perversen Fantasien erträumst.«

»Ja klar.«

Jared lachte. »Wir hatten den direkten Befehl, Smooth umzubringen, also sind wir nicht nur als Verstärkung hier, aber wir müssen unserem Mädel auch vertrauen, sie entweder umzulegen oder um Hilfe zu bitten. Sie weiß, dass wir hier sind. Sie hat ›Hi‹ gesagt, nicht ›Hilfe‹. Wir sind fünfhundert Meter weit entfernt und könnten ganz schnell an ihrer Seite sein. Wenn Smooth sie umbringen wollte, dann hätte er es längst getan.«

Stimmen drangen in ihre Ohren. Jared und Cash hielten inne und lauschten.

»Fass mich nicht an. Binde mich erst los, du Arschloch.« Smooth lachte. Als er hörte, wie Nicola sich gegen ihn wehrte, blieb Cash fast das Herz stehen.

»Ich werde mich anschleichen. Wenn sie Hilfe braucht, kann sie über die Schulter schauen und mir ein Zeichen geben.« Cash war schon auf den Beinen, bereit, die Wand des Gebäudes herunterzurutschen. »Verlier mein Gewehr nicht. Mir liegt was an ihr.«

Immer wieder Deckung suchend bewegte er sich schnell wie der Blitz auf die Tür der Lagerhalle zu. Er zog den Kopfhörer aus dem Ohr, der übermittelte, was in der Halle vor sich ging. Er brauchte ihn nicht mehr, schließlich würde er gleich live hören, was dort passierte. Den anderen, über den Jared mit ihm kommunizieren konnte, ließ er drin.

Cash glitt durch die Tür. Sie quietschte, aber Antilla und Nic bemerkten das nicht, da Antilla gerade Nics Kabelbinder mit einem Taschenmesser durchtrennte. Sofort sprang sie auf und schlug ihm gegen den Hals.

Gott, Cash liebte einen ordentlichen Hieb auf die Kehle. Der war spektakulär. Dennoch, sein Beschützerinstinkt drängte ihn dazu, zu ihnen zu rennen, sich in ihr Handgemenge einzumischen, sie in Sicherheit zu bringen und Antilla Smooth dann mit den bloßen Händen niederzumetzeln.

Verstärkung zu sein war wirklich Scheiße. Sie kam alleine zurecht, was gut und schlecht war. Es war sowieso egal, da er von hier aus eh keinen sauberen Schuss abgeben konnte.

Cash schlich sich näher heran. Der Drang, Smooths Leben ein Ende zu setzen, war so übermächtig in ihm, dass sein Puls laut in seinen Ohren dröhnte, fast so, als wetteiferte der wütende Pulsschlag mit Nicolas Bedenken, dass er ihr nicht vertraute, ihre Arbeit zu erledigen.

Wenn Roman an ihrer Stelle wäre, würde Cash eingreifen? Scheiße, Mann, das konnte er nicht beantworten. Oder? Würde er Roman jetzt zur Hilfe kommen?

Nein … Mist, nein, würde er nicht.

Noch nicht.

Smooth fing sich wieder, packte sie am Arm. Sie wehrte sich und schlug noch einmal zu. *Braves Mädchen.* Nicola war schnell. Schneller als bei ihrem Sparring. Sie lief dem Hurensohn nicht davon. Stattdessen stürzte sie sich auf ihn, versetzte ihm einen Tritt in die Leistengegend, variierte zwischen schmutzigen Tricks und kalkulierten Schlägen. Nicola war gut, aber sie musste diesem Kampf ein Ende setzen.

Sie zwang Smooth auf die Knie und konnte ihn mit dem nächsten Tritt …

Verdammt. Eine Hand griff nach ihrem Knöchel. Sie flog unsanft hin. Smooth war auf ihr. Sie flogen hin und her, knurrten und ächzten. Flüche und Kampfgebrüll hallten in der leeren Halle wider.

Antilla schleuderte sie gegen die Wand. Ihr Kopf flog zur Seite, rollte aber wieder zurück. Ihr Blick begegnete Cashs. Ein irres Lächeln huschte über ihr Gesicht und ihre Lippen formten das Wort »Hi«.

Sie war verrückt. Er liebte verrückte Frauen. Cash machte einen Schritt nach vorne. Smooth sah ihn nicht, aber Nicola.

»Nein«, keuchte sie und starrte ihn direkt an.

Sein Herz klopfte in seiner Brust, so heftig, dass er Rippenprellungen davontragen würde. Nicola war gut, aber Antilla war größer, stärker. Cash hatte keine Wahl. Er lief auf sie zu legte den Arm um Antillas Hals und drückte zu. Nicola wurde von der Wucht der beiden kämpfenden Männer auf den Boden geschmissen.

Sie beobachtete die beiden, während sie aufstand und wieder in Kampfposition ging. Doch sie griff nicht ein. Antilla wehrte sich, drehte sich zur Seite und rammte den Ellenbogen in Cashs Magen. Das bestärkte Cash jedoch nur noch in seiner Entschlossenheit. Antilla versuchte sich aus seinem Griff zu winden, doch Cash versetzte ihm einen Tritt. Antilla wurde immer schwächer. Bald hatte er ihn.

Nicola rannte auf sie zu und rief: »Nein!«

Was zum Teufel?

Sie konnte doch nicht wirklich wollen, dass er aufhörte. Sie packte Cash an den Armen. Sie kämpfte gegen das Gewicht der Männer an und quetschte sich zwischen ihn und Antilla. Der Bruchteil einer Sekunde verging. Cash wollte dem Ganzen nur noch ein Ende setzen und brach dem Bastard das Genick. Nicola zwängte sich unter seinen Arm und löste sich dann wieder von ihm. Smooth fiel zu Boden, sein Körper nur noch eine leere Hülle.

Hinter ihm hörte er einen Knall und ein Zischen. Der Schrei eines anderen Mannes veranlasste Cash, herumzuwirbeln und nach seinem Messer zu greifen.

Er war zu spät.

Nicola stand nach vorne gebeugt da, die Hände auf den Oberschenkeln abgestützt, der Kopf unten. Hinter ihr lag der Fahrer mit einer Klinge in der Brust auf dem Boden.

Cash tastete nach dem Messer an seinem Gürtel. Es war weg. Sie hatte sich nicht zwischen ihn und Smooth drängen wollen, sondern hatte eine Waffe gebraucht und sich sein Messer geschnappt. *Und es mit perfekter Treffsicherheit geworfen.*

Er schaute Nicola an und dann den toten Mann mit der Maschinenpistole in den Händen.

Heilige Scheiße, sie hatte sein Leben gerettet.

Er hatte ihres gerettet.

»Nic, Baby.« Er war in Sekundenschnelle an ihrer Seite und drückte sie an seine Brust. Es war ihm scheißegal, wer es mitanhörte. »Meine Süße. Mein süßes Mädchen.«

Jared knurrte in sein Ohr: »Hör auf mit diesem schnulzigem Blöd…«

Cash zog den Stöpsel aus dem Ohr. Er konnte den Ton zwar nicht abstellen, aber Jared als Stimme Gottes in seinen Ohren konnte er gar nicht gebrauchen.

Nicola weinte nicht. Sie wimmerte oder schreite nicht, sondern rang bloß nach Atem. Sie hatte nur ihren Job gemacht und seinen Hintern gerettet.

»Es gibt eine zweite Bombe. Bei meinen Eltern«, stieß sie keuchend hervor, während sie sich von dem Gerangel mit einem Mann erholte, der einen halben Zentner schwerer war als sie.

»Darüber wissen wir schon Bescheid. Roman ist bei ihnen. Brock und Rocco haben die Bombe. Alles ist gut.«

»Oh.« Große Erleichterung breitete sich auf ihrem Gesicht aus. Er ließ sie los und beobachtete, wie sie die Neuigkeiten aufnahm. Wenigstens hatte sie ihn nicht weggestoßen, als er sie so ungestüm in die Arme gerissen hatte. »Woher wusstest ihr davon?«

»Wir haben Gianori. Wir wussten schon vor dir Bescheid.«

Ihre Augen wurden groß wie Teller. »Was?«

»Du erfährst alles in der Einsatznachbesprechung. Es gibt einiges, das du noch nicht weißt. Du hast gute Arbeit geleistet.«

»Danke. Du auch.« Ihr Atem wurde langsamer. Sie hörte sich für Cash weder zu aufgeregt noch überempfindlich an. Es war nur ein ganz normaler Arbeitstag für sie.

Er lächelte. Das war … cool.

»Habt ihr alles mit angehört, was vorhin gesagt wurde?«, fragte sie.

Und sie wollte alles der Reihe nach noch einmal durchgehen, so wie er eine Operation nach deren erfolgreichen Abschluss gerne durchsprach. »Das war unglaublich, oder?«

»Verdammt.« Sie lachte. »Das hab ich nicht kommen sehen.«

»Ich wollte mich nicht einfach so einmischen …«

»Nein, ich hatte Unterstützung nötig. Das war gut. Wir waren gut.« Sie nickte, drehte sich um und suchte nach etwas.

Eine Handtasche. Sie hielt sie hoch, einen zufriedenen Ausdruck im Gesicht. Aha, so war das. Die große braune Handtasche machte sie glücklich. Gut zu wissen.

»Du warst wirklich sehr gut, Nic.«

»Hab's ja gesagt.« Sie zwinkerte ihm zu und kramte in ihrer Tasche herum.

Waren alle ihre Handtaschen so groß? Wieviel Kram hatte sie überhaupt? Sie sollte nicht bei Jackson, diesem Arschloch, wohnen. Sie sollte bei ihm wohnen. »Lass uns abhauen.«

»Ich werde der CIA sagen, dass ich bei Gelegenheit mit dir zusammen an Projekten arbeiten möchte. Das war der Wahnsinn. Diese Routine, wo du dich drehst und ich werfe, war überirdisch gut.«

Na ja, er würde niemals erwähnen, dass er nicht hundertprozentig sicher gewesen war, was sie vorhatte. Außerdem würde er niemals erwähnen, dass er nicht gehört hatte, wie sich der andere Mann angeschlichen hatte.

Hinter Cashs Stirn summte es. Laut. Seine Fingerspitzen kribbelten und das Klopf, Klopf, Klopf in seiner Brust war fast zu viel für ihn. Sie war perfekt – beeindruckend – und er hatte sich ihr gegenüber im Einsatz einigermaßen gut betragen. Verbessern konnte er sich schon noch, aber in diesem Augenblick wollte er nicht, dass sich irgendetwas änderte. Ihre Wangen waren vom Adrenalin rot gefärbt und das wollte er gerne jeden Tag sehen.

»Hör mal, Nicola. Jetzt ist nicht der richtige Zeitpunkt dafür, das verstehe ich. Aber verdammt noch mal, Mädchen, ich bin der glücklichste Mann auf Erden. Dass ich mich gleich zweimal in dich verlieben darf.« Auch wenn er es gewollt hätte, hätte er nicht aufhören können zu reden. »Verdammt noch eins, ich habe dich niemals *nicht* geliebt.«

Stockstill und die Augen weit aufgerissen. Nicht die Reaktion, die er sich erhofft hatte. Nicola bewegte sich nicht. Sie sah aus, als ob sie nicht einmal mehr atmete.

»Tut mir leid, dass ich so mit der Tür ins Haus falle. Aber so fühle ich nun mal. Damit musst du zurechtkommen. Du kannst es ignorieren …«

Nicola sprang stürmisch in seine Arme und nahm sein Gesicht in ihre Hände. »Ich habe dich jeden Tag geliebt. Seit ich mich erinnern kann, Cash, habe ich dich geliebt.«

Tränen glitzerten in ihren Augen. Die knallharte Agentin, die sie vor einem Moment noch gewesen war, verwandelte sich in die Frau seiner Träume. Seine Stirn, seine Wangen, ja, seine Seele berührten ihre. Eine einzelne Träne, die geräuschlos aus ihrem Augenwinkel gekullert war, kitzelte seine Wange. »Ich wollte dich nicht traurig machen«

»Gott, Cash. Ich bin doch nicht traurig.« Ihre Lippen fuhren über seine Unterlippe, bevor sie ihn mit einem Seufzer küsste.

Sanft und nachgiebig. Ihr Mund war wie für ihn gemacht. Das wusste er ganz tief in seinem Herzen. Ihre streichelnde Zunge ließ ihn die Operation ganz vergessen. Der schwache Geruch von Lavendel und Blumen drang ihm in die Nase und erinnerte ihn an jeden ihrer Küsse.

Seine Finger gruben sich in ihr seidiges Haar, als er sich ihrem Kuss ganz hingab. Die Notwendigkeit zu Atmen war zweitrangig. Die Gründe, warum er leben und kämpfen und überleben musste, kamen in einer Eingebung zusammen. Sie hatte ihn wie der Blitz getroffen, so schnell und kraftvoll und mit solcher Treffsicherheit, dass ihre Liebesbekundung ihn umhaute. Sein Leben veränderte.

Als Cash sich von ihr löste, prägte er sich ihre wunderschönen schokoladenbraunen Augen und lächelnden Lippen in sein Gedächtnis ein. Es gab Tage, Momente, an die er sich für den Rest seines Lebens erinnern würde. Das hier war einer davon.

Er verschränkte seine Finger mit ihren, die immer noch an seine Wangen gepresst waren. »Lass uns das Cleanup-Team anrufen, damit die hier aufräumen können, und dann gehen wir nach Hause.«

Sie seufzte und lehnte sich an ihn an, sodass er sie ganz einfach in seine Arme nehmen konnte. »Ich würde gerne meine Eltern sehen. Ich …« Er wartete darauf, dass sie weitersprach. »Würdest du mitkommen?«

Er war schon tausendmal bei Janet und Rick daheim gewesen, von den Zeiten an, als Roman und er in der Einfahrt mit ihren Fahrrädern rumgekurvt waren, und auch immer noch, zum Sonntagsessen, seit Nic nicht mehr da war. Auf gewisse Weise waren sie fast seine Eltern. Wieso zögerte sie so?

Dann erinnerte er sich, dass sie auf der Schießanlage von ihren Schuldgefühlen und ihrer Unsicherheit gesprochen hatte, und sagte: »Natürlich. Es wird schon alles gut werden. Versprochen.«

KAPITEL NEUNUNDZWANZIG

In Nicolas kleinem Heimatort hatte sich nicht viel verändert und als sie an ihrer Highschool vorbei fuhren, brach eine Flut der Erinnerungen über sie herein.

Das Haus, in dem sie aufgewachsen war, sah auch immer noch genauso aus wie früher. Von einer Steinmauer umgeben. Zwei Stockwerke, im Kolonialstil gebaut. Weiße Schindeln. Schwarze Fensterläden. Eine rote Haustür. Wieso sie gedacht hatte, dass es anders aussehen würde, wollte ihr jetzt nicht mehr in den Sinn kommen. Sie hätte in den letzten zehn Jahren tausend Mal durch dieses Viertel fahren können. Aber das hatte sie nicht getan. Und das hatte rein gar nichts mit den grundlegenden Vereinbarungen zu tun, die sie mit der CIA und dem Zeugenschutzprogramm getroffen hatte, dank derer sie sie so nahe bei ihrer Familie und ihren Freunden leben und arbeiten durfte.

Nein, sie hatte es vermieden, weil ihr jedes Mal schwindlig wurde, wenn sie daran dachte. Jetzt, in der Einfahrt ihres Elternhauses, war ihr ganz übel, so schlecht fühlte sie sich. Und sie war noch nicht mal aus dem Auto ausgestiegen. Das hier lief ganz und gar nicht gut.

»Nic, du siehst aus, als ob du dich gleich übergeben müsstest.«

Sie verzog das Gesicht. »Du machst dir keine Vorstellung.«

»Steck den Kopf zwischen die Beine. Hol tief Luft und alles wird gut werden.«

Einfacher gesagt als getan. Dennoch hielt sich Nicola an seine Anweisungen, ließ den Kopf sinken und steckte ihn zwischen die Knie. Vielleicht konnte sie zudrücken und damit die Kopfschmerzen aus dem Kopf pressen, die sie schon seit ein paar Tagen quälten.

Sie atmete tief ein. Und tief aus. Sie versuchte es zumindest.

»Okay, mir geht es besser«, log sie.

Er schenkte ihr ein Lächeln, das ihr sagte, dass er ihr das nicht abnahm. Dann führte er ihre Hand an seine Lippen und küsste sie. »Gehen wir es an. Beweg deinen süßen Hintern.«

Sie machten die Autotüren auf und sprangen aus Cashs neuem schwarzem Jeep Wrangler Rubicon mit hohen Reifen. Der Jeep gefiel ihr. Er passte zu ihm. Cash hatte nur gemeint, der Wagen würde es tun; was auch immer das heißen sollte. Die Reifen gingen ihr praktisch bis zu den Hüften und sie starrte den riesigen Vorderreifen an, bis Cash die Motorhaube umrundet und wieder ihre Hand in seine genommen hatte.

Romans Pickup stand ganz vorne in der Einfahrt. Also war er als erster hier gewesen. Gut. Wenn ihre Eltern wütend auf sie waren, dann hatte er sie vielleicht schon beruhigt. Wie würde sie sich fühlen, wenn ihre Tochter zehn Jahre lang wegbliebe? Wut stände wahrscheinlich ganz oben auf ihrer Liste, aber als sie mit ihnen telefoniert hatte, hatten sie sich alles andere als wütend angehört. Eher außer sich vor Freude. Glücklich und froh. Warum hatte sie dann so einen nervösen Magen?

Jeder Schritt, den sie auf die imposante Haustür zutrat, fühlte sich schleppender an als der zuvor. Sie bekam keine Luft mehr. Sie sollte diese Einatmen-Ausatmen-Routine durchgehen, sich vielleicht auf die Eingangsstufen setzen und das Ganze noch mal üben. Aber sie wurde von ihren Eltern erwartet. Scheiße, ihre Eltern erwarteten sie wahrscheinlich schon, seit sie sie angerufen hatte, um zu erklären, dass sie erst im Zeugenschutzprogramm und dann bei der CIA gelandet war.

Und jetzt war sie hier, auf den Eingangsstufen, und so unsicher.

Die rote Tür ging auf. Ihre Mutter strahlte über das ganze Gesicht – sie hatte Tränen in den Augen und die Arme ausgebreitet. Ihr Vater stand direkt hinter ihr. Er war immer noch riesig und respekteinflößend. Aber sein Blick war so warm, dass sich Nicolas Herz zusammenzog.

Nicolas Füße wollten sich nicht mehr bewegen. Ihre Beine fühlten sich an, als seien sie aus Beton, ihre Arme waren wie gelähmt. Das einzige, was sie spüren konnte, war der Schmerz und die Scham und … Cashs Hand. Sie konnte sich darauf konzentrieren. Irgendwie gelang es Cash, sie beide in Richtung ihrer Eltern zu bewegen, und jetzt übernahmen sie die Führung.

Umarmungen und Küsse. Worte, ganz sicher, aber sie ergaben für sie keinen Sinn, da sie von lauten Schluchzern geschüttelt wurde.

»Es tut mir so leid.« Sie sagte es wieder und wieder, und kam sich dabei nicht wie eine Frau Anfang dreißig, sondern wie ein kleines Kind vor.

In einer warmen Umarmung geborgen – eine Hand strich immer wieder über ihr Haar, Arme hielten sie ganz fest – wurden die Schmerzen allmählich weniger. Man flüsterte ihr beruhigende Worte ins Ohr. Aber alles, an das sie denken konnte, war, wie übermächtig die Liebe ihrer Eltern war. Und ihre Vergebung.

Sie hatte das nicht verdient. Aber wie sie sich verhielten zeigte ihr, dass sie es doch verdient hatte.

Nicola blinzelte und wischte sich die Tränen von den Wangen. Sie holte tief Luft. Dann noch einmal. Bis es ihr wieder gelang, ein- und auszuatmen. Ihr Herz fühlte sich leichter an. Das Gewicht der eiskalten Schuldgefühle war weggeschmolzen.

Ihre Mutter nahm sie bei den Schultern. »Wir lieben dich.«

»Und wir haben Verständnis«, fügte ihr Vater hinzu.

Sie konnte nur nicken, wieder von Gefühlen überwältigt. Erneut liefen ihr die Tränen, sodass sie alles nur noch verschwommen wahrnehmen konnte.

»Genug geweint. Das hier ist ein glücklicher Tag«, sagte ihre Mutter und wischte sich über die Augen. Ihr Vater nickte.

Sie lächelten. Sie lächelten, wirklich und wahrhaftig. Von ihnen ging kein Hass für ihre verlogene Tochter aus. In ihren Gesichtern konnte Nic nichts davon sehen. Sie hielten sie einfach in ihren Armen.

Roman kam nach draußen, stellte sich neben Cash, und sie versuchte ihn anzulächeln. Es gelang ihr besser als gedacht.

»Gehen wir doch lieber rein, bevor die Nachbarn zu neugierig werden«, schlug Roman vor und lachte dann. »Nic wusste schon immer, wie man einen großen Auftritt hinlegt.« Bei seinen Worten breitete sich ein Lächeln auf ihrem Gesicht aus, ohne dass sie sich dafür anstrengen musste, und sie lachte. In dem Augenblick liebte sie ihren Bruder mehr als je zuvor.

»Na gut. Kommt rein, na los.« Ihre Mutter winkte sie ins Haus, einen Arm immer noch um ihre Taille gelegt, und führte sie ins Wohnzimmer. »Ich hoffe, du hast Hunger, Engelchen.«

Engelchen. Sie hätte niemals gedacht, dass sie wieder hören würde, wie ihre Mutter sie bei diesem Kosenamen rief.

Das Haus roch köstlich und vertraut. Nicola seufzte und setzte sich auf dieselbe Couch, auf denselben Platz wie immer. Cash setzte sich neben sie, einen Arm um ihre Schulter gelegt. Für einen Augenblick bekam sie einen Schreck. Ihre Eltern wussten ja nicht über sie und Cash Bescheid. Nicht über die Sache von damals, und überhaupt war sie sich immer noch unsicher, wie sie ihre Beziehung jetzt definieren sollte, abgesehen davon, dass es eine Beziehung *war*.

Ihr überfürsorglicher Vater zuckte nicht einmal mit der Wimper, als er ihr gegenüber Platz nahm.

Im Hintergrund hörte sie Roman die Küchenschränke durchwühlen und ihn ihre Mutter fragen, wo die Snacks waren. Es fühlte sich alles so normal an.

Mom brachte Dad und Cash zwei Flaschen Bier und Nic ein Glas O-Saft. Sie wusste, dass ihre Tochter den zum Trost brauchte. Über die Jahre hinweg hatte Nicola literweise O-Saft mit ihrer Mutter getrunken, während sie ihre Teenagerprobleme besprachen.

»Danke, Mom.«

Roman kam ins Wohnzimmer, Bier und Dip in der Hand, eine Tüte Kartoffelchips unter dem Arm.

»Die CIA, was, Nicky?« Ihr Dad hatte sie immer schon Nicky genannt. Es hatte sie immer in den Wahnsinn getrieben. Bis heute. Er sah so stolz aus.

Sie nickte und dachte darüber nach, was sie sagen sollte. »Ja …«

»Meine kleine Schwester ist eine Spionin. Wer hätte das gedacht?« Roman lachte und stopfte sich zur selben Zeit Chips und Dip in den Mund. »Und nachdem, was ich gesehen habe, könnte sie es mit James Bond aufnehmen.«

»Null-Null-Sieben hier kann schießen und kämpfen wie die großen Jungs«, sagte Cash und drückte sie.

Die Jungs gaben mit ihr an. Das hatte sie nicht erwartet und ihre Wangen röteten sich.

»Na gut, so lange dir nichts passiert, Engelchen. Das sage ich den Jungs auch immer. Ihr drei *passt* doch auf, dass euch da draußen nichts passiert, nicht wahr?«

Roman, Cash und Nicola nickten alle auf dieselbe Art, die signalisierte: »Jawohl Ma'am, Jawohl Mom, versprochen.« Mom strahlte von einem Ohr zum anderen.

»In zwanzig Minuten ist das Essen fertig. Roman, verdirb dir nicht den Appetit. Nicola Beatrice, kommst du mit in die Küche?«

Oh oh. Mom hatte den zweiten Vornamen verwendet. Das hieß, dass sie in Schwierigkeiten steckte. Niemand außer ihr schien das bemerkt zu haben, da gerade ein Football wie aus dem Nichts erschien und durch das Wohnzimmer flog, und ihre Mutter gab ihr gar nicht die Gelegenheit, sich herauszuwinden. Nicola folgte ihr auf dem ihr so vertrauten Weg in die Küche und hörte dabei, es knarzte dasselbe alte Dielenbrett wie eh und je schon.

»Mach du den Salat, okay?« Ihre Mutter zeigte auf die Zutaten, die auf dem Küchentresen aufgereiht waren.

»Kann ich machen.« Das hier war geplant gewesen, aber sie hatte nichts dagegen. Die Aussicht, gleich tausend Fragen beantworten zu müssen, machte sie nervös, aber es war besser, wenn ihre Hände beschäftigt waren, als wenn sie nichts zu tun hatte und an ihrem T-Shirt herumzupfte.

»Danke. Also, dann werde ich alles Langweilige und Traurige mal überspringen und gleich zu dir und Cash kommen. Ist dir das recht, Engelchen?«

Nicola hüstelte und die Cherry-Tomaten, die sie aufgereiht hatte, um sie durchzuschneiden, zu salzen und zu pfeffern, fielen vom Schneidebrett. »Cash?«, brachte sie quietschend hervor. Oh Mann. Wenn sie damit nicht preisgegeben hatte, dass es zwischen ihr und Cash heiß herging.

Ihre Mutter rollte mit den Augen und lachte. »Na gut. Wir können ja stattdessen all die verlorenen Jahre …«

»Ich kann schon über Cash reden. Ich bin Cash und Roman begegnet, als …«

»Engelchen, das weiß ich doch schon alles. Meinst du vielleicht, einer der beiden Jungs wäre in der Lage, etwas für sich zu behalten?«

Anscheinend nicht.

Ihre Mutter lächelte. »Je mehr ich ihnen zu essen gebe, desto mehr reden sie. Nur das hindert mich daran, wahnsinnig zu werden, wo ich doch weiß, was sie alles so machen, wenn sie in der Weltgeschichte herumreisen.

Ich weiß auch, dass ihr beide immer schon etwas füreinander übrig hattet, seit eurer ›Mädchen/Jungen sind igitt‹-Phase. Und jetzt hält er deine Hand. Hat den Arm um deine Schulter gelegt. Igitt findet ihr das wohl beide nicht mehr.«

Nic wusste, dass sie hochrot im Gesicht war. »Das hast du gemerkt?«

»Ich merke alles. Das ist bei Müttern immer so.«

»Und was ist mit den Vätern? Meinst du, Dad, äh, hat das auch gemerkt.«

Ihre Mutter lachte. »Vielleicht. Hast du ihn gern?«

»Natürlich mag ich ihn, Mom. Es ist Cash.«

»Liebst du ihn?«

»Mom!« Nic rollte entnervt mit den Augen, so als wäre sie wieder in der zwölften Klasse.

»Weißt du, bevor das alles passiert ist …« Ihre Mutter zeigte aus dem Fenster. Ihr Vater, Roman und Cash waren draußen und warfen einhändig den Football hin und her, jeder in der anderen Hand die Flasche Bier. »… hat Cash deinen Vater angerufen. Wollte gerne mit uns reden. Ohne dass Roman oder du dabei wären.«

Schweigen. *Ich hatte einen Ring.* Seine Stimme klang in ihrem Kopf wieder. Sie hatte es zwar nicht angezweifelt, als er das in den Raum geworfen hatte, aber …

»Wusstest du etwas davon?« Ihre Mutter hob eine Augenbraue und lächelte geheimnisvoll. »Schnippel weiter, Engelchen. Wir müssen ein paar hungrige Männer füttern.«

Stattdessen starrte Nicola aus dem Fenster und ließ es zu, dass ihre Mutter ihr das Messer und die Salatzutaten aus der Hand nahm. Sie sah den Männern zu, wie sie im Hof spielten. Lachten und herumalberten. Cash warf den Ball, wirbelte herum und bemerkte sie, wie sie aus dem Fenster schaute.

Ihre Blicke begegneten sich und sie bekam Schmetterlinge im Bauch, als er den Mund zu einem schiefen Grinsen verzog und ihr kaum merklich zunickte. Ihr ganzes Leben lang war er ihr bester Freund gewesen. Er war attraktiver als jeder andere Mann auf dieser Erde. Und dort stand er nun und in ihrem Magen kribbelte es.

Der Football traf ihn am Kopf und Roman jubelte, weil er Cash so gut getroffen hatte. Sie lachte. Cash brach ebenfalls in Lachen aus, bevor er sich umdrehte und auf ihren Bruder zustürmte, den Football in der Hand. Dad lachte. Alles war so, wie es sein sollte.

Es klingelte an der Tür. Irgendwo im Hintergrund hörte sie, wie ihre Mutter genervt nach einem Geschirrtuch suchte und ihre Hände abwischte, um die Tür aufzumachen. Nicola beobachtete wie gebannt ihre Familie. Wieder daheim zu sein …

Chk – chck.

Und so schnell riss sie das unverwechselbare Geräusch einer Pumpgun aus ihrem wohlig-warmen Zustand, als hätte man ihr einen Eimer eiskaltes Wasser über den Kopf gegossen. Sie schnappte sich ein Steakmesser von der Kücheninsel und drückte sich an die Wand, um zu hören, was vor sich ging.

Ein Dielenbrett knarzte. Sie wusste, welches es war, kannte jedes Dielenbrett, das knarzte und quietschte, dank der vielen Male, bei denen sie sich mit Cash und Roman aus dem Haus geschlichen hatte. Nic schaute aus dem Fenster. Die Männer waren wieder dabei, sich gemütlich den Ball zuzuwerfen und dabei Bier zu trinken.

Sie schlich sich um die Ecke und wusste, dass wenn sie richtig gehört hatte, das Messer nicht das Silber wert war, mit dem es überzogen war. Und sie hatte keinen Zweifel daran, dass sie richtig gehört hatte. Sie steckte das Steakmesser in ihren Hosenbund und hatte nur noch eine Ecke …

»Jackson?« Sie war völlig von Socken.

Er drehte sich zu ihr um und schwenkte *ihre* Remington 870 Super Magnum weg von ihrer Mutter und auf sie. *Gott sei Dank.*

»Nicola, ich habe überall nach dir gesucht. Du bist seit Tagen nicht zu Hause gewesen.«

Jackson sah völlig irre aus und roch nach Alkohol. Seine Augen waren rot umrandet und glasig. Er hatte sich mindestens einen Tag lang nicht rasiert und seine Kleider sahen … wie Tarnkleidung aus.

»Hier bin ich doch, Jacks. Sicher doch das Baby erst mal und dann machen wir einen Spaziergang, wie wäre es damit?«

»Noch nicht. Ist Cash hier?«, fragte er so ruhig und gelassen, dass sich ihr die Haare im Nacken aufstellten.

»Ich glaube, das ist eine Sache zwischen dir und mir. Was auch immer es ist, das …«

»Ist das deine Mom?« Er hörte sich verzweifelt und abwesend an.

Was sollte sie da bloß drauf antworten … »Jackson, hör mir zu …«

Sein Blick ging wieder zu ihrer Mutter, aber Gott sei Dank richtete er die Waffe immer noch auf sie. »Ich bin Jackson Dale. Sie müssen Mrs Garr …« Er wich einen Schritt zurück und warf Nic einen Blick zu. »Moment mal, ich kenne noch nicht einmal deinen richtigen Nachnamen. Wie ist das möglich? Wie konntest du mir das nur antun?«

Ihre Mutter meldete sich zu Wort: »Sie können gerne Janet zu mir sagen.«

Jackson lächelte sie an, aber seine Augen waren immer noch abwesend. »Schön, Sie kennenzulernen, Janet. Sie haben wirklich ein schönes Zuhause.«

»Danke, Jackson«, sagte sie mit großen Augen und blassem Gesicht. »Sie können gerne zum Essen bleiben. Aber bei mir herrscht die strikte Regel, dass Waffen im Haus nicht erlaubt sind.«

»Nic und ich bleiben nicht.«

Gut. Sie konnte ihn aus dem Haus lotsen, sodass diese Waffe weit weg von ihrer Mutter war.

»Jacks hat Recht, Mom. Wir müssen gehen.«

Der Gestank von Schweiß und Alkohol breite sich im Raum aus. Er ließ die Waffe etwas sinken, behielt aber immer noch den Finger auf dem Abzug. Sie wusste, wie überaus empfindlich der Abzug war. Richtig eingestellt, konnte ein kleiner Lufthauch die Waffe in Aktion setzen.

»Dann lass uns gehen. Schön, Ihre Bekanntschaft geschlossen zu haben, Janet.«

Die Hintertür ging auf und fiel laut wieder ins Schloss. Polternde und lachende Männerstimmen drangen durchs Haus.

Verdammt, sie war so nahe dran gewesen. »Jacks. Lass uns gehen.«

Roman rief aus der Küche, während die Türen der Küchenschränke auf und zugingen: »Mom, wir sind am Verhungern.«

Jacksons Blick schoss in Richtung der Stimmen. »Wer ist das?«, lallte er.

»Nur meine Familie, Jacks. Niemand, um den du dir …«

Cash und Roman kamen beide um die Ecke und fluchten. Ihr Vater rannte in die beiden hinein, als sie abrupt stehenblieben.

Jackson richtete das Gewehr auf die Männer und sagte mit weinerlicher Stimme: »Er ist hier. Nic, du hast nicht erwähnt, dass Cash hier ist. Nic, wieso hast du mir nichts davon gesagt? Nic?« Jackson schwang auf unsicheren Füßen herum und zielte mit der Waffe nun wieder auf sie. »Nicola?«

Gleich würde das absolute Chaos ausbrechen. Sie konnte es spüren. Sie wusste nicht, wo es losgehen würde, aber sie standen alle am Rande des Abgrunds und es war nur die Frage, wer als erstes sprang.

Nicola sah Jackson mit inständig flehendem Blick an. Aus dem Augenwinkel bemerkte sie, wie Roman, Cash und ihr Vater die Situation einschätzten und sich Blicke zuwarfen. Und wieder stellte sich dieses Bauchgefühl ein, das so mächtig war, dass sich ihr die Haare im Nacken aufstellten.

Rums.

Sie bewegte sich instinktiv, bevor sie das Geräusch hörte. Nic war sich nicht sicher, was ihr Körper tat, aber sie vertraute auf ihre Ausbildung. Alles andere lief ab wie in Zeitlupe. Das Fenster zerbrach in tausend Scherben. Roman packte ihre Mutter und warf sie in Dads Arme. Cash packte Jackson. Nic sprang aus dem Weg, wurde aber trotzdem zu Boden gestoßen. Es gab Geschrei und es wurde geschossen. Glas zerbarst in tausend Stücke und brennender Schmerz benebelte ihren Verstand.

Und als sie versuchte aufzusehen, sah sie Rot. Alles brannte. Ihre Nase lief und ihre Augen tränten wie verrückt. Cash hatte sie hochgezogen und sie stand auf den Füßen. Was zum Teufel ging hier vor sich? Aber sie konnte sich nicht allein auf den Füßen halten, so viel wusste sie. Ihr Gesicht. Ihre Arme standen in Flammen. *Hilf mir.*

KAPITEL DREISSIG

ALLES BRANNTE. NICHTS ergab einen Sinn. Das einzige, das sie davon abhielt zu schreien, war die Tatsache, dass *sie* verletzt war. Nicht ihre Eltern. Nicht ihr Bruder. Nicht Cash. Nicola konnte mit ihren Schmerzen schon fertigwerden. Aber nicht mit den Schmerzen der anderen. Sie hatte genug Leid in dieses Haus gebracht.

Hände berührten ihr Gesicht. Verdammt. »Tut weh … brennt.« Und stinkt?

»Bring sie ins Badezimmer«, befahl eine Frau, die nicht ihre Mutter war.

Das schwindlige Gefühl in ihrem Kopf verwirrte sie. Wer war denn alles hier? Cashs starke Hände hoben sie hoch. Sie wusste, wie sich seine Berührungen anfühlten, kannte die Konturen seines Oberkörpers, an den sie sich schmiegte. Auch wenn sie die Augen nicht öffnen konnte, wusste sie doch, dass sie in Cashs Armen war.

»Was ist das für ein Zeug?« Das war jetzt definitiv ihre Mom. Sie hörte sich besorgt an, nicht so, als ob sie selber unter Schmerzen litt. Aber verdammt noch mal, sie wollte doch nicht, dass sich ihre Mutter je wieder Sorgen um sie machen musste.

Ihr Dad murmelte etwas.

Die Stimme ihrer Mutter folgte ihnen, als sie mit scharfem Ton antwortete: »Natürlich meine ich nicht das Blut. Das Zeug. Es ist überall.«

Ein kaltes Tuch wurde gegen ihr Gesicht gepresst und sie wurde damit abgewischt. Nach und nach ließ das Gefühl nach, dass ihre Haut kochte. Es hörte nicht auf, aber es wurde erträglich.

»Trink das.« Das war Cash. Er hielt ein Glas an ihre Lippen und sprach dann mit jemand anderem. »Nein. Ruf nicht den Rettungswagen. Ich fahre.«

Sie konnte nicht gut sehen. Ihre Lippen brannten. Wasser würde ihr jetzt guttun. Sie ließ zu, dass er ihr das Glas an die Lippen hielt und genoss das kalte …

Igitt.

Nicht das, was sie erwartet hatte. Sie spuckte es aus. »Was ist das?«

»Milch. Die wird dir helfen.«

Was zum …

Oh.

»Pfeffer-Munition«, murmelte sie wieder. »Ich wurde von …«

»Ich weiß, mein süßes Mädchen. Beth hat es uns gesagt.«

»Was? Beth?« Mehr brachte sie nicht heraus und so bekam sie keine Antworten auf die wichtigen Fragen wie beispielsweise, wann Beth hierher gekommen war und warum? Cash reinigte ihr Gesicht und dann ihre Arme. Es half ein wenig, aber immer nur für einen kurzen, kühlen Moment.

»Beth hat durch das Fenster geschossen. Das Gewehr ging los, aber dank Beth wurdest du nicht direkt getroffen. Trotzdem hast du ziemlich viel von einer explodierenden Pfefferpatrone im Kaliber Zwölf abbekommen. Ich wette, das tut weh wie Sau.«

Sie nickte und schmiegte sich in seine Arme. Ihre Füße berührten den Make-up-Spiegel im Badezimmer. Sie mussten wohl im Bad unten im Flur sein und sie saß auf seinem Schoß. »Ich mache alles kaputt.«

»Nein. Du hast nun mal etwas an dir, das Männer verrückt macht. Gibt es noch weitere irre Ex-Liebhaber, über die ich Bescheid wissen sollte? Die habe ich bis Sonnenuntergang erledigt.« Er bewegte sie in seinem Schoß. »Kannst du deine Augen aufmachen?«

Sie schüttelte den Kopf ein wenig und kam sich vor wie ein Baby. »Sie brennen. Ich will nicht.«

»Na gut. Dann haben wir das geklärt. Versuch es auch lieber nicht, falls Glassplitter drin sind. Wir bringen dich in die Notaufnahme. Obwohl ich keine Ahnung habe, wie ich das hier erklären soll.« Cash hielt inne und lehnte sich aus der Tür. »Deine Mutter bringt mich zum Lachen. Ich bin ziemlich sicher, dass Beth aufgegeben und dem Gebrauch des Staubsaugers zugestimmt hat, obwohl ein Cleanup-Team schon unterwegs ist.«

»Ist Beth noch hier?«

»Ja. Roman versucht deine Freundin anzubaggern, aber sie zeigt sich unbeeindruckt. Und sie ist vielleicht high von dem ganzen Adrenalin.«

Nic lachte und hörte dann abrupt auf, als ihre Lippen wieder brannten. »Aua.« Sie fuhr mit der Zunge vorsichtig über die Lippen und schmeckte Blut. »Bring mich nicht zum Lachen. Und was ist mit Jackson?«

»Darum kümmern wir uns später.« Cash rief über seine Schulter: »Hey, Beth, komm mal.«

Nic hörte, wie Beth mit dynamischen Schritten ins Badezimmer gehopst kam. Sie redete so schnell, dass Nic erst gar nicht verstand, was sie sagte: »… glauben? Ich wusste es einfach. Und hab ich dir nicht das Leben gerettet, mit dieser Pfeffermunition? Ich hab's dir doch gesagt: Pack dir ne Ladung Pfeffer in die Waffe. Das nächste Mal, wenn einer dieser Jungs auftaucht und sie sich prügeln – nichts für ungut –, dann kannst du ihnen zeigen, wo's langgeht. Als ich dir die Schachtel Munition gegeben habe, war das eigentlich ein Witz. Ein Witz. Und dann diese unheimlichen Anrufe von Jackson, der eindeutig besoffen war. Mein Timing war ja wohl hammermäßig …«

»Beth.« Cash hustete, um sein Lachen zu verbergen. »Hol doch mal Luft, Mädchen.«

»Wie hat Jackson mich gefunden?«, fragte Nicola Beth.

»Ich weiß es zwar nicht ganz genau, aber Jackson hat herausgefunden, dass zwei Typen von Titan im Haus deiner Eltern eine Bombe entschärft haben. Ich weiß es nicht. Vielleicht tratscht die Sprengstoffexpertentruppe gerne? Und Jacksons Gefasel nach zu urteilen bin ich mir ziemlich sicher, dass er dein Handy geortet hat. So hat er dich überwacht. Und so habe ich dich auch gefunden. Schmeiß das Ding weg. Du nimmst ja sowieso nicht ab. Ich habe dich heute eine Million Mal angerufen.«

»Du bist die Beste, Beth.«

»Sie sollten mich für Einsätze einteilen. Ich bin ein Rock-Star.«

Nic lächelte wieder, diesmal vorbereitet darauf, dass es schmerzen würde. »Ich weiß. Ich hab dich lieb, weißt du das?«

»Natürlich. Gott, Cash. Sie sieht ja schrecklich aus. Bring sie zum Arzt.«

Wenn Nics Augen offen gewesen wären, dann hätte sie sie verdreht. Cash antwortete ihr mit so etwas wie »Ja, Ma'am.« Nicola liebte sie beide wirklich sehr.

»Engelchen?«

»Nicky?«

Jetzt kamen ihre Eltern ins Bad und Beth ging wieder, immer noch vor sich hin brabbelnd. Nicola kam sich vor wie ein blinder Freak, den man bestaunte, wollte ihren Eltern aber nicht ausweichen. »Es tut mir leid.«

»So ist es nun mal.« Ihr Dad schlug Cash auf die Schulter. »Roman hat deinen Wagen parat gemacht. Der Motor läuft. Sieht toll aus, übrigens. Ist der neu?«

Was für eine Woche.

Ihre Mutter strich ihr übers Haar. »Kommt bald mal wieder zum Abendessen vorbei, ihr beiden. Ich habe euch was zu essen eingepackt. Ihr müsst beide etwas in den Magen bekommen. Ich hab Roman die Tüte gegeben, damit er sie in den Wagen packt, Cash.«

Cash hob sie hoch, verabschiedete sich, und bevor sie sich versah, saß sie wieder auf dem Beifahrersitz seines Wagens.

Die Tür war noch offen und Roman kam zu ihr. Sie erkannte ihn an seinem Gang. »Du weißt, wie du einen Auftritt hinlegst – und wieder einen guten Abgang machst. Stimmt's, Null-Null-Sieben?« Er hatte das zwar von Cash geklaut, aber sie liebte es dennoch, dass er sie so nannte. »Übrigens, Jared hat mich gerade zurückgerufen. Er meinte, wenn sie es aushält, fünfzig Kilometer weiter zu fahren, dann würde er sich um alles kümmern und sie von Ärzten behandeln lassen, die für Titan arbeiten.«

Sie zuckte mit den Schultern.

»Ich hatte das Gefühl, er würde gerne mit euch beiden reden«, fuhr Roman fort. »Stellt euch schon mal darauf ein, vom Stimmungsdrücker par excellence fertiggemacht zu werden.«

Roman machte die Tür zu, schlug zweimal mit der flachen Hand darauf, und Cash fuhr aus der Einfahrt. Sie musste nicht sehen können, um zu wissen, dass er den Highway entlangraste und rechts und links an anderen Autos vorbeizog.

»Ich sterbe nicht, Cash. Es gibt keinen Grund, einen Strafzettel einzusacken.«

»Mein süßes Mädchen, wenn die Geschwindigkeitsbegrenzung nicht durch Scharfschützenbeschuss oder einen Trupp Fallschirmjäger erzwungen wird, werden wir nicht langsamer fahren.«

DR. TUSKA WARTETE schon auf sie und sie wurde von einem Augenchirurgen und einem Augentrauma-Spezialisten durchgecheckt, bevor sie sich wehren und nach einer Spülung mit Kochsalzlösung fragen konnte.

Die Krankeschwestern machten sich sofort ans Werk und reinigten Augen und Gesicht. Alles in allem brauchte das Ärzteteam von Titan eine Stunde und fünfzehn Minuten, bis Nic wieder sehen konnte. Nicht schlecht.

Jetzt wartete sie. So etwas wie eine Anmeldung hatte es nicht gegeben, also wusste sie nicht, was sie tun sollte, außer darauf zu warten, dass Dr. Tuska sie wieder nach Hause schickte und sie die Tube mit antibakterieller Salbe bekam, die man ihr versprochen hatte.

Das Zimmer sah wie ein gewöhnliches Krankenzimmer aus, aber die Bettlaken waren keine von der Sorte, die man normalerweise im Krankenhaus vorfand. Sie waren ganz weich und fühlten sich so an, als hätten sie eine hohe Fadendichte. Sogar das Kissen fühlte sich angenehm weich dafür an, dass es wahrscheinlich eins dieser wasserabweisenden Kunststoffkissen war. Aber es war trotzdem ein Krankenhausbett und der Raum roch nach Desinfektionsmittel. Sie hasste Krankenhäuser und der einzige Grund, warum sie noch nicht den Knopf gedrückt hatte, um die Krankenschwester zu rufen, war Cash. Er saß auf der Bettkante und beruhigte sie, indem er ihre Hand in seine große nahm. Trotz des Schocks und all der aufregenden Dinge, die heute Abend passiert waren, gelang es ihr, sich an ihn zu lehnen und zu entspannen.

Dr. Tuska klopfte an die Tür und kam herein. »Jared ist gerade angekommen. Ich kann ihn gerne noch aufhalten, wenn Sie etwas Zeit brauchen, bevor Sie mit ihm sprechen wollen.« Er schmunzelte, während er sich ihre Akte anschaute. Sein wissendes Lächeln sagte alles. »Wie ich vorhin schon erwähnt habe, tupfen Sie hiervon etwas dreimal am Tag in ihre Augen. Für alle anderen Kratzer können Sie etwas von dieser antibiotischen Salbe verwenden. Und das war es eigentlich schon. Sie können dann nach Hause. Möchten Sie, dass ich Jared sage, sie brauchen noch ein paar Minuten?«

Nicola mochte den Doktor von Minute zu Minute mehr; er schien sein Gewicht in Gold wert sein. Dr. Tuska wusste anscheinend, wie *nett* Jared sein konnte, wenn etwas nicht so lief, wie er es geplant hatte. Nicola musste schmunzeln. Sie kannte den alten Fiesling mittlerweile ganz gut. Genaugenommen war Jared nicht viel älter als Cash. Er verhielt sich nur so.

Nic schüttelte den Kopf und lachte, obwohl die Wunden in ihrem Gesicht wehtaten. »Das ist schon okay. Aber trotzdem, danke.«

Schwere Schritte klangen im Flur. Sie konnte Jareds dauerhaft großspuriges Auftreten schon fast spüren.

»Achtung, er kommt.«. Cash lachte.

Jared kam in das Zimmer gepoltert, sah sie beide abschätzend an und stemmte die Hände in die Hüften. »Prinzessin, ich habe ein Hühnchen mit dir zu rupfen. Cash, raus.«

Cashs Finger umschlossen ihre Hand fester und sie hatte das Gefühl, dass er Jared gleich sagen würde, er könne ihn mal.

»Geht in Ordnung«, sagte Nic, um einem Streit zuvorzukommen.

Cash bewegte sich nicht und sie tätschelte seine Hand. Er machte sich doch nicht wirklich Sorgen darum, dass Jared sie anschreien könnte? Oder schlimmer noch … Moment, was wäre denn schlimmer? Sie zerbrach sich den Kopf darüber, aber es fiel ihr nichts ein. Jared war harmlos – zumindest in ihren Augen.

Cash räusperte sich, drückte wieder ihre Hand und stand auf. »Jetzt sei doch nicht so ein Arschloch, Boss.«

»Raus«, knurrte Jared.

Cash küsste sie auf die Stirn. »Ich bin draußen im Korridor. Ruf einfach, wenn das Arschloch hier zu gemein zu dir wird.«

»Mach die Tür hinter dir zu«, brummte Jared.

»Okay, Jungs. Das reicht.« Das hier konnte sie im Moment nicht gebrauchen.

Nic und Jared starrten sich eine lange Minute lang an und Cash verließ langsam das Zimmer. Er ließ die Tür sachte hinter sich zufallen. Jared ging zweimal im Zimmer auf und ab.

Hielt inne.

Und machte das noch einmal.

»Erwartest du eine Entschuldigung von mir?«, fragte sie und wurde langsam ungehalten. »Ich hätte mich nicht von deinen besonderen Ärzten behandeln lassen müssen, wenn du es nicht gewollt hättest. Aber sie waren sehr gut, also danke dafür.«

In zwei großen Schritten stand er vor ihr. »Ich habe eine Frage für dich, Prinzessin«, knurrte er.

Das hörte sich nicht gut an. »Okay.«

»In deiner Akte steht, dass du clever bist. Stimmt das, oder nicht?«

»Keine Ahnung, was da drin steht. Ich habe sie nicht gelesen. Aber ja, das bin ich.«

Er musterte sie und blinzelte. »Trotzdem hast du dich in Cash verliebt. Das zeugt nicht von besonders viel Intelligenz.«

Sie zog die Brauen zusammen, was trotz des milden Schmerzmittels, das man ihr verabreicht hatte, wehtat. »Jared …«

»Ich brauche für unser Team noch einen Mann. Ein Mädel. Eine Frau. Was auch immer du bist.« Er verschränkte die Arme vor der Brust. Er sah aus wie eine Bulldogge, breitschultrig und so muskulös, dass er kaum in sein schwarzes T-Shirt passte. »Was muss ich tun, um dich der CIA abzuluchsen?«

Was zum Teufel?

»Wie bitte? Machst du mir gerade ein Jobangebot?« Seine Frage wollte ihr einfach nicht in den Kopf. Sie machte die Augen zu, öffnete sie wieder, und er war immer noch da und sah sie verärgert an, weil sie ihm noch keine ordentliche Antwort gegeben hatte. »Ich habe einen Arbeitsvertrag bei der CIA unterschrieben. Ich gehöre sozusagen ihnen.«

»Irgendwelcher Papierkram der Regierung interessiert mich einen Scheiß. So etwas kann ich mit einer einfachen SMS annullieren. Folgendes kann ich dir anbieten: keine Doppelagenten, keine blöden Spielchen – und mich. Ich bin der schwierigste Boss, den du jemals haben wirst. Das cleverste Arschloch, dem du je begegnen wirst. Und ich zahle dir mehr als du dir je erträumt hast.«

Die Gedanken rasten ihr durch den Kopf. Ihr kamen tausend Fragen in den Sinn und vor Aufregung schlug ihr Herz schneller.

»Du hast drei Sekunden, das Jobangebot anzunehmen, oder ich werde behaupten, dass es niemals auf dem Tisch war.«

»Ich nehme es an.«

»Vielleicht bist du tatsächlich so schlau, wie es in deiner Akte steht. Dein Vertrag liegt bei Cash vor der Tür. Du musst ihn nur unterschreiben. Scheiße, der wird sich schwarz ärgern. Es kotzt ihn dermaßen an, wenn ich sein Sicherheitssystem knacke.« Jared wandte sich zum Gehen und sagte dann über die Schulter: »Übrigens, du solltest mal auf dein privates Bankkonto schauen. Da findest du einen schönen sechsstelligen Betrag, den ich dir heute Morgen als Bonus überwiesen habe.«

Nicola schaute ihn mit offenem Mund an.

»Was denn, Prinzessin? Dachtest du vielleicht, ich hätte nicht gewusst, wie deine Antwort lauten würde? Ich wollte nur sicher gehen, dass ich mich auch klar ausgedrückt habe. Je früher du auf den Trichter kommst, desto besser wird es dir ergehen: Ich weiß alles. Ich sehe alles. Und ich bin überall.«

Jared ging aus der Tür und Cash kam herein.

»Worum ging es denn?«

»Darf ich mal dein Handy haben?«

Er sah verwirrt aus. »Ja klar.«

Sie nahm es ihm aus der Hand, klickte auf den Webbrowser und rief die Seite mit ihren Bankdaten auf. »O mein Gott. Dieser verrückte Hund.«

»Was ist denn los?«

Nic reichte Cash sein Handy. »Schau dir das an. Wurde gestern Abend überwiesen. Ist heute Morgen auf meinem Konto gelandet. Beschreibung: ›Frohe Weihnachten im Juli, Prinzessin‹.« Sie zeigte darauf. »Siehst du diese ganzen Nullen? Siehst du das? Ich glaube, ich werde gleich ohnmächtig.«

Cash nahm sie in den Arm. »So, so, Null-Null-Sieben. Willkommen im Team.« Er küsste sie sanft auf die Stirn. »Das ist der Hammer.«

»Ist das okay für dich?«

»Ich? Machst du Witze? Nic, du hast mir in der Lagerhalle das Leben gerettet. Du bist gut – wie du gesagt hast. Besser als gut, und du hast dich bewiesen. Bist du aufgeregt?«

»Ich hätte niemals gedacht … Gott, ja. Das ist der Wahnsinn. Ich muss Beth anrufen. Oh, warte. *Beth.* Wir sind ein Team seit dem ersten

Tag.«

»Nun ja, sie war deine Verbindungsperson. Ihr beide wart bei Einsätzen nicht zusammen. Ihr habt telefoniert und ihr habt euch getroffen, um alles zu besprechen. Richtig? Und sie ist hier in der Nähe. Es wird sich nicht viel ändern. Es wird genauso sein wie früher, du hast einen Auftrag, aber vom Arschloch und nicht von Beth. Außerdem …« Cash tippte auf seinem Handy herum. »Ich habe gerade das hier bekommen.«

Er reichte ihr wieder das Telefon. Es war eine SMS von Roman. »Hey Kumpel, finde mal was für mich heraus. Wie sieht es aus mit dieser Beth?«

»Im Ernst, jetzt?« Zum zweiten Mal an diesem Abend fiel ihr die Kinnlade runter.

»Das hast du nicht kommen sehen? Egal, lass uns hier abhauen. Du musst ja echt bettreif sein.«

Sie nickte und schmiegte sich an seine Brust. »Ja, ich kann mir gerade nichts Schöneres vorstellen, als in deinen Armen einzuschlafen.«

Er lachte. Cash hob sie aus dem Bett und flüsterte in ihr Ohr: »Wenn du glaubst, dass du irgendwann in den nächsten Stunden zum Schlafen kommen wirst, liegst du falsch.«

KAPITEL EINUNDDREISSIG

NICOLA SCHLIEF DEN ganzen Tag lang und Cash verbrachte die meiste Zeit des Tages damit, sie beim Schlafen zu beobachten. Sie bot so einen wunderschönen Anblick: zerzauste Haare, friedlich geschlossene Augen, lange Wimpern, die leicht wie Federn auf ihren Wangen lagen. Ihm wurde jedes Mal warm ums Herz, wenn sie im Schlaf seufzte und sich unbewusst an ihn schmiegte.

Ihm war noch nie etwas so leicht gefallen wie diese Frau zu lieben – von ein paar Anfangsschwierigkeiten mal abgesehen. Er drehte eine Haarsträhne um seinen Finger, als sie sich wieder rührte. Sie blinzelte und öffnete die Augen. Er konnte kaum atmen. Gott, wenn sie lächelte, hörte die Welt sich auf sich zu drehen. Jahrelanges Training und Beherrschung flogen aus dem Fenster, wenn sie nur einmal mit den Wimpern schlug.

»Guten Morgen«, murmelte sie, ganz schläfrig und niedlich.

Es brachte ihn schier um, wie bezaubernd und unschuldig sie aussehen konnte, obwohl sie gleichzeitig diese ausgebildete Killerin war, die gestern nach einem Angriff die halbe Nacht im Krankenhaus verbracht hatte. Keine roten Augen. Keine Anzeichen, dass gestern etwas Schreckliches passiert war, mal abgesehen von ein paar Kratzern. Sie roch nicht mehr wie eine Pfeffermühle, nur noch nach ihrem Lavendel-Shampoo. Mann, wie er den Geruch von Lavendel liebte.

Helles Sonnenlicht ergoss sich ins Schlafzimmer. »Guten Nachmittag wäre wohl passender.«

Er beugte sich über sie und küsste sie auf die Stirn. Nicola schmiegte sich enger an ihn. Ihre nackte Schulter passte perfekt unter seinen Arm, als ob ihre Körper füreinander gemacht wären. Ihre samtene Haut trieb ihn fast in den Wahnsinn, so sehr weckte sie in ihm das Bedürfnis, sie wieder zu küssen. Er gab dem Drang nach und küsste sie lange und zärtlich, ließ sich ganz auf sie ein.

Das Bild, wie die Mündung der Waffe auf sie gezeigt hatte, war ihm gleich einem lebhaftem Albtraum im Gedächtnis geblieben, und beim Gedanken daran drehte sich ihm der Magen um. Er hatte genug Wut in sich, dass er Jackson hätte umbringen können, wenn das Arschloch nicht schon tot gewesen wäre.

Erst nachdem er Nic Stunden im Schlaf beobachtet hatte, wurde sich Cash bewusst, dass er nicht einmal den Wunsch gehabt hatte, sie darum zu bitten, nicht mehr für Titan oder die CIA zu arbeiten. Nein, er hatte Angst gehabt, sie wieder zu verlieren, aber er hatte keine Angst davor gehabt, dass sie ihrer Arbeit nachging. Im Gegenteil, er fand es aufregend, dass sie sich dem Titan-Team anschließen würde. Diese Erkenntnis festigte den Entschluss, den er schon getroffen hatte. Sie würden auf ewig zusammen sein.

Seine Freundin, ein Titan-Mädel. Wie krass war das denn? Er musste grinsen und zog sie eng an sich. »Ich liebe dich.«

Ihre schokoladenbraunen Augen funkelten und sie bedachte ihn mit einem Blick, der sein Herz schneller schlagen ließ. »Tut mir leid, dass ich so lange geschlafen habe. Das muss ich wohl gebraucht haben.«

Sie brauchte wahrscheinlich auch etwas zu essen. Irgendetwas, das sich auf die Schnelle zubereiten ließ, musste genügen. Tausend Gedanken schossen ihm durch den Kopf, was sie alles gemeinsam tun konnten, was er ihr alles sagen wollte.

»Was hältst du davon, wenn wir deinen unterschriebenen Arbeitsvertrag mit Titan wegschicken und dann ein paar Burger auf den Grill schmeißen?«

»Perfekt. Ich bin am Verhungern.«

Cash sah ihr dabei zu, wie sie sich aus seinen Armen löste. Ihre langen Beine schwangen sich über die Bettkante und sie stand nackt aus dem Bett auf. Er bekam Schmetterlinge im Bauch, als er an letzte Nacht dachte, wie er jeden Zentimeter ihres Körpers mit Küssen bedeckt und mit ihr geschlafen hatte, bis er nicht mehr klar denken konnte.

Jetzt konnte er denken. Verdammt, er konnte nicht mehr aufhören, daran zu denken. Nicola *Garrison*. Das hörte sich einfach richtig an.

×

Die Kohle auf dem Grill verglühte zu Asche und der Himmel färbte sich erst orange, dann lila, als die Sonne hinter den Baumgipfeln verschwand. Gesättigt hatten sie es sich auf der Veranda gemütlich gemacht. Nic lehnte sich gegen seine nackte Brust. Ihre Finger zogen unsichtbare Linien und Kreise auf seiner Jeans nach – er konnte sich daran gewöhnen, auf diese Art mit ihr zu entspannen.

»Hast du Lust auf eine Spritztour?« Cash änderte ihre Position, sodass sie ihn ansah. »Ich könnte dir das ganze Grundstück zeigen.«

»Ich gehe überall hin mit dir.«

Er hatte die Arme um ihren Brustkorb gelegt und drückte sie, um sie eng bei sich zu haben und gleichzeitig sicherzustellen, dass das Herz in seiner Brust nicht explodierte. Es gab keinen besseren Zeitpunkt, um diese Spritztour zu unternehmen. »Dann mal los.« Er war so aufgeregt, dass alle seine Sinnesorgane ganz empfindlich reagierten und er sich jedem ihrer Blicke und Bewegungen überaus bewusst war.

Es war nicht wirklich eine Spritztour, die er im Sinn hatte, sondern eher eine kurze Fahrt zu einem malerischen Fleckchen. Sein Grundstück war einige Quadratkilometer groß und es gab einige landschaftlich reizvolle Orte, aber er dachte gerade an einen ganz besonderen. Man konnte ihn von seinem Schlafzimmerfenster aus sehen, der perfekte Ort, um eine schöne Erinnerung zu schaffen. Er fuhr langsamer und hielt schließlich an.

»Hübsch.« Nic ließ ihren Blick über die Anhöhe schweifen. »Wollen wir aussteigen, ein bisschen spazieren gehen?«

Oh ja. Genau das hatte er vorgehabt.

Das hohe Gras bewegte sich in der Sommerbrise und ein blumiger Geruch lag in der warmen Luft. Im Westen war noch ein orangefarbener Streifen am Himmel zu sehen. Die untergehende Sonne tauchte alles in ein rosiges Licht. Glühwürmchen schwirrten wie goldene Lichtpunkte um sie herum.

Nic ging nicht besonders weit – nur bis in seine Arme. Sie blieben stehen, Nic legte die Hände auf seine Schultern und sie wiegten sich gemeinsam auf der abschüssigen Wiese, als würden sie langsam zur Symphonie der Natur tanzen. Sie hatte die Wange an seine Brust gepresst und sein Herz klopfte immer schneller.

»Ich muss dir etwas zeigen«, flüsterte er ihr ins Ohr. Sie löste sich von ihm und selbst im Halbdunkel leuchteten ihre braunen Augen noch. »Es ist mein Geheimnis und ich möchte es mit dir teilen.«

Seine Hände strichen langsam über ihren Rücken, so als ob seine Fingerspitzen sich jeden Zentimeter einprägen wollten. Eine warme Brise streifte sie und ihre Finger fanden einander und verschränkten sich. »Komm her, mein süßes Mädchen.«

Er führte sie zurück zum Auto, machte den Kofferraum auf und starrte Miss Bettys Koffer an. Jahrelang hatte sie ihn überall hin begleitet.

»Dein Geheimnis ist dein Gewehr?«, zog ihn Nic auf, lehnt sich an ihn und küsste seinen Bizeps. »Das ist doch kein Geheimnis. Ich weiß, was du tust.«

Er sagte gar nichts, starrte nur weiter den Waffenkoffer an und suchte nach den richtigen Worten.

Sie kam näher, streichelte mit zwei Fingern über seine Wangen. So sanft wie Federn fühlten sie sich an und hinterließen eine heiße Spur auf seiner Haut, bis sie bei seinen Lippen ankamen. »Du musst es mir nicht sagen, wenn du nicht möchtest.«

Cash küsste ihre Finger und drehte sie beide in Richtung Waffenkoffer. Er öffnete den Verschluss, zog das Gewehr heraus und hielt es in den Armen, so wie er es tausendmal zuvor getan hatte. »Hast du jemals vom *Rifleman's Creed* gehört, dem Glaubensbekenntnis der Marines?«

Sie zuckte mit den Schultern. »Wahrscheinlich. Ich bin mir nicht sicher.«

»*Dies ist mein Gewehr. Es gibt viele wie dieses, aber dieses ist meins. Mein Gewehr ist mein bester Freund. Es ist mein Leben* … So fängt es an. Es ist nicht so wichtig, wie das gesamte Bekenntnis lautet, aber wofür es steht, schon.« Er holte tief Luft und drehte sich zu ihr um. »Bevor du gegangen bist, wollte ich dich heiraten, aber das Leben hat sich ohne unser Zutun oder unsere Kontrolle geändert, und mein Gewehr ist meine Welt geworden.«

»Du bist ein Scharfschütze. Ich verstehe, wie wichtig deine Waffe für dich ist.«

Er trat näher an sie heran, hatte das Bedürfnis, sich an sie zu pressen.

»Ich hatte immer noch deinen Ring und du warst meine beste Freundin. Du warst mein Leben, meine ganze Welt. Ich hatte den College-Abschluss in der Tasche und bevor ich mich versah, hatte ich ein Gewehr, das mich am Leben erhielt. Das ich jeden Tag immer und immer wieder so genannt habe: Mein bester Freund. Mein Leben.«

Nic wollte etwas sagen, aber er führte ihren Zeigefinger und legte ihn auf den Abzug. »Ich wusste nicht, was ich mit dem Ring anfangen sollte, nachdem du nicht mehr da warst. Und dieses Gewehr war immer bei mir. Also habe ich folgendes gemacht: den Abzug vergoldet. Ein Tattoo wie Roman konnte ich mir nicht machen lassen. Ich konnte nicht die ganze Welt wissen lassen, dass die Frau, die ich geliebt hatte, von uns gegangen war. Aber ich konnte das hier immer bei mir haben, ganz gleich, wo in der Welt ich mich befand.«

»Cash …«

Er schaute sie im Dunkeln an, versuchte, ihre Gesichtszüge zu erkennen, zu erraten, was ihr durch den Kopf ging. »Das Glaubensbekenntnis geht so weiter: *Mein Gewehr ist ohne mich nutzlos. Ohne mein Gewehr bin ich nutzlos.* Es passte einfach so gut. Du warst immer bei mir gewesen. Ich sah uns so im Geiste vereint, und irgendwie, wenn ich in den Dreckslöchern und Kriegsgebieten, in die man mich geschickt hat, mit dem Gewehr im Anschlag in den Gräben lag, dann war es schön zu wissen, dass du bei mir warst. Und Nicola Beatrice wurde zu … Miss Betty.«

Sie sagte einen Moment lang nichts, antwortete dann aber mit klarer und kräftiger Stimme: »Ich liebe dich, Cash. Und ich liebe es, dass du das getan hast.«

»Miss Betty hat mich davor bewahrt, den Verstand zu verlieren. Sie hat mich beschützt. Ich habe mit ihr geredet. Ihr vertraut. Sie hat mein Leben verteidigt und mein Land. Aber in Wahrheit warst es immer du und ich habe dich immer geliebt.«

Nicola nahm sein Gesicht in ihre Hände. Sie zog ihn näher, um ihm einen Kuss zu geben, der ihm das Herz erwärmte, und ihn in seiner Überzeugung bestärkte, dass keine Frau auf dieser Welt perfekter war als sie.

Er legte das Gewehr wieder in den Koffer und machte den Kofferraum zu. Grillen zirpten und eine Eule rief. Er prägte sich jedes Detail ein, um sich immer daran erinnern zu können, und drehte sich wieder zu ihr um, ein Lächeln auf den Lippen.

»Ich liebe dich, Nic. Ob mit Gewehr oder ohne, ich möchte den Rest meines Lebens mit dir verbringen. Ich habe dich schon vor Jahren geliebt, ich habe dich geliebt, als du nicht mehr bei mir warst, und ich liebe dich immer noch. Ich habe es immer und werde es immer.« Er holte einen Ring aus seiner Tasche und nahm ihre linke Hand in seine. Dann steckte er ihr den Ring an den Finger. »Ich bin mit dir aufgewachsen, habe mich in dich verliebt, und ich will dich heiraten. Ich bete zu Gott, dass du dasselbe willst.« Er nahm ihr Gesicht in seine Hände. »Was meinst du, mein süßes Mädchen? Würde es dir gefallen, wenn Nicola Garrison mehr als nur ein Name auf dem Papier wäre?«

Ein so strahlendes Lächeln breitete sich auf ihrem Gesicht aus, dass er die Sonne gar nicht mehr brauchte. »Natürlich möchte ich dich heiraten. Damit werden meine Träume war. Ich wollte dich seit dem Tag, an dem ich dich kennengelernt habe, heiraten.«

Sie in seinen Armen, diese schönen Worte – das Leben war perfekt. Sie schmiegte sich an ihn und erwiderte seinen Kuss. Es war schön, wenn Träume wahr wurden, aber das hier war noch besser. Das hier war seine Frau, das hier war sein Leben, das endlich zu dem wurde, was es immer hatte sein sollen.

»Es ist ein neues Haus, aber wenn es dir nicht gefällt, dann steht es morgen zum Verkauf.«

»Ich liebe es.«

»Gut. Aber es gibt einige Zimmer, die wir noch einweihen müssen.«

»Ich bin mir auch ziemlich sicher, dass du ein großes neues Auto hast, das noch nicht …« Kichernd zog sie ihn zur Beifahrertür.

»Verdammt, Frau, ich liebe ich.«

EPILOG

CASH HÄTTE SICH eigentlich denken können, dass es dazugehörte, einen Smoking anzuziehen. Man konnte ja nicht ohne Smoking heiraten. *Na ja, kann man eigentlich schon.* Aber Nicola wollte das nun mal so, und was sie heute wollte, war oberste Priorität. Man konnte den Smoking als missionskritisch betrachten.

Er zupfte an der schwarzen Fliege herum. Passte nicht zu seinem Stil. Und wie ein Idiot grinsend vor Gott und der Welt zu stehen, machte ihn doch sehr befangen.

Die Kirchentür flog auf. Die dramatischen Orgeltöne hallten in der hohen Kathedrale wider und füllten den Raum mit dem bewegenden Lied, das sie sich ausgesucht hatten. Sie war ein Traum in weißer Spitze, der Inbegriff von Schönheit, und er verliebte sich glatt aufs Neue in sie.

Ja, für Nicola sah er gerne aus wie ein Pinguin mit Fliege. Ihretwegen hätte er sich auch noch einen Zylinder aufgesetzt und einen Spazierstock in die Hand genommen. Alles, nur um das »Ich will« aus ihrem Mund zu hören.

Es hielt es fast nicht aus, sie langsam den Gang entlangschreiten zu sehen. Wie zum Teufel hatte er so viel Glück nur verdient? Cash wollte nichts anderes als Nicola in seinen Armen. Aber er wurde für seine Geduld belohnt. Endlich legte sie ihre Hand in seine und alles war perfekt.

Der Pastor redete und redete, richtete seine Ansprache an die gefüllten Kirchenbänke. Cash hörte gar nicht zu, so verzaubert war er vom Anblick seiner Braut. Das Herz lief ihm beinahe über vor Liebe, sein Puls dröhnte ihm in den Ohren und seine Kehle schnürte sich vor Aufregung fast zu. Seine einzige Aufgabe, abgesehen davon, Nicola anzustarren, war es, sein Gelübde vorzutragen. Er hatte voreilig zugestimmt, selber Gelübde zu schreiben, ohne über die Konsequenzen dieser Entscheidung nachzudenken. Konnte er seine Zukunftsträume überhaupt in Worte fassen? Sein Versprechen, sich um sie zu kümmern, ihr Partner zu sein? Sie für den Rest seines Lebens anzubeten?

Und dann sah ihn der Pastor auffordernd an. Sein großer Auftritt stand bevor. Cash faltete das Blatt Papier auseinander, auf das er fein säuberlich sein Gelübde geschrieben hatte. Wenn er gedacht hatte, sein Lächeln könnte gar nicht mehr strahlender werden, dann hatte er falsch gelegen. Und dann waren es nur noch sie beide. Er nahm niemand anderen in der Kirche war als Nicola Garrison, seine zukünftige Frau.

Nichts, was er schreiben konnte, würde dem gerecht werden, was er ihr sagen wollte. *Scheiß drauf.* Er knüllte das Blatt Papier mit dem Gelübde zusammen, steckte es in seine Tasche und nahm ihre Hände in seine.

»Hey, mein süßes Mädchen.« Er streichelte mit den Daumen über ihre Fingerknöchel.

»Hi«, flüsterte sie und lächelte. »Ich liebe dich.«

Gott, wie er diese Frau liebte. Und wie sehr er sie brauchte. Keine vorgeschriebenen Gelübde, wie sehr sie auch immer von Herzen kommen mochten, konnten beschreiben, was er in diesem Moment fühlte. Cash räusperte sich, presste ihre Hände an seine Lippen, um sie zu küssen, und atmete langsam aus.

»Nic, du bist meine früheste Erinnerung. Der erste Traum, an den ich mich erinnern kann, war immer, dich zu heiraten. Dir meine Liebe, Ehre und Treue zu schwören, bis ich meinen letzten Atemzug tue … ob das im Alter oder durch die Kugel eines Feindes passiert, ob wir uns in entgegengesetzten Orten auf der Welt befinden oder zusammen im Schützengraben liegen, du musst wissen, dass du meine beste Freundin bist, die Liebe meines Lebens, der Sinn meines Daseins. Jeder Tag, den ich mit dir verbringen kann, ist ein Geschenk. Ich gelobe, dein Partner zu sein und dir immer den Rücken zu stärken. Ich gelobe, deine Hand zu halten, wenn es keiner Worte bedarf, dich festzuhalten, wenn du Trost brauchst und dich zu küssen, wann immer ich es kann. Ich war schon immer dein, mein süßes Mädchen. Und ich werde immer dein sein. Heute. Morgen. Für alle Ewigkeit.«

Nicola legte die Arme um seinen Hals und küsste ihn. Leises Kichern hallte in der Kirche wider und erinnerte ihn daran, dass sie eigentlich nicht allein waren. Aber es störte ihn nicht und sie offensichtlich auch nicht, denn das »Sie dürfen die Braut jetzt küssen« war noch längst nicht an der Reihe.

Irgendwo hinter ihm fingen die Trauzeugen schon an zu pöbeln. Jemand rief laut: »Wuu-huu!« Und Beth – er war sich sicher, dass sie es war – machte laut *Aaaaahhhh.* Aber all das trat für ihn in den Hintergrund. Nics Lippen lagen auf seinen und ihr Kuss berührte seine Seele.

Nic löste sich von ihm und beendete damit ihren Kuss, der eigentlich etwas zu rassig für die Kirche war. »Jetzt bin ich dran.« Sie hielt einen kleinen Zettel hoch, zerriss ihn und warf die Stücke hoch in die Luft, sodass sie wie Konfetti herunterrieselten. Wieder ging ein Lachen durch die Kirche. »Dann mal los … Cash Garrison, ich habe deinen Nachnamen angenommen, als ich dachte, ich würde dich nie wieder sehen.« Der Ausdruck von Schmerz zeigte sich in ihren Augen und er streichelte ihre Hand, bis sie wieder lächelte. »Es war ein sehr trauriger Trostpreis, aber ich hielt daran fest, denn du warst meine Welt. Ich liebe dich. Jeden Tag mehr. Ich verspreche dir mein Herz, meine Seele. Ich gelobe, dir immer bedingungslos zu vertrauen und dich zu lieben. Ich werde dir bis ans Ende der Welt folgen, wenn du mich brauchst. Ich werde dir eine treue Frau sein, zu der du nach Hause kommen kannst, im Wissen, dass du für alle Ewigkeit mein Partner sein wirst. Ja, in guten wie in schlechten Zeiten. Aber auch, wenn Undercover-Einsätze zur Hölle werden und Funkstille herrscht. Ich bin dein, so wie ich es immer war. Das verspreche ich dir heute.«

Kaum hatte sie das letzte Wort gesprochen, hatte Cash sie schon in seine Arme genommen. Seine Hand war unter ihrem Schleier, seine Finger in ihren Haaren, und er bog sie zurück und küsste sie vor Gott und Gästen. Scheiß auf die Feier. Er war jetzt schon bereit für die Flitterwochen-Suite.

Hinter ihm lachte der Pastor. »Die Ringe sind reine Formalität. Überspringen wir das und kommen zum Ende: Hiermit erkläre ich Sie zu Mann und Frau.«

Jubel und Applaus brachen aus.

Mann und Frau. Cash und Nicola Garrison. Wirklich. Er flüsterte ihr ins Ohr: »Wie lange noch bis zum Sektempfang?«

Sie kicherte. »Keine Ahnung. Wieso?«

»Weil ich die Flitterwochen gerne jetzt schon beginnen würde, bevor wir anstoßen und den Kuchen anschneiden.«

»Du wirst der beste Ehemann aller Zeiten sein.«

DAS ENDE

Vielen Dank, dass Sie *GARRISON – Schuss ins Herz* gelesen haben. Über eine Rezension bei dem Online-Händler ihrer Wahl würde ich mich sehr freuen.

DIE AUTORIN

Cristin Harber ist eine New York Times und USA Today Bestseller-Autorin. Sie schreibt sexy Liebesromane in den Genres Romantic Thrill und Military Romance, in denen es auch mal heiß hergehen kann. Ihre Titan-Serie schaffte es in den USA auf Platz eins der Amazon-Bestsellerliste. Auf Deutsch erschienen sind Buch 1, WINTERS – EIN HEISSER EINSATZ, und Buch 2, GARRISON – SCHUSS INS HERZ.

Mehr Informationen zur Autorin, zur Titan-Serie und Neuigkeiten finden Sie auf www.CristinHarber.com

Cristin Harbers Bücher auf Englisch:

The Titan Series:

Book 1: Winters Heat (Colby Winters)

Book 1.5: Sweet Girl (Prequel to Garrison's Creed)

Book 2: Garrison's Creed (Cash Garrison)

Book 3: Westin's Chase (Jared Westin)

Book 4: Gambled (Brock Gamble)

Book 5: Chased (Asher McIntyre)

Book 6: Savage Secrets (Rocco Savage)

Book 7: Hart Attack (Roman Hart)

Book 8: Black Dawn (Parker Black) – coming soon

The Delta Series:

Book 1: Delta: Retribution

Book 2: Delta: Revenge – coming soon

The Only Series:

Book 1: Only for Him

Book 2: Only for Her

Book 3: Only for Us

Book 4: Only Forever

45303968R00177

Printed in Poland
by Amazon Fulfillment
Poland Sp. z o.o., Wrocław